西泠社悬疑典藏

第一季

风雨如书　何许人　辛欣
喂小饱　花布　尾巴卷卷　著

九州出版社
JIUZHOUPRESS

图书在版编目(CIP)数据

西冷社悬疑典藏. 第1季 / 风雨如书等著. — 北京: 九州出版社,2010.10

ISBN 978-7-5108-0651-3

Ⅰ. ①西… Ⅱ. ①风… Ⅲ. ①中篇小说-作品集-中国-当代 Ⅳ. ①I247.5

中国版本图书馆CIP数据核字(2010)第175884号

西冷社悬疑典藏. 第1季

作　　者　风雨如书 等　著
出版发行　九州出版社
出 版 人　徐尚定
地　　址　北京市西城区阜外大街甲35号(100037)
发行电话　(010)68992190/2/3/5/6
网　　址　www.jiuzhoupress.com
电子信箱　jiuzhou@jiuzhoupress.com
印　　刷　北京建泰印刷有限公司
开　　本　710毫米×1000毫米　16开
印　　张　19.5
字　　数　280千字
版　　次　2010年10月第1版
印　　次　2010年10月第1次印刷
书　　号　ISBN 978-7-5108-0651-3
定　　价　29.80元

西泠社悬疑典藏 第一季

目录

小心枕边人

文／尾巴卷卷

恐惧像一张带着倒刺的网，捉住你之后，还要让你感觉到疼痛。

1

张小美是一位全职太太。

她的老公叫沈年。

这是个普通的星期天，天气不错。

下午的时候，张小美接到了一个电话，是沈年打来的，他说晚上有几个朋友要在一起聚会，不能回家吃饭了。

作为一家知名企业的部门主管，这样的应酬很多，张小美已经习以为常了。

一个晚上的时间是多久？十个小时？或者更少，那么它能给生活带来多大的改变呢？

但是，张小美经历的这个晚上非同寻常。

凌晨的时候沈年才回来，明显喝了不少，一身的酒气。张小美把沈年扶到卧室，转身去厨房给他倒杯水，可就在她转身的时候，她听见了一句话：

“我见到陈见平了！”明显是个女声，声音幽幽的。

张小美头皮一麻，这个声音是梅子的！

可……这怎么可能？她猛一转身，看见躺在床上的沈年嘴里还在嘀咕着，可能是因为酒精的关系，他说的每个字都含糊不清。

很显然，刚才那句话不可能出自沈年之口。

一瞬间，似乎温暖的房间里凭空出现一团冷空气，争先恐后地从张小美的毛孔里钻进去，一直凉到她的心里，使原本的恐惧扩大到极致，她不由得大口地呼吸起来，以平复内心的恐惧。

她忽然觉得，房间里除了自己和沈年以外还有一个人。

这个人，应该正得意地欣赏着张小美的惶恐。

这个人，应该知道五年前发生的事情。

这个人，应该认识梅子和陈见平。

可这个人是谁呢？张小美翻来覆去地想着。根本不可能有这个人，那么……这个声音……

张小美惊恐地看着四周，再熟悉不过的环境，可就是因为太熟悉了，反而觉得不真实。

看着醉得不省人事的沈年，面对前所未有的恐惧，张小美第一次感到无助，到底是怎么了？到底生活出了什么问题？到底谁在密谋这样无聊的玩笑？

恐惧像一张带着倒刺的网，捉住你之后，还要让你感觉到疼痛。

可张小美把疼痛在五年前就像垃圾一样丢掉了。

那么现在这个让她感到疼痛的东西到底是什么？

躺在床上，张小美定定地看着熟睡的沈年：越来越稀疏的头发，渐渐发福的身材，已经没有了当年的魅力，可自己仍然爱他，想着想着眼皮变得越来越重……

就在这个晚上，张小美做了一个梦……

那是一个黄昏，天空和地面都被夕阳的余晖染成土黄色。

张小美走在一条逼仄的巷子里，石板铺的路面印着潮湿的痕迹，两边的墙壁都是青黑色的。

张小美认得这条路，这是回沈年老家那栋老屋的必经之路，只是这条巷子像没有尽头似的。

张小美走了很久，可她所见的仍然是潮湿的石板路和青黑的墙壁。

隐约间，一阵呼吸声像棉絮般轻轻地划过耳膜，张小美的心颤抖起来，她转过身想往回走。

然而，她背后走过的路全部都消失了，只剩下一堵青黑色的石墙，她转过身发疯似的向前跑，不知道跑了多久，就在她再也支持不住的时候，她看见了一扇门。

木制的门，黑色的油漆早已斑驳，在夕阳的照耀下显得诡异非常。

张小美顾不上那么多了，现在的她只想看见一个人，以驱赶缠绕在心头的恐惧。

“有人吗？”她用尽最后一丝力气大声地喊着。没有任何回应。

于是，她推开了那扇门……

2

张小美的梦还没有做完就被闹钟打断了。虽然害怕,但是她还是非常想知道那扇门后面到底是什么。

看看时间,六点刚过。张小美马上起床,来到厨房给沈年准备早饭。

就在她准备把淘好的米放进锅里的时候,一种细微的、像羽毛般轻盈的声音软软地吹到她的耳边。

她猛然意识到那是呼吸的声音。

"我见到陈见平了!"

张小美觉得脑袋"嗡"的一声,她猛然转过头,看见沈年站在身后不到三寸远的地方定定地看着她,表情僵硬。

他见到他了?

不可能!她望了一眼沈年,在他脸上找不到撒谎的表情。难道这个陈见平不是五年前的那个陈见平?张小美的思维不停地翻转着,尽量安慰自己。

"哦,他……最近……怎么样?"张小美咽下一口空气,觉得心里稍微舒服些。这时沈年的表情开始变得自然起来,可张小美总觉得有些不对劲。

"他说他去了国外。那么多年没见,其实一点也没变。"

说到这里,沈年像是为了证明这个陈见平就是以前那个他见过的人似的,又加了一句,"和我几年前在部队里认识的那个陈见平一样,连皱纹都还是那几道。"沈年边打哈欠边把头伸到前面,"今天早上吃什么?"

一点也没变!张小美听到这句话觉得特别别扭。

"喂,我说你想什么呢?那么入神,快点吧,我饿着呢!"张小美看了看火上的锅,"粥煮好了,马上就能吃了。"

五分钟后,张小美准备好粥、火腿、油炸馒头片、小咸菜,还有沈年每餐必不可少的辣椒酱,把小餐桌摆得满满的。

沈年洗完脸过来,低头吃得很香,只是一直没动那瓶辣椒酱。

张小美把辣椒酱推到他面前,他嫌碍事又给推了回来……

"怎么今天不吃辣椒酱呢?"

"辣椒酱?什么辣椒酱?我胃不好你又不是不知道!五年前就不敢吃了。"沈年拿起那瓶辣椒酱,看了半天,"你什么时候买的?"

张小美忽然觉得思绪像扎在一起的线头一样凌乱。就在昨天她还清楚地记得,吃早饭的时候沈年一边抱着辣椒酱瓶子一边说:"又要吃完了,最近乐购打折你去看看，要是便宜了就多买点回来，辣椒酱又放不坏……”

为什么事情变得那么怪异？张小美觉得有点头疼。

她张了张嘴可什么都说不出来。沈年也没再问，他一边穿西装打领带一边叮嘱道：“装修公司找好了，过几天开工，你照看着点。等把老房子装修好了，咱妈可以经常来住，省得一个人在老家怪孤单的。”说完，沈年转身出门了。

张小美收拾好桌子回到卧室里，呆呆地望着窗外。

“我见到陈见平了！”

对于张小美来说，这句话就是一句咒语，她喃喃地重复着。还有昨天晚上那个女人的声音，忽然间，张小美觉得浑身冰凉……

陈见平早在五年前就死了。

3

这是个普通的下午，五点钟的时候张小美像往常一样去楼下的小区市场买菜准备晚饭。

人很多，大多数都是这个小区里的住户，看着都很眼熟。

这时候张小美看到了一个老太太。

这是一张完全陌生的脸，布满皱纹。她很老，老到恐怕已经超过了一百岁，稀疏雪白的头发用一根簪子别绾在脑后。她穿着深蓝色的斜襟上衣和黑色棉裤，嘴里似乎一颗牙齿都没剩下，远远看过去那半张着的嘴就像是一个深幽幽的洞。

老太太弯着腰，却直直地抬着头，用那双浑浊的眼睛看着张小美，并以很快的速度走来。

当她距离张小美不到一米的时候，老太太忽然放慢了脚步身子稍稍一转，与张小美擦肩而过，并且说了一句话，她说：“小心枕边人。”

声音沙哑，像干枯的树枝在地上来回地滑动。

张小美马上转身，看着老太太的背影很快消失在小区门外。

“小心枕边人？”张小美愣愣地看着老太太的背影，自言自语，她是在说……沈年？

她忽然想起沈年喝醉的晚上，那句让她战栗不已的话，还有那瓶辣椒酱……

张小美魂不守舍地回到家，沈年已经在沙发上看报纸了。

“怎么才回来？”沈年头也没抬。

“没什么，买菜的人多，耽搁了一会儿。今天在家吃吧！”

“嗯。”

“西红柿炒鸡蛋，行吗？”

“嗯。”

沈年一直都没抬头，还是在看报纸。

最近似乎沈年对自己冷淡了许多，张小美有点伤心，但还是一丝不苟地洗菜切菜做饭。

“哎，看看，你看看现在的人呐！”

沈年拿着报纸站起来。

“怎么了？”张小美把鸡蛋打进碗里，问道。

“昨天就在咱家附近的小区里发现一具尸体，嘿！你猜在哪里发现的？卧室的墙里！”沈年像是怕张小美听不清似的一边说一边从客厅走到厨房，“那男的把自己的老婆杀了，然后砌了一道墙在卧室里，把尸体放了进去……”

一声清脆的碎裂声打断了沈年的话。

张小美怔怔地站着，沈年的鞋上、地上满是白花花的陶瓷碎片和鲜黄色的鸡蛋。

时间似乎在那一刻静止了，沈年和张小美就那么互相审视着，隔着彼此的身体审视彼此的心。

“手太滑，没拿住。”张小美简单地解释着，转身去拿扫帚，不经意抬头看见阳台窗户的玻璃上映出沈年的脸。那张她看了多年、照顾多年、爱了这么多年的男人的脸上，此时呈现出一种极其恶毒的表情。

张小美惊恐地转身，脸还是那张脸，只是表情平和，像往常一样。她忽然想起在市场遇到的那个老太太对她说的那句话：

“小心枕边人！”

“做饭的时候小心点。”沈年从张小美的手里拿过扫帚，认真地打扫起来，“最近看你总是走神，是不是累了？”沈年很关切地看着她，张小美马上觉得心里暖暖的。

张小美跟自己说，刚才一定是看错了，她的沈年还是那个沈年，没错！

夜里的黑暗让人恐惧，也让人有安全感。因为谁也不知道你在做什么，更不知道你想什么。

张小美躺在床上怎么也睡不着，她在反复想着沈年读的那条新闻，怎么会那么巧呢？

这让她不由自主地想起她和沈年以前住的那栋房子。

因为那不是普通的房子。

因为那房子里有一间卧室。

因为那个卧室有一面墙。

因为那面墙里有一样东西。

因为那样东西是一具尸体。

而那具尸体活着的时候叫陈见平！

张小美根本不想杀他，因为他是沈年最好的朋友，曾经也算是帮助过自己。

可事情的起因还是沈年！不，都要怪梅子，那个叫梅子的女人！

4

五年前，沈年刚和张小美谈恋爱，那是最平淡无味且以结婚为目的的恋爱。沈年喜欢妖娆性感的女人，可张小美那纤瘦的身体和苍白的脸根本与性感无缘，尽管她对他一往情深。

沈年过 25 岁生日的时候，陈见平带他去了当时那个城市最有名的洗浴中心。等他们洗完澡准备按摩的时候，进来两个化着浓妆身材火爆的按摩女郎。其中一个很漂亮，她皮肤白净，长发卷曲，穿着鲜红色的上衣。女郎媚眼如丝，撅着性感的小嘴对沈年说："老板，我给您按吧……"说着手就抚上了沈年的背。

那是一种前所未有的感觉，沈年觉得女郎的手指似乎有一种非凡的力量，她按过的每一寸地方的每个毛孔仿佛都充满了愉悦。他总忍不住回头看她。

陈见平笑了，低声对沈年说："怎么样？舒服吗？"沈年的脸马上就红了。陈见平说："今天不是你生日嘛！哥们儿送你个生日礼物，怎么样？"然后用眼神示意那个女郎。沈年心里本来挺兴奋的，但一想起张小美马上又觉得很堵，于是又有点忿忿的感觉。这时陈见平说："年子，你不是害怕了吧？怕你未来的媳妇知道？"沈年马上说："我怎么可能怕她？再说她还不一定是我媳妇呢！"于是一个小时后，沈年和那女人去了一家旅馆。

这个女人就是梅子。

5

张小美推开门,屋里很暗,弥漫着一股潮湿的气息。她发现这个房间没有窗户。靠近门口的地方有张桌子,上面点着一盏古老的油灯,跳动的火苗把房间里物品的影子拉长又缩短。

张小美轻声说:“请问有人吗?”没有回答。这时她发现房间深处有张床,上面好像有东西,于是壮了胆子拿起油灯,走到床边。这是一条白色的床单,床单下似乎有人,应该是很瘦小的人,这个人在不停地颤抖。

“你怎么了?”张小美想伸手拉开床单。

“你别动她……”声音很轻,像棉絮划过耳边,是个女人的声音。

张小美很害怕。“谁?谁在那里?”

什么声音也没有……

张小美拿着油灯缓缓打量这个房间。突然,她在墙角处看到一个女人。那女人长发卷曲,穿着鲜红色的上衣。她裸露在外的脖子泛着惨白的光泽,背对着张小美坐在一个小板凳上,手一扬一扬的。张小美看到她手里拿着线,像在缝什么东西,于是她走过去看……

下一秒钟,张小美用尽所有的力气,带着崩溃后的恐惧发出一声尖叫!

那个女人在缝一个死人!那个死人脖子上有一道伤口,伤口的一半已经缝好,像一条丑陋的蜈蚣,剩下的皮肤血肉斑驳!那死人睁着恐惧的眼睛却面带微笑!那个人是陈见平!

张小美转身就跑,她觉得心快要跳出来了,甚至呼吸不了。

只是她怎么也找不到出去的门。

门不见了。

她紧紧握着手里的油灯,火苗跳得更厉害了。张小美靠着墙不能动弹,浑身冰冷。

这时床上的人停止了颤抖,拉开床单,下了床,走过来,那是个瘦小干枯的身影。

油灯照出一张很苍老的脸,老到恐怕已经超过了一百岁,稀疏雪白的头发用一根簪子绾在脑后。她张了张嘴,声音沙哑,像干枯的树枝在地上来回地滑动,她说:

“我看见陈见平了!”

张小美尖叫着从梦里醒来,沈年正看着自己。“怎么了?做噩梦了吧!”

沈年伸手把张小美揽到怀里，“没事，有我呢！别怕！”一只手在她后背安抚着。在最爱的男人的怀里，张小美渐渐平静下来……

忽然她闻到一种熟悉的潮湿的气息，并且发觉沈年穿的是一件……红色的上衣，她慢慢转过头，看到沈年原本安抚自己的手里竟然拿了一根针……

张小美的身体僵硬了，她想动却动不了，想喊却喊不出来。她有点绝望，仿佛胸口被塞进了一斤棉花，她希望这仍然是一个梦，还没醒来的梦。

这时候沈年说：“你看你怎么这样不小心，让你给我缝个裤脚怎么缝完了针也不收起来？”

张小美轻轻地离开他的怀抱，看着沈年的脸，这是她爱了整整五年的男人。为了他，张小美甚至付出了一切。然而此刻她感觉刺骨的冰冷。她想起了那个在市场遇到的老太太跟她说的那句话：

“小心枕边人！”

她从来没有把针落在床上，因为自己根本没有给他缝过裤脚，还有床单是睡觉之前换的……

那么，沈年手里的针是做什么的？

6

回家时沈年不住地闻自己的衣服，绝大部分男人在做了对不起自己另一半的事后，总是担心身上留下蛛丝马迹。可沈年恰恰相反，他希望闻到梅子的味道，似乎那样就又能看到她白皙的皮肤和卷卷的长发，梅子的妖娆与性感完全超乎他的想象。

那时张小美还没有搬过来和沈年一起住，沈年自己住一套房子不免觉得寂寞，于是经常找梅子过来。梅子是个聪明的女人，沈年这个从名牌大学毕业的知名企业的副经理有多好的前景自己不是不知道，更何况他对自己有求必应，照顾周到。梅子已经厌倦了颓靡的生活，沈年是个契机，能改变自己命运的契机。她干脆就在沈年家住下，给沈年洗衣服做饭，俨然一副沈年老婆的模样。

这些张小美早就知道，打电话听沈年的口气她就知道自己的男人出了状况。张小美明白自己似乎很难抓住沈年的心，其实从一开始她就察觉到了，只是梅子的出现让沈年离自己更远。

坐在对面的陈见平低着头，“我真的不知道事情被搞成这样，要是早知道，我是不会带他去那儿的，更不会让梅子和他……”

张小美很冷静，没有找沈年哭闹，甚至装做一无所知。她知道现在的不理智只能让沈年有个分手的借口，她是沈年的领导介绍给他认识的，沈年不敢贸然提出分手是怕对自己的将来有影响。

想来这世上哪里有纯粹的爱情啊！连最亲近的人对你也是有所算计的。

没关系，什么事都会有解决办法的。张小美说："我是不可能让沈年和那种女人在一起的。"

张小美觉得她只有一条路可以走了。

已经不知道多久没有接到沈年的电话，张小美觉得自己慢慢变成了一具尸体，渐渐没了温度，连同她的爱情一起腐败。

电话已经在手里捏了很久，那个熟悉的号码拨了一次又一次，不过都挂断了。她不知道是没有勇气面对沈年还是没有勇气面对自己。她害怕沈年的出轨，害怕失去沈年。电话打过去会怎么样呢？张小美很矛盾，她想挽回沈年但实在找不到好的办法。对他的想念甚至多于伤心，她不能没有沈年，她必须挽回自己的爱情。

张小美已经厌倦了等待、踌躇和迷茫的感觉。最后她还是拨通了电话，她甚至听见了自己的心跳。

很久，电话才接通，那边是沈年疲惫的声音：

"有事吗？"冷冷的没有一丝温度。

"嗯……我只是想问你过得好不好。"

"不好！"

"怎么了？"

"没什么。"

"你明天有时间来看看我吗？"

"明天不行，我得……陪一个朋友去医院……做个手术。"

"哦……"张小美当然知道会是什么样的手术，她觉得自己的心疼已经让她不能呼吸。

张小美放下电话，眼泪就掉了下来。但很快她就释然了，张小美明白自己必须做些什么才能拿回属于自己的东西。

7

老房子装修好的时候，沈年把母亲接过来住。张小美怕老人一个人孤单，想让她过来和他们一起生活。可老人仍然像以前一样坚持，张小美和沈年没有办法，只好尽量多抽时间去陪沈年的妈妈。沈年的妈妈是位慈祥的老人，她一直把张小美当成自己的女儿一样看待，沈妈妈在老房子住的这段时间，张小美经常和她一起买菜逛街做饭，沈妈妈洗澡时张小美还会帮老人擦背，相处融洽得就像一对母女。

一天，张小美和沈妈妈一起逛街，张小美想给老人买些补品，老人死活不让。

沈妈妈说："我这身体是老毛病了，买再好的补品也没有用。"她指着腰部说，"这里，功能不行了。"

"那就更应该补补啊！"

"我知道你和小年都是好孩子，都孝顺，可是当年我的病已经把小年拖累得不行，现在啊你们生活好了，也该为自己打算一下，结婚需要不少钱呢！"老人说着脸上就很满意地笑，"小美，今年你也满 26 了吧！"

张小美点点头。

"准备什么时候结婚啊？我看得出，你会是个好媳妇。小年能娶到你真是他的福气啊！"沈妈妈拉着张小美的手亲切地说。

"沈年说，嗯……等有了孩子就结婚。"

"哎！先结婚不一样嘛！等我回去说说他。这小子，竟瞎胡闹！"

回家后，老太太把沈年教育了一番，然后收拾东西要回乡下。张小美和沈年怎么劝都没有用。

沈妈妈说："我啊，想念那些在家门前种的花花草草了。你们这里高楼大厦，好是好，就是每个人都冷冰冰的，不如乡下人实在。还有，这里连个扭秧歌的都没有！闷死人啦……"

老人的脾气他们是知道的，也不敢逆了老人的意，就把老人送到车站。临走时沈年问母亲什么时候再来，沈妈妈指着沈年的鼻子说：

"你小子，要是真孝顺我，就早点把小美娶过门。这么好的媳妇你去哪里找？要是再想让我过来就早点生个孙子给我抱。我啊，到那时候就不走了！"

沈年连连点头把张小美搂在怀里，"好的，妈，你放心吧。我会尽快娶小美的。"

老人笑着把张小美拉到一边，低声说："孩子啊，别看沈年这样大了，其实啊，还是小孩子脾气。有什么事多担待他点儿，他爸死得早，他有今天不容易啊……"

张小美拉着老人的手说："妈，你放心吧！我会照顾好他的！"

老人眼里有了泪："有你这声'妈'，我就放心了！"

沈妈妈走后，沈年再也没提过结婚的事。

晚上吃饭的时候，张小美对沈年说："妈的身体不太好啊！听妈说几年前得了一场病，是吗？"

沈年夹菜的筷子像定住了一样，他抬头看着张小美，用一种探究的目光。

"没什么，我只是随便问问。"张小美发现沈年的表情变得不合常理的严肃。

"哦，人老了身体难免会有毛病，没什么事。"沈年低头吃饭，含糊地回答她。

张小美还是觉得沈年怪怪的，老人的病有什么必要隐瞒呢？自己又不是外人……

第二天，张小美接到沈妈的电话，寒暄了几句后，老人说："孩子啊，你陪我那几天真是谢谢你啊，我有件事想跟你说，不过你听了不要害怕。"

张小美忽然觉得有些紧张。

"有什么事？妈，您就说吧！"

"等沈年回来啊，你一定跟他说，让他务必把老房子卖掉！"

"卖掉！为什么？您不喜欢那里吗？"

"孩子啊，那个老房子不干净……"老人压低了声音，那声音变得很沙哑，像干枯的树枝在地上来回地划着。

"不……干净？"张小美不知道这种害怕的感觉是因为老人的话还是因为老人的声音。

"是啊，我在卧室睡觉的时候总能听到有女人的哭声！有一次做梦还梦到一个皮肤白白、头发卷卷的女人，她叫我婆婆！你说怪不怪，所以我也不敢住就早早回来了。开始没跟你们说是怕你们害怕，后来我想万一你们去住怎么办，有不干净的东西害你们怎么办？哎！还是早点卖掉的好……"

"哦，妈您放心。等沈年回来我一定告诉他。"

放下电话的时候，张小美觉得手像冰块一样。这件事该不该和沈年说呢？不行，如果卖了房子，买家重新装修砸了那面墙看到了陈见平的尸体，那一切都完了！

8

按照和梅子的约定，在沈年上班之后，张小美来到沈年的家也就是那座老房子。开门的时候，她发现房间被梅子打扫得干净又整洁。

梅子穿着性感的睡衣，摆出一个胜利者的姿态："说吧，找我到底什么事？"

"我想让你把沈年还给我。"张小美开门见山。

梅子马上哈哈地笑了起来，像是听到了一个很好听的笑话："还给你？还给你什么？你要有本事马上就可以让他回到你身边。"

这戳到了张小美的痛处。

"就算我求你还不行吗！"张小美的声音已经开始颤抖，眼泪止不住地往下掉。

梅子看到她这样，觉得很突然。她点了一支烟，递给张小美，张小美没接，就自己放到唇间。

"既然你这么爱他，怎么会让他到那种地方去呢？为什么不看好他？"

"是我不好，我以后会好好照顾他，看好他！我现在只希望你能离开他，我会让他回到我身边的！我求你了！"张小美声泪俱下。

梅子沉默了很久，转过身看着窗外。

"对不起，我帮不了你！现在的我，已经爱上他了，我已经不是那个按摩女郎了。为他我改变了很多。我不像你，有学历，有本事，你能找个很好的男人。可我，错过了他，我就又要回到过去。"梅子苦笑着摇头，嘴里吐出个烟圈，"我还没有那么伟大。"

"我求你了！"张小美跪在她面前，为了爱情她已经放下一切尊严。

梅子一惊，随即马上转过身，很坚定地说："你走吧！再求我也没有用。"

张小美仍然不肯走。

梅子指着她说："你赖在这做什么？给我滚！滚！马上滚！

张小美擦干了泪走到楼下。梅子，是你逼我的！她马上拨通了陈见平的电话。

"买主联系好了吗？"

"没问题了。"

"那就行，明天动手！"

挂上了电话，张小美觉得前所未有的释然，她觉得沈年离自己不远了。

有一句话说得很对，人算不如天算。

第二天夜里，张小美终于等来了陈见平的电话，不过是个坏消息。

梅子死了。

原计划晚上让陈见平去梅子家，把她迷昏后装上车卖到偏僻的山里，一了百了。没有人命官司又不用处理尸体，这本来是个天衣无缝的计划！

陈见平说，在他拿着从沈年那里偷配来的钥匙进门时不小心被梅子发现了，他怕梅子呼叫，情急之下就用床上的枕头捂在梅子的脸上……

“那……那怎么办？”张小美已经坐立不安，她根本没想杀掉她！

“没关系，嫂子，这事是我做的，我会处理的，你放心吧！”

张小美没想到陈见平能主动扛下这件事。怎么说这也是人命啊！虽然说按摩女郎失踪经常发生，但是警察查起来会很麻烦。最关键的是不能让沈年知道这件事情跟自己有关系！不然和沈年感情就再难挽回了，听到陈见平这么说，她觉得放心很多。

“不过……”陈见平欲言又止。

“不过什么？见平，都这个时候了有什么话你直说。”

“不过，沈年找不到梅子一定会报警的，我必须得走。但是……你也知道我没有钱，我希望你……”

“你需要多少？”

“三万吧！我避一避风头，不过这风头什么时候过去谁也不知道。”

三万不是一个小数目，张小美有点为难。

“放心吧！要是真出了事，也是我担着，我是不会把你扯进去的！”

陈见平的话起了作用，张小美拿出自己的积蓄给了陈见平，并且嘱咐他要多加小心。陈见平走后，张小美如释重负。

沈年发现梅子不见了，伤心欲绝。他以为梅子又回去做老本行了，找了无数家洗浴中心和KTV却杳无音信，他最终放弃了寻找。但是这件事对沈年的打击很大，他失踪了将近一年才回到张小美身边。张小美很开心，她的等待和付出没有白费，沈年终于回来了。但是他们对于梅子的事只字未提，就像什么都不曾发生过。为了表示对张小美的爱，沈年又在别的小区买了房子，并尽快装修完毕。两个人开始了幸福的同居生活。

然而，事情还没完。

有一天张小美接到了一个电话，是陈见平打来的。

他说他躲得很辛苦，而且钱也用完了。

张小美说：“沈年根本没有报警，没有人查这件事，你可以回来了，不用再躲了！”

陈见平的语气马上变得很嚣张：“嫂子，你可别忘了两年前是我帮了你，你可不能忘恩负义啊！再说了，梅子的家人总也联系不上她。我就不信那么大的活人丢了她家能不报警，到时候你也会很麻烦……”

就这样，张小美又给了陈见平五万。

不过很快，张小美就发现陈见平是个填不满的无底洞，他根本没离开过这个城市。他只是躲在离张小美家很远的一个小区里。张小美觉得自己被骗了。不过张小美实在没有办法，毕竟他手里有自己的把柄。可自己实在没有那么多钱给他了，她决定跟陈见平谈谈。

张小美很久没有来老房子了，离开这里的时候因为忌讳这里发生过的事，所以她和沈年几乎什么东西都没有拿走。推开门，陈见平已经等在那里了。

9

陈见平慢慢倒下去的时候，张小美的大脑一片空白。

要不是陈见平那么贪婪！要不是陈见平威胁自己非要当面告诉沈年梅子的事！要不是因为太害怕！要不是因为手边正好有个花瓶……

很多血从陈见平的头上流出来，张小美害怕极了，拿出电话想叫救护车。但就在那一刹那，她忽然意识到这很愚蠢。于是张小美来到厨房，拿了菜刀。深呼吸几次就在陈见平的脖子上重重地划了下去！

然后张小美把尸体钉在卧室的东墙上，又在附近工地偷了很多砖，在墙外面砌了一堵假墙。她不知道自己是怎么做到的，做这些事情的时候她一点也不感觉害怕，她满脑子都是沈年，只要是为了他，她什么都可以做。

第二天，张小美找来几个工人把老房子里里外外粉刷了一遍。老房子还是那个老房子，看不出一点变化，张小美觉得一切很快就会过去。

就这样，张小美以陈见平的生命为代价，替自己赢得了几年平静而幸福的生活。

10

晚上沈年回家的时候正好电话响了，沈年去接，听起来像是沈年的母亲。沈年一边接一边看着张小美。张小美想起沈妈妈说卖房子的事，觉得无比紧张。

“是妈打来的吧？”

“嗯。”

“有什么事吗？妈最近好吗？”

“挺好的，也没什么事。”

“妈，她没说……说有什么事吧？”

“没有啊！”沈年很疑惑地看着她，然后忽然抬头，一把抓住张小美的胳膊，直直地盯着她。

“你最近有没有接到妈的电话？”

“有……有啊。哎，你弄疼我了！怎么了你？”

“妈跟你说什么了没有？”

“没……”张小美明显底气不足，她从来不会在沈年面前撒谎。

沈年像在思考什么，好一会儿才放开张小美。

晚上睡觉的时候，沈年说：“明天晚上陪我去一趟老房子吧！我想拿点东西。”

11

到了老房子，沈年把所有的窗户都打开，风呼呼地灌进来……月光下，沈年的脸忽然变得狰狞而诡异。

“你……到底要拿什么东西，拿完咱们就回家吧！”张小美有点害怕这样的气氛。

“小美，我们在一起多久了？”

“五年了吧！”

“五年……这五年里发生了很多事……”

沈年一步步地走过来，靠近张小美，“你接到我妈的电话了！是吗？她说要卖房子是吗？”

张小美惊讶地看着沈年，心里仿佛有个东西慢慢地沉了下去，压得自己喘不上气来。

“小美，你说，你想卖掉这房子吗？”

张小美拼命地摇头。

沈年笑了，“还是你为我着想啊！不卖掉房子是为了帮我保守那个秘密是吗？”

张小美迷惑了，“什么秘密？”

“别跟我装了，你早就知道是我杀了梅子。记得前几天我说我看见陈见平了吗？他都告诉我了。亲爱的，我不希望把这房子卖掉。当然我更不希望有个知道我那么多秘密的女人每天跟我睡在一起。因为……那样我太没有安全感了！”

张小美觉得身体变得很重，她正慢慢地倒下去，血顺着插在腹部的刀缓缓流下……

“为……为什么？我根本不知道是你杀了梅子！为什么要……”

“为什么？因为她身上有一样能救我母亲命的东西！我认识梅子不久就查出我妈有尿毒症。我从小没有父亲，我妈受了一辈子苦。我不能就这样让她走了！医生说只有换肾才能救我妈的命，可去哪里找合适的肾？真是天无绝人之路！就在这时候，梅子怀孕了！我在陪她堕胎的时候发现她的血型居然和我母亲一样。我知道这种几率很小，但是还是跟梅子说了，希望她能做个配型试验。在我苦苦的哀求下，她答应了。真是很巧！她的肾正好可以移植给我母亲。我答应娶她、照顾她、伺候她一辈子，希望她能捐肾给我妈。但她只说考虑考虑，从来不正面答复我，可我妈根本等不了了！于是我给陈见平打电话让他帮忙，也就是在那个时候我知道了你的计划。在你们谈判的第二天，我从外地请来一个私人医生，就在这里拿走了梅子的肾，然后让陈见平给你打电话，告诉你计划顺利。这样就算她的死被人发现也只和你有关系，就算有人查也不会查到我头上。记得我失踪了一年吗？那一年时间是我演戏的时间，也正好是我照顾我妈的时间。”沈年慢慢走近躺在地上的张小美，伸手抚摩她的脸。

“你一定想知道我为什么杀你吧？我讨厌你总是一副贤妻良母的样子。明明很恨我对你不忠却装做什么都不知道！古人说得对，‘最毒妇人心’，我就不信你知道我杀了梅子会不趁机报复我！你知道吗？从见过陈见平开始，我就早早计划这一天了。我故意改变生活习惯，还做出一些不合常理的举动。我喜欢看你迷茫看你痛苦，像你这样虚伪的女人，早就该死！哈哈……”

现在的沈年已经不是张小美所认识的那个单纯而又孩子气的沈年了！听到他的话，张小美觉得心里像被插进无数枚钢针，冰冷而疼痛。

这时候，沈年忽然很兴奋地说：“知道梅子的尸体在哪里吗？亲爱的！”他走到卧室的西墙，用手来回地抚摩。“她就在这里！哈哈……我把她封到墙里，永远都不会有人知道的！哈哈……”

张小美听着沈年洋洋自得地说完一切，觉得眼皮很重。她知道自己流了很多血，支持不了多久了，她艰难地抬起手臂，“那么你知道……卧室的……东墙里有什么吗？”

张小美微笑着看着沈年。沈年收敛了笑容，定定地站在那里，突然，他发疯似的从厨房里拿来锤子拼命砸着墙壁……

12

沈年疯了，被关在郊区的一所疯人院里。张小美经常来看他，还像以前一样照顾他，仿佛他从没伤害过自己。原来爱情可以让女人的心无限宽容。她已经把沈妈妈接到城里来住，像照顾自己的妈妈一样照顾她。张小美经常跟沈年说家里的事，但他一直都没什么反应，只是不停地说："我看见陈见平了！我看见陈见平了！"至于他喝醉的那个晚上到底见没见到陈见平，谁也不知道。

端午节张小美来看沈年的时候，在草坪上看见了一个很眼熟的老太太，她很老，老到恐怕已经超过一百岁了，稀疏雪白的头发用一根簪子绾在脑后，穿着病号服，站在路的中间，身旁每经过一个人她就会拉住人家，然后神秘兮兮地说："小心枕边人……"声音沙哑，像干枯的树枝在地上来回地划动……

博客阴灵

文/风雨如书

苏嘉南喊了一句，抬脚走进了房间里，脚下突然一滑，栽倒在地。地上躺着一个人，确切地说，是一个倒在血泊里的女人……

1

凌晨五点，苏嘉南依依不舍地对着麦克风和丁香说再见。看着丁香的QQ变成灰白色后，苏嘉南的心里有一种莫名的怅然感，因为他感觉和丁香的交谈意犹未尽。

也许每个人都希望能找到一个可以倾心交谈的朋友，可是这样的朋友在现实中很难找到。于是人们便开始借助于网络，就像苏嘉南和丁香一样。他们从来没见过彼此的样子，但是他们却可以向对方讲出自己的任何事情，甚至有时候苏嘉南可以给丁香说一些暧昧露骨的话。对于这些，丁香不会介意，因为离开网络后，他们依旧是陌生人。

苏嘉南是一名私家侦探，他每天都会守在网上发发帖子，寻找生意。最近因为受到金融风暴的影响，很多工作都受到了波及。苏嘉南已经好久没有接到单了，如果再这样下去，他的侦探所就要关门了。

点开新浪博客网，苏嘉南在那些明星的博客后面一遍一遍地复制着自己的广告留言。忽然，苏嘉南想起丁香说她也开通了博客，并且让他有空去踩踩。于是，苏嘉南打开聊天记录，打开了丁香的博客链接。

丁香的博客很简单，连背景音乐都没有。让苏嘉南没想到的是，在访问的记录里面，竟然有个叫梦回乡的博主在自己之前访问过她的博客。苏嘉南不禁打开了那个梦回乡的博客。不知道是因为网速的问题，还是其他原因，那个博客许久没有打开。就在苏嘉南刚准备关掉网页的时候，博客主人的照片出现了，苏嘉南顿时被博客上主人的照片吸引住了。

那张照片上的人竟然是苏嘉南的大学同学张刚，要知道张刚早在半年前就死了，难道这个博客是张刚以前用的？可是，博客上次更新的时间是前天晚上 12 点。想到这里，苏嘉南点开博文仔细看了起来，张刚的所有博文标题都是回忆录，看起来就像是作家连载的长篇小说一样。

随着鼠标往下拉动，苏嘉南的脸色越来越阴沉，额头上也冒出了一层密实的冷汗。张刚在前天晚上 12 点记载的事情竟然是前天同学聚会的事情。张刚在博客里把当时的情景描述得活灵活现，仿佛当时他也在聚会现场一样。

苏嘉南铁青着脸，仔细思索着聚会当天晚上的情景，难道说张刚的鬼魂躲在聚会者中间，站在一边看着他们坐在一起叙旧谈心？

不，这个世界怎么可能有鬼？一定是有人冒用张刚的博客写出了当时聚会的情景，如果是这样的话，那么这个人一定是他们的同学，并且是那天参加聚会的人之一。

苏嘉南拿起旁边的电话，找到那天聚会同学的电话，一个一个拨了出去。二十分钟后，所有的人都问了一遍，除了粱立成，其他人都说不知道什么博客文章。

所有的嫌疑都集中在了粱立成的身上，苏嘉南想起聚会那天粱立成说话很少，他戴着一副黑边眼镜，冷眼观望着其他人。再加上粱立成是一个网络公司的编辑，电脑和文字水平都要比其他人好，如果说张刚的博客是别人冒写的话，那么无疑粱立成是最大的嫌疑人。

可是，他为什么要冒充张刚写博客呢？苏嘉南百思不得其解。

粱立成上班的网络公司其实是一个私人公司，就在南城财富大厦一的一个小型商务楼里面。苏嘉南走下出租车正好看见粱立成从里面走了出来。

苏嘉南冲着他挥了挥手，可是粱立成却没有看见。苏嘉南看见他径直向旁边的梅花巷拐去，梅花巷是城市的老街道，里面都是一些卖香烛纸人的寿衣店。平常白天那里都是阴森森的，到了晚上更是没有人。苏嘉南有些奇怪了，粱立成去梅花巷做什么？没有多想，苏嘉南跟了过去。

粱立成走得很快，对于身后的苏嘉南根本没有发觉。苏嘉南看见他走进一家名为天堂第一站的寿衣店，几分钟后他拎着一个黑色的袋子从里面走了出来，然后向前面走去。

苏嘉南没有想到粱立成竟然住在三和村，三和村是南城的一个城中村，一些外来打工的低收入人群都住在这里。但是粱立成却也住在这里，凭他的收入，他完全可以在市里租一套单身公寓。苏嘉南忽然觉得粱立成的身上有太多疑点。不知道为什么，苏嘉南看着梁立成走路的样子，越看越像当年张刚的身影。

梁立成走进一个胡同，然后钻进了一个楼道里。走进里面，苏嘉南才发觉楼道里面延伸着一个漆黑的甬道，外面的光亮只能照进来一点，里面是一间隔一间的出租房，看起来就像是一排又一排的墓碑。

苏嘉南有些疑惑地看着眼前的房子，他不知道梁立成住的房子是哪一间。就在他迷茫的时候，旁边的一个房间里突然映出一些火光。苏嘉南走过去，透过窗户他看见房间里有个人正在点着一些纸钱元宝，那个人正是梁立成。接下来，房间里的情景让苏嘉南大吃一惊，在这个不足三十平方的出租屋墙壁上，挂着一副张刚的巨幅放大照片，下面的桌子上立着张刚的灵位。

“你，你怎么来了？”对于苏嘉南的出现，梁立成显得很惊慌，他慌忙扑灭了那些燃烧的纸钱元宝。

“这是怎么回事啊？”苏嘉南看着他，沉声问道。

梁立成叹了口气，坐到旁边的凳子上，没有说话。

“昨天晚上我看到张刚的博客，上面还有人在更新内容。最近的更新是我们前天聚会的事情，我问过其他同学，他们都不知道。你知道吗？”苏嘉南继续问道。

听到苏嘉南的话，梁立成的身体一震，他缓缓抬起眼神，嘴唇颤抖着说：“你也、也看到那个博客了？果然，果然不是我的幻觉，那是真的。”

“什么真的？”苏嘉南越发疑惑了。

梁立成停顿了几秒，用一种近似颤抖的低音说：“嘉南，你相信这个世界有鬼吗？”

“我不相信。”苏嘉南斩钉截铁地回复道。

“那，报应呢？”

“你到底想说什么？”苏嘉南有些生气了。

“我感觉张刚他并没有走，他人虽然死了，但是他的鬼魂一直跟着我，即使我用尽各种办法，无论是求他、赶他，他都不愿意走，他在报复我。”梁立成的情绪忽然变得激动起来，仿佛在叙述着一个惊天的秘密。

事情要从半年前的一个晚上说起，那天晚上，从公司出来的梁立成突然接到了张刚的电话，约他到一个咖啡厅见面。

上大学的时候，梁立成和张刚的关系非常好，两人经常一起出去打 CS 游戏，并且两人是一个战队的，他们的组合堪称完美组合。只是毕业后，张刚去了外地，随着时间的推移，两人的联系更少了。

张刚的突然出现让梁立成感到有些意外，毕竟是大学的好哥们，所以梁立成如约去了那个名叫花样人生的咖啡厅。

一年没见，张刚跟之前的样子有了很大的变化，他穿着一身价值不菲的西服，头发也不再是以前的四分头，而是做出来的板型。不过他还是像以前一样开朗活泼，一见面就把梁立成带回到了大学时光。

张刚大学毕业后一直跟着他叔叔做生意，没做多长时间就挣得了一大笔钱。这次他回到南城是想帮同学们一起发财致富。当然，众多同学里，他第一个想到的自然是梁立成。

听到张刚要提携自己，梁立成自然分外高兴。虽然梁立成就职的网络公司在南城并不是什么小公司，但是梁立成对自己的收入并不满足。他希望能早日在南城买套属于自己的房子，如果自己还是按部就班地上班，这个梦想是很难实现的。

"对了，还不知道你是做什么生意的。"想到这里，梁立成问了一句。

听到梁立成的问话，张刚愣了一下，轻声说道："这个世界马无夜草不肥，人无横财不富。我做的生意不太好听，但是绝对不违法。如果你有兴趣，今天晚上 11 点，我带你一起去看看。"

说到这里，梁立成深深地吸了一口烟。

"张刚到底是做什么生意的？"苏嘉南忍不住问了一句。

"那天夜里 11 点，张刚的电话准时响了起来。我没有多想，便去了张刚说的地方……"梁立成没有回答苏嘉南的问题，继续说道。

张刚和梁立成约在南城第一人民医院后门见面。当梁立成走到那里的时候，除了张刚外，他还见到了另外一个人，一个又瘦又黑的老头，他是南城第一人民医院太平间的守夜人老郑。

在南城第一人民医院太平间里，梁立成知道了张刚所做的生意是什么，他是倒卖尸体器官的。张刚说现在全国各地医学院一直都缺少尸体器官进行研究，要知道医学院的尸体资源一般是那些没有姓名没有资料的无名尸，但是那样的尸体并不是天天有的。张刚和他的叔叔就是看中了这些商机，然后联系了很多医学院的负责人，从中获利。

知道张刚的生意竟然是倒卖尸体器官，梁立成倒吸了口冷气，要知道在梁立成的家乡，按照那里的观念，挣死人的钱是会遭天谴的。

梁立成看着张刚从老郑手里接过几个冒着冷气的保鲜膜块，然后装到随身携带的小型冷冻箱里。虽然他不知道那几个保鲜膜块是人体的什么部位，但是想起那是从尸体身上取下来的东西，他的胃里还是忍不住一阵翻腾。

"我知道这不光彩，可是这些东西卖出去的话能挣 2 万块钱。有了钱，这个世界才会属于你。没有钱，就算你再怎样，什么也不是。"张刚对梁立成摆道理。

“那天晚上我回到家一夜未眠。张刚说的话并不是没有道理，但是我却无法说服自己去做那种遭天谴的事情。”梁立成叹了口气。

“那后来张刚又找你了吗？”苏嘉南皱了皱眉头问。

“是啊，三天后张刚又给我打了个电话。他说有一笔生意，做好的话可以挣 30 万，如果我愿意做，他可以分给我 10 万。当时张刚说完，我就动心了。也许我是真的被金钱迷了眼。”梁立成的眼里满是懊恼与后悔。

张刚之前和老郑的合作都是直接交易——老郑把东西从尸体上取出来，然后再卖给张刚。这样一来，中间就会置放一段时间，那些器官上的敏感细胞会快速死掉。两天前，张刚接到一个医学院教授的电话，他希望张刚能给他提供一些更好一点的器官，最好是一具完整的尸体。

对方的话讲得很清楚，价格好商量。虽然张刚知道这是犯法的事情，可是想起那个数目不菲的回报，他也管不了那么多了。

于是，张刚和梁立成决定去医院偷一具尸体。

张刚和梁立成选择的是南城第三医院，因为第三医院离市区比较远，再加上那里的太平间没有人看管。

天黑的时候，张刚开着车来到了第三医院的后门。按照他们事先商量好的计划，张刚去太平间偷尸体，梁立成在外面把风。毕竟是第一次做这种事情，两人都很紧张。特别是梁立成，张刚去里面偷尸体的时候，梁立成感觉时间过得特别慢，外面一点风吹草动都让他心惊肉跳。

十几分钟后，张刚拖着一具尸体从里面走了出来。他一脸兴奋地对梁立成说：“还是个美女呢？估计刚死的，很新鲜。”

梁立成瞄了尸体一眼，果然是个年轻女孩，长得很俊秀，只是肤色暗灰，没有一丝人气。

“走吧！帮忙抬一下，咱们可算是铁哥们了，以前一起打 CS，现在一起偷尸体。估计等咱们死了，下辈子还会在一起。”张刚笑嘻嘻地说道。

“胡说什么？”梁立成顶了他一句。

“真的，我们关系这么好，要是我先死了，我会回来找你的。哈哈……”张刚笑了一声，突然僵住了。

梁立成也感觉有些不对，他抬起头看见前面站着一个女人，那个女人穿着一件白色的睡裙，脸色惨白，她的样子和张刚偷来的尸体一模一样。

“鬼，鬼啊！”张刚像是被电了一下，扔下手里的尸体疯了一样地向前跑去。

等梁立成追过去的时候，张刚已经跑到了对面的马路上，一辆大卡车突然迎面向他撞来。

突然出现的意外，让梁立成呆住了。不过他很快明白过来，自己不能待在现场，他可不愿意被人发现。于是他转身潜入了深邃的夜色里。

说完整个事情的原委，梁立成深深地抱着自己的头，陷入了极度的痛苦中。就在苏嘉南不知道该怎么安慰他的时候，梁立成又抬起头说话了："张刚死后，我天天做噩梦。后来我在报纸上看到一则新闻：罪犯半夜偷尸，巧遇死者孪生姐姐。我才知道那天我和张刚见到的那个女人是那个尸体的孪生姐姐，我更觉得张刚是做了太多坏事，遭了报应。

"我以为事情会随着张刚的死而结束，可是那却是噩梦的开始。我每天都会梦见张刚，尤其是他临死前说的话，我感觉他根本没死，他天天跟着我。我不敢告诉任何人，每天都活在恐惧中。为了摆脱噩梦，我便租了这个房子，把张刚的灵位供了起来，每天过来烧纸钱祈祷，希望他早点离开我。"

"你为什么不去看心理医生？"苏嘉南能够理解梁立成的苦衷。

"我去了，可是心理医生说我没问题。所有的测试都很正常。我是个无神论者，我不信这个世界上有鬼。我也不停地对自己说，这一切不过是我自己的幻想而已。可是，就在我们聚会前的晚上，我见到了张刚，他站在我的对面，一脸仇恨地说：'我也会去参加聚会。'我当时以为是自己眼花，狠狠掐了自己一下，疼痛告诉我那是真的。我见到了张刚的鬼魂。

"后来，我看到了张刚的博客，他在里面写着聚会时的情景，写得那么详细。我能感觉出，当时他的鬼魂一定就在我们中间，只是我们没有感觉到而已。"

梁立成情绪激动地说完把这些后，他的眼睛里闪着惊恐的光芒。

在张刚博客里描写的聚会情景，只有身临其境的人才能写出来。想到这里，苏嘉南忽然想到一个问题，那个博客会不会是梁立成在自己无意识的情况下替张刚写出来呢？要知道，梁立成的内心对张刚充满了恐惧，也许那些所谓的见鬼都只是梁立成的幻觉，同样，张刚博客的内容也是他自己做的，只是他并不知道而已。

想到这里，苏嘉南决定帮助梁立成，否则梁立成总有一天会精神崩溃的。

2

今天，侦探所来了一个奇怪的男人。他穿着一件又宽又大的黑色大衣，头上戴了一顶黑色的帽子，脖子上围着一条黑色的围巾，只有两只眼睛露在外面，闪着诡谲神秘的光芒。

"你是苏侦探吗？"一进门，他径直走向苏嘉南身边问道。

"我是，你有什么需要吗？"对于眼前男人的装扮，苏嘉南有些意外，他猜测着是不是男人要自己调查一些不愿意被人发现的事情。比如说跟踪情人，调查生意场上的对手。

"我叫郑元浩，请问你们做跟踪吗？"男人讲出了自己的来意，果然和苏嘉南想的一样。

"当然，郑先生，你想跟踪什么人？老婆？还是情人？"苏嘉南点点头说。

"是我老婆。我怀疑她在外面有了外遇，今天晚上我告诉她出差。所以希望你能帮我跟踪她一晚，至于费用问题。"说到这里，郑元浩从口袋里拿出一沓百元大钞，"如果拍到有用的情况，我会给你更多的报酬。"

"好的，没问题。"苏嘉南微笑着说道。

郑元浩留下了一张照片和一个地址，他告诉苏嘉南，晚上九点他会离开家门，也就是说苏嘉南要在晚上九点之前守候在那个地址的门外。

苏嘉南看了看郑元浩留下来的照片，上面的女人很漂亮，长发披肩，样貌清秀，是一个典型的美女。

"滴，滴，滴"，这个时候，电脑突然响了一下，QQ 里有人发来消息。苏嘉南看了一下，竟然是丁香发来的。

"我帮你查了查，那个博客还真奇怪呀！系统上面没有备份，也找不到 IP 地址。"

苏嘉南这才想起昨天晚上和丁香聊天的时候无意中说起了张刚博客的事情，后来丁香说她的一个朋友在新浪博客做网络工程师，正好负责的就是博客系统，从那里可以看出更新博客人的 IP 地址。于是，苏嘉南便托她帮忙查一下。

"那找不到 IP 地址是怎么回事啊？"苏嘉南回复道。

"我朋友说有两种可能：第一种可能是系统出毛病了，但是同一时间其他博客更新数据都有显示。还有一种可能……"丁香没有说出第二种可能。

"什么？"苏嘉南追了一句。

"那就是见鬼了。"

丁香的话让苏嘉南心头一震，难道说张刚的博客真的是他的鬼魂更新的？这不可能，可是这一切又该怎么解释呢？苏嘉南感到有些费解。

"晚上做什么呀？"丁香换了一个话题。

"接了一个活，可能要忙很久。"苏嘉南答道。

"什么活呀？不会是约会小情人吧？"

“胡说什么，我小情人只有你一个，我找你约会吧！”

“好啊，我晚上好寂寞的。”

简单胡聊了几句，苏嘉南下线了。他要准备一下，以便晚上能够顺利偷拍到重要的画面。

8 点 50 分，苏嘉南准时出现在了定和小区门口，那个男人给的地址是定和小区 2 单元 3 号楼 205 房间。

没费多大的工夫，苏嘉南绕过保安，来到了 3 号楼面前。找到一个隐蔽的地方，他把随身携带的高倍望远镜支了起来，然后对到了对面 205 房间的窗台上。

望远镜有紫外线功能，是苏嘉南花高价钱托朋友从国外买回来的。这种望远镜是国内禁止销售的，因为怕有些人拿来干不道德的勾当，比如偷窥。

通过镜头，苏嘉南看清了 205 房间阳台上站着一个穿着睡衣的女人，旁边的窗户打开着，可能是那个男人走之前故意打开的。

时间一点一点地过去了，那个女人一直站在阳台上，似乎在看夜景，又似乎在等人。苏嘉南不免有些急躁。

突然，口袋里的手机剧烈地震动起来。苏嘉南拿起手机，眼睛依然看着望远镜的镜头。

“嘉南，我是粱立成。”电话里传来一个低沉的声音。

“怎么了？”苏嘉南问道。

“我看到、看到张刚了。”电话里，粱立成的声音抖了一下。

“什么？在哪里？”听到这里，苏嘉南呆住了。

“我看着他走进了定和小区，现在我跟着他。你能过来吗？”粱立成的话音刚落，苏嘉南看见一个男人走到了 3 单元楼下，那个男人的背影看起来很熟悉，分明就是半年前死了的张刚。苏嘉南慌忙把镜头对过去，可是那个男人却闪身走进了楼道里。

几分钟后，当苏嘉南再次把望远镜对准 205 房间阳台的时候，他不禁惊呆了，205 阳台上多了一个人，高倍热敏感望远镜的镜头里清晰地出现了那个人的身影。

那人无论是从神情还是从样貌都像极了张刚。可是，张刚已经死了，那真的是他吗？

“嘉南，绝对是他。你看他脖子这里，有一块很明显的疤痕，那是他上学从双杆上摔下来时留下来的。”粱立成和苏嘉南会合后说道。

的确，那次上体育课，张刚从双杠上摔了下来，留下了一块硬币大小的疤痕。

“我就说张刚没死，他一定是像书里说的那样依靠吸食女人的精元存活着。”梁立成喃喃地说着。

“胡说八道，你以为是《聊斋》啊，还吸食女人的精元。”苏嘉南瞪了他一眼。

这个时候，苏嘉南的手机又响了起来，他拿起电话，“你好，哪位？”

“我是郑元浩，我委托你调查的事情有什么进展吗？”电话里传来一个男人的声音。

“有，有进展，只是事情有些不太对。我们能找个地方谈谈吗？”苏嘉南一时之间不知道该怎么说。

“好吧，半个小时后我们到工业路的茗香茶社见面吧！”郑元浩迟疑了几秒，同意了。

“我想应该先调查下元浩的老婆，也许会发现不同的线索。这样，你跟我一起去茶社。我们现在需要郑元浩的帮忙。”苏嘉南挂掉电话后对梁立成说道。

茗香茶社，苏嘉南以前来过一次。南城的茶社和外地的不太一样，这里的茶社其实就是一些隐藏起来的娱乐馆，里面麻将牌九游戏机，应有尽有。不过也有安静的品茶室，郑元浩约他们在 107 房间见面，那里就是一个安静的品茶室。

在茶社工作人员的带领下，苏嘉南和梁立成来到了 107 房间。推开门，郑元浩站了起来，他依然穿着那件黑色的大衣，帽子戴得很低，似乎怕别人认出他来。

“这是我的助手梁立成。”苏嘉南介绍道。

“你好，郑先生。”梁立成慌忙握住了郑元浩的手。

“坐吧，坐下来说吧！”郑元浩松开梁立成的手，然后坐了下来。

随着苏嘉南的讲述，郑元浩的脸变得阴沉起来，他似乎也没想到和自己老婆幽会的人竟然会是一个已经死了的人。

“你们确定那个男人是你们半年前死了的同学？”郑元浩不确定地又问了一次。

“完全确定，这个世界上不可能有这么巧的事情。一定是他的鬼魂。”梁立成激动地说道。

“只能说是我们的怀疑，所以我希望能得到你的帮助。这样一来可以帮我们解开心头的迷惑，二来也能搞清楚纠缠嫂子的究竟是什么人。”苏嘉南干咳了一下，否定了梁立成的话。

“好吧！我答应你们，晚上回去我向那个贱人摊牌。不过我有个条件，在我们离婚的时候，请你帮我作证，是她出轨在前。”郑元浩停顿了片刻说道。

“没问题。”苏嘉南点点头。

张刚的博客又更新了，这一次上面写的内容让苏嘉南大吃一惊。题目依然是回忆录，上面写的内容是他和一个名叫林秋水的女人相识相爱的过程。从他们第一次在超市里面遇见，到后来两人一起出去旅游，再后来到偷情，写了整整5000字。

最让苏嘉南感到意外的是，最后一段文字里竟然写着张刚去林秋水家里的情景，而那个情景画面正是昨天晚上发生的事情。

林秋水会不会就是郑元浩的老婆呢？正当苏嘉南准备给郑元浩打电话求证的时候，郑元浩的电话却打了过来。

“苏侦探，我发现一个重要情况，你能来我家吗？”郑元浩的声音显得很惊慌，和之前他的冷静简直判若两人。

“好，我正好也有事情要找你。”苏嘉南说完挂掉电话，向门外走去。

坐在出租车上，苏嘉南给梁立成发了条短信，告诉他自己去了郑元浩家里，可能会有新的发现。

来到郑元浩家门口，苏嘉南敲了敲门，却没有人回应，门却闪出一条缝来。他试探着推了推门，门竟然开了。

“郑先生，你在家吗？”苏嘉南喊了一句，抬脚走进了房间里，脚下突然一滑，栽倒在地。地上躺着一个人，确切地说，是一个倒在血泊里的女人。她正是之前郑元浩让苏嘉南跟踪的女人，也就是那个和张刚幽会的女人。与此同时，苏嘉南还发现一个严重的问题，他的左手正压在女人的心口，而女人的心口还插着一把尖刀。

苏嘉南慌忙把手缩了回来，但是手上已经沾到了女人身上的血。此刻苏嘉南才明白，郑元浩喊他过来竟然是因为他的老婆死了。一定是郑元浩杀了他老婆，两人因为张刚的事情争吵起来，最后愤怒的郑元浩拿起客厅桌子上的水果刀，插到了他老婆的身上。想到这里，苏嘉南站起来，四处寻找郑元浩，可是他找遍了整个房间也没有找到郑元浩。

也许应该报警了，否则自己一定会被当成杀人犯的。苏嘉南意识到这个问题后，拿起手机刚准备拨号报警，大门忽然响了。

进来的人竟然是梁立成，看到房间内的尸体和一身带血的苏嘉南，梁立成呆在了那里，不知所措。

“不,不是我杀的,我没杀她。是郑元浩。”苏嘉南慌忙解释道。

“那,郑元浩呢?”梁立成问道。

“我也不知道,我接到他的电话便过来了。我现在就报警,让警察处理。”苏嘉南说着拿起了手机。

“不,不要报警。”梁立成听到苏嘉南要报警,慌忙夺过了他的手机。

“为什么?现在出人命了呀!”苏嘉南愣住了。

“你想警察来了我们怎么解释?张刚的事情肯定会被拎出来,我会被抓的。你不能害我啊!”梁立成说道。

“那怎么办?那我们怎么办?”苏嘉南叹了口气。

房间里死一样沉寂着,片刻后,梁立成说话了,“我有个办法,也许,也许是个两全其美的方法。”

“什么方法?”

“我们把这个女人的尸体处理了,一方面可以得到一笔钱。另一方面,我们可以向郑元浩要点封口费。”梁立成低声说道。

“你疯了?你要勒索?”苏嘉南惊呆了。

“嘉南,我们这么辛苦为了什么,不就是为了钱吗?以前我觉得这些事情很不好,可是张刚说得对,人无横财不富。我想在这边买个房子,张刚的出现改变了我,可惜他死了。现在我们可以一起做。”梁立成两眼放光地说着自己的想法。

苏嘉南的心在颤抖,他觉得梁立成的样子看起来就像是之前他说张刚的样子,房间里阴森森的,一具尸体,两个人。苏嘉南忽然想起昨天晚上,那个像张刚的男人来过这里,也许那就是张刚的鬼魂,现在他可能还在这里蛊惑着梁立成。

可是,真的要这样做吗?

夜黑风高,却不是杀人夜。

这是一辆从水产批发市场租来的冷冻车,林秋水的尸体此刻正好和几箱冷冻虾混合在车后面的冷冻箱里。

苏嘉南点了支烟,可是心却依然在抖,旁边的梁立成显得很平静,他聚精会神地看着眼前那条漆黑的小巷。那里,是他们今天晚上和陈医生的交易地点。当然,陈医生是梁立成联系的。

大约十分钟后,一辆黑色的本田轿车从旁边开了过来,然后停在了巷子外面。梁立成拍了拍苏嘉南说:“走,他们来了。”

梁立成话音刚落,对面的车里走下来三个人,其中一个戴着眼镜,穿着一件黑色的大衣,应该就是陈医生。

梁立成打开车门走了出去，苏嘉南慌忙跟了过去。

“尸体新鲜吗？”陈医生表情严肃地问道。

“当然，死了还没超过10个小时，我们还做了冷冻措施。”梁立成点点头。

陈医生没有说话，回头看了看身后的两个人，然后向车后面走去。

林秋水的尸体不知道是因为冷冻的缘故还是尸僵的缘故变得特别硬，看起来就像是一座石像。苏嘉南躲在他们后面看着陈医生和另外两个人拿着一些类似于钳子的东西在林秋水的身上敲打着。

“果然是好货，不错。”片刻后，陈医生的脸上露出一丝复杂的笑容。“如果伤口再轻点，估计价格会翻一番的。老弟，前些天我一个国外朋友跟我说他们急需……。”

“好了，有了货我会联系你。”梁立成打断了陈医生的话。

苏嘉南看着梁立成从陈医生手里接过一个黑皮箱，然后那两个人把林秋水的尸体从车子里搬走，塞到本田车的后尾箱里。苏嘉南裹了裹衣服，按了一下衣服的扣子。

梁立成坐到车上，打开那个黑皮箱，里面全部是百元大钞，他兴奋地说：“看，嘉南，全是钱啊！哈哈哈！”

苏嘉南张望了一下四周，说：“我们快离开这里吧！”

车子向前开着，两人都没有说话。苏嘉南望着车窗外面的风景，心里有一种说不出的纠结感。

拐过一个弯道的时候，梁立成突然刹车了。

苏嘉南没有防备，整个人差点栽到了车头上。他有些生气地问道：“怎么了？”

“你听到什么声音没？”梁立成一脸严肃地看着他。

“没，没什么呀！”苏嘉南说着侧起耳朵，果然，有一种窸窸窣窣的声音在车后面响着，似乎是从车尾的冷冻箱里传出来的。

“你去看看。”梁立成努了努嘴。

苏嘉南点了点头，打开车门向后面走去。

冷冻箱里弥漫着白色的冷气，除了先前的那几箱冷冻虾外，再没有其他东西。苏嘉南回到车里说：“没有啊，什么也没有啊！”

梁立成没有说话，不知道为什么他趴在了方向盘上。

“你怎么了？”苏嘉南拍了拍他。

梁立成的身体颤了一下，缓缓抬起了头，露出一张惨白僵硬的脸，那不是梁立成的脸，那是张刚的脸。他惨兮兮地看着苏嘉南说：“你好啊，老同学。”

苏嘉南吓得呆住了，几秒后，他大声叫了起来，恐惧像水一样从四面八方涌过来。就在他准备打开车门的时候，旁边的张刚猛地掐住了他的脖子……

3

苏嘉南晕了过去，张刚似乎还不解气，冲着他的身体又踢了两脚。

这个时候，一个人走进了车里拉住了他，“你够了没有？”他正是梁立成。

此时张刚的脸色开始起变化，本来惨白的脸有些地方花了，仔细一看，其实那些惨白的地方是涂了浓妆。他把脸擦干净，露出一张刚毅的面容，竟然是郑元浩。

“我们快走吧！”梁立成看了他一眼，发动了车子。

“那他怎么办？”郑元浩看了看苏嘉南。

“到前面找个地方把他扔下车得了。”梁立成顿了顿说。

“我听陈医生说他的国外朋友正缺货，我看不如我们……。”

“不行，你是不是想坐牢？要知道，林秋水的事情还没完，我们现在还被警察盯着。”梁立成摇了摇头，打断了郑元浩的话。

“就这么放了他，妈的，太便宜他了。想起他天天跟我老婆在网上说的那些话，我就想宰了他。”郑元浩愤声说道。

“别说他，要怪也得怪你老婆。不过，现在不是已经结束了吗？”梁立成冷笑了一下。

“是啊，这个计划可真是绝，比上次杀死张刚的计划还要绝。”郑元浩大声笑了起来。

梁立成和郑元浩是一对搭档，他们的合作当然是偷尸体卖器官。偶然的一次机会，郑元浩发现自己的老婆林秋水竟然背着自己和网上的一个男人说着一些露骨暧昧的话，虽然他不知道林秋水有没有出轨，但是看着聊天记录上那些对话，郑元浩彻底愤怒了。

于是，郑元浩找到了梁立成，他决定要好好地惩罚一下这对狗男女。经过调查，梁立成惊奇地发现那个和郑元浩的老婆林秋水在网上关系暧昧的人竟然是他的同学苏嘉南。梁立成知道苏嘉南毕业后开了个侦探所，既然敢做侦探，那么他可不是一般的人。

思索了许久，梁立成想起了张刚。他决定利用张刚作为诱饵，让苏嘉南一步一步落入他们的圈套。

林秋水就是丁香,郑元浩让她申请了一个新浪博客,然后梁立成利用张刚的博客去踩。他知道苏嘉南一定会看到张刚的博客。只要他看到张刚的博客,那么他就已经走到了圈套的边缘。

果然,事情如他设想的一样。苏嘉南在看到张刚的博客后开始联系其他同学,最后联系到了他。

为了让整个事情做得更加逼真,梁立成特意在三和村租了一个房子,里面贴上张刚的照片并摆上张刚的灵位。

关于张刚的故事,自然也是胡编的。其实,张刚并不是什么跟着叔叔做倒卖尸体生意的暴发户。张刚来到南城是因为走投无路,借了一屁股债。梁立成才是偷尸体卖器官的老手,他带着张刚去偷尸体,结果发生了意外。

也许,那并不是意外。

在梁立成以张刚为诱饵的时候,郑元浩出现了。他的出现当然是为了让梁立成讲述的一切更加真实。他让苏嘉南去跟踪林秋水,然后看到张刚的出现。其实,那个人并不是张刚,正是郑元浩本人。郑元浩本来就长得和张刚有些像,再加上精心打扮一下,从远处看自然分辨不出真假。这也是为什么每次郑元浩来找苏嘉南都穿着大衣、戴着帽子的缘故。

当所有的条件成熟后,郑元浩便开始质问林秋水。本来郑元浩并不想杀死林秋水的,可是林秋水却跟他翻了脸,并且说要和他离婚。恼羞成怒的郑元浩失手杀了林秋水。

杀人后的郑元浩给梁立成打了个电话,梁立成听完后便安排他给苏嘉南打电话,并且交代他把现场布置一下,让苏嘉南进门沾到血。

所有的一切布置得非常巧妙,苏嘉南像一个待宰的羔羊般钻进了他们布置的陷阱,并且在无奈之下帮他们把林秋水的尸体卖给了陈医生。

"我不明白,为什么我们不杀了他?如果他报警怎么办?"郑元浩似乎还不放心,他打断了梁立成的思绪。

梁立成踩了刹车,看着郑元浩说:"放心,他不会报警的。"

"为什么?"郑元浩愣住了,还没有等他回过神来,一双手猛地扼住了他的脖子。梁立成从驾驶台上拿出一张薄绵纸,笑呵呵地说:"刚才陈医生跟我说了,他有一个国外的朋友需要一具完整的尸体,最好是没有伤口的尸体。他们可等急了呀!"

郑元浩顿时明白了过来,他剧烈地踢着双脚,可惜脖子却被人紧紧地扼着,那个扼着他脖子的人是苏嘉南。他看见梁立成拿着那张薄绵纸慢慢地覆盖到他的脸上,他的呼吸越来越急促,最后眼前一片漆黑……

苏嘉南微笑着看着陈医生和他的两名助手满意地把郑元浩的尸体放

到车尾箱里，然后和梁立成握手道别。

“哈哈，嘉南，我们发财了。这一次的收入是之前的两倍。”梁立成兴奋地拍着方向盘。

“那么，张刚是不是也是在你得手后被你杀的呢？”苏嘉南问道。

“你说什么？张刚的死纯属意外。我不是都告诉你了吗？我是真心想跟你合作，我把我的搭档郑元浩都杀了，你还不相信我？”梁立成有些不自然地看了看他。

“我相信你，当然相信你。可是，这些话你应该向警察说去。”苏嘉南说着，抬眼望了望前面。

远处，有尖锐的警笛声传过来，一点一点窜入梁立成的耳朵里。然后，几道耀眼的手电光照过来，伴随着警察的喊话声：“车上的人立即下车。”

原来，这是一起藏匿多年的偷尸买卖器官案，不但曝光了南城很多医院对于尸体看守不严的松懈制度，也揭开了以前医院尸体丢失器官的谜底。

绣花鞋

文/风雨如书

金丝边　软鞋面　盼君早日踏归尘
日思君　夜思君　泪眼婆娑到天明
红烛一根泣如血
望不尽　看不穿　天涯离别恨
蝴蝶过海不成双
白丝锦　红盖头　明月照红颜

1

出租车停了下来，透过车窗我看见一幢摩天大楼矗立在眼前。门口不时有身着各式职业装的男女急匆匆地向里面走去。这里就是南城最大的写字楼德明集团大厦，这里几乎汇聚了整个南城所有的专业人才，它也将是我大学毕业后的第一家工作单位。

走下出租车，我整理了一下胸口前的领带，稳了稳呼吸，尽量使自己的心情放松，然后向大厦走去。

我的名字叫秦伟，刚刚从一家计算机专业学院毕业。同学们都很羡慕我一毕业就能找到一家实力雄厚的大公司。对于这样的幸运我也感到很意外，我只不过把自己做的一个程序发给了德明集团的招聘主管金美美，两天后我便接到了金美美的录取电话。

曾经我对社会充满了很多想象，我像其他大学生一样练习着在面试的时候应该如何应对主考官的提问，甚至我还专门看了一些专业资料。可是，我想象了几百种的可能，却怎么也没想到自己连面试都没有经历便直接被德明集团录取。

“先生您好，有什么可以帮你的吗？”前台接待小姐笑容甜美地看着我。

“我是秦伟，金妹妹约我来的。”还是有些紧张，把金美美说成了金妹妹。

“好的，您等一下，我帮你联系金主管。”接待小姐说完，拨出了一个电话。片刻后，她挂掉了电话，微笑着对我说，“金主管在 14 楼 203 房间等你。”

14 楼？听到这个楼层，我想起了昨天晚上在悦心楼吃饭时关瑶对我说的话，“知道吗？14 是一个很不吉利的数字，听说德明集团的 14 楼吊死过人。”

关瑶是我的女朋友，她总是喜欢开一些莫名的玩笑。但是不知道为什么，昨天晚上听到她的话还是让我有些不舒服。没想到现在竟然又听到了 14 楼。

电梯里的人不多，一个身穿职业装的女人站在我身边，她的身上散发着一股淡淡的香水味道。旁边有个男人的眼睛一直停留在女人的身上，像一个扫描仪一样从头扫到脚，再从脚扫到头。

这就是社会，不得不接受。我叹了口气，心里说道。

“叮”，14 楼到了，站在我旁边的女人跟我一起走出了电梯。

“你是秦伟？”女人看了我一眼说话了。

“你怎么知道？”我愣住了。

“秘密。”女人冲着我露出个妩媚的笑容，然后向旁边的走廊走去，高跟鞋撞击在地面上，嗒嗒作响。

201，202，203。我停下了脚步，然后敲了敲门。

“进来。”里面传出一个女人的声音。

推开门，我看见了金美美。

金美美就像她的名字一样，美丽端庄，散发着一种成熟的女人味。她坐在办公桌前正在接电话。看见我进来，她笑了笑，指了指旁边的沙发，示意我坐下。

几分钟后，金美美挂掉了电话。

“金主管，我是秦伟。”我慌忙站了起来，局促不安地说道。

“别紧张，坐下，坐下。”金美美轻轻笑了笑，然后起身帮我倒了杯水。

“我看了你的那个程序，非常好。确切地说，如果稍微改进一下，对我们德明集团会有很多的帮助。”金美美说到了正题。

“改进？”我愣住了，那个程序其实就是一个反监控程序。它可以扰乱正常的监控程序，甚至可以把时间和画面颠倒错乱。我当时也是突发奇想才编出来的，没想到到后来竟然出现了意想不到的效果。

“这是德明集团给你的特定合同书，你看完以后再作决定。”金美美说着把一份合同书放到了我面前。

我疑惑地接过那份合同书，仔细看了起来。

2

再三思量，我还是在合同书上签下了我的名字。

金美美给我的合同书其实更像是一篇诡异十足的恐怖小说，看完合同我也明白了为什么我会那么幸运，只编了一个反监控程序便被南城市赫赫有名的德明集团直接录用。

半年前，德明集团有一个叫谢小雨的女孩吊死在了办公室。那天晚上，谢小雨一个人在办公室值班做材料。没有人知道发生了什么事情，监控录像上显示的是谢小雨自己踩到桌子上，把头伸到系好的绳子里自杀的。可是，警察对于现场的勘察却是谢小雨死于他杀。谢小雨的颈部向上倾斜，看起来像是被人从后面吊起来一样。

没有证人，没有目击者，只有依靠摄像头拍摄下来的画面。可是监控画面却又不符合常理。就这样，谢小雨诡异地死在了德明集团，并且随着案情的发展被外面的记者获知，一时间各种传言四起，更有甚者说德明集团是因为做了不干净的事情把鬼招来了。

所以德明集团几个领导商议，决定自己派人找出事情的真相。就在这个时候，金美美接到了我发给她的反监控程序，于是她便向上层推荐了我。

合同上很明确地写明了我的工作范围是配合一个叫林若云的侦探调查谢小雨的案子。当然我的工作只是负责保证所有的监控画面正常，不被他人非法入侵。因为他们怀疑谢小雨死的那天晚上，监控程序被人扰乱，做了修改。

同样，合同上还特别提到一点，就是我的工作以及谢小雨的事情不能向任何人透漏，否则将会被视为违约。

面对这样的工作、这样的要求，虽然我有些犹豫，但是面对合同里那份丰厚的报酬，我还是在合同上签下了我的名字。

“好，现在你去208室找林若云小姐报道。今天你就算是正式上班了。”金美美把合同书收起来，向我伸手表示祝贺。

走出房间的时候，我忽然想起了一个问题，我问道：“金主管，我想问一下，谢小雨死在哪个办公室？”

“208，就是你们工作的办公室。”金美美迟疑了几秒，如实告诉了我。

我点了点头，走出了金美美的办公室。其实，当我看到合同上说谢小雨死在德明集团办公室的时候，我就想到了是在14楼，可是我没想到金美美竟然安排我去谢小雨吊死的那间办公室。

果然,和我预料的一样,当我走到208室的时候,路过的每个人都用一种奇怪的眼神看着我。没办法,虽然谢小雨死了已经快半年了,可208室的恐怖气息并没有随着时间的逝去而被人们遗忘。她们依然对208室心生畏惧。

"砰,砰,砰",我敲响了208室的门。

门开了,一个女人出现在我面前。

"是你?"我愣住了,竟然是在电梯里见到的那个女人。

"你是秦伟吧!进来吧!"那个女人对于我的反应一点也没惊讶。

"我是林若云,金美美已经把你的资料传给了我。我们以后要一起配合,把谢小雨是死亡真相查出来。"林若云说话干脆,可以看得出来办事风格一定很利落。

"那,我我该做些什么?"一直以来我都觉得侦探工作就是那种神神秘秘的,戴个帽子,跟踪嫌疑人。

林若云愣了一下,继而笑了起来,"这样吧!时间不早了,你陪我下去吃午饭吧!"

3

这是我第一次进咖啡厅。悠扬的音乐,面带笑容的服务生,香味四溢的咖啡,最主要的是我的面前坐着漂亮可人的林若云。如果关瑶看见这样的场面,一定会拿刀劈了我。所幸的是,刚才我接到她的电话,此刻她正在南城的另一端和客户谈生意。

林若云放下咖啡,冲着我笑了笑,"我从来没有和刚出校园的学生合作过。"

"我也没想到是和你合作,做这件事。"我有些不高兴了。

"别介意,我没别的意思。我只是希望你明白,我们是搭档。以后不管发生什么事情,都要以工作为重。"林若云微微笑了笑说道。

"放心,虽然我刚进入社会。但是我很清楚自己该做什么,不该做什么。"

"好,很好。"林若云轻轻拍了拍手。

有人说,社会就像一个大黑洞,稍微不留神便会陷进去。等你出来的时候,已经不知道自己偏离原点的距离有多远了。

晚上八点,整个德明集团没有了白天的喧闹。除了一楼的保安室,恐怕整座大厦只有 14 楼 208 室有两个人,那就是我和林若云。

林若云派给我的第一个任务便是晚上和她一起值班,打破这里闹鬼的传言。本来和美女在一起值班应该很高兴,可是一想到谢小雨就是死在这里,我的心里还是有些发毛。林若云倒显得很平静,坐在一边玩着电脑游戏,时不时开心地笑几下。

时间一点一滴地过去了,我不禁有些困意。蒙眬中,我感觉有什么东西在轻拂着我的额头,像是羽毛一样,一下又一下。

我伸手往前一拨,抓住了一个东西,睁开眼睛一看,我呆住了。一个女人吊在我的前面,我的手里正抓着她的脚。刚才那个一直拂着我额头的东西正是女人的脚尖。

那个女人直直地看着我,舌头伸得很长,冲着我挤了一下眼睛,露出一个恐怖狰狞的笑容。

"啊!"我叫了起来。

"怎么了?"对面的林若云一下站了起来,惊恐地看着我。

"没,没事,做了个噩梦。"我擦了擦额头上的汗。

"你呀!"林若云摇了摇头,坐到电脑前。几分钟后她突然叫了起来,脸色煞白,定定地看着显示器说:"快,快来。"

我慌忙走了过去,看到显示器上的画面,我顿时懵了。

林若云把监控画面倒了回去,画面上我趴在桌子上,在我的头顶上悬挂着一个女人,身体轻轻地晃着,她的脚一下一下撞击着我的额头。

我禁不住打了一个寒战,想起了刚才的那个噩梦。那个女人的脚尖撞在我的额头,像羽毛一样拂过。不,那不是梦,那是真的。

"这,这怎么可能?"我倒吸了口凉气,怔怔地看着画面上的内容。

"她是谢小雨,看见了吗?她的鞋,不是普通的鞋,是绣花鞋。"林若云指着画面里那个悬挂的女人的脚说道。

确实,谢小雨穿的鞋是绣花鞋,脚尖是一些碎边,所以那才是拂在我额头上的感觉。"也许,你还不知道关于德明集团闹鬼的传闻吧!这里有员工在独自乘坐电梯的时候,总会听见有个女人在唱歌,'金丝边,软鞋面,盼君早日踏归尘;日思君,夜思君,泪眼婆娑到天明。'那是谢小雨最喜欢的曲子,据说是从她们家乡传过来的。最开始人们以为那是谁搞的恶作剧,后来人们发现在人多的时候,总会看见一双绣花鞋。你想,在德明集团上班的人,有几个会穿绣花鞋?所以,闹鬼的传言便越来越厉害。"

林若云的声音很低,中间说到那首曲子的时候,她还轻声哼唱着。我感觉浑身发冷,甚至能感觉到谢小雨就吊在我们的上面。也许那并不是林若云在唱，而是谢小雨在唱。想到这里，我不禁后背发毛，像有什么东西爬过一样。

4

经过刚才的事，我和林若云都睡不着了。我们坐在一起，心里都不安。她拿着一支笔在便签纸上不停地写着什么。笔尖划过纸面，发出沙沙的声响，就像是什么东西穿过树林一样。我坐在电脑前，愣愣地盯着显示器上的监控画面。此刻，上面一切正常，整个画面静得让人发慌。

这个世界上有鬼吗？如果在以前，我会毫不犹豫地说没有。可是刚才的事情让我的答案有些动摇了。记得上哲学的时候，有同学曾经提出过这样的问题，导师和大家讨论了半天最终也没有说出一个明确的结果。

拉着鼠标，我又一次把监控拉回到了先前的恐怖画面。随着画面慢慢变化，我仔细地盯着那个悬在我上空的女人。

“砰，砰，砰”，突然门外传来了一阵剧烈的敲门声。

“谁，谁啊？”旁边的林若云身体一震，冲着门外喊了一声。

门外没有人说话，只是在敲门。

林若云看了看我，我站起来向门外走去。

拉开门，外面空空如也，别说人，连个鬼影都没有。

我看着林若云，无奈地摆了摆手，“可能又是谢小雨吧！”我的话刚说完，坐在前面的林若云突然叫了起来，面色惶恐地指着我的身后。

我的心一紧，地上多了个影子。我甚至感觉到有什么东西站在我的身后，冷气顺着后背一点一点蔓延上来。我缓缓地转过了头。

一个女人站在我的身后，她的头发披散在眼前，看不清模样样子。她穿着一件普通的黑色长裙，最诡异的是她的脚上穿着一双红色的绣花鞋。

“金丝边，软鞋面，盼君早日踏归尘；日思君，夜思君，泪眼婆娑到天明。”女人突然唱起了歌，正是谢小雨喜欢的那首《绣花鞋》。

“谢、谢小雨。”坐在对面的林若云吓得花容失色。

慌乱之余，我冲过去一把抱住了对面的女人。一股淡淡的香味窜进鼻子里，还有我感觉到她的身体是热的。

“你干什么？快放开。”林若云看见我的举动，愣住了。被我抱在怀里的女鬼也开始挣脱起来，没有了先前的冷酷与恐怖。

“不好意思，金主管，得罪了。”我笑了一下，松开了她。

那个女人把头上的发套去掉，露出了一张漂亮可人的脸，她正是我今天早上见到的德明集团人事主管金美美。

“你怎么知道她是金主管？”林若云愣住了。

“因为我发现了监控录像的秘密。我想这应该是你和金主管对我的一次考验吧！”我笑了笑说道。

我是个无神论者，怎么也无法相信世上有鬼这样的事情。于是我开始研究那段监控画面，在经过我的仔细端详后，我终于发现了破绽。画面上的人并不是我，那个人穿着和我一样的工作服，但是他的睡觉姿势却和我不一样。我趴在桌子上睡觉有个习惯，那就是用左手垫着脑袋，这个习惯是在上学时候养成的，因为总喜欢在课堂上睡觉，又怕被老师发现。

发现这一点后，我开始注意那个悬挂在上空的女人。虽然画面不是特别清楚，但是我确定那个女人其实是一个塑料模特，因为她在上面轻晃的动作太僵直，并且频率不对。

弄清真相后，我并没有告诉林若云。我想起在我趴在桌子上睡觉的时候，有什么东西拂过我的额头，并且还做了那个噩梦。监控录像可以造假，但是我做的梦可是没有办法做假的。通常一个人做梦，很大的原因是因为受到了心理暗示。

中午在咖啡厅的时候，林若云说过她曾经学过一年的心理辅导。所以我把怀疑目标转到了林若云的身上。

就像她所说的一样，任何事情都是有原因的。林若云为什么要做这些事情，答案只有一个，那就是考验我。德明集团并不是一般的小公司，如果要考验一个员工，一定要通过领导的同意。所以，当那个假扮谢小雨的女人出现的时候，我选择了一个冒险的举动，那就是抱住她。

闻到她身上的香味，我判定她正是金美美。

“这就是我的推理与判断，希望两位能满意。”我说完这一切，微笑着看着林若与和金美美。

5

天亮的时候，我和金美美走出了办公室。昨天晚上我的表现，林若云很满意。其实，从我第一眼看到林若云便知道她不是什么侦探。她身上散发的气质和对事情的判断都说明她的强势与骄傲。

林若云是我和金美美的老板，她是德明集团总裁林傲天的千金，海外归来的心理学博士，她之所以来到德明集团，就是为了用科学的方法来证明所谓的闹鬼事件纯属子虚乌有。当然，她不可能堂而皇之地来到这里调查，所以她想到了这样的办法。她需要一个搭档，不知道是幸运还是不幸，我被她选中了。

当我解释完我的推理后，林若云问了我一个问题："你在办公室确实做了一个噩梦，并且应该梦到有什么东西拂过你的额头。对此，你是怎么看的？"

这个问题的答案我知道，但是我没回答。因为，职场三十六计上有一条便是，千万不要让自己太满，否则你的老板会不高兴。

"林总很满意你，这说明我没看错你。"金美美笑着对我说。

"谢谢。谢谢金主管。"

"以后就叫我金姐吧！"金美美说着按了一下手里的遥控器，前面一辆白色的宝马随即亮起了开启灯。

"那，那我回去了。"我抿了抿嘴唇说道。

"我送你回去吧！"金美美说着拉开了车门。

坐上这辆豪华轿车，我有些不舒服。以前关瑶总是在车展上对着这样的车留恋万分，她要我发誓如果有一天有钱了，一定要给她买一辆。女人的心愿总是随着心情在变，在去看车展之前，关瑶的最大心愿是可以拥有一瓶香奈儿 Allure 香水。

"对了，小秦，你怎么能辨别出我身上的香水味啊？"金美美忽然说话了。

"那是香奈儿 Allure 香水，广告语上说那是一束优美清秀的抽象花朵。像金主管这样漂亮的人，正适合。"我笑了笑说道。

金美美眼里闪过一丝狡黠的光芒，她松开方向盘一下贴了过来。那股淡淡的香味瞬间窜进我的鼻子里，我感觉呼吸急促，心跳加快。

"叫我金姐就行了。"金美美的手指轻轻滑过我的脸，她的眼睛像是一池深邃的湖水，一点一点把我淹没。

"不，不。"金美美的嘴唇贴过来的时候，我慌忙推开了她。我想起了关瑶，我的女朋友。我不能做对不起她的事情。她现在一定还在家等着我。

"呵呵，我送你回去吧！"金美美拂了拂头发，发动了车子。

推开家门，我愣住了。

关瑶并没有像从前一样躺在沙发上等我，整个房间显得空荡荡的，客厅茶几上扔了几块面包，还是我昨天上班前吃的。这说明，关瑶没回来。她也一晚上没回家。

这个时候，楼下传来车响声。我以为金美美还没走，走到窗户前却看见关瑶和一个男人从一辆奥迪 A8 上下来了。

就在我疑惑不解的时候，关瑶竟然亲了那个男人一下。

我的脑子“嗡”的一声炸了，如果不是我亲眼看见，我怎么也不会相信关瑶竟然会这样做。我转过身，一屁股坐到沙发上，久久不能回神。

我和关瑶是宿舍一兄弟介绍的，关瑶是他的老乡。我们从最寒暄到熟悉，再到后来我开始追求她。那时候我还用着最传统的方法——写情书。记得我那兄弟去送情书的时候，关瑶还以为是他追求她。

我一直觉得什么样的感情也比不过我和关瑶的感情，因为我们是在青春路上一步一个脚印走过来的。我们经历了大学的每一段时光，我们深深爱着对方，我们规划着未来，甚至还曾经约好等老了重新来到相识的地方重温年少的爱情回忆。

可是，所有的一切都被关瑶刚才那个举动打碎了。我无奈地闭上了眼睛。

门响了一下，关瑶走了进来。看见我，她愣住了，“你，你回来了。”

我点了点头，没有说话。

关瑶没有换鞋，她也许已经知道我看到了刚才的情景。她径直坐到了我的旁边。

我们都没有说话，空气仿佛凝固了。

“我们分手吧！”终于，关瑶说话了。

“好。”我点了点头。

四年的爱情，就在这简单的对话中结束了。

关瑶什么也没拿，她给那个男人打了电话，让他来接她。然后，两人驾车离去了。

我目送他们离开，眼泪夺眶而出，心像是落地的琉璃，支离破碎。

6

林若云来到酒吧的时候我已经喝了七瓶啤酒，眼前的世界随着震耳欲聋的音乐声晃来晃去。

舞池里到处都是扭动着身躯的男男女女，他们甩着头，摇着手，似乎想把所有的不快与寂寞甩掉。

“别喝了。”林若云一把夺走了我手里的啤酒。

“别管我，我不想工作了。你把我辞了吧！”我伸手想去拿回啤酒，脚下一软，整个人栽到了林若云的身上。

林若云和金美美找了我一天，她当然不会让我辞职。坐在林若云的车里，我的脑子渐渐清醒过来。失恋的悲伤又一次像水一样把我包围，我喃喃地说着很多话。

“我工作就是为了她能好，为了让她开心。可是她就这样走了，没有一丝征兆，突然就走了。为什么？为什么呢？”

林若云从旁边抽出一张面巾纸递给我，然后她给我讲了一个故事，关于谢小雨的故事。

谢小雨的家乡在贵阳一个偏远的小山村，那里的女孩无论是外出打工还是在家一直有个传统，那就是穿着绣花鞋。那是他们村子里的一个习俗，无论是谁都不能违背。

林若云认识谢小雨就是因为那个绣花鞋的传统。在德明集团，公司要求员工必须着装整齐，可是谢小雨穿的绣花鞋让领导很不高兴。在无奈之下，谢小雨不得不向领导递辞呈。那天，正好林若云从国外回来度假。对于谢小雨的这种举动，她很好奇。于是她便和谢小雨谈了一次话。

经过那次谈话，林若云被谢小雨身上的坚韧与毅力深深吸引住了。于是她便向人事部主管求情，让谢小雨留了下来。

可是，半年后当林若云回到公司的时候，却听到了谢小雨自杀的消息。本来林若云想派人暗中调查，但是她却发现谢小雨的案子并不是那么简单。所以她才和金美美商量了一下，找一个外人过来协助她调查。

“我们的调查才刚刚开始，你便说要辞职。你不觉得辜负了我和金主管对你的期望吗？如果因为你的女朋友离开你，你便消沉，那么你的女朋友一定会庆幸她离开你是对的。所以你要让自己坚强起来，让她感觉离开你是她的错误，让她后悔。”林若云摇了摇头说道。

我沉默了，林若云的话像一盆凉水浇到了我的头上。她说得很对，我应该振作起来，而不是这样消沉下去。

回到公司，我和林若云开始对谢小雨出事那天晚上接触的人进行查访。正常的询问记录，警察早已经做过，如果要想知道一些警察发现不了的，只能在夜里偷偷进行。

整个 14 楼，又一次剩下我和林若云。我们都没有说话，低头寻找着任何可能的线索。从办公室到资料室，凡是有可能的地方我们都找了个遍，结果依然一无所获。

“我觉得就不可能找到，要知道谢小雨死了都大半年了。就是有线索，也早被人毁掉了。”我开始怀疑林若云的方法。

“别说话。”林若云瞪了我一眼，继续往前走去。

"吱,吱",走过201房间的时候,我听见里面传来一阵声响。我皱了皱眉头,走到了房间门口。

门开着一条缝,一道斜影从里面透出来。我慢慢推开门,然后看见一双绣花鞋放在地上。我刚想喊林若云,一个黑影向我扑来。慌乱中,我把那个黑影按到地上。

扭打声惊动了林若云,她赶过来把灯打开后,我们看清了被我按在地下的人的样子。

她竟然是金美美。

金美美已经死了,她的心口插着一把尖刀,最可怕的事情是那把刀的刀柄在我的手上。我一惊,松开了手,一屁股瘫坐在地上。

"她,她怎么会在这里?"林若云呆住了。

7

惊慌过后,我和林若云冷静了下来。金美美死得太离奇了,最不可思议的是她的身上穿着昨天晚上扮鬼的黑长裙,脚上穿着一双绣花鞋。虽然我没学过验尸,但是从金美美的表情看,她绝对不是刚才被我杀死的。

"我们报警吧!"我看了林若云一眼说。

"不,不可以报警。"林若云摇了摇头。

我知道她的意思,如果报警的话,那么我们调查谢小雨的事情就会被摆到桌面上,那么一切努力都将付诸东流。可是,现在金美美死了,出了人命了。也许她是被谢小雨的鬼魂杀死的,也许是被杀害谢小雨的人杀死的。无数个可能在我的脑子里飞速地旋转,却没有一个答案能让我信服。

"我有个主意。"片刻后,林若云说话了。

金美美的尸体被挂了起来,那把沾有我指纹的刀也被林若云擦拭了几遍。一个诡异的死亡现场就这样被我和林若云布置起来。只是我不知道林若云表达的是什么意思,金美美的心口插着一把刀,又被吊了起来?

"现场的布置连我们都不知道为什么,你觉得警察会明白吗?"林若云轻笑了一下说道。

不知道为什么,那一刻,我突然觉得林若云的可怕。她是心理学博士毕业,她太了解人的心理。在她面前,也许你的任何想法都是透明的,她对你的心思了如指掌。

"现在,我们要对口供。"林若云拍了我一下。

林若云所谓的口供其实就是我一个人的口供，作为德明集团总裁的千金，她可不想被卷入这场是非里面。

口供对完以后，林若云离开了。半个小时后，我拨打了报警电话。

像林若云说的一样，警察对于金美美的死亡根本毫无头绪。法医鉴定金美美死于三个小时之前，可是她心口的刀伤却是在1个小时前。现场的勘察并没有多少线索。当警察问起的时候，我也把林若云给我编好的口供讲了出来。

“我叫秦伟，是德明集团的新员工。今天我一天都没来上班，因为我失恋了。大约晚上八点多的时候，我在酒吧接到了金美美的电话，她让我马上来到办公室，否则就把我解雇。虽然我心情很差，但是我不想因此丢了工作。

“当我来到办公室的时候，并没有见到金美美。我打她的手机，却是关机。无奈之下，我便在办公室玩起了电脑。后来玩累了，我便睡着了。蒙眬中，我感觉有人在轻轻推我。我睁眼一看，却看见一个奇怪的女人。她穿着一件黑色的长裙，并且穿着一双绣花鞋。她拉着我来到旁边一个房间，诡笑着让我推开门。我忽然想起德明集团流传的恐怖事件，然后我身体一怔醒了过来。”

“是个梦？”警察愣了一下。

“是，我是做了个噩梦。不过我总觉得有些奇怪，那个房间就在办公室旁边。思来想去，我还是去那里看了看。结果推开门，就看见了吊在上面的金美美。”我点点头说道。

果然，警察对于我的口供没有多少怀疑。旁边的同事听了后，自然而然想起了半年前死去的谢小雨。一时之间，那个闹鬼的话题又一次浮出水面，他们甚至认为金美美就是谢小雨杀害的。因为当初金美美曾经一度为难谢小雨。

8

今天天气很好，阳光透过窗帘照进来，暖洋洋的。早晨醒来，我像以前一样走向客厅，当看到空荡的沙发时我才想起关瑶已经离开我三天了。我还是无法接受关瑶离开我的事实，不过以后我要习惯一个人生活。

昨天晚上林若云给我打电话说今天会有新的主管过来，让我早点过去认识一下。我明白林若云的意思，新的主管是董事会派过来的，她想让我去探探虚实。

走进公司，我像往常一样跟着其他人踏进电梯。拥挤的电梯里有人在轻声说话。

“知道吗？今天董事会要派新的主管过来，据说是林公子的人。”

“是呀！我也听说了。金主管死得太诡异，林公子认为有人在搞鬼，就像半年前谢小雨一样。”

“别在电梯里胡说，你不怕谢小雨来找你啊！”

“去死吧！”

新的主管是林公子的人，林公子就是林若云的哥哥。怪不得林若云昨天晚上的语气有些不对。也许新主管就是林公子派来调查金美美死亡真相的。

带着疑惑，我来到了办公室。

推开门，我看见一个男人坐在桌子前。看见我他站了起来，“你就是秦伟？金美美招过来做监控录像编程的？”

“是，我是。”我点了点头，然后观察了一下眼前的男人。他穿着一件得体的西服，胡子刮得干干净净的，眼里带着一丝蔑视和不屑。

“一会儿新主管会过来，我介绍你们认识。听说你和我妹妹关系很不错。”男人又说话了。

我愣了一下，明白了过来，眼前的男人竟然是林若云的哥哥林若凡。

正在我不知道该怎么回答的时候，一个女人走了进来。

“林总，我来报到。”一个女声传进了我的耳朵里，像一根针扎到了我的敏感神经一样，我半天没有回过神来。

她竟然是关瑶。

“小秦，这是你的新主管，关瑶。”林若凡介绍道。

关瑶似乎也没有想到，我们愣愣地看着对方。对视了几秒后，我笑了笑，向她伸手说道：“你好，以后请关主管多多指教。”

关瑶握住了我的手，“客气了。”

林若凡走了出去，房间里只剩下我和关瑶。

“我，我需要做什么？”我不知道该如何面对这样的尴尬气氛。

“秦伟，我不知道会这么巧。德明集团这么大，我……”

“好了，别说了。如果关主管需要我做什么，请打我办公室的电话。”我打断了关瑶的话，然后向外面走去。

回到办公室，我的心瞬间落进了万丈深渊。关瑶，她怎么会来到这里？并且做了我的主管。我的脑子里乱哄哄的，仿佛身体脱离了整个世界。一直到林若云坐到我旁边，我才睁开了眼睛。

“我刚刚听到你们的对话，她就是你以前的女朋友吧？”林若云问道。

我没有说话，点了点头。

“她是我哥哥的新女朋友，我很替她悲哀。”林若云叹了口气。

我忽然想起那天关瑶和一个男人从一辆奥迪 A8 上下来，难道那个男人就是林若凡？

“其实谢小雨以前也是我哥哥的女朋友，并且在谢小雨死前，她还怀着我哥哥的孩子。”林若云抬起头看着我。

“什么？”我愣住了。

“不用惊讶，就连金美美也曾经是我哥的——宠物。我哥是个花花公子。所以，我替你的前女友感到悲哀。”林若云摇了摇头，沉声说道。

9

事实证明我还是爱着关瑶，当我一遍又一遍讲着林若凡的花心事件时，关瑶冷冷地看着我。最后她说了一句话，“就算林若凡是个花心公子，也比不上林若云的阴险毒辣。我可以告诉你，谢小雨和金美美都是林若云杀的。”

关瑶说完这句话，林若云正好推门走了进来。房间里出现了短时间的沉默，关瑶站起来走了出去。

“女人的心其实要比男人狠多了，她不爱了就是不爱了。”林若云若有若无地看了我一眼。

我没有说话，坐到了办公桌前。我的生活一团糟，我整天坐在这里像一个被人蒙上黑布的驴，不知道做什么。如果说出去，别人一定会不明白，我竟然在德明集团待着，什么也不做。

“你一定觉得自己被人牵着鼻子走吧！其实之前所有的事情都是铺垫，真正的较量是我和我哥之间的较量。如果我赢了，整个德明集团就是我的。这场争斗从半年前就开始了，谢小雨在被我哥抛弃后，她找到了我。她的手里有一份我哥和国外一家公司的走私资料。只是在她准备交给我的时候，她却被人杀了。我和金美美一直在寻找那份资料。金美美出事那天晚上，她告诉我说有了新的发现。”

“你是说，我们身边有林若凡的眼线。”我愣住了。

“不错，我们就三个人。除了死去的金美美，就是你和我。排除掉人为的原因，那唯一的可能就是我们被对方监控了。”林若云说道。

林若云说的没错。经过我的检查，我在 208 室找到了 14 个微型摄像头和窃听器。那些身形各异的摄像头和窃听器几乎遍布房间里的每个角落。同样,我在林若云的手机里找到了一个被隐藏起来的文件,那是一个远程追踪定位程序。

“也许那份文件已经被林若凡拿到手了。”我看着桌子上那一堆电子元件,叹了口气。

“不,他还没拿到。如果他拿到了,他根本不用派关瑶来做主管。我认为金美美一定把她隐藏在了一个特别安全的地方。”林若云摇了摇头,否定了我的推测。

“那会是哪里呢？这样重要的东西,她一定不会放在家里的。”我疑惑了。

“这就是我们所要做的工作,想必我哥也在寻找。”林若云点点头。

晚上回到家,已经快十点了。洗完澡后,我怎么也睡不着。脑子里一会儿浮现出关瑶对我说的话,谢小雨和金美美就是林若云杀的,一会儿又是林若云的话。

躺在床上翻来覆去地睡不着,最后我起身打开了电脑。

浏览了一些最新的新闻,我登陆了自己的邮箱。这个邮箱是我之前找工作发简历用的,几天没上,竟然塞满了信件。大都是回复简历的,不过现在我已经用不着看了。就在我准备把所有信件删除的时候,我看见了金美美写给我的信。

那封信的主题只写了金美美三个字,我愣了一下,点开了那封信。

金美美的信写于四天前,也就是她出事的那一天。她约我去一个名叫时光旅馆的地方见面,并且下面还写了房间号,101。

盯着那几句话和房间号,我忽然想:金美美会不会把那封文件放在了时光旅馆呢?

10

时光旅馆在南城的郊区,其实就是一个装修豪华的宾馆。但是它的生意非常好,据说如果要想在那里住宿的话,还需要预定。因为来这里的男女都“动机不纯”。所以时光旅馆也被一些人称为“情人旅馆”。

推开宾馆大门,我向服务台走去。

“101 房间现在……”

“先生您请。”还没有等我说完话,服务生已经把一把房牌号递给了我。

我疑惑不解地向前走去,不是说这里房间很难定的吗？走过一条阴暗的走廊，我来到了 101 房间门口。

门突然自己开了，里面走出一个人，她竟然是林若云。

“你怎么会在这里？”我惊呆了。

“进来吧！”我的到来似乎在林若云的意料之中。

房间里的灯光有些暧昧，林若云似乎刚洗过澡，湿漉漉的头发搭在肩膀上。我不禁有些不自然。

“这里是金美美和男人约会的地方。我今天来是想看看有没有什么发现。”林若云说着拿起毛巾擦着自己的头发。

“我，我……”我一下愣住了，不知道该说什么。

“那天在停车场，我看见金美美勾引你。哈，这事没什么的。金美美自从被我哥哥抛弃后便开始放纵自己的生活。看到你这样的年轻帅哥，肯定不会放过。”

“没，没有，我们什么也没有。”我摆了摆手解释道。

“我知道。你过来。”林若云笑了笑，指了指床上。那里放着一个文件夹，文件夹里是一个 MP3。

我犹豫了一下，打开了 MP3。里面传出来一个对话。

“我究竟还要做到什么时候？”是金美美的声音。

“找到文件，你就完成任务了。”另一个声音是林若凡的。

“我不想再干了。你知道不知道，当时谢小雨死的时候，她的眼睛一直在看着我。我天天都做噩梦。我快要疯了。”

“谢小雨死了，是被你杀死的，这是事实。如果不是我，你现在应该下去陪她了。所以你必须帮我找到那个文件，否则，你知道后果的。”

听到这里，MP3 没有了声音。

我怎么也没想到，谢小雨竟然是金美美杀死的。这也太让人感到意外了，不过听到林若凡的话，我也能够明白为什么谢小雨的案件最后会不了了之。

“这个文件是一个神秘人给我的，虽然我不知道他是谁，但是我相信他是想帮我的。我现在不但要找到那个文件，我还要找出我哥伪造谢小雨死亡现场的真相。我要彻底把他打败。所以，秦伟，你一定要帮我。”林若云放下了毛巾，沉声说道。

“好。”我点了点头。

灯光下，林若云的头发披散下来，她看着我眼神里闪过一丝火光。我慌忙把目光转开，林若云却一把抓住了我的手。然后，她的整个身体倒进了我的怀里。我愣愣地站在那里，林若云的身体就像一个火球一样燃烧着我，把我的身体一点一点烧为灰烬。她的双手蛇一样缠上来，我听见自己的身体在瞬间炸为碎片。

纠缠中，林若云把灯关掉了。

整个世界一片黑暗……

11

相信今天德明集团的每个人都记住了我的名字，秦伟。因为从早上七点开始，我便拿着一大束鲜花站在门口等关瑶。

九点十分，关瑶和林若凡从那辆豪华轿车上走下来。我拿着花走了过去，然后深情地对关瑶说道："瑶瑶，我想了很久，还是决定回来找你。我们爱了四年，我不想让这四年的感情成为过去。请你给我一次机会。"

关瑶的脸变得很难看，她看着我说："对不起，秦伟，我们已经结束了。请你别再骚扰我。"

"没关系，我会等你回头的。"我微笑着说道。

望着关瑶和林若凡的背影，我若有所思地轻笑了一下。

墙上的钟摆来回地晃动着，林若云看着我问："你真的决定了？"

我点了点头，"过多的爱便是恨。"

旁边的椅子上，关瑶被五花大绑。她的嘴里塞着一团毛巾，惊恐地看着我和林若云。我能看到关瑶眼里的惊慌与无助。她一定没有想到，性格温和的我竟然会做出这样的事情，就像我不知道一直以来依赖我的关瑶会突然投入他人的怀抱。

"现在我们开始吧！"我把一根长线从关瑶的身上慢慢拉到门把上，然后把一把刀系在中间。只要有人推门，那根绳子就会把刀拉动，然后插进关瑶的心脏。同时，吊在门上的一根木棍会砸在来人的头上。

我最后看了关瑶一眼，然后把门缓缓地关上了。

天黑了，整个德明集团人去楼空。我拿起办公室的电话给林若凡打了一个电话。几分钟后，走廊里传来一个脚步声。

"他来了。"我看了看旁边的林若云。

片刻后，门响了。然后，一个惊叫声传了出来。我和林若云相视一笑，走了过去。

一个男人跌落在地上,我和林若云布置的机关此刻发挥出了应有的效果。那把刀插进了关瑶的胸口。

我快步走过去,把洒落在地上的绳子捡起来,然后把那个男人拖到关瑶的面前,把他的手搭在刀柄上。

林若云站在旁边看着我所做的一切,笑了起来,“这样一来,我哥哥就成了不折不扣的杀人犯。他的杀人动机就是因为早上关瑶听到了你的求和,想要离开他,于是他恼羞成怒,便杀了关瑶。”

“可是,他为什么会晕在这呢?”我提出了林若云设计的漏洞。

“这个没有人会知道。这一次,我要让他永远无法翻身。”林若云笑了起来。

“可是,他到底是你的哥哥呀!”

“哥哥?跟整个德明集团比起来,他什么也不是。”

“说得真好,说得真好。”林若云的话音刚落,外面走进来两个人。说话的是林若凡,另一个是德明集团的董事长林浩天。

“你,你怎么会?爸。”林若云呆住了。

我没有说话,默默地退出了房间。

12

半年前,我在一次网络程序大赛中获得了一等奖。然后,林若凡找到了我。他要我帮他做一段程序,那就是谢小雨死亡现场的假监控画面。在巨额的金钱诱惑下,我答应了他的请求。

本来我以为和林若凡的交集就此结束,可是当我被德明集团录取后,我才知道了林若凡的真实身份。

于是,在这一场兄妹争夺集团控制权的角逐中,我卡在中间,做了“双面间谍”。我一方面帮着林若云寻找谢小雨被害的真相,另一方面却需要配合林若凡的计划。

林若云为人谨慎,她多次试探我。最终在感觉没有问题后才彻底对我摊牌,告诉我她和林若凡的争斗。林若云不知道,她所做的一切早已经在林若凡的掌控中。

金美美以前也是林若凡的人,可是当她要揭发林若凡的时候,遭到了林若凡的毒手。林若云分析得很对,她的身边有林若凡的眼线,不是那几个摄像头和窃听器,而是我,我把林若云的一举一动都告诉了林若凡。

我在夜里曾经无数次问自己,为什么要这样做?为什么要帮助夺走关瑶的林若凡?

现在,我又一次问自己,为什么要出卖林若云?

走出德明集团,我回头望了一眼,就像当初我第一次来这里的时候。我的心情复杂混乱。我不知道林家会怎样做,也许是把林若云交给警察,也许是像谢小雨的死一样,拿钱了事。

从关瑶背叛我离开的那一刻,我就发誓要让关瑶付出背叛的代价。所以,在林若云和林若凡的争斗中,我把关瑶扯了进来。最终,她死在了这场争斗中,死在了自己跨入豪门的路上。

只是想起林若云,我的心莫名地疼。那个晚上,在时光旅馆,在我们相拥而眠的时候,我曾经听见林若云的呢喃。她说:“秦伟,我爱你,爱你。”

我不知道那是她的情深之语,还是心底之声。

也许我永远不会知道,也许答案我早就知道,只是不愿意去想而已。

13

这是一个偏远的乡村,林若云已经在这里生活了半年。半年前的事情此刻想来就像是一场梦,而在梦里唯一清晰的人便是秦伟。

那天晚上,林若云被父亲赶走了。她看到哥哥得意的笑容,就像一个骄傲的王子。可是第二天,林若云在离开南城的火车上看到了哥哥被抓的新闻。

公安局和电视台同时收到了一组画面,上面是金美美和谢小雨被杀的画面。画面上除了死去的金美美外,还有另一个人——林若凡。

林若云相信那个提供给警察和电视台资料的人就是秦伟。他保留着最初的监控录像,在这场争斗中,秦伟谁也没有帮,他帮了那些牺牲在争斗里的人。

现在,林若云总会想起谢小雨唱的那首《绣花鞋》,站在河边,她总是轻轻哼唱着:“金丝边,软鞋面,盼君早日踏归尘;日思君,夜思君,泪眼婆娑到天明。”

突然,她就听到了远处飘来一个男声:“红烛一根泣如血,望不尽,看不穿,天涯离别恨;蝴蝶过海不成双,白丝锦,红盖头,明月照红颜。”

回过头,她看见一个人向她走来。男人的脸上已经没有了昔日的青涩,但是他依然沉着冷静。

林若云露出了久违的笑容……

蚂蚁，蚂蚁，蚂蚁

文／何许人

有生之年，生亦同床，死亦同冢。

1

夜，深不可测。少了老婆在身边的轻微呼吸声，我难以入眠。真是太安静了，我盯着昏暗的天花板，上面有一圈圈年轮般的水渍，已经变了颜色。时间缓慢地流淌，还是睡不着，我于是起床去阳台呼吸新鲜空气。

老婆已经失踪超过一个月了。这阴冷潮湿的季节，连老鼠和野猫都懒得出来觅食，她又有什么地方好去呢？思考令我的头开始疼起来，老婆失踪后我到处去寻找，不小心摔了一跤，把头给磕出了血，从那以后，脑子就不那么好使了，经常会忘记些什么。比如，我想不起为什么厂长要把我发配到这里来，是因为我做错过什么吗？思来想去，除了头疼外什么结果都没有，我也懒得再想了。幸好，我的工作只是看守这个破厂区，不用费脑子。

我知道，世界上的人，除了老婆，全都是虚伪的。

可是，她为什么要走呢？每晚，我用酒麻醉神经，希望在某个不经意的瞬间看见她回来。可是，一个月来，就连幻觉我都没有出现过，我真有些失望了，我用手指把墙上爬行的蚂蚁一个个摁死，用它们渺小的尸体填充这无边无际无聊的夜。

下酒菜总有花生米，这是蚂蚁很喜欢的食物，经常能看见这些小小的黑色昆虫们聚集在食物碎屑旁边。老婆在的时候经常很温柔地对待这些小东西们，赏它们些剩饭或者西瓜皮，她津津有味地蹲在墙角，可以看好久，她真是个善良的女人。可是，她已经不在了，这些蚂蚁就失去了生存的意义。

电话响的时候，我正在阳台上用小手指的指甲对个头比较大的兵蚁实行腰斩的游戏，看到它们痛苦地挣扎慢慢死去我的神经舒缓了很多，头也不疼了。我想不起怎么会和宁雪这样烦人的女人暧昧了，她总是很晚还打电话来。

“她还没有回家吗？”宁雪的声音里有种明显的期盼，“你又等了一天了。”

“是的，还是没有消息。”我揉了揉太阳穴，头疼欲裂。

“要不要我过去陪你？”

“不了，说不定她会回来。”我挂断了电话，家里到处都是老婆的影子，我不想让其他人破坏。

我找出一瓶啤酒，将三粒止痛片扔进去，用力摇动，药片慢慢溶化，泛起白色的泡沫。把啤酒灌进嘴里，重新回到床上，十分钟后，我的头轰然炸响，感觉血液开始逆流，太阳穴紧绷，终于昏睡过去。

2

一夜无梦，我在早晨的第一缕光线里打了个喷嚏。我艰难地吞了口唾沫，听到楼梯上传来清脆的脚步声，是宁雪。这个女人大清早就来了。我披上外套去开了门，她径直走到卧室里，在梳妆台上放下一袋肯德基精选早餐，然后坐在了我的床边上，短裙下的腿张扬着白皙的肤色。

“如果她不回来的话，我们可不可以像以前一样继续？”她把腿伸进了我的被子里，冰凉而滑腻。

我低着头：“也许，我们根本就不应该开始。”

十厘米的距离，宁雪的眼圈明显有用粉遮盖的痕迹，想必昨晚也没睡好：“说不定她永远都不会回来，要不然，她不会这样不辞而别。”一滴滚烫的泪滴在我冰凉的额头上，我有些动心。

“别哭，厂长他……”我的话还没有说完，宁雪丰满的唇已经覆盖了我的嘴，母兽般温暖的芬芳开始侵袭我的神经，毕竟不陌生了，激情轻易就被唤起。宁雪脱下了衣服，对温暖的渴望让我更紧地抱住这个女人，手往下滑，我的掌纹突然膨胀，我听到血管下面暴涨的潮涌，呼吸变得急促，在旭日升起之前，我终于释放了自己。

“真好，我就喜欢你这样。”宁雪娇嗔地说。

“这是我们最后一次。以后别再来了。”我用铁一般的声音说，“我已经对不起她了，不能再错下去。”

宁雪愣了一会儿，似乎不相信我会这样绝情，任凭她的目光用何种方式试探，我却已经穿上衣服下了床，还打开了门。

宁雪临走时还不甘心地试图吻我，我推开她，说："别这样，我什么都不能给你。"

我站在阳台上看着她的背影渐行渐远，有些恨自己，既然要了断了，可对她的身体却不能抗拒，我的神经总是不够坚硬。我咀嚼着冰冷的汉堡，食之无味。宁雪是不会明白我对老婆的感情的，就像她不会明白为什么我只喜欢吃老婆做的炸酱面。

宁雪身上一定有什么是我曾经喜欢的，可我想不起来了。这样真的很不好，很头疼。我想找回失去的记忆，说不定也能找回老婆失踪的蛛丝马迹。

吃过早饭无所事事，我又蹲在墙角看蚂蚁。汉堡很合蚂蚁的胃口，香味招惹来了一大群蚂蚁，它们聚集在脚边，把那些渣滓快乐地吞下去。阳台的另一边，有一大群蚂蚁排着队从水管往上爬，其中还有不少衔着白色的卵。它们明显不是我家黑色的那群，个头大些，身体是暗红色的。难道今天会下雨？看着冬日少有的晴朗天空我有些疑惑，莫非有什么更好的地方适合这些蚂蚁安家？

这些密密麻麻小东西让我的心有种说不清的乱，我去厨房弄了些热水，泼在蚂蚁的队伍上，立时，阵型大乱，不少蚂蚁被烫死，从六楼的墙壁坠落了下去。我想它们着地的时候应该不会脑浆四溢、鲜血直流，它们的身体结构远比人类更适合在地球上生存。

我以为我送它们上天堂它们应该感谢我，上天堂不用再做苦力，多好。可它们却不领情，有几只爬上了我的拖鞋，用它们坚硬的下颌报复我，我没有穿袜子的脚面立刻有了些刺痛的感觉，还肿了好几个小包，痒得出奇。我弄了些药油擦，却没什么效果。

3

只有真的痒起来才会知道，疼比痒容易忍受。

在反复涂药无效后，我决定去老李头的摊位找他帮我看看，退休前他是厂医。老李头听过我的叙述后来了些精神，眨巴着精明的眼睛神秘兮兮地说："幸好咬你的不是那种红色的蚂蚁，不然，丢了性命也是有可能的。"

危言耸听，我没有把他的话放在心上。他却又自顾自地说开了："黑蚁只是一般的家蚁，它们的蚁酸毒性一般，用肥皂水洗洗就会好，红蚂蚁就厉害了，学名红火蚁，真的会咬死人，你还是买点我的蚂蚁药吧，很有效的，每次一包，放在蚂蚁出没的地方，隔三四天你再放一包，基本上就没有什么问题了。”

我想了想，掏钱买下了三包。老李头很高兴，我走的时候他还叮嘱了一句：“千万不要碰红蚂蚁的窝。”

虽然被老李头赚了点钱，不过他的方子的确不错，用肥皂水洗过后，止住痒了。折腾了好久，我懒懒地躺在床上休息，眼皮沉重起来。

“啪”，重重的一记耳光落在我的脸上，疼痛令我清醒了过来。睁开眼睛，我的脸有些痒，我的手上有两个暗红色的点，是蚂蚁的尸体。我的视线正好对着天花板上那一大圈水渍，脸上的蚂蚁都是从那里掉下来的，还有一些在天花板上爬着，不知道在寻觅着什么。

傍晚李老头来借香油，他倒了大半瓶有点不好意思，临出门时对我说：“我那蚂蚁药千万不要一次都下了啊，要不然是不会断根的，因为……”他还没有说完，我已经把门关上了，他只是个爱占小便宜的人，他的话不听也罢。

我把蚂蚁药全下了，墙角，垃圾筒边……所有蚂蚁爱出没的地方我都撒上了。我没有听李老头的话，我一次把三包都下了，我不想让它们再苟延残喘多活几天，那意味着我可能要多遭受一天的皮肉之苦。

那些药里有尚未磨成细粉的芝麻和花生颗粒，不久，红蚂蚁、黑蚂蚁都嗅到了气味，纷纷收拾着这从天而降的馅饼。很快，三包蚂蚁药就全部被蚂蚁们抬回了家。

这个晚上我睡得安心些了，梦里甚至看见了老婆，她风尘仆仆地回来了，她说她心情好多了，可蚂蚁们却认生起来，爬上了她的身，对她下了毒手。老婆的脸上和身上立刻起了红色的包，她哭着对我说：“你要为我报仇，杀了它们，这些没有良心的东西……”

4

药还真有效，足足三天，蚂蚁们不再出动，我也过了几天安生日子。

可三天后，从天花板水渍那里再次空降下来不少红蚂蚁。只是，这次的个头都很小，这些稚嫩的小魔鬼在我的枕头上，床单上到处埋伏，它们的个子实在太小了，埋伏在布料深色的图案上就发现不了。

我下了决心要把蚂蚁的老巢找到。既然它们都是从天花板的缝隙爬进来的，那么，天花板上面说不定就是它们的巢穴，我决定上天台看看。我走得心急，关了门才发现忘了换鞋，脚在被践踏了将近两个月的毛拖鞋里有些冷。

我从已经生锈的铸铁楼梯爬上去，天台是一层两米高的人字屋顶隔热层，平时根本不会有人上去。不过，楼梯上的铁锈似乎在不久前被人踩过，有明显的脚印。会不会有贼？我提高了警惕。

隔热层比起楼下的家冷多了，四周有些阴暗，幸好我准备了应急灯。我摸索着到了大概了位于卧室的天花板上方的地面，惨白的灯光投射过去，一个人躺在地上，从她一动不动的姿势看过去，那应该是具尸体。

那真是一具令人恐惧的女尸，腰有些粗，身上不着寸缕，大概凶手想隐瞒她的身份，她的脸被刀划得已经没有一寸好肉了，无数小蚂蚁从她脸上的伤口处爬进爬出，微小的身体被灯光一照仿佛饮过血一般通体泛红，她的头发被火烧过，看不出发型。女尸的致命伤应该是在胸口，那里有个深深的口子，不宽却很深，身体下面是一大摊早已干涸成深褐色的血渍，聚集着不少小蚂蚁，它们在搜刮着地板上每一点死人的精华，血渍下面是一条粗粗的裂缝，看来家里的红蚂蚁都是从这里爬下去的。

我看见了地面上不少残缺的大蚂蚁尸体正在被小蚂蚁蚕食着，而女尸的腹部，一只肥硕的蚁后死在了那里，已经稀薄得近乎透明的肚皮下面，不少小蚂蚁正在从虫卵里向外面爬出来。

我终于明白为什么李老头说不要一次把三包药都用上了：一次用一包的量，正好可以让蚂蚁们互相咬食，直到它们把自己的卵都吃掉，而一旦药物过量，它们会立即毒发身亡，留下为数众多的虫卵。

女尸的手指上，有个什么东西在反光，银亮亮的晃眼睛，我凑近了些看，是枚钻石很小的白金戒指，看上去有些眼熟，简单的镶嵌工艺，不是什么值钱货。

我放下应急灯，把戒指摘了下来，对着光线仔细研究起来，戒环的内侧有一行小字：情比金坚，淑惠吾妻存赏。

我的眼前一片空白，大脑却开始高速运转起来。这具女尸看上去体型和我老婆的差不多，我老婆的名字就叫淑惠！这戒指是我唯一送给淑惠的首饰。

那么，是谁杀了她？还把她扔在这里？愤怒充斥了我的身体，开始支配我正在逐渐丧失的理智。我想起了梦里淑惠要我为她报仇，杀了这些没有良心的小东西。我疯了一样用脚去踩地上的蚂蚁，它们曾经享用过她的恩惠，如今却以她的身体为食。

我的杀戮似乎激怒了它们，它们在短暂的肢体接触后达成了某种共识，所有的蚂蚁都开始攻击我。它们爬上了我穿拖鞋的脚，爬向我的全身，一种近乎酥麻的痒和疼的感觉交织，我的手开始不够用了，我抓，我挠，我的手指碰到蚂蚁要把它们捏死。

我的神志在越来越强烈的疼和痒的感觉里逐渐麻木，手脚逐渐不听使唤了，脚面上有一连串被火燎过一般透明的小水泡，痒得钻心，我想伸手去挠，却失去重心摔倒在地。更多的蚂蚁爬上了我的身体。

我想我快失去知觉了，失去的记忆却忽然出现在眼前。

5

我并没有爱过淑惠。

我父母死得早。淑惠是邻居的女儿，长得很一般，她从小就喜欢和我在一起玩。从小我就喜欢骗她，她说只要我喜欢她，愿意和她一起玩过家家就把她的晚饭分一半给我吃，我马上点头说我是真的喜欢她。后来，淑惠早早顶替母亲参加了工作，虽然辛苦，不过单位效益不错。我和淑惠结婚是因为她说她会用她的工资负担我大学的学费。

上大学时，我认识了宁雪。她曾是校花，却唯独钟情于我。可我告诉她，我必须实践自己的承诺和淑惠结婚。宁雪后来委身于我们厂的厂长，就是因为他同意给我评上工程师的职称。我做了工程师后，才知道为了我宁雪付出了自己的身体，我找厂长闹了一场，他于是把我发配到了这个鬼地方。

宁雪为我做的一切让我觉得自己是亏欠她的，要偿还她，我必须伤害淑惠。况且淑惠的身体越来越不好了，她的糖尿病已经严重到每天都要打胰岛素的程度，我借遍了朋友也不够她的医药费。

贫贱夫妻百事哀。我想，只要淑惠死，我的生活就可以重新开始。美丽的宁雪在死心塌地地等着我，她说，只要我和淑惠离婚她就有办法带我出国。我渴望新的人生，我天生是属于成功的男子，我早就厌倦了窝在这个鬼地方受窝囊气的生活。

我在淑惠的胰岛素剂量里做了手脚，她注射过后很快就陷入昏迷。我把她搬到了隔热层上，脱掉了她的衣服，谁料她突然被冻醒，也许是求生的本能，她开始呼叫“救命”。我急了，掏出随身带的刀，捅进了她的心脏。她死后，我又用刀划花了她的脸，用打火机点燃了她的头发……我以为，在明年春天尸体变臭前，我已经能和宁雪离开这里出国了。

也许是我太紧张了，或者太激动了，摸黑下楼的时候，我滑倒了，头先着地，接着，我失忆了。

一定是淑惠清甜的血把这些红色的小魔鬼吸引而来，我曾经看过，淑惠做菜不小心切到手后，她滴落的血周围很快围满蚂蚁。

一定是我内心潜藏的良知让我不愿想起自己把淑惠杀了的事实，我一直欺骗自己说她失踪了，我也这样欺骗着宁雪。

良知在失忆后苏醒，我开始认为不该和宁雪继续下去，我开始做一个普通的好男人，老实过日子、工作，等着淑惠回来。

后悔已经没有意义了，我的眼睛已睁不开了，我的思维也将要停止，我真的要死了，死在淑惠的身边，那些吃过淑惠的蚂蚁们已经开始吃我的身体了，它们小小的肚子就是我和淑惠的葬身之地。

我想起和淑惠结婚那天晚上，她在被子里小声许的那个愿：

有生之年，生亦同床，死亦同冢。

沉睡客栈

文/喂小饱

我默默地走到乔阳刚才跳舞的地方，再次发现了一股黏稠的液体。我蹲下来，强忍着恶心伸手触碰了一点，放在鼻下嗅了嗅……

楔子

年幼的时候，孔轩问过我，这世上最恐怖的声音是什么？

我摇头，侧眼窗外，但见树影斑驳，月色凄惶，祭鸟臃肿的剪影掠过，空余深浅不一的几声哀鸣。

孔轩抓起我的手，泅了清水似的眸子望着我，我甚至窥见了自己小小的样子。“是沉睡的声音。”孔轩说，“你听。”

我当真听到了。

那沉睡的声音来自一个男子，他就躺在距我们不远的大床上，枕头遮住他的脸。沉睡声渐起，激烈，放缓，柔散，渐起……

我们将手握紧，感受着彼此近乎绝望的心跳。他的手好凉，皮下的指骨如同冰凌。“你说，我们的话会不会被他听到？”我悄声问。而孔轩的身子瞬时塌陷般偎靠在我身上，他害怕极了。

沉睡声戛然而止。

男子忽地坐了起来！他低斜着脑袋，外凸的眼球晦涩无光，黝黑的脸上渐起涟漪，然后，他冲着我们怪异地笑了。

1

我在一个阳光明媚的午后收到了那封信。

彼时，我正在写一个悬疑故事，讲述两个孤儿的成长。那个穿着制服的年轻邮差出现在我的玻璃窗外时，我着实吃了一惊。

我是个习惯孤独的人，很少有读者知道我的通信地址，即便那是一封热情洋溢的来信，我也不作答复。外界唯一确定我存在的根据，便是那些形形色色杂志上的奇怪故事。

我将玻璃门轻轻推开，接过那封信的时候手腕不禁抖了一下。信封上仍然只有收件人的资料，其余全部是空白的。我试图向邮差咨询点什么，但还是忍住了，因为每次的询问都毫无收获。

邮差笑了笑，转身离开。走到院子拐角的地方，年轻的邮差突然回转身来，把帽子拉得很低，他白亮的牙齿硬生生挤出两个字："保重。"

我承认自己感到了入骨入髓的恐惧，这样的词汇比之前收到的五封一模一样的信件还要令我不安。而这是不是一种在劫难逃的预兆？

书桌上，五封内容相同的信件一字排开。信的内容很短：我在沉睡客栈等你。下面便是详细的地址和电话。肩胛骨这时开始隐隐作痛，我有些艰难地坐下，反复看着。微微泛黄的纸张在阳光透射下薄若蝉翼，又如一只随风翩跹的蝶翅。

"我在沉睡客栈等你。"

我几乎读出声来，声音很轻飘。会是谁呢？谁在召唤我去一个完全陌生的地方。陌生的地址静静地躺在那里，我却像魔怔般紧紧盯着那行字。已经是第五封了，我坚信如果我不去，信件还会源源不断地寄来，直到我搬走。不，应该是直到我从这个世界上彻底消失掉。后面的这个假设让我惶惶不可终日，心里好似有无数蛊虫在拼命噬咬。

好奇心开始迅速充溢，我两手搭在书桌上支撑住身体，低头再次看着那几封信。灵魂正被缓缓抽离，在内心制造的漩涡里垂死挣扎。

我终于决定了，去沉睡客栈。

掏出手机，再三犹豫后摁下了电话号码。

13256749×××。

几声闷响后，终于接通了。我紧张到不能言语，短暂的空白后，那边有个苍老的声音传来，像一只毛茸茸的爪子，挑弄着我濒临崩溃的神经——

"欢迎光临沉睡客栈。"

2

坐了一整日的汽车,整个人被崎岖的山路颠得没了脾气。筋疲力尽地缩在角落里,看着窗外无边无际的原始森林,我的心里又焦灼起来。

一声尖锐急促的刹车声过后,司机冷冷地说:"终点站到了,下车。"

车子原路返回,我被抛在了陌生的站牌前。按照信中所言,我只需径直往前走。暮色四合之时,我收拢了脚步,脚下便是深渊,极目远眺是茫茫的海面。微弱的日光下呈现墨色的海浪不断击打着峭壁,发出兽一般的怒吼咆哮。

这时,一阵钟声袭来,直灌左耳。我愕然转身,赫然发现一座二层别墅矗立在左边。二楼的几处窗口闪烁着萤火一样微弱的光。

我边向别墅靠近,边打开了强光手电筒。

强光打在青砖垒砌的墙体上,细细观望一番,这建筑颇有几分古朴。尖尖的哥特式屋顶,像细长的指甲,直刺向寂寂的夜空。

门前有两只白炽壁灯,闪射出刺目的光晕。我走到跟前,终于看清了,巨大的门牌上镌刻着几个突兀的字体:沉睡客栈。

刚要迈上台阶去敲门,身后一个细小柔和的声音传来。我猛地回头,只见一个十分清丽的女生正抬头看着我。看上去我们年纪相仿,不过十八九岁的模样。她穿着淡粉色公主衫和白色短裙,头发在后面挽出一个髻,配了卡通头饰,整个人看上去像个精致的娃娃。

女生笑了笑,摇摇身后的行李箱问道:"你也是来这儿的?"

我回过神来,赶忙回答:"是的,我收到了邀请信。"

"你好,我叫孟冉。"女生自我介绍说。

"吱呀——"

话没说完,锈迹斑斑的铁门敞开了。强烈的光线瞬时挤进瞳孔,晃得人睁不开眼。一种腐朽变质的气味扑鼻而来,迅速弥漫。

一个老头出现在门口,面无表情地看着我们。他身形高大,驼背很明显,穿着过时的衣服。

"泽康!"

老头上前一把抓住我的手,然后紧紧抱住我,嘴里含含糊糊地念叨着:"泽康,我的泽康,你终于回来了……"

我被这突如其来的状况吓坏了，甚至闻到了死亡的气味，幸好有两个男生跑过来，强行将老头拉开。孟冉从后面扶住我，我们在大厅中央的桌前坐下。一直在旁边紧张观望的短发女生起身为我倒了杯水。

这时，两个男生已经将老头锁进了房间。远处不时传来剧烈的砸门声。

“你好，我叫孔轩。”我对大厅里的四个人说道。

“孔轩？你就是那个写悬疑小说的少年作家？”其中一个的男生面露喜色。我惊奇地发现，除了面貌，他们俩的身材和发型都出奇的相像。

“嗯。”我点头，想不到在这种地方还有人知道我。

“我非常喜欢你的小说！”那个男生有些兴奋，转而说道，“我叫战林。”

“我叫曾佳佳。”短发女生的声音非常小，但听上去非常舒服，她戴着一对大大的耳环。

我微笑着点头，然后把视线转到另一个长相英俊的男生身上。他并不搭理我，鼻子里发出不屑的哼哼声，然后起身上楼。

我尴尬地笑了两下，不知该如何是好。

曾佳佳说：“他叫乔阳，人就这样，你别介意啊！”说着曾佳佳跑上楼去，不一会儿上面传来小声抱怨的声音。

此刻，大厅里只剩下三个人。远处房间里老头的叫喊声渐渐弱下去。

我突然想起一个问题，便对战林说道：“那么，谁是这家客栈的主人呢？”

没想到，战林的脸色陡然变得异常难看，脸颊开始抑制不住地抽搐。宽敞的大厅里一时没了其他动静，唯有不安的心跳。良久，战林四处不安地望了望，细长的眼睛从镜片后窥探着我和孟冉，紧接着声音发颤地说了一句话：

“这家客栈没有主人！”

3

这是我入住沉睡客栈的第一晚。

我拉上窗帘，在昏黄的灯光下开始打字。这样陌生诡异的环境，总让人感到危机重重，好在我慢慢进入了状态。

“咚咚咚——”

遽然响起的敲门声惊扰了我，我微微侧身，耳朵警觉地听着外面的动静。

“咚咚咚——”

声音太小了，我甚至开始怀疑自己是否出现了幻听。我起身走到门边，听到有人隔着门板小声急迫地说着："孔轩开门，是我。"

我打开门，看到短发女孩曾佳佳站在门口。没等我开口，她便闪身进来，然后把门"啪"地锁上了。

这么晚了，你有事么？我看着她一脸的惊恐神色，知道是有事情发生了。

曾佳佳的脸色惨白，眼线深黑，这使她看上去极不真实，有点像濒死的病人。她轻轻咬了咬下唇，终于开口说话："你来时有没有看到一个女孩？"

"你是说孟冉？"我回道。

曾佳佳眼里燃起的光点迅速暗淡下去，她嗫嚅着："不是她。是另一个女孩，跟我一起来的，可是现在她不见了。"

"什么？不见了？"我对此有些难以置信，"怎么不见的？"

"就是……" 曾佳佳咽了咽口水，"大家一起在别墅周围闲逛时突然不见的！"

曾佳佳又想起什么似的，从口袋里慌忙掏出一张纸来。上面写着：

欢迎光临沉睡客栈。来客全部视为自愿加入游戏。游戏规则：来客会相继"消失"，来客在"消失"的第二个夜晚将出现在别墅周围跳舞。发现"消失"来客踪迹的或是最后一个消失的，会获得沉睡客栈的继承权。在此保证，所有来客都会毫发无损，游戏结束，定将完璧归赵。

好奇特的留言，我暗自思忖着。

"这张字条是我们昨天来到这里时，在大厅的方形餐桌上发现的。"曾佳佳补充道。

"对了，那个老头是怎么回事？"我边说边琢磨着手中的纸条。

"难道你没看出来，那老头是个精神病！"曾佳佳叹了口气，"我们当时是在悬崖边上发现他的，看他可怜，就把他安置在沉睡客栈里。平时他一声不吭，今晚见了你却意外激动起来。"

我隐约觉得曾佳佳话里有话，但是没有耐心听下去，因为我突然想到了一件更重要的事情。我边往窗边走边说："你的朋友叫什么？按照游戏规则所讲，今晚她要出来跳舞的。"

"她叫贾青青。"

窗帘拉开后，我整个人僵在了原地，再也发不出任何声音。曾佳佳疑惑地走上前来，目光也瞬间在别墅前的大片空地上定格了。

只见月光下，一个女子穿了华美的戏服，身体在轻盈地回旋着！太过美丽诡异的画面了，我瞪大眼睛凝视。

随后，曾佳佳大叫起来："是贾青青！泽康我们赶紧去外面看看吧！"

我紧随曾佳佳向楼下跑去，脑子还在回想着她刚才的那句话。她为什么叫我泽康呢？泽康是谁？我是孔轩，一个少年悬疑作家。

大厅的门是敞开的，孟冉和战林已经站在门口。我们赶到的时候，他们正在院子里四处走动，在找着什么。然后他们又满脸疑惑地走回来，愣愣地盯着我和曾佳佳。

"你们也看到了？"我问。

战林慢腾腾地点点头。孟冉也回过神来，说："可是又不见了。"

这样一来，我们看到的不是幻象，而是真实存在和发生过的！但是，贾青青现在去了哪里？我们怎样才能找到她呢？

外面的夜风很凉，耳边能听到不远处悬崖之下滔滔的海浪声。我望了望今天来时的路，已是漆黑一片。

曾佳佳慢慢走到刚才贾青青舞蹈的地方，然后停下，盯着地面出神地看着。

"啊！"尾随其后的战林发出沉闷的惊叹，"地面上有水迹！"

我闻声跑过去，只见石子垒砌的路面上有一小块湿痕。我这时才想起刚才随手拿来的手电筒。打开。强光打在上面，并非是我们先前认为的水迹，而是有些黏稠的液体。我让孟冉高举手电筒，自己则四肢着地，鼻子凑到液体上方，用手轻轻扇动。

一股腥重的恶臭升腾而起！我强忍着站起身来，跑到一边的墙角下剧烈呕吐起来。

耳边此时响起一个声音，细微却足够刺耳。我用纸巾捂着嘴巴，抬头。那个老头正用指甲不住地划着有机玻璃，发出"嗞嗞"的声音！而他的眼睛，死死地盯着我，俄而咧嘴笑了。他在喊我泽康。

曾佳佳的惊呼传来："乔阳呢？乔阳为什么没下来？！"

4

第二日晚间。阴。

几个人相继回到大厅里集合，只听见老式钟摆的声音在不依不饶地响着。

"怎么样，有消息么？"曾佳佳追着刚进来的我和孟冉问。

“没有。”我有些累，找遍了附近一大片区域都不见“消失”的两个人。

昨晚我们赶到乔阳的房间，他的所有东西还在，只是人消失了！窗子敞开着，难道他是从这里离开的？细细想来，所有人都看见贾青青在院中跳舞了，就证明没有实际的危险，也便打消了报警的念头。

只是，他们两个到底躲在了哪里呢？

战林猛地灌下一大杯水，然后长声叹道：“多亏这只是个游戏，不然真要报警啦。”

“这真的只是个游戏么？”孟冉小声嘀咕着。

所有人的目光都扫向孟冉，她说出了大家心内最大的忧虑。“如果不是游戏呢？结果会怎样？”孟冉继续自言自语。

“死。”

战林手中的杯子到底没拿稳，掉下来，在地上摔得粉碎。谁也没有猜测到那个老头会说出这样的话。

我站起身，朝老头走过去。

“你们真以为我疯了？”老头说着自顾自地嘿嘿笑了。他伸手揭下了伪装的胡子和假发。

天！

我险些因为眩晕跌倒在地上。站在面前的正是我的叔叔老杨！这下我彻底糊涂了，不知该如何是好。

叔叔在桌前坐下。战林诧异地说道：“咱们不继续演出啦？”

叔叔喝了口清茶，有些气喘，他摇了摇头。

“这到底是怎么回事？”我急于知道答案。叔叔拉过我的手，然后指了指其他几个人说道：“孔轩呀，你的真名叫泽康。你跟他们一样都是不幸的孩子，小时候被人拐卖到了这个地方。在等待买家的日子里，你们幸运地乘悬崖下的船逃脱了！可是由于你的好朋友孔轩不幸掉入海中丧命，你精神严重受挫，所以潜意识里从此认为自己是孔轩。大家一起演这场戏，目的就是为了你的恢复啊！”

我瘫倒在椅子上，顿觉脑中如地裂天崩般疼痛。以前的种种都被彻底倾覆。

“那你扮演的是谁？”我疑惑地看着叔叔。

“我扮演的就是自己嘛，我偷偷追查到这里，却不幸被他们抓了起来。后来还是你和孔轩把我救了出来！”

我颓然坐在那里，感觉像是在听一出折子戏。

曾佳佳说道：“为什么不继续演下去呢？他受刺激再多一些说不定就可

以恢复记忆啦！”

恐惧的神情开始在叔叔脸上恣意地扩散，透过那张脸，我获知了他内心的恐惧。紧接着叔叔长叹了一声。

“既然这样的话，那您让贾青青和乔阳出来吧。演出到此结束。”战林有些不高兴，看得出他是用心来做这件事的。

“我也不知他们去了哪里。”叔叔呆呆地坐在原地，头沉沉地低下去，如同老旧破损的人偶。

大厅里又安静下来，像个空旷的墓穴。

“等等，您是说邮寄信件，写游戏规则，以及所有故事情节都不是您安排的？”孟冉惊叹道。

叔叔回头苍凉地叹了口气，“开始我还以为是你们其中一人安排的。昨晚我突然目睹了贾青青跳舞后，突然想起了‘沉睡人偶’的传说。”

“沉睡人偶？”几人同时惊诧道。

“是的，”叔叔点点头，“传说国外有形形色色的收藏家。其中就有人喜欢收集人偶，就是将活人体内的构造全部清除，骨架亦不留，空余一副皮囊，然后在里面填充进极为轻盈的材质，一个可以长久保存的人偶就做成了。当然，这是变态违法的事情，但国外这些年一直有人收购，所以以身试法者不在少数。”

“你是说……”曾佳佳终于把那句话说了出来，“你是说贾青青和乔阳……”

话音未落，我惊愕地看到窗外隐晦的空气中，身穿黑色晚礼服的乔阳跳起了优雅的舞蹈！

5

“他，他飞走了！”战林慌乱地组织着语言，这样的话放在平日里是天方夜谭，但是此刻却让人顿生寒意。

第一个跑出别墅的就是战林，他说视线范围内最后一次看到乔阳，他正在飞速地向上飞！我们看着他由于惊愕而有些变形的五官，一个个沉默下来。

“是的，我们也看到了。”乔阳的身体在升腾到一定高度后便在夜空中隐去了，彻底失去了踪迹。我默默地走到乔阳刚才跳舞的地方，再次发现了一股黏稠的液体。我蹲下来，强忍着恶心伸手触碰了一点，放在鼻下嗅了嗅。

我把大家召集回别墅，插上门闩，随后公布了一件事情。

“贾青青和乔阳很可能已经死了。”我尽量使声音听上去足够平静。

孟冉和曾佳佳险些哭出声来，两个女孩子用手捂住嘴，竭力压制住内心的绝望情绪。

“外面空地上的湿痕其实是人的体液。”说到这里我的头皮开始发麻，胃里又翻腾起来。

叔叔补充道：“那晚我注意到贾青青的眼睛，根本没有眨动，毫无生命的迹象，很有可能成为了沉睡人偶。”

空旷的大厅里处处翻滚着每个人心底歇斯底里的挣扎声。求生的渴望是如此真实，人在命运面前又是如此不堪。

“赶快报警！”孟冉的声音乍听上去非常尖锐刺耳，如此文静的一个女孩再也顾不上什么形象。

一番忙碌后，大家近乎绝望了。与外界的信号完全中断！

“看来我们只有连夜离开这里了！”战林的声音重又激起了大家求生的欲望。

“不可能了，很显然信号是受到了人为干扰，如此说来，我们出山的路，也已经被堵死了。”我坐在椅子上，语气沉重，感到了前所未有的挫败感。

果然，话未说完，惊天的爆炸声传来！门窗一律如风中黄叶，拼命摇晃震颤，随后全部爆裂！大厅里的人顺势扑倒在地，这才幸免于难。

来时的路口已被坍塌的巨石阻塞，自此，我们与外界彻底隔离开来。稍作镇定，几个人将屋内各种家具集中在一起，忙碌许久才把所有窗口堵得严严实实。

随后大家集中到餐厅吃晚饭，我们需要能量，以便随时逃亡。曾佳佳说自己没胃口，躲进了二楼自己的房间。尽管这种非常时期不适合落单，只要她不单独出门，还是安全的。

已经很久没跟叔叔一起吃饭了，感觉很亲切。按照他们的说法我失去了记忆，而我确实回想不起当时所发生的一切了。

“泽康，你再想想，真的忘记我们曾经一起在这里生活过了？”战林小心翼翼问道，生怕对我造成更大的刺激。

“是啊，你还记得孔轩么？我们被贩卖到这里后，你们成了最好的朋友。”孟冉看着我，嘴角露出浅浅的笑意。

我抱歉地拍拍自己的头，疑惑地转头看着正吃饭的叔叔。他什么也没说，慈爱地笑了。

战林又盛了一碗面，边吃边说：“躲在背后的操纵者到底是谁呢？究竟有着怎样的意图？先是贾青青，然后是乔阳，那么接下来……”

战林立时噤声，他意识到自己说错了话，伸了伸舌头继续吃饭。

我盯着餐桌，愣愣地出神。突然，垂死疲累的脑神经被一闪即逝的念头击中，我喊道：“战林说的有道理，这场谋杀还会继续下去，但是，它似乎在按照一定的轨迹进行！”

另外三人放下手中的碗筷，齐刷刷地看向我。

“到底是什么轨迹呢？贾青青，然后是乔阳……”

我几乎是跳起来，抓着战林的胳膊喊道：“快点告诉我你们第一次走进沉睡客栈的顺序！”

面条撒了出来，战林愕然地看着我，然后皱眉回忆起来：“第一个是贾青青，第二个是乔阳，第三个是……”战林的嘴巴大张着，由于激动已经说不出话来，他倾斜着身子费力地指向楼上。

“快，快！第三个是曾佳佳！”

6

战林在曾佳佳的床边发现了一张手机卡。

我接过来，装进自己的手机，不出所料，号码显示便是我来之前拨打的沉睡客栈的电话。

“也就是说，曾佳佳是幕后操纵者？”孟冉感到不可思议，她为何要编制那样的游戏规则来欺骗我们？

“确切地说，她为什么要一个个对我们进行谋杀。”叔叔站在门边，冷冷地看着屋内。

难道曾佳佳是害怕被我们发现，才选择逃走的？

我没有说话，不住地打量着整个房间。我闻到屋内有种怪怪的气味，头开始有些眩晕。我知道曾佳佳不是幕后的操纵者，而是神秘“消失”了。她所有的东西都在，如果她是凶手，绝不会留下如此多的证据。而且凶手心思缜密，不会愚蠢到把手机卡留下！这样只有一个解释，是陷害！凶手极有可能就在我们这些人之中！

当晚，所有人在一楼大厅休息。孟冉有些委屈地睡在我们几个男人中间。这比起保全生命来确实显得微不足道。

这晚上，我又做了那个梦。我不再是孔轩，而是我自己，泽康。年少的我们瑟缩在屋子一角，看着那个身形高大粗犷的人贩子向我们走来。孔轩突然起身，猛烈冲撞过去，人贩子倒地，脑袋正好被一个掉落的饭叉穿透！

所有的孩子都被我们解救出来，一共有8个人。大家跑呀跑呀，终于坐上悬崖下的小船。可是人太多了，怎么办？人贩子们已经追了过来！突然，我阴冷地笑了……

醒来后已是第二日清晨，孟冉看着我满头大汗，递过一张纸巾，问道："又做噩梦了？"

我点点头，侧身，发现战林仍在睡着，这才放下心来。如果"消失"的顺序果然是按照进入沉睡客栈的顺序，那么战林就是下一个要被谋杀的人。起床时，我突然又闻到那股熟悉的恶臭。

早饭过后，孟冉喊了很久战林都不肯起床。无奈，我和叔叔走出别墅，在四周走动观察起来。来时的路果然被堵死，真要爬出去，不是一天两天能做到的，而且悬崖下的海面上根本没有可供离开的船只！

一时间，我们万分沮丧，恨透了这幢别墅。我站在远处观望着，觉得那简直是地狱黑洞洞的入口。就连尖尖的屋顶都如此怪异碍眼。

等等。我记得二楼的房顶全部是平的，并没有向上凸出。也就是说……

我霍地起身，拉起叔叔就朝别墅跑去。"这幢别墅有夹层！"我的声音有些失真，几乎是吼了出来。叔叔在后面气喘吁吁地跟着，情绪也跟着沸腾起来。

闯进大厅，孟冉不在，战林还赖在床上。顾不得了，我和叔叔朝二楼跑去。

在南边走廊的尽头，我居然发现了一架隐形的阶梯。它隐藏在一幅仿制的巨型抽象油画后面，直直地通向上面。

卸下通往楼顶的一块方形木板，我努力朝里面窥视，黑乎乎的一片，什么都看不清楚。叔叔跑回我的房间，取来了手电筒，我这才大着胆子一级级往上爬。

等整个身体全部进入别墅夹层的时候，我开始像只暗夜的猫一样环顾着四周。

手电筒的映照下，我发出了惨烈的悲鸣！

人！夹层里到处站满了人！他们在面无表情地看着我！

7

叔叔从下面托住我险些跌倒的身子，他爬上来从我手中取过手电筒。

数秒后，他转头对我说惊叫道，沉睡人偶！叔叔的眼睛在昏暗中闪射着怪异的光芒，我居然听出了那声音里有难掩的惊喜。

全部是沉睡人偶，货真价实的沉睡人偶。他们有男有女有老有少，穿着不同服装，静静伫立在那里，像极了橱窗里的模特，却比它们要高贵许多。

我按捺着内心的绝望和恐惧，慢慢走向前，我看到了被做成沉睡人偶的贾青青。她立在原地，皮肤如生前一般鲜活粉嫩，我颤抖着伸出双手触摸，她的皮肤仍旧保持着原先的柔韧！

屋子里充满了经年积攒下的恶劣气味，待久了人肯定会晕厥过去。忽然，叔叔在身后将灯光一转，照在一具沉睡的人偶身上。

灯光实在太晃眼了，我眯着眼睛慢慢靠前。那是个身形高大的人，穿着古怪的衣服。

“你仔细看看，那个人是谁？”叔叔的声音从未有过的阴凉，在背后徐徐吹送，让我不禁毛骨悚然。

灯光渐渐上升，终于打在那具沉睡的人偶身上！

“天啊！那是个跟叔叔一模一样的人偶！”

没等我反应过来，叔叔已经用捆绑绳将我结结实实地捆绑起来，最后将我的嘴巴堵上。他有些气喘地坐在我身边的地板上说：“你的叔叔早在许多年前就被我们集团的老大做成了沉睡人偶！”

我挣扎着，只能发出老鼠般“吱吱”的声音。

那人好像明白了我的意思，说道：“你还记得许多年前，孔轩把我撞倒的深夜吧？”

天啊，他居然是那个人贩子！

人贩子阴鸷地笑了，又使劲给我紧了紧绳子，说道：“不错，那人就是我。事后我侥幸活了下来，却由于让你们逃跑惨遭集团老大的追杀。万般无奈下，我整容成你叔叔的模样，陪在你身边，目的就是为了有一天能重回这里而不被任何人怀疑，最终找到这些宝贝！”

这个变态的恶魔，居然称那些沉睡人偶是宝贝！

“我现在就把你干掉，然后去收拾楼下的那两个。”人贩子说着举起了藏在身上的匕首。寒光划过，人贩子低声呻吟了一下，匕首滑落，一头扎在地板上！

从他身后的沉睡人偶中走出一个人来，手中拿着一罐喷雾剂，想来那就是速效麻醉药了。人贩子又哼哼两声便晕厥过去。

那人拾起地上的手电筒，映出自己的脸。是孟冉！

我含混不清地叫着。孟冉看着我，清秀的五官在强光下有些狰狞。她走过来，把我口中的布团取出，然后盯着我看，并没有要给我松绑的意思。

孟冉起身,从后面的杂物里掏出一顶邮递员的制帽戴上,然后喑哑着嗓音说道:“保重。”

霎时间,我如遭雷击。

不等我说话,孟冉再次压低声音,用另一个男声对我说:“终点站到了,下车。”

“是你,你假扮成邮递员和大巴司机!”我张大了嘴巴,不敢相信这是真的。

“这一切都是你策划的?”我问。

孟冉点头,眼神已是恶毒万分:“是我将你们一个个谋杀掉的。”

“那夜晚的舞蹈是怎么回事?”我知道今晚在劫难逃,索性问个清楚。

孟冉推来一台显示器,接着从手中掏出一个不大的遥控器。随后,我便看到了谋杀的整个过程!

原来二楼的每个房间屋顶都是活动的,孟冉先注入速效麻醉药,然后通过一台机器将人运到别墅的夹层中来,半夜里将他们做成沉睡人偶!第二日晚间定时打开夹层一侧的门板,由机器定时输送下去,由于沉睡人偶内部材质极为轻盈,所以在极细的钢丝操控下,舞姿才如此令人唏嘘惊艳。随后又将沉睡人偶收回到夹层中,给我们造成升空的假象。

孟冉打开了夹层的灯,我第一次如此贴近地审视这些沉睡人偶,有种强烈的视觉震撼。孟冉摇晃着手里的遥控器,笑着说:“有它在,就是跟你们一起吃饭,也可以杀人!”

我冷冷地问道:“你是在我们一起外出寻找乔阳的时候偷偷安装了定时炸弹吧?曾佳佳房间内的手机卡也是你故意留下的吧?他们房间的窗子也是你事先打开的,为的是让麻醉药剂迅速散开,不致被我们发觉?”

孟冉的嘴角咧开,声音透着妖气,“你还真是聪明。”

我的视线突然落在那些沉睡人偶的后面,天啊,地上还躺着两具尸体!一具是曾佳佳的,另一具是——战林!

“乔阳的尸体在哪儿?”我厉声问道。

孟冉的眼神里划过一丝轻视,“他就在大厅里躺着呢。”

我的身子像筛糠一样急剧抖动,那个躺在大厅的不是战林,而是已经死去的跟他身形相仿的乔阳!我居然跟一个死去的人一夜同眠!想来战林早在半夜已经被谋杀。

“那么你对我们做这一切的目的是什么?”斜靠着身子,我要在死前尽量活得舒服点。

“呵呵,泽康,你不会忘记那个缠绕你许多年的噩梦吧?”孟冉提醒我。

我面如土色，再也不能言语。

“当年若不是体弱多病的孔轩奋力救了我们，恐怕我们早被人做成沉睡人偶卖到国外的博物馆了！最后在那艘小船上，因为人员超重，你居然跟别人一起将孔轩推进了海里！”

我仔细回想起那个梦境，孔轩在海水中挣扎，不住地喊我的名字……他的眼神中充满愤恨。在那个梦里，唯有一个女生没有参与这件事情，她一直在悲伤地哭泣。她就是孟冉。

“孔轩是我的亲生弟弟，全名叫甄孔轩，而我叫甄孟冉。我要报仇，这一天等得实在太久了。”甄孟冉抬头将一侧的门板打开，正好能望见来时的山路。她凛冽的侧脸，像只嗜血的兽。

至于她是怎样学会制作沉睡人偶的，我无从得知，也再没机会知道，甄孟冉冲我喷了速效麻醉药。

浓重的困意袭来，我恍惚中看到当年坐在船上的8个逃亡少年。贾青青，乔阳，曾佳佳，战林，我，甄孟冉，甄孔轩，还有一个是谁呢？

甄孟冉取消了信号干扰，不久，我的手机就响了起来，昨晚的手机卡还没有换掉。

长眠的瞬间，我听到了一句话——

“欢迎光临沉睡客栈。”

旁观罪

文/喂小饱

我们决定上二楼看看，把手搭在扶梯上的一瞬间，我闻到了一股难闻的气味，应该是从上面某个房间飘出来的……

1

巫荣城。

林微扬背着超大的旅行包，急急步出候车大厅。此时空中黑云聚拢，强劲的东南风从密集的楼宇间突出重围，旋即裹向人群。

看完刚收到的信息，林微扬抬眼望向车站旁的KFC，我在门口冲他招了招手。

高考结束不久，林微扬便打电话说要回来看看。自他跟随家长离开巫荣城后，我们已有四年未见。这其中漫长而散碎的光阴，把林微扬从一个瘦弱的小男孩磨砺成俊朗的少年。

林微扬有些惊讶地看我，“万均，真没想到你已经长这么高啦！”

我接过他沉甸甸的行李，笑道：“怎么，还以为我是坐在教室前排的小不点？”

两人说着出了车站，天色愈加晦暗，呈现出深棕色，太阳完全隐退。但林微扬兴致盎然，坚决不肯坐出租，硬拉着我去不远处的巫荣城广场逛逛。

广场巨大的变化让林微扬有些尴尬，他甚至找不到曾经的入口。下午的广场上行人渐稀，偶有几个小商贩在四处兜售儿童玩具，坚持着不肯离去，远处的大屏幕上正在放一部悬疑电影的宣传片，咿咿呀呀歇斯底里的怒吼让人心情烦躁。

我跟着林微扬，把广场新的规划布局讲给他听，就在我都嫌自己絮叨的时候，只听见林微扬轻轻“咦”了一声，快步向前走去，在一处铜像前停下了脚步。

巨大的广场雕塑下分为四个路口，那尊名为“审判日”的铜质雕塑立于南面路口的右侧。我一直不喜欢这尊铜像，觉得它过于怪异：从南北两面看去，都是一个少女的娇俏背影，也就是说，这个铜人没有正面像。

林微扬围着铜像转了足有五圈，然后颤抖着伸手去抚摸它。那一瞬，我似有入骨的感触，就好像这尊铜像在此静立了千年，只等林微扬来看望它的这天。虽然我深知，这尊铜像不过是建立于两年前。

空气中开始涌动着浓重的水腥味，西北方位的一块乌云俨然炸开，暴雨将至。我上前拉了拉林微扬的胳膊，刚想催促，却迎上了林微扬惊愕的表情。于是我把到了嘴边的话咽回去，有点不知所措地看着他。林微扬细长的眼睛里盛了满满的不可思议。

我们如此对望了几秒，林微扬终于开口了，“万均，我认识它。”尽管耳边是呼呼的疾风，我仍是听到了。

“谁？”我又指了指铜像，“它？”

林微扬点了点头，表情从未有过的严肃。我把他拉起来，往路口的站牌走，“马上要下雨……”话还没说完，林微扬从身后猛拽了一下我的胳膊，“万均，我是说我认识这尊铜像的原型！你该相信我！”

我重又跟着他回到那尊铜像前，蹲下，林微扬将手指放在铜像的底座上。我顺着看过去，在铜像一个靠近草坪的角落里，我看到清晰地看到了三个凹进去的小字——龙惜昔。

一记闪电迅即扫过眼角！狰狞的白光下我们呆若傀儡。

惊雷乍响，雨水倾覆，不过须臾，举目处一片汪洋。

龙惜昔、龙惜昔。坐在老旧的公交车上，我和林微扬都在竭力回想这个名字。雨水顺着额前的发梢滴下，跌落在林微扬的手背上，修长的手指不自觉地弹动了一下。

我跟林微扬是发小，属于从小玩到大的好朋友。从小学时我便知道他一个秘密，他喜欢一个叫龙惜昔的女孩子。但奇怪的是，林微扬并不知道她名字的正确书写方法，有次他给我看自己的日志，上面写着：长大后要娶龙西西为妻。而且，他也承认自己从未见过那个女孩。

难道，这就是所谓的预知能力？用林微扬常说的一句话便是，他能感知到龙惜昔的存在。但是，我仍愿将这件事当成一次巧合。

“咔嚓——”强风将街边一棵梧桐树的树枝刮断，惨兮兮地垂到地面，如同被分解的肢体。

我回头看林微扬，他的眼中正闪过一道矍铄的光芒。

2

“你无所不在，我无处逃遁，只等审判日的来临。”

这是刻在铜像底座上的一句话。根据每个人不同的心境和遭遇，它有多种解读。

第二日。

林微扬在我身边不停地重复这句话，着了魔一般，为此还险些闯了红灯。随后，我们在广场管理处找到了铜像作者的资料。

“我见过他。”林微扬所说的人名叫周树，国内新生代雕塑家，擅长各种雕塑。我这才想起，林微扬学的一直是美术专业。随后林微扬补充道，“我是说我在他出版的画集里看过他的照片。”

“你确定要去见周树，然后寻找龙惜昔？”我站在铜像边继续说道，“那个女孩也许并不存在。”

林微扬看着我，“万均，我需要你的支持。”

“好吧。”我对他耸耸肩，然后拨通了在美术出版社工作的表姐的电话。

没想到表姐也在找周树，他已经错过了昨天上午在市中心举办的新书签售会，而表姐正是新书的责编兼策划人。

我故意隐瞒了事情的缘由，其实，就算对表姐告知以实情，她也不见得会相信，因为我自己都对林微扬的预知能力将信将疑。表姐那边事务繁忙脱不开身，一听说我们要找周树，马上把他在巫荣城南郊的住址告诉了我们，还不停叮嘱我们若是真的看到周树，要他务必抓紧时间跟编辑部联系。

由于时间尚早，我们决定坐区间车过去。林微扬一路上缄默不语，只在路过曾经的住宅区时眼中才露出一丝怀恋。

刚下过雨，我们万没想到乡间的路如此泥泞，鞋底上沾满了厚厚一层泥巴。

好在周树的乡间别墅不至于太难找，在一番打探下，我们终于来到了那幢二层的建筑前。它沉寂地卧于一片杨树林中，安静得有些不真实。

高约三米的钢质大门从里面紧锁，我们摁了多次门铃都不见有人来开门。这时，林微扬从小路旁捡来一块小石头，用力朝里面掷去。片刻之后，林微扬狡黠地回头对我笑笑，“没有看门狗！”

我们从一旁的围墙爬了进去。

3

巨大的松树整齐地立于主道路两旁，每两棵树之间无一例外都依偎着一尊铜像。我边看边啧啧称赞，“他家可真够有钱的。”林微扬上前敲了敲几尊铜像，说道：“都是空心的。”

我们继续往前走，头顶的树阴有些压迫敏感的神经。踩在鹅卵石铺就的路上，多少有些战战兢兢。

终于来到别墅跟前，红顶白墙的建筑风格看上去很梦幻。我们很快就注意到，防盗铁门没有关。一楼大厅十分宽敞，木质地板相当考究。

“周树先生在家吗？”林微扬的声音猛地在耳边响起，我吓了一跳。转头瞪了他一眼，林微扬有些抱歉地说：“我可不想被人当成小偷。”我说：“小偷有随身带相机的么？”林微扬摸了摸挎在肩上的佳能专业相机，这家伙，走到哪儿相机都不离身。

没有人回应。我们决定上二楼看看，把手搭在扶梯上的一瞬间，我闻到了一股难闻的气味，应该是从上面某个房间里飘出来的。

死尸。这是我的第一个想法，我立刻因为这个想法变得呼吸急促起来。我知道林微扬也产生了类似的想法，他脖子上的青筋异常明显地拧紧。

到了楼上，那难闻的气味似乎又消失了。站在窄窄的楼道内，我们决定分开两头寻找。我一间间打开那些紧锁的房门，没有任何人。最后我来到背面最后一间房门前，我试探着大声问道：“周树先生在里面吗？”

就在我推门进去的同一时间，南边的最后一间房内传来林微扬的惊叫！

我闻声赶过去，刚到门前，一股巨大的恶臭差点把我掀翻。林微扬已经扶在门框上开始剧烈地呕吐了。

毫无疑问，这里就是周树的画室了，琳琅满目的雕塑作品和设计图堆满了整个房间，本来十分宽敞的地方看上去拥挤不堪。尸体就歪倒在一张木椅前，手中还握着画笔。由于天气原因，尸身已经高度腐烂，散发着肉质腐烂分解时独有的恶臭。

尸体的脸上扔着一个东西，像是一截小木棍。我捏住鼻子忍着扑鼻的气味走上前，仔细看着。天哪！是一只晒干的蜻蜓！确切地说，是一只被除去翅膀的干瘪蜻蜓！

“报警！”我大声冲门口的林微扬喊，他直起身子愣了一下，紧接着掏出了手机。

两天后，表姐陪我们去了一趟公安局。死者果然是周树，而林微扬在现场拍摄的照片自然成了第一手资料。那个当天赶赴现场的胖法医是表姐同事的男朋友，他见到我和林微扬的第一句话便是：“你们已经洗脱了杀人嫌疑。”原来，从尸体腐烂程度和尸斑颜色的初步断定以及随后的尸检结果来看，周树死于案发的两天前，而我们都有明显的不在场证据。

“是被杀，对么？”我忍不住问道。

胖法医点了点头，“是被人用利器刺死。周树胸口被凶手扎了几十刀，明显出于泄愤。也就是说，凶手极度仇视周树。”

等我转而去询问有关那只干瘪蜻蜓的事情时，胖法医笑了，“你知道的，有些警方掌握的情况是要对外严加保密的。”

从公安局出来后，表姐在一旁感叹，“周树为人低调，常年隐居在家中搞创作，他会得罪什么人呢？”说着表姐从包包里取出一本超大的精装画集说道，“本来还打算在他的签售会上要个签名呢，真是遗憾。”

我接过周树的画册，打开看着，里面各种城市雕塑无一不在显示着他天才般的创造力。我又随手翻到后面，是一系列油画创作。

然而我的手僵住了，随即是视线，最后是神经。林微扬好奇地看着我的反应。

那个系列油画也叫“审判日”。第一张是一个女孩的背影，简直就是广场上铜像的油画版！随后的每一张，少女都以极小的角度回转身体。林微扬突然抢过我手中的画集，一张张地向后翻着，他的手在随后一副油画作品上停住了。

那个少女完全回转过身体，正露着浅浅的笑意打量着我们！

林微扬的手一抖，画集“啪”地掉落在地上，腾起一股灰尘。我和表姐上前扶住林微扬，只见他面无血色地盯着脚下的画集，神情木然。

我知道，最后那幅油画上写着三个字——龙惜昔。

也许，她真的存在！

4

“姐，你没开玩笑吧？”我坐在副驾驶座上对表姐说道。

表姐一边开车一边皱了皱眉头，“我有必要撒谎么？”然后她几乎是一字一顿地把刚才那句话重复了一遍，“那个叫龙惜昔的女孩曾经真的存在，但已经死于两年前的一场杀人抢劫事件中。”

我惊讶地回头，却发现林微扬心烦意乱地靠在车后座上。

又遇上了堵车，我们被卡在路中间，动弹不得，不多时，街上一片喇叭声和咒骂声。“一会儿从图宇大楼前面的街上穿过去吧，那是条近路。”林微扬有气无力地说。

我微微一愣，图宇大楼是全市最大的图画交易市场，建于两年前的城市新规划中。表姐接受了林微扬的建议，果然很轻松地避免了再次堵车。经过图宇大楼时，我注意到，有个清瘦的男人在举着相机四处拍照，说不上为何，我总感觉有些怪怪的。林微扬也注意到了那个男人，如果不是现在的心情很差，他肯定会下车找那个男人交流一下拍照心得。

一番折腾后，表姐的车子却停在了市立医院的住院楼前。表姐看我们一脸狐疑，解释道：“只有在这里才能找到龙惜昔的爸爸龙华。”

表姐很聪明，她看着林微扬纳闷的表情，再次补充道，“我是周树画集出版的经理人，平时有各种工作往来，时间一长也就成了朋友。周树不习惯四处走动，便时常托我到医院来看望龙惜昔的爸爸。”

“周树和龙惜昔的爸爸认识？”林微扬继续问道。表姐的电话这时响了起来，她有急事要回编辑部，匆匆告别后，车子开远了。

我们按照表姐提供的病房号，买了点东西前去探望龙惜昔的爸爸。住院人名称上却写着：厉桥南。当我们走进那间病房时，立马被挂在墙上的美丽油画深深震撼了。

躺在病床上的是个跟我们年龄相仿的男生。他的身体状况看上去很差，脸色苍白，两颊的骨头顶在薄薄一层皮肤上，隐隐泛着青光。“你们是来看望龙叔叔的吧？他已经出院了。”

我们感到惊诧。那个叫厉桥南的男生介绍说：“我是龙惜昔的朋友。龙叔叔中午的时候会过来。”

龙惜昔已经死了两年了，从厉桥南断断续续的回忆中，我们了解了那件惨案的经过。

两年前的一个夜晚，厉桥南和龙惜昔去了新建的图宇大楼，那里有龙华新开的一家画廊。画廊开在最高层，七楼。或许是大楼刚建成，又或许是楼层太高，很少有人进店光顾。就在两人准备关店门的时候，冲进来三个歹徒，要挟厉桥南把钱给他们。可能是不忍心看到爸爸辛苦作画赚来的钱被别人抢走吧，龙惜昔居然大声喊叫起来。被激怒的歹徒兽性大发，用刀子刺向了龙惜昔。而后为了杀人灭口，也扎了厉桥南十几刀。厉桥南大难不死，龙惜昔却撒手人寰。

厉桥南悲痛地讲述完这个故事，眼里全是星星点点的泪光。“从那之后，我便一直住院，身体也越来越差。”厉桥南的话里掺着无尽的凄凉，“龙叔叔也深受打击，终于体力不支和我住进了一个病房里，后来他出院，每天都来照顾我。”

可能是看出了我们的疑问，厉桥南小声说道：“我是个孤儿，龙叔叔这些年一直资助我。”我若有所思地点头，林微扬正看着墙上的一幅幅油画。

说话间，有人走了进来。我和林微扬同时认出他就是刚才在图宇大厦门口拍照的中年男子。

龙华没有我们想象中的好客，对我们的到来似乎有些反感。我和厉桥南说话的时候，他一直站在窗台边摆弄自己的相机。林微扬走过去跟他说话，他也懒得搭理。可见，他还未从丧女之痛中走出来。

我注意到，龙华的裤兜里露出一个深色塑料袋的一角，好像还动了一下。等我再次试图跟龙华交流的时候，他干脆拿起一个水瓶去楼下打水了。

无奈之下，我们打算离开。厉桥南倒是对我们很热情，说他没什么朋友，希望我们有空能来陪他说说话。我和林微扬都很痛快地答应了。

出了住院部，我和林微扬一句话都不说，各自想着心事。我觉得龙华很奇怪，具体在什么地方，却又毫无头绪。这时，林微扬把手搭在我肩上，神秘兮兮地说道：“那个龙华在图宇大楼门前照相时，镜头对准的全部是进出的行人。”

啊！见人就拍，的确是奇怪的行为。

5

世界上曾经有个叫龙惜昔的女孩，林微扬从小便“预知”到她的存在，等他十数载后寻找到的，却是她的一缕芳魂。

一周的沉寂后，林微扬恢复了精神，我带他重游了故地。晚上，我们一起整理白天拍下的照片。林微扬想起了什么似的，从背包里掏出一本厚厚的影集要我看。这本影集浓缩了他 18 年的成长历程，很有意思。“不错啊。”我指着那些林微扬获奖时的照片说。“那当然，我还不到三岁时就被我妈送去老师身边学习美术啦！”林微扬毫不谦虚。

突然，我被一张很多年前的集体照片吸引了。我仔细看着，仔细看着，焦距慢慢地对准了某个人。好熟悉的面孔！我不禁惊出了一身冷汗。

“万均，快看报道！”林微扬说着把电视机的声音调大。我扔下影集，凑到电视机前。女播音员在插播一条新闻：继我市著名雕塑家周树被害后，今晨又有一女子被杀死在家中。尸体被人狂扎几十刀，手段极为凶残。两起案件还有一个相似点，凶杀现场都留有一只被除去翅膀的干瘪蜻蜓。在此提醒广大市民提高警惕……

又一起凶案！我和林微扬面面相觑。

两个死者，生前社会背景全然不同，却相继被同一人所杀，而且凶手对他们怀着极大的愤恨。这意味着什么呢？

我拨通了表姐的电话。"你确定杀害龙惜昔的三名凶手已经被被捕入狱了？"

"当然，这件事当年轰动全市，你也应该关注的！"我的怀疑让表姐很是恼火。

"又有一个人被杀了，你知道么？"我继续问。

"知道啊，那女的我还认识呢！"表姐有些不以为然。

"什么，你认识那个死者？"我的话一出口，林微扬也从地板上爬起来，凑过耳朵来仔细听着。

"她生前是图宇大楼内的清洁工。我见过她很多次的。"表姐回答。

又是图宇大楼。我隐隐感到这些事情之间有什么内在的关联，却苦于找不到任何突破口。

挂掉电话，我看了一眼林微扬，他好像故意躲避着我的目光，仰头喝下一罐啤酒。我能感觉到，他的心此时和上下滚动的喉结一样慌乱。

我走到窗边，夜风徐徐吹拂，黑暗将世界紧密包裹，每个人都怕受到伤害。

6

由于前后两名死者生前没有丝毫联系，这使得警方的调查很被动。那个胖法医也只是说，案发现场的干瘪蜻蜓极有可能是凶手留下的，而这其中的含义，警方并没有得出具有说服力的结论。

我和林微扬只好把重点转移到图宇大楼，这也是两名死者唯一的共同点。昨晚表姐告诉我，周树生前在图宇大楼有一间画廊。

大楼建在并不繁华的地段，靠近外环路。在我的死缠烂打下，表姐终于肯带我们去周树生前所开的那家画廊。电梯出了故障，好不容易爬上了画廊所在的七楼。周树的亲人已经从外地赶来，替他打理店内的生意。我们随意在店内逛着，满屋子都是周树的遗作。

在一个不起眼的角落，我们发现了那个油画系列"审判日"。之前厉桥南已经给我们看过龙惜昔的照片，油画里的美丽少女就是她。

表姐走过来，轻声说道："我很喜欢这个系列，本打算买下来，但周树一死，身价倍涨，他的亲人是不会轻易出售的。"

"周树为什么要画龙惜昔？而且根据那尊铜像的解说语，他好像心存愧疚。”我喃喃地说着。

“这还不简单，”表姐拉了一下我的胳膊，转身走至店门口指着对面的画廊说道，“那就是龙华曾经的画廊，不过已经转手了。”很显然，周树也认识龙惜昔，而且对她充满歉意。那份深深的歉意究竟缘自什么呢？

这时，林微扬也从大楼后勤处打听情况回来了。死去的女清洁工生前专门负责七楼的卫生，两年来一直如此。

如此一来，两名死者有了一丝牵强的关系，那便是他们都在七楼出现过（严格说是工作过）。我站在宽敞的走廊里，试图用思维拼凑出某种可能在七楼出现过的情景。

这时，一对外国父女走向不远处的一家画廊。还没进去，那个可爱的小女孩就高声叫道：“Dragon！Dragon！”我侧眼望去，不过是一幅很普通的二龙戏珠图。

正要转身去找表姐和林微扬，我猛地拍了一下脑袋，失声喊道：“我知道了！”

7

“我确信他们的死和龙氏父女有关。”出了图宇大楼，我的第一句话让表姐和林微扬感到十分不解。

走到停车场的时候，我突然问表姐：“Dragon 的中文怎么解释？”

“龙。”表姐的回答很干脆。

“那蜻蜓的英文怎么说？”我接着问道。

“Dragonfly。”这次是林微扬回答的。

“啊，我知道了！杀人现场的蜻蜓被除去了翅膀，就如同 Dragonfly 去掉 fly，如此一来就成了 Dragon。其中暗含龙的寓意！”我早说过，表姐果然聪明过人。

车子往公安局的方向开去。表姐坚持要把这个让人兴奋的猜想报告给那个胖法医。收音机里一段路况信息后，紧接着插播进一条新闻：昨晚，我市一名图画收藏爱好者被人杀死于家中，杀人手段与之前的两起凶案如出一辙。警方同样在现场发现一只被除去翅膀的蜻蜓……

果然不出所料，第三个死者是图宇大楼的常客，也就是说他曾经也到过七楼。

根据我的猜测，当天下午警方以协助调查的名义把龙华传到了公安局。

令人意想不到的是，龙华很快承认了连续杀害三人的事实。之后进行的凶案现场指认以及凶器藏匿地点搜查，无一不把最终的疑点指向龙华。

只是对于作案动机，龙华表现出了守口如瓶的决绝，丝毫没有妥协的余地。

而我，隐隐觉得还有什么事情仍在悄然地继续。

8

傍晚的时候，我去医院探望了厉桥南。这个戴眼镜的男生对我的到来表现出极大的欢迎，当然，我没有把龙华被捕的事情告诉他。

我们的话题自然离不开龙惜昔。在厉桥南语气轻柔的回忆中，我仿佛看到一个女孩在 17 岁时便戛然而止的青春。她还没来得及盛开就含苞凋谢了。

“林微扬怎么没来？他看上去对拍照很有研究呢。”厉桥南说。

“哦，他去车站了。他妈不放心，特意从外地来看他。”我解释说。

正在这时手机响了，是林微扬，他要我赶紧回家。

末了，厉桥南问了我家的详细地址，说有空一定去找我玩。我对这位新朋友充满了好感。

我父母常年在国外，因此招待林微扬妈妈的事情便落在了我身上。

林妈妈一进门就把我们这段时间的脏衣服全都塞进了洗衣机。

不知道为什么，林微扬看上去心事很重，吃饭时话少得出奇，那种深切的不安很快就传递给了我。趁林妈妈去阳台给家里打电话的空隙，我终于把连日来的疑问和盘说了出来。

“微扬，你在周树被杀之前跟他见过面，是不是？”

林微扬的肩不由得抖了一下，随即点头，说道：“你怎么知道的？”

“你开始说见过他，之后又解释说在画集上见过他。但后来我问过表姐，周树行事低调，从来不公开自己的照片。我由此推断你们之前是见过的。”

“是的，我见过他。”林微扬的声音有些抖。

“如果我没猜错，你在此之前回过巫荣城，不然也不可能对图宇大楼那边的新兴路段如此熟悉。”我说道。

林微扬点了点头，神情看上去很难过，“两年前我的作品获了大奖，回巫荣城来领奖，那时候你正跟父母在澳洲度假。”

我用力捏捏林微扬握紧的拳头，示意他继续说下去。

“那天妈妈陪我去新建的图宇大楼看画，我们上了七楼。”

“上了七楼？”我霍地站了起来，椅子险些被碰倒。

“是的，在快要到七楼的时候，有个男人从上面匆匆跑了下来，还低声告诉我们不要上去。他便是周树。我和妈妈都属于好奇心强烈的人，就爬上了七楼。结果目睹了那次抢劫事件。”

“你们都选择了袖手旁观？”我的声音颤抖得厉害，我有些出离愤怒了。

林微扬的情绪很矛盾，他还想说什么，终于还是什么都没说。原来我自认为的好朋友从头至尾都在骗我，他见过龙惜昔，见过厉桥南，甚至很多年前已经见过龙华！

我知道那些人为什么被杀了！

选择旁观，实际上就促成了犯罪。逝者已逝，活下来的人呢？他会不会愤恨？会不会对那些旁观者恨之入骨？

周树、清洁女工、包括那个书画收藏爱好者，都是旁观者，他们犯了“旁观罪”。才会被活下来的人审判，这也是周树创作审判日的原因！

门外忽地传来敲门声。

我的神经顿时紧张起来！如果林微扬和他妈妈犯了“旁观罪”，龙华没理由这么早承认，最起码要等到……

“啊！”我惊叫一声，对林微扬喊道，“有人要来杀你和你妈妈了！”

门外这时响起了电锯转动的声音！

来不及了，林妈妈已经走过去，要把门打开。

9

“不要！”我发誓那是我最为凄烈的喊叫。

林妈妈在最后那一刻停下了，她从猫眼里看到厉桥南怪异狰狞的微笑。

五分钟后，警车在居民楼下响彻。

电锯声也随之消失了。

警察冲进来的时候，林妈妈已经因为过度紧张昏厥了过去。

我和警察冲上了天台。

夜里的风很大，厉桥南的身影很孤独，他像棵随风摇摆的树。

“你知道我有多么爱惜昔么？”厉桥南的声音很温和，此时他手中已没有任何凶器。

我点头。

这个动作居然让厉桥南莫名地暴躁起来，“不！你永远都不知道！我是个孤儿，只有龙叔叔不嫌弃我，也只有惜昔真心爱我！”

"我知道你为什么杀害他们，因为他们在龙惜昔生命遭受威胁时选择了袖手旁观！"我说道。是的，厉桥南才是真正的凶手。他让龙华在图宇附近拍摄行人的照片，为的就是找出那些旁观者，继而调查他们，伺机杀害。其实他的身体早已康复，只是用了障眼法。他将龙华捕捉到的蜻蜓晒干，除翅，然后丢在杀人现场，算是祭奠死去的龙惜昔。后来蜻蜓的寓意不巧被我猜透，龙华眼看纸包不住火，便主动揽下了所有罪责。

"如果仅仅是这样，他们还不足以被我杀死！"厉桥南已经痛哭出声，他此刻的绝望无以复加。

哦？我皱了皱眉头。难道另有原因？

"歹徒离开后，惜昔并没有死。我当时也身受重伤，于是跪求那些旁观者叫救护车并报警，可是没有一个人肯帮我们！后来我花了几十分钟爬到一楼，拨了急救电话。可是，惜昔已经死了！"厉桥南悲戚的哭声传得很远，很远……

厉桥南又说："知道么？我很感谢你。我没什么朋友，却感受到了你的真诚。"

"惜昔惜昔……"他一遍遍地重复着，眼泪在夜风中汹涌而出。说罢，厉桥南猛地站了起来，然后纵身飞跃而下。

一声闷响。

随后我在楼下看到了厉桥南的尸体，那一摊艳红的血浆，如昙花般在这人声喧嚣的夜里寂寂地绽放。

10

那夜，我赶去医院看望林妈妈，她已经脱离了危险，而林微扬已经趴在病床边上睡着了。

我终于还是没有告诉林微扬，很多年前他便见过龙华。那时他三岁，被妈妈送去龙华身边学习美术。龙华常常让自己的女儿龙惜昔当模特，并亲切地叫她名字。这一切，在幼小的林微扬心里产生了持续的影响，以至于三岁的他把龙华忘记，却在潜意识里记住了龙惜昔的名字，并坚信自己有"预知"的异能。

那晚我看到的影集里，便有年轻时的龙华，而他身边一群幼小的学生当中，林微扬笑得最甜。只是年岁深长，曾经的师徒亦只能相忘于江湖。

我隐隐听到林微扬在说梦话，他一声声唤着"惜昔惜昔"……我又想起那个戴眼镜的男孩，眼泪忍不住在这个午夜时分悄然滑落。

钟楼怪谈

文/喂小饱

那女子又出现了。长袖善舞,长歌当哭。一段精湛的舞姿后,女子轻轻蹲在高兴身后。依稀能辨出那女子上了妆,粉红白皙的油彩,让她的侧面更显诡异怪诞……

引子

巷口镇已经很老了。

就像湖边上那座钟楼,不知兴起于何年何月。我的好朋友高兴说,他老爷爷活着时,都不能说出巷口镇和钟楼的年岁。

如此说来,和它相比,有着60年历史的鼎新高中,还算是新生事物。但学校已年久失修,各种设施显然跟不上时代了。置身其中,会闻到怪怪的气味。对了,那是一种常年阴暗潮湿所散发出的霉味。特别是靠近钟楼的地方,那种腐味更重。这与学校一旁建筑豪华的旅游公司极不协调。那个瘦瘦的旅游公司项目部经理却开玩笑说,鼎新高中真是块风水宝地。

鼎新高中近年来的升学率很低, 但因为是方圆百里唯一的全日制学校,所以仍苦苦支撑着。其实,还有另外一个原因:2008年,一个叫柳影的女孩子考上了全国著名的Q大。这无形中就为鼎新高中做了软广告,家长们都希望自己的孩子某天也能鱼跃龙门。

但是,你听说过没有,年岁古旧的场所容易积聚冲天的怨气。你又想到没有,死亡,已站在身后。

1

整个学校陷入无边的恐惧，还得从那晚的钟声说起。

矗立湖边的钟楼是用白色砖块堆砌而成，顶上尖尖的，是那种哥特式建筑。钟楼的墙壁很厚，所以在历经风雨后依然坚固如初。听校工老杜说，钟楼由一个美国传教士筹款兴建，抗日时期，包括学校所在这块三面环山一面临水的地形曾一度被日军控制。后来一夜之间被新四军占领，至于他们一夜之间怎样把这易守难攻的地形拿下，便成了谜。

我们再来说说钟楼顶上那口大钟。那是一个再普通不过的铜制钟，没有人听过它的声音。楼顶四面墙皆是大开，从距楼顶 10 米的地面向上望去，可以清楚看到大钟的一部分。楼顶放钟的地方是一处平台，听人说，一个大人可以在上面跑开。总之，那口钟从未发出过声响。

大钟的下面没有系绳子，也就是说它没有一个物件可以使人站在楼下使其发出鸣声。而钟楼的稀奇也在于它没有任何可使人攀爬的设施。换言之，楼体是中空的，没有楼梯。

那晚，因为白日里连续做了 6 套试卷，我感觉疲累，一沾枕头便呼呼睡去。

我做了一个梦：我和高兴还有许嫣然三个人走在学校里。我之所以说那是学校，是因为我们置身在那片三面环山一面临湖的环境里，而奇怪的是周围一个建筑物都没有，我们踩在一片庄稼里。高兴突然笑了，笑得让我陌生。他不看我和许嫣然，径直走向前。我和许嫣然还没缓过神来，高兴便消失不见了……

"白羽，你醒醒！"上铺的高兴拿长柄雨伞把我捅醒。

"不是说了吗？睡觉的时候不要烦我。"我掀过被子，继续睡觉。

"不是啊，白羽，你听！"高兴又拿雨伞捅了我一下。

"咚——咚——咚……"

瞬间，那声音像针一样插在大脑皮层上，我睡意全无。

"钟声！"我和高兴异口同声地说，然后翻身下床，从宿舍门口望向钟楼。

钟楼建在湖边，这我是说过的。钟楼还是鼎新高中男女生宿舍的分界线。钟楼以南是男生宿舍，以北是女生宿舍，清一色的平房便把很大的湖给围了起来。这也成了巷口镇一个很奇特的存在，因为从水平方向望去，根本想象不到那圈弧形的围墙里竟然有一座巨大无比的天然湖。

“咚——咚——咚——”

奇异的钟声又振聋发聩地响了九下，好像打拍子一样，三下一个停顿。

几百人偷偷溜出宿舍，围在钟楼下想要看个究竟，大家七嘴八舌地议论着。

我和高兴抬头望向钟楼顶端。昏暗中，钟楼像一只粗壮的手，直直地耸入天际。

“白羽，不会是风吹的吧？又或者是一只大鸟什么的……”高兴转头问我。我看见许嫣然也挤在人群里，她跑过来，狠狠地敲了高兴的头一下。

“你是猪头啊，那个敲钟的木杵少说也有一百斤，那得刮多大的风啊！再说啦，什么样的鸟有那么大的力气？高兴，我看你是《神雕侠侣》看多了！”许嫣然总是抓住一切机会嘲笑高兴的智商。

“宁白羽，你在想什么呢？”许嫣然问我，我没回话。既然钟楼没有楼梯，如果是人，他是如何上去的？

怪异的情况又出现了。

只见那根粗壮的木杵从楼顶镂空的墙壁里荡出来，又迅速荡进去。

“咚——咚——咚——”

铜制大钟又发出三声厚实的鸣响，从楼下望去，却看不见是什么东西使木杵如此大幅度地运动。

人群里一阵骚动，几个穿睡衣的女生尖叫着跑回宿舍。许嫣然有点紧张地抓着我T恤的袖口。刚刚的钟声使我耳畔嗡嗡作响。

我突然感觉有点不自在，好像有什么东西在周围不怀好意地看着我。天上没有。左边没有。右边没有。后边也没有。

一只眼睛恶毒地盯着我！就在我前面钟楼的墙体上，一个阴鸷的眼睛，在恶狠狠地瞪着我。

2

“白羽，你怎么了？该不会是见鬼了吧？”高兴在我身后喊。

我摸着钟楼厚实的墙壁，愣愣地出神。被岁月侵蚀得有些发黑的墙壁上什么也没有。

“他是见鬼了！”一个苍老而呼吸浑浊的声音说。

我猛地回头，校工老杜站在高处的台阶上，表情僵硬地看着我。这突如其来的声音吓到了在场的每一个人。

“回宿舍，都给我回宿舍！”老杜并不看我，他扯着嘶哑的嗓子怪声怪气地吼着。

人群动了动，但是都没有想回去的意思。

“回去！”老杜拿起他巡夜时随身带的木棍，狠狠地砸在地上。“咔嚓——”棍子像一只胳膊一样断成了两截。

大家惶恐地陆续走回宿舍，心有余悸地看着地上断开的棍子。断口上赤裸裸的木刺暴露在清冷的夜里，令人担心它会突然流出血，或者其他什么东西，比如黏稠的骨髓。

我刚张口想问什么，老杜转脸用他的独眼瞪了我一下。脸上花白的胡茬使他更显苍老和古怪。

是的，老杜只有一只独眼。

他是什么时候来到鼎新高中的，没人知道。他有多大岁数，也没人知道。或许是四十多岁，又或者是六十岁。白天大家绝少见到他，有人说他在宿舍里休息，他的门总是紧紧地关着，关了一世又一世的样子。

他从来不会主动和别人搭话，闲下来便像僵尸一样直愣愣地盯着雪白的墙壁，长时间一动不动。你若是问话，他也不看你，只是低头做事。但可以肯定的是，他听懂了你的话。

回宿舍前，许嫣然看着老杜，冷冷地从鼻子里哼了一下。

第二天我和高兴破例起了个大清早。因为昨晚的事，我们的神经仍高度兴奋着。我在心里把昨晚的事当成有人在恶作剧，但这显然不能成立，那样的高空如何上去？即便上去了，又如何在众目睽睽之下来去自如？

“白羽，这两天我总觉得心里发慌，好像……就好像……”高兴沉重地说。

“好像什么？”我问他。

“好像我离死不远了！”高兴说着竟有些伤心，眼泪在眼眶里打转。

“别胡说！你是我最好的朋友，我不会让你有事的！”我搂了一下高兴的肩膀，让他振作起来。高兴的爸爸原本是鼎新高中的年级主任，但在去年去外地学校参观的路上出了车祸，当场惨死。高兴精神受了很大打击，经常没理由地胡思乱想。

“是啊，我想我会好好地活着。”高兴对我笑了一下，那些笑容里多少有些无奈和苦闷。

我们向湖对面的建筑群走去，那些高大古旧的楼房在新升的旭日下依旧没有半点生气，一副病入膏肓苦大仇深的模样。用许嫣然的话就是，我们学校到处都是汉江怪物。我望着远处清一色暗红建筑的校区，也开始郁闷起来。

在湖边的空地上，我们又见到了老杜。他正用一个巨大的扫帚清扫着地面。我和高兴经过时，他突然停下，侧过头来看着我们。与其说他用一只独眼望着我们，不如说他正用那只坏掉的眼睛审视着我们。那只眼睛很容易让人恐惧，它暗淡得没有一丝光泽，像颗千疮百孔的石头。

高兴很害怕，他扯着我的袖子示意赶紧走开。我不住地回头望着老杜。

“我来生做牛马当报还……”老杜怪里怪气地唱起了《苏三起解》，我们听得浑身不适。

老杜又低头清扫，“唰——唰——唰——”在这个天气晴好的早晨，我依然不能自已地感受到渐渐袭来又渐渐弥漫的怪异。

“唰——唰——唰——”

学校里开始有了种种怪异的传说。有人说钟楼上常年住着一个怪人，他不吃不喝已经几十年了。这种传说的依据是钟楼没有任何可供攀爬的工具，人下不来。既然不能下来，又怎么上去？显然这种说法站不住脚。也有人说钟楼里面中空的部分在夜里产生了强大的气流，推动悬挂的木杵，从而发出声响。但是钟楼下面没有任何通风口，强烈气流的产生也便无从说起。最弱智的一种说法是，那晚我们全校师生集体产生了幻听。后来我多方打听，发现此种说法的原始传播者居然又是高兴。许嫣然说：“等着瞧吧，ET外星人看来也要登场了！”

不稳定的情绪波及了各个年级。大家嘴里饶有兴致地讨论着那晚的怪事，心里却难免恐慌，晚自习一结束，都乖乖地回宿舍休息。如此一来，影响了正常的教学氛围和秩序。

鼎新高中的校长许安为了安定人心，发表了讲话。许校长是个有威望的人，大家的情绪果然稳定了许多。

许校长是个有些中年发福的男人，一副眼镜架在鼻端，待人永远是和善的微笑。他的宝贝女儿许嫣然与她的榜样父亲无半点相似之处：行事泼辣，乖张任性，平时最爱打抱不平，一出状况便让我和高兴顶着，自己则溜之大吉。还有一点我不得不承认：她长得太漂亮了，超像TWINS里的阿娇。跟她在一起时我常常不敢看她的眼睛，万一我喜欢上她怎么办？我知道高兴也是喜欢许嫣然的，从小便喜欢。只是许嫣然似乎不在意高兴，和他总是打打闹闹。可能是两人家长的同事关系，他们从小在一起养成的习惯吧。

一天，两天，皆是平安无事。

在第三天的夜里，令人发狂的歌声遽然响起。

这次没等高兴把我叫醒，睁开眼后我一个侧翻便从床上下来。

毫无疑问，歌声是从钟楼顶上传来的。我和高兴靠近钟楼的时候，却又听不清楼上唱的是什么。但能确定那是个女子的声音，她断断续续地唱着：

楼台一别整三载，
柳琴乍停声不响。
可怜匆匆一席舞，
化作余恨永痴缠。

声音缠绵悱恻，却不难听出里面的刻骨仇恨。我突然想起，刚刚在宿舍里为什么能听得清清楚楚，现在走近了却如此模糊？我开始相信，冥冥中有种力量在牵引着我们，引导着我们迎接未卜的命运，又或者是去面对未知的恐怖？

这时，我发现许嫣然也来了，听着那凄凄的歌声，她忍不住哭了。很奇怪，钟楼之下，只有我、高兴和许嫣然三个人，难道其他人都没听到刚才的歌声？

正想着，那幽幽的好似从古代传来的歌声停了。我们三人呆呆地望向楼顶，却不知那女子何样的容貌。高兴显然是害怕了，远远地站在我和许嫣然身后。许嫣然此刻再没有心情揶揄他了。

突然，两条白绫从楼顶一侧镂空的墙里飞出！借着月光，一个女子的倩影露出来。那女子无比轻盈地一个弯腰转身，又把两条白绫优雅地收回。这时我才明白，那女子穿着宽松的戏服，刚刚探出来的是两条三米多长的水袖。

女子的面容看不清楚，她以水袖遮面，却有着无比婀娜的身段。她好像踩着鼓点，碎步频移，竟围着大铜钟走将起来。在月光下，那是一副多么梦幻而诡异的画面。

女子突然停下来不动了，从水袖里探出手直直地指向下面！

许嫣然跌坐在地上，我赶忙把她扶起，又看看后面的高兴，他也一副呆若木鸡的模样。许嫣然“哇”地哭出声来，抱住我再也不肯松开。

“她回来了……”许嫣然幽幽地说，“她回来了……”

“谁？”我轻轻摇晃许嫣然。

“柳——影——”许嫣然一顿一顿地说。月光打在她淡紫的眼影上，让我产生一种从未有过的惊恐。

“我听人说她死了！”

3

吃早饭的时候，我看到许嫣然的眼睛又红又肿，一定是没睡好。许嫣然闷闷地喝着那杯永和豆浆。

高兴的精神更差，自从那晚的事后，他一直闷不吭声，眼神长时间地呆滞，整个人几乎要废掉了。我心中难免自责，当初要是把他留在宿舍里，也不会出这样的状况了。许嫣然夹起一个小笼包放到高兴跟前，“吃点东西吧。”声音从未有过的轻柔。

中午放学后我把许嫣然叫住，故意支开了高兴。在办公室门口，我们碰到了旅游公司的周经理。那个瘦瘦的男人穿着优雅，很和气地对我们笑笑，于是我们从心里开始欣赏这个人。

许校长的办公室里。

有着滇西风情的蜡染落地窗帘，窗台上成排的小巧盆栽以及款式古老的留声机，一切的一切都让人感到惬意和宁静。空气里有股淡淡的桂花香。

许校长拿出柳影的演出照让我们看。柳影果然很漂亮，似笑非笑的眉眼，止不住的风华。

“柳影没死。”长长地吁了一口气，许校长表情凝重地说。

我和许嫣然激动得说不出话来。

“柳影是我们鼎新高中的骄傲，不但长得漂亮，人品和成绩一样好，而且能歌善舞。我曾在小型师生会上见过她的水袖舞，真是太美了。”

水袖舞？我的心突然怦怦乱跳。

许校长接着说：“后来她考上了Q大，去了外地，这一走就再也没回来。后来我亲自和柳影的父母去了Q大，发现她根本没有登记报名。”

“爸，那柳影到底去了哪里？”许嫣然问。

“不知道。但是她那样热爱生活，绝不会寻死的。除非……”许校长往上托一下眼镜，静静地看着我。

“除非是他杀。”我脱口而出，因为我知道她已死。

许校长没再说什么，并安慰我们别再胡思乱想。他把我和许嫣然送到门口，温和地笑着并再三叮嘱：“千万不要把我刚才说的话传出去，那将不利于学校人心的稳定。”

“宁白羽，我想我们昨天晚上真的见到鬼啦！”许嫣然颤颤地说。

“别胡说，柳影没死，你连你爸的话也不相信？”我安慰她说。紧接着我便感到毛骨悚然。

我感到一只眼睛正恶毒地盯着我，奇怪的是，我找不到它的存在。

一天两天，高兴的精神更差了，甚至出现了幻视和幻听。与此同时，班里转来了一个叫丁力的男生。见丁力的第一眼我就觉得似曾相识，他的样子好熟悉。那也是个奇怪的家伙，兴趣并不在课本上，没事睁着一双眼睛四处打量。他尤其喜欢在墙上或地上敲敲打打，尽管他做这些事时很谨慎，却依然被我尽收眼底。

第三天傍晚的时候，高兴的精神好转了，一连吃了两笼小笼包。

“就是啊，这才像个男人！”我笑呵呵地鼓励他。

高兴突然把头垂了下去，任我怎么摇晃都不肯抬起头。我正打算明天把他送回家去，高兴却又把头抬起来看着我。他带着满脸的泪水看着我，我惊讶无比。

“白羽，还记得那晚的女人吧？”高兴出奇的平静。

“记得。”我说。

“她把手伸出来，然后指向下面，”高兴继续说，“她指的那个人就是我！因为你和许嫣然都站在前面钟楼的阴影里，她不可能看到你们。”高兴很诡异地笑了。他继续说道：“我就要死了，哈哈，我就要死了！”

那晚折腾了许久高兴才安静下来，慢慢入睡。

……

“咚——咚——咚——”恐怖的钟声再次响起。

这次说什么也不能让高兴跟着去了，我回头看一眼上铺，却发现高兴不见了！

来不及多想，我冲着钟楼跑去。

到底是之前出了事，因此半夜跑出宿舍的人也少得可怜，但这有利于我寻找高兴。我大声喊着却没有回应。黑暗中，有人摸了一下我的肩膀。

我回头，却见丁力直勾勾地看着我。这时许嫣然也跑了过来。

“高兴不见了！”我说。

丁力指指上面，依旧不说话。我和许俨然顺着丁力所指的方向望去。

天啊！高兴正坐在钟楼平台的边缘上！两条小腿就这样在空中下垂着。

包括许嫣然在内的几个女生吓得哭出声来。我一把抓起丁力的紧身T恤，恶狠狠问他：“是不是你把高兴弄到上面去的？我早就发现你怪怪的！”

丁力一把推开我，一副无所谓的样子。“你告诉我，我怎么才能把比我还重的高兴送到钟楼顶？如果是我干的，为什么还要告诉你我刚才的发现！”

就在这时,那夜的歌声再次响起:

楼台一别整三载,
柳琴乍停声不响。
可怜匆匆一席舞,
化作余恨永痴缠。

底下一片惊呼。

那女子又出现了。长袖善舞,长歌当哭。一段精湛的舞姿后,女子轻轻蹲在高兴身后。依稀能辨出那女子上了妆,粉红白皙的油彩,让她的侧面更显诡异怪诞。

我永生都忘不了那一刻。

女子轻轻一推,高兴从钟楼上飞落。他在空中飞翔的姿态是那样无助而绝望。

尸体几秒钟后在地上开出了浓艳的血花。一汩汩细流从高兴身下流出,交汇聚集。

我发出了沉闷的惨叫。

4

醒来的时候,我躺在学校卫生室的床上。这里虽然破旧,却收拾得非常干净。空气里弥漫着消毒水的味道。

我突然想起高兴死时的惨状,便流下了眼泪。许嫣然赶忙把我扶起来,说:“你醒啦。”

垂死的高兴,怪异的女鬼,鬼魅的钟楼,神秘的老杜以及那些徘徊旋转的水袖,像海底浓密的水草一样缠绕住我的神经。我感到天旋地转。

“高兴他,他已经死了。”许嫣然的声音很小,但我终于明白了她的话:我的好朋友高兴死了,我再也见不到他了。再也没人像他那样问我一些傻乎乎的问题了。再看许嫣然,也是泪流不止,我知道她心里有多么难过。

我几乎要崩溃了。

“柳影,你这个恶鬼,我一定要给高兴报仇!”我一拳砸在床上,恨不得要把那个女人撕碎。

“你们都很可怜啊。”卫生室的阿姨说,她穿着白大褂,面容倒是和蔼可亲。

我冷冷地看了她一眼，转身向外面走去。

下雨了，天色出奇的阴沉，云层压得很低。校道两旁的树上流下淋漓的液体，滴在脖子上，冰凉。瘦小的许嫣然在一旁努力为我撑伞，头发湿成一绺一绺。我本能地把她揽进怀里，一只手撑伞继续走。

一辆黑色奥迪 A6 在我们不远处停下来。打开车窗，看到一位同班同学向这边打招呼。

“宁白羽，我要转学啦，你保重啊！”那个同学说。

“转学？为什么？”我不解。

“学校出了那么怪的事，我家长问卜了，说鼎新高中鬼气太重！”同学又说，“好多人都转学了！”

“孩子，有些事不是科学能解释的！”那位同学的父亲一边发动车子一边说。

黑色的车子消失在即将暗下来的暮色里。

许嫣然抬头看了看我，说：“那个东西太怪了，什么都以三为单位。敲钟三下一个停顿，隔三天杀一个人，甚至是水袖都甩三下。”

“咚——咚——咚——” 我脑中回响着那个令人发狂的声音，“咚——咚——咚——”

“唰——唰——唰——”老杜扫地的声音。

我浑身一个机灵！“走，我们去找老杜，他肯定知道什么！”我拉着许嫣然的手在雨里狂奔。

老杜的门紧闭着，任凭外面雨打风吹。他住的宿舍紧挨着钟楼，或许夜里发生的一切都被那只独眼看到了。

我要伸手敲门时，突然感到了恐惧。我甚至担心进去之后还能否再出来。许嫣然紧紧地贴在我身后，她在默默为我打气。

我知道怪人老杜就在里面，或许他正贴着门板窥视着我们。但我不能让高兴白白地死去，这样一想，手就把门砸得哐哐响。

门开了。

老杜的一只眼露出来，像猫眼一样散发着警惕而骇人的光。他缓慢地转身进屋，并没把门关上。看得出来，他没有拒绝我们的到访。

屋里一片漆黑，横七竖八地堆放着些杂物。只有床角的台灯微微泻下一点橘红的光亮。老杜背对着灯光，我们看不到他的表情。

“我们想了解一些关于柳影的事。”

老杜不说话。

“她为什么要装神弄鬼来吓唬人呢？还杀死了高兴！”许嫣然不知哪来

的胆量大声问了一句。

“胡说！”老杜大声吼道。我们都被吓了一跳。他痛苦的面部表情开始扭曲，直至狰狞。

“胡说！”老杜再次吼道，“柳影已经死了！”

这话把不明就里的许嫣然吓得脸色惨白。

5

“什么？柳影已经死了？”许嫣然急于听到老杜接下来的话。

“柳影已经死了整整三年，三年一个轮回，她要回来报仇了，哈哈！她会一个一个把你们全杀死！”老杜的话越来越语无伦次，好像受了很大的刺激。

我和许嫣然逃命般跑了出来，却一下撞到了丁力身上。

“你在这干什么？”我冷冷地问丁力。

“保护你们的安全。”丁力依旧面无表情地说。

“保护我们？谁知道你安的什么心！”许嫣然在一旁帮腔。

“你到底是什么来历？”我又问。

丁力不说话。

“你先回教室上课，我去一趟公安局，了解一下情况。”我回头对许嫣然说。在老杜那里我没有发现任何新的蛛丝马迹。

“别去了，我刚从那儿回来。”丁力吐掉了嘴里的口香糖，“你昏睡的时候，警察已经来学校做了调查。钟楼果然没有任何可供攀爬的东西，刑侦组动用了一辆十米的云梯，奇怪的是，那晚很多人看到了有女子在楼顶跳舞，现场却没有任何脚印留下。”

“你是说真的有鬼？”许嫣然不禁愕然。

丁力看着我，点了点头。那一刻我感受到他目光里的坦诚。

“我还是打算把从老杜那里听来的情况报告给公安局。”我对丁力说。

“那倒没必要，刚刚你们在里面的对话我都听到了。老杜应该没有坏心，他只是情绪有些失控。”

“既然死去的柳影要报仇，为什么要害死可怜的高兴？”许嫣然又伤心地哭了。

“冤死鬼的报仇一般都是盲目的，甚至他们都不知道自己是被谁害死的。我们只有帮柳影的冤魂找到凶手，才能使其安息。不然那冲天的怨气会迅速积聚,到时候我们谁都逃不掉!”丁力表情沉重。

帮冤魂找杀害她的凶手?我和许嫣然做梦都想不到,我们会帮杀害自己好朋友的鬼魂。可是我们想活下去,把事情的真相弄明白,我们只能这样。

“我总有种奇怪的错觉。”丁力警惕地看看周围,继续说道,“好像总有只眼睛在我周围不怀好意地盯着我。有时感觉它就在不远处,等走近了才发现其实什么也没有,只有冷冰冰的墙。”

我没有回答丁力的话,因为就在刚才,我又感觉到那只眼睛在窥视我!可是转眼又不见了踪迹。我回头恐慌地望着丁力和许嫣然,额头上布满了细密的汗珠。

三天后,许校长就高兴的死因向全体师生作了报告,无非是掩饰高兴的非正常死亡,以达到安定人心的目的。周经理也在场,许诺会加大对鼎新高中的投资。底下一片掌声响起。

放学后,我和徐嫣然决定去一趟高兴的家。因为是教师家属,高兴的家就住在山对面的小区里。要不是怕走夜路,高兴完全可以不住校的。

那是一片平房住宅区,房舍破旧不堪。一条较宽的胡同进去,又延伸出无数条细小的分支,就像蜈蚣的脚。好在高兴的家在最外面的一排房子,以前我常来这儿的。

高兴的妈妈给我们开了门。才几天的工夫,她的头发全白了,额上平添了几道皱纹,眼睛也肿胀了。

屋里有高家的几个亲戚,还有一个是特地来照顾高兴妈妈的,她是高兴的小姨。

许嫣然拉拉我的衣服,朝里屋指了指,我看见丁力正站在那里向这边面无表情地看着。

“那也是高兴的同学,你们应该认识吧?”高阿姨哑着嗓子说。

我们三个不约而同地点头,然后各自心领神会。

高兴的遗像摆在客厅正中央。高兴正快乐地看着我们,我心里又是一阵酸涩。

“高兴他爸去年刚出车祸死了,儿子又撇下我走了,我呢,也没活着的心了。”高阿姨眼神木木地说,神色悲恸。丁力竟然掉下了眼泪,好像高阿姨的哭诉勾起了他什么伤心的回忆。

“这两天总是梦到高兴,他看见我也不说话,总是哭啊哭……哭得好伤心。”高阿姨继续哭诉。

“你在想什么?”我对一旁的丁力说。

“我在想,他们父子的死会不会是种巧合?”丁力若有所思地说。

“巧合?”高阿姨止住哭泣,“我也是当过教师的,本来不该迷信,但他们父子的死的确有些奇怪。”

徐嫣然轻轻握住高阿姨的手。高阿姨看了我们一眼,说道:“他们死前都遇到了鬼!”

我感到不大的灵堂突然剧烈摇晃。

“他爸死前说他看到了一个穿戏服的女人。”

穿戏服的女人?我感到灵堂再次剧烈摇晃。

“阿姨,叔叔生前见到鬼是谁告诉你的?是叔叔吗?”我急切地问。

“不是。是作为司机陪同前往外地的马老师。”

“马老师现在在哪儿?”丁力追问。

“不,你们不要去打扰他了!”高阿姨像是在恳求我们。

“为什么?”

“因为他疯了!”

6

“你们等一下!”高兴的小姨从屋里追出来。我们看到她手里拿着一张照片。

我接过照片,上面是高兴和他爸爸,还有一个年轻男人。照片的背景是北戴河,三个人快乐地笑着。年轻男人的样子很好看,牙齿很白很亮。

“这个人就是马老师,他叫马琴书。”高兴的小姨指给我们。

这时丁力的手机响了,他转身去接电话。

“其实,我姐说她梦到高兴的哭声是真的!那不是梦,我也听到了!”高兴的小姨又说。

“你听到了高兴的哭声?”我惊愕地问道。

“是啊,起初以为是在做梦,后来我睁眼,还是能听到高兴委屈的哭声。第二天便看到这张照片放在床头上。我敢保证家里从没有过这张照片的。”

这一切都是高兴的冤魂做的。他留下这张照片是什么意思呢?他也希望我们能够尽快找出杀死柳影的凶手吗?

高兴的小姨指给我马老师的住处。我们正要赶过去,却被丁力叫住了。

“我们立刻回学校。”丁力的语气有些疲惫,“我刚刚接到电话,老杜死了。”

老杜的宿舍被警察封锁起来。我们没有办法知道里面的情况。

还是丁力有门路,从公安局里弄清楚了状况。

“老杜是自杀的。”丁力继续嚼口香糖,“而且柳影真的死了。警方在现场发现了柳影三年前惨死的照片。”丁力的眼神突然很悲伤。

“这么说老杜没有骗我们。柳影真的死了,我们见到的是她的鬼魂?”许嫣然在一旁自言自语。

“那老杜为什么要杀死柳影?他们之间有什么仇恨吗?”我问。

“不,柳影不是老杜杀死的,凶手另有其人。老杜是在极度矛盾和痛苦中选择自杀的。从他写的遗嘱里,好像老杜知道谁是凶手,却又不愿说出来。老杜和凶手关系似乎非同一般。”丁力求助般把目光转向我。

“会是谁呢?老杜苦苦为他守了三年的惊天秘密。老杜宁肯去死,也不把秘密说出来。难道是老杜的亲人或者挚友?”我自言自语,“那会是谁呢?”

“马老师,马琴书!”许嫣然惊叫道。

7

“我知道的,我从小在鼎新高中长大,各家的人际关系都很清楚。老杜是马老师的亲姨夫。老杜的妻子死后,便是马老师把他安排到学校里来当校工的。”许嫣然尽量把语速放慢,但仍抑制不住紧张和兴奋的情绪。

“马老师从小便失去了父母,是老杜和妻子把他抚养大的。马老师和老杜的感情很好,但自从马老师疯掉后,老杜便很少去看他了。”许嫣然又说,“当然,这些都是我爸告诉我的。”

我们不禁又为许校长担心,眼看着学生一个又一个地转学,他心里能好受吗?许校长每天都要做一场报告,但老杜一死,他又受了打击:学生们转学的更多了。好几次,他都对女儿许嫣然说:“看来,鼎新高中几十年的事业要败在我手里了!”

“马老师是怎么疯的?”丁力问许校长。

“快一年了吧,那天,他开车和高兴的父亲去外地学校参观。车在半路上撞到了山壁。高兴的父亲当场死亡,马老师从那以后便疯了。”许校长叹了口气,“学校一下就损失了一位年级主任和一位年轻有为的舞蹈老师。”

“马琴书是舞蹈老师?”我问。

“是啊,柳影便是他的学生。他们还合作去市里演出过呢。”许校长答道。

柳影——舞蹈——马琴书!

“那柳影肚子里的孩子会是谁的呢?”我的话把所有人都惊呆了。

“你是说,柳影死时怀有身孕?”许校长更是惊愕。

“那天,我在医务室醒来。扬言要找柳影的鬼魂给高兴报仇,医务室的阿姨说我们都很可怜。我听出了弦外之音,后来专门跑去找她。阿姨拿出柳影当年的体检报告说,柳影怀孕了。所以我怀疑凶手正是因为这件事才对柳影起了杀心。”

种种疑点指向马老师。我期待柳影的鬼魂能够尽快得到安息,更希望高兴的死会有个让我们都欣慰的说法。

夜晚,马老师家门前。敲门。

一个满脸胡子,头发很长很乱的男人走出来。“你们找谁?”他问,态度很是随和。

“我们找马琴书,马老师。”许嫣然赶忙说。

“他搬走了。”那人说。

“搬走了?”我问,“搬到哪去了?”

“我也不清楚,就在昨天早上。”

我们来晚了,马琴书已经搬走了。三个人有些失落地往回走。

“这下线索可真的断了!”许嫣然失望地说。

“马老师很可能就是杀死柳影的凶手,我们还是尽快把这些报告给公安局吧。”丁力说。

我和许嫣然点头。

“这几天老是梦见柳影站在钟楼上唱歌,吓死我了!”许嫣然小心翼翼地说。

“楼台一别整三载,下一句是什么?”我问。

“好像是‘柳琴乍停声不响’,怎么了?”许嫣然说。

“我知道了!‘柳’是指‘柳影’,‘琴’是指‘马琴书’,‘乍停’暗喻‘分手’,‘声不响’是谐音‘生不享’,就是‘生命完结’的意思!”我在漆黑的夜路上忍不住喊出来,“马琴书就是凶手!”

与此同时,丁力也叫起来,“刚刚那人就是马琴书,他把我们骗了!他没疯!”

我们之前见过马琴书的照片,主观上很难把那个大胡子长头发的人当做马琴书,而恰恰我们忽略的是:时间可以雕刻容貌。

马琴书家的铁门紧锁,不得已,我们从墙上翻过去,又把铁门从里面打开,放许嫣然进来。

一进门，浓烈的血腥味便扑鼻而来，马琴书因畏罪已割腕自杀。

三个人愣愣地站在那里。我想，柳影，高兴，你们终于可以安息了。

事情理应结束了，我却发现那只恶毒的眼睛仍在周围打量着我们。丁力操起一把椅子向墙上砸去！

“哗啦……”好多砖块坍塌下来，墙体上出现了一个大洞。

我把头探进去，终于见到了那个阴鸷眼睛的主人！

8

第二日，阳光明媚。鼎新高中仍旧陆续有人转学。

我和许嫣然以及丁力在公安局见到了被捕的旅游公司项目部经理。那个叫周涛的精瘦男人依旧趾高气扬，眼光阴冷地看着我们。

“周先生，您知道抗日时期，我们党是如何一夜之间把这块三面环山一面临水易守难攻的地方给拿下的么？”

周涛摇头。

“我知道！”丁力说，“共产党在地下用三个月的时间，挖了一条四通八达的地下通道。一夜之间，共产党如天兵突降，从地下冲上来，消灭了日本人！”

“那你知道这条地下通道的中心在哪儿吗？”我问。

周涛又摇头。

“就在公司里你的办公桌下！从那儿可以通到我们的宿舍，可以通到钟楼，通到高兴的家里，通到所有你想去的地方！”我愤怒地吼道。

周涛的脸色变了，变得太快，快得超出我们想象。

“这一切都是你搞的鬼！”丁力把手指向周涛，“钟楼的墙壁很厚，是因为里面有隐藏的楼梯。你从地道爬上钟楼顶，然后装神弄鬼地把钟敲响。我们调查过，你是学京剧出身的，以你的身段装成柳影在上面表演，肯定不会被人识破！”

“你悄悄在我和许嫣然的宿舍里放了精密扩音器，使我们在宿舍里便听到了你在楼上的演唱，还以为是柳影的鬼魂所为！后来你在半夜里把吃了迷药的高兴弄进地道，又把他拖上钟楼害死！接着又把一切痕迹抹掉！”我恨恨地望着周涛。

周涛的脸色惨白。

“最绝的是你竟在歌词里做手脚，使我误以为马老师是杀害柳影的凶手，后来你又从地道来到高兴家里，用扩音器模仿高兴的哭声，又用一张照片继续嫁祸马琴书！”

“哈哈，你的推理不错，继续！”周涛的眼神冷冰刺骨。

“三年前你在一场商业演出中和柳影相识。随后你和柳影有了私情，并使她怀孕，她坚决不把孩子打掉，你便将其杀死。但这些被巡夜的校工老杜看见，你便重金收买他，给他买保险，又帮他转正，所以直到自杀，他都没勇气把你出卖！你把一张柳影惨死的照片给老杜，使他过分自责，这也是他选择自杀的重要原因！”丁力几乎咆哮了！

“紧接着，你又把马老师杀死，造成他畏罪自杀的现场。其实你并没有马上离开，而是躲在厚实中空的墙体里，窥视着我们，就像你之前那样，来去自如地在墙壁里、地下，窥视着我们每一个人！”

周涛不说话了。

“一年前，你买通马老师，造成车祸事故。其实车祸之前高兴的爸爸已经被你害死！根本没有什么穿戏服的女鬼！你让马琴书装成有病的样子。之后你又嫌马琴书坏事，便嫁祸于他，了却你的后患！”

“你们凭空说了那么多，请问我制造这些恐慌的目的是什么？”周涛阴阴地说。

“谁不知道这块三面环山，一面临水的地界是块旅游宝地？光是地下工程，也会成为避暑胜地。更何况北山脚最近又发现了溶洞！如果学校倒闭，你周经理便是直接受益人！高兴的爸爸便是因为反对你而遭杀身之祸的。为了制造恐慌你不惜把高兴也害死。”我接着说，“我们已经搜集了你作案的全部证据！”

那个精明的家伙终于低下了头了，像一具尸体一样瘫坐在椅子上。

9

证据确凿后，周涛立即被审判，不久便被执行枪决。那家伙临死都不肯说出埋藏柳影尸骨的地方。

“楼台一别整三载，楼台，不就是钟楼吗？”

两个月后，警方根据我的猜想，果然在钟楼边上挖出了柳影尸骨。

柳影沉冤昭雪那天晚上，丁力约我和许嫣然见面。

远远地便看到穿着警校制服的丁力向我们走来。

“我是柳影的弟弟，真名叫柳志，在警校上大二。这次回来就是要查清姐姐死因的！”丁力解释道。

怪不得第一次见他时便觉得眼熟。丁力第一次对我笑了，如此阳光。

三个人静静站在钟楼下，抬头仰望这座曾带给我们惊恐的建筑，才发现它是如此古旧而美好，一时间都不禁感叹。

许嫣然说：“想起他微笑的模样，又怀念起大家在一起的日子。”

我轻声念着那年高兴写的诗：

虽然
我栽下的种子不能长大
虽然
我不能送她布娃娃
虽然
心中难免牵挂
但是　如果我问你
请你
千万千万告诉我：
嘿
哥们儿
谁家的孩子不是这样长大！

许嫣然不说话，一低头，一副要哭的样子。

黑暗双子

文／尾巴卷卷

我想起罗伊坐在阳光里说的“放弃伤害也是爱自己的一种方式”，那样的话是不是意味着：如果活着也是一种伤害，我也可以放弃？我不知道！我只知道，我是个变态，不懂爱情……

1

我是一个正常人，一个正常的27岁女人，有爱有恨，明辨是非，有公德意识不随地吐痰。热爱祖国，坚持四项基本原则。勤俭节约，关注超市商品打折，疯狂地喜欢韩剧和里面的帅哥。有点小小的自恋，喜欢睡觉，有点痛恨A国。

但是，有一天，当我指着罗伊的画大笑着说他变态的时候，他看着我的眼睛对我说，“我是变态中最正常的男人，你是正常中最变态的女人……”

于是，那个下午看书、看电视、洗衣服、做饭、吃饭的时候我都在想这句话，它所蕴含的哲理有点深奥，以我的智商理解起来有点困难。

变态和正常有什么分别？不过是变态眼中的变态就是正常，正常眼中的变态就是变态。就像精神病院里的病人不知道自己是精神病人一样。

每个人都是上帝手中的一枚硬币，一面是正常，一面是变态，在上帝伸出手抛出命运的弧线的时候，朝上的那一面就是现在的你。或者拿着书窝在被子里看这篇小说，或者在监狱的铁栅栏里生活。当然，如果你的硬币在坠入凡间后是竖在地上的，那么恭喜你，你将被评选为2010年最幸运的精神分裂患者。

每个人都认为正常和变态从本质上讲是对立的，但是它们靠得如此之近，甚至，可以听到彼此的心跳。

有谁是绝对的正常或者绝对的变态？

2

罗伊是个画家,有着画家特有的苍白脸色和细长的手指,细碎的刘海刚好盖到眼睛。他画好的画或者送到画廊代卖或者挂在网上出售,他是一个靠山吃山的艺术家,也是极少数没有被艺术饿死的人之一。连成离开我们的房子之后我就把另一间卧室租给了罗伊,以几乎免费的价格。因为他和连成太像了,就连残废的右腿都是如此的相似。

罗伊本身就是一张画,一张连成的肖像画,我喜欢到他的房间看着他并和他聊天,对我来说这是一种慰藉。

后来这变成了我生活的一部分,我可以把我遇到的最郁闷的事情讲给他听,不会顾及自己难看的哭相,不会在乎我歇斯底里的样子吓到他。他会静静地坐在轮椅上,像虔诚的佛教弟子一样聆听大师讲经,他挡在刘海后面的眼睛会散发出暖暖的温柔。

每次走出他的房间,我总是偷偷地想:要是他是连成该有多好。

3

我每天都会写日记,已经有厚厚的三大本,内容都是关于那几个女人的,那几个到底是几个我已经记不清了。

日记里的每个女人都是性感的、美丽的、妖娆的,像有毒的花朵。如果她们真的是花,那么连成就是花店的老板。但是我不知道谁才是花店的老板娘。

于是我先下手为强,得到了连成。

但是我并不开心,心里仍然空落落的,不知道自己缺少的到底是什么。我在房间里转圈儿,拿望远镜偷看对面楼里穿得很少的美女和帅哥,在网上找人聊天,骂人,打游戏。可是这都不能满足我。

直到有一天我去看连成回来的路上,鬼使神差地进了一家办公用品店。我在那里看见了一个漂亮的日记本,淡淡的蓝绿色,散发着黄昏的阴暗气息。我听到了它的召唤,于是把它带回了家,晚上的时候我打开台灯,翻开第一页,满眼都是空白,忽然心里生出了某种冲动,我的手指蠢蠢欲动,从抽屉里拿出笔,黑色的墨水在台灯下散发出柔和的光泽和奇特的香味儿,它们组成恶毒的文字,像某种诅咒,我奋笔疾书,浑然忘我。

我把我所知道的连成的女人——包括那些已经过去的、已经被遗忘的，从堆满尘埃的记忆里拽出来，用最放肆的方式在我的日记里报复她们，让她们一个接一个地遇到变态连环杀手，她们被囚禁起来，像动物一样被饲养、被虐待，给他们根本不可能的生存希望，让她们在希望和失望、生与死之间饱受折磨。

当我合上日记本的一刹那，我又变成了那个普通的正常的女人，表情低调，声线温和。而我的心就像一个单薄的口袋被塞满了棉花，有一种不真实的鼓胀感。

4

我并不承认我爱上了罗伊，我只承认他长得的确像连成，他是连成的影子、复制品。他和连成唯一的不同是，罗伊的心是真诚的、鲜红的，每天都按照同样的频率跳动，孜孜不倦，任劳任怨，没有欺骗。

我发现罗伊的不正常是在他搬来一个月的时候，那时候我们的交往只限于在走出卧室偶然碰到的时候点个头，算是打招呼。那天我在自己的房间里看电视，《午间新闻》的内容很无聊，但是主持人很漂亮，胸很大，不知道有没有隆过，我想这也是电视台提高收视率的一个好办法。这时候她小巧的嘴唇变化出好看的花瓣的形状播报了一段很吸引人的新闻，大概是说在郊区发现了一具女尸，死亡时间大概是 24 小时前。记者没有拍到近景，只有一张模糊身体的图片，记者介绍那具尸体是青白色的，没有了右手和右脚躺在一片草地上，头发很长。

这时候罗伊过来敲门，他的笑容很可爱，

“不好意思，我拉窗帘的时候把窗帘上的夹子拽掉了，我身体不方便，你能不能帮我安一下？”

那是我第一次进到罗伊的房间。

房间里比租给他之前多了一个画架一个画板，红红绿绿的染料。靠在墙上摆了很多画，大部分是风景，只有一张画的是人物，一个女人，身体是青白色的，没有右手没有右脚，躺在一片草地上，头发很长，她的嘴巴大张着，在生命终结的时刻她甚至没有机会发出最后的尖叫。

我站在那里，很久都没敢动。

“怎么了？……哦，我的画……让您见笑了。”

“不……我觉得……很好。”

帮他挂窗帘的时候我看见了对面楼里的一个女人,直直地站在阳台上看着我,是的,我确定她在看着我,似笑非笑。那是一种类似嘲弄的表情,像一个将军在看一个手下败将。她穿着白色的真丝睡衣。露出颀长雪白的脖颈,莲藕一样的手臂和笔直的双腿,手里的红酒杯在阳光下发出刺眼的光。

我挂好了窗帘后眼睛又落到那幅画上,我看着罗伊,沉默了很久,但是嘴里的话像一条恶毒的小蛇,蠢蠢欲动:

"你这张画是什么时候画的?嗯,画得很不错,很真实!"

"哦,大概是昨天这个时候……不过我不是很满意……"

昨天!昨天这个时候,那个可怜的女人正赤裸双脚被死神领着走在漆黑冰冷的路上,到现在为止正好24小时!

巧合,一定是的!我抚着自己的胸口,心脏激烈地跳动着,像一只拼命拍打笼子的倔强的小鸟。

5

今后的日子风和日丽,天下太平。

因为上次挂窗帘的事情我们熟络起来,本来就生活在一个屋檐下,生疏感很快就消磨殆尽。熟悉了之后,每天想起连成的时候我就会去找罗伊聊天,他会放下手中的画笔,坐在阳光里,"我们认识是在医院里,他是我的病人,他长得很帅,我的目光一直停留在他的脸上,舍不得离开,结果拔针的时候落下了针头都不知道,他没有跟领导告我的状,只是笑笑说:'你们这里打针还有赠品吗?'他的笑就像阳光一样,让我心里的花朵瞬间绽放。

"我爱他胜过我自己,但是他只爱他自己,爱情对于他来说只是厨师跟调料的关系,没有就会缺乏滋味。厨师就应该准备很多调料,让自己的菜色香味俱全。所以他觉得他应该拥有很多女人……

"所以后来我买了很多侦探的书来看,学习跟踪学习偷拍学习忍耐。直到自己的心支离破碎。我手里有多得数不清的证据证明他是个坏男人,骗了我所有的感情,但是有什么用呢?他始终不是我的!"

"作为女人你要明白,即使再没人爱,也要懂得疼惜自己,放弃伤害也是爱自己的一种方式。"他的脸在阳光下闪着柔和的光泽。

在他说完这句话的那一刻,我差点就要承认我爱上他了。

天气好的时候我会推罗伊出去晒太阳。罗伊会带上油彩和画板,在阳光下画画,我就托着腮帮坐在花坛边发呆,于是那天,我又看到了那个站在阳台上的女人,她从我和罗伊身边走过,带来一阵迷人的香。我记得那种香味是博百利的英伦迷情。

在细腻迷人的味道中,包裹着俏皮大胆和异国情调的神秘。没有脂粉香气但是能把时尚诠释到巅峰。连成说他会对用这款香水的女人欲罢不能。就为了这句话,我积极地跑去买了一瓶英伦迷情。但是事实上,连成的论调只是为了凸显自己的非凡品味罢了。

恋爱中的女人通常是看不清男人的虚伪的。

那个女人的背影和正面一样引人遐思,罗伊停住了手中的画笔,目光一路追随。我听到了自己的牙齿发出“咯吱咯吱”的声音。

6

新闻上的连环凶杀案又出现了新的受害人,她也同样的很早就出现在罗伊的画里。已经是第二个了。

我不相信一个残疾人能摇着轮椅去杀人,虽然我家是一楼。我也不相信罗伊是这样的人,如果他没有人格分裂的话。

我想我虽然不算很了解他,但是至少好人坏人我还是能分清楚。

但是,如果他有人格分裂呢?连成伤害的只是我的感情,但是罗伊有可能会要了我的小命。

电视上经常警告我们:一切皆有可能。我现在发现这是一个真理,谁规定残疾人不能是杀人犯?

我是一个已经茁壮成长了27年的进步女青年, 即使没有过人的才智和倾城的美貌,但是我还是很爱上帝加载在我身上的曲折命运。

活着是一种财富,虽然我不是比尔·盖茨,但是我身体里蠢蠢欲动的寻找幸福的小火苗仍在炽热地燃烧着。

珍爱生命,远离罗伊。

仰望朗朗乾坤,一想到我家里有一个疑似变态杀手,我的心就惶惶不安,于是我决定去找连成。

我买了他最爱吃的牛肉罐头还有烧鸡、可乐,又准备了料酒、食盐、酱油,我要为他调制美味。

他住在鱼塘附近的小房子里,我很喜欢那里,绿化好,空气好,小路上铺满了不知名的小花,散发着怪异的香气。清净,又没有人打扰。黄昏的景致很美,就像我的日记本封面一样,流动着淡淡的哀伤。

我自己有钥匙，所以不用敲门，这是作为他的爱人的特权，每次我握着这把钥匙，就觉得我开启的其实是婚礼教堂的大门，幸福从指尖一直蔓延到大脑，直到浑身不自觉地战栗。

推开门，房间里有一种怪怪的味道，他还是那么懒。不喜欢开窗，更不打扫房间，每次我来看他都要为他打扫干净。

地上黑色的液体踩在脚下是柔软的、黏黏的，在迈进房门的一刹那，我忽然莫名地激动起来。

我走过去，他还躺在床上，很安静。我找了衣柜，床下，甚至抽屉，很好，他没有私藏女人。

男人是一种狡猾的动物，只要你爱他你就永远分不清他说的话哪句是真的哪句是假的。

但是人终归是动物，比如现在的连成，我把食物摆在他的视线范围之内，他马上从床上坐起来，脸颊深陷，眼睛的血丝组成某种华丽的图案，就像上次我在他衣柜里发现的女式内裤上的蕾丝花边。

我把罐头倒在地上，他的双手和一只脚被绑在床上，绳子很短，他只能把身体留在床上，头朝下伸长脖子勉强够到地上的罐头，被截断的右腿可笑地翘着。

我抚摸他杂乱的头发，“好吃吗？亲爱的。”

他拼命地点头，于是我撕开食盐的包装袋，全部倒在罐头上。他抬头用一种我看不懂的眼神看着我，然后默默地低头用嘴巴分开大部分食盐然后继续吃，我清楚地看到有一滴眼泪落在盐里，我不知道他的眼泪是否和盐一样咸。

我都不记得他有多久没有吃过东西了，当人只剩下最原始的欲望，就只是一只动物，他肚子里歇斯底里的尖叫，胃和喉咙都会被大量的胃酸灼伤诱发阵阵难耐的灼热，他的眼睛散发的野兽般的光芒终于不再是为了某个女人。

很快，他吃光了地上的罐头，然后喉咙里拼命地呜咽着。

“渴吗？亲爱的，我给你准备了‘可乐’。”

我打开为他特别调制的“可乐”，把瓶口塞进他的嘴里一股脑地倒进去……声带被割断了的他就只能发出类似动物的呜咽声，蜷缩在床上。料酒和酱油的味道从他的口腔里散发出来。

我走到连成身边，撕开他胸口的衣服，原本结实的胸膛已经像干瘪的橘子皮，一种充满诱惑的气味儿从他的胸膛里蜿蜒而出，我的手指开始蠢蠢欲动，伸进口袋里，拿出一把小刀，刀刃锋利得就像现在连成看我的目光。我认真地，一笔一画地用刀在连成的胸口上写了一个“爱”字，他的身体像受伤的动物一样微微颤抖，最后他猛地挣扎了一下身体，原本很完美的“爱”字的最后一笔被扯出很远，还好我割得不深，流的血还不如我想念他的眼泪多。

7

我爱连成爱到不知所措，我不知道伤害他的那个是真的我还是爱他的那个我。我迷失在传说中的狗屁爱情里，找不到幸福的出路。

我回到家的时候罗伊正坐在房间的轮椅上，背对着门口擦拭自己的身体，我没有跟他打招呼，而是马上回到了自己的房间，一会儿罗伊来敲门，开门的时候我首先注意到的是他带血的手指和被血染得乱七八糟的白毛巾。

我的心停止了跳动，下意识地后退了一步，扶着房门的手微微颤抖着，竟然忘记了关门。

他说：“卷卷，你家里有纱布吗？”他看我的目光让我想起了连成。我顺着他的手指看见了他胸口的伤。

那是一个“爱”字，鲜红色，散发香甜的味道，最后一笔扯得很远，让这个“爱”看起来不够正常。

“如果没有纱布，你能帮我去买点吗？”他笑着说，但是我觉得他笑得并不单纯。

我忍不住惊叫起来，“你是……你不是罗伊。”我有一种预感，连成死了，我的连成死了，他恨我，于是附在罗伊身上。这是我所能想到的唯一的解释。

他愣了一下，用手摸了摸自己的脸，“我怎么不是罗伊？你怎么了？”他摇动轮椅将门卡住，然后对我伸出了手。我退后一步，他的轮椅前进一步，我再退，他再进，直到我的后背已经贴着冰冷的墙壁。他把手抚到我的额头，然后又试了试自己的额头，

“你病了，有点发烧。”他认真地说。

唯一出去的路，被他硕大的轮椅占领着。

“你胸口的伤……是怎么弄的？”我想我的嘴唇肯定在颤抖，因为我的声音已经抖得像海浪一样。

“我不知道。”他很自然的回答我，脸上是“我已经习惯了”的表情。

我相信世界上除了他不会有人在这种情况下如此自然地说出“我不知道”。自己的身体出现如此明显的外伤，他居然不知道?!

我看着他，他也看着我。

对峙。

直到我觉得他并没有伤害我的意思，我才走出了房间，出去给他买纱布。我的手心里都是汗，我不知道我应不应该就此逃走，然后报警。

我回头的时候，看见他正坐在窗口，我看不见他的脸，也不敢揣摩他此刻的表情，只是乖乖地买了纱布，最后我不知道是我忘记了逃跑还是舍不得我那个温暖的小窝，还是舍不得“借尸还魂”的“连成”。在我想明白之前我就已经站在了家门口。

我颤抖着帮他缠好纱布，然后马上回到卧室关了房门。

8

自从罗伊开始画恐怖主题的人物画，他的生意却意外地好了起来，之前的两幅都在第一时间被高价买走。也许人们的生活过于平淡，平淡得让正常人渴望窥探变态的世界。罗伊决定以后继续画人物画，毕竟我们不是生活在童话里，我们需要人民币美化自己的生活。

听到他的这个决定的时候，我像得了疟疾一样，浑身发冷，他简直就是死神的代言人，恐怕从来不关注媒体的他并不知道自己的笔下已经“死”了两个人，他并不知道正是因为他笔下的人已经死了，这幅画才被赋予了更加浓厚的恐怖色彩，那色彩是描画在人们心底的恐惧。

半个月的时间，罗伊又创作了两幅画，画的都是女人。于是意料之中的死了两个人，死的都是女人。

他摇着轮椅靠近我，对我说：“卷卷你知道吗?我找到我的灵感了，它们就那么霸道地出现在我的脑海里，我闭上眼睛就能看见那幅画，我是在临摹自己脑海里的画面，效果出奇的好……”

晚上临睡觉的时候，我看见罗伊坐在画板前一动不动，“怎么不画？”

“嘘……”他的眼神有些兴奋，还很认真地把食指竖在嘴边，低低地说，“我在等待我的灵感……”

我知道他已经彻底喜欢上了这种恐怖人物画。

那个晚上我很担心，担心他的灵感光临，但愿我不会出现在他的画里。

夜，黏稠得像黑色的糖浆，我深深地陷入，挣扎不出。

我梦到自己站在鱼塘旁边，想走却走不动，回头才发现自己的手里死死地拽着一个硕大的麻袋。

我的手撒不开，只能拖着麻袋走，不觉间竟然来到了连成的小屋前，我熟练地掏出钥匙打开门，连成神经质地坐在床上，似乎在等待什么。

他张开干裂的嘴唇，“我求你，放过她们！”

我狐疑地看着他，手里的麻袋开始不安地扭动，我松开手，麻袋里出现了一个女人，她穿着白色的真丝睡衣。露出颀长雪白的脖颈，莲藕一样的手臂和笔直的双腿，脸上的恐惧难以用语言来形容，她一边摇头一边掉眼泪。嘴上贴着刑侦电视剧里最流行的黄色绞带。

我认出了她，她是住在罗伊窗户对面的女人，忽然我闻到一股腥甜而腐败的香味儿从脚下袅袅升起。忽然我的心里变得异常激动，我知道这个女人是个贱女人，和以前那些一样，喜欢勾引别人的男人……我现在就要你看着她死！我拿出一把长长的刀，毫不犹豫地在她右脸上画了一个大大的叉，看见她绝望的眼神我的心异常的平静，于是我按照我喜欢的样式惩罚了这个妖娆的女人……

“你就是为了这些女人不要我吗？那我就要他们死！死在你的面前！”我用舌头舔掉刀尖上的血迹，明亮的刀身映出我的样子，贪婪而残忍。一失神刀子划破了舌头，鲜血涌出，尖锐的疼痛从舌尖延伸开来，我疼得蹲在地上，

“原来这并不是梦！”我惊惧地站起来，扔掉手中的刀，地上是一摊血和一个面目全非的女人，她的脖子上绽开了一朵鲜红的花，一直延伸到连成的床下。

我木然地站在原地，甜腥味儿在嘴里妖娆地舞动，我转头看着墙上发黄的镜子：“到底哪个才是真正的我？正常还是变态？”我的嘴巴一开一合，鲜红的血像柔软的手臂，从嘴里流出，在脸上攀爬。

连成像动物一样蜷缩在床上呜咽。我失魂落魄地回到家。

已经是后半夜了，罗伊正在专心致志地画画，纸上出现了一个妖娆的女人，脸上画着红红的叉，躺在黑色的地面上，脖子上开着一朵鲜红的花，一直延伸到很远，那颜色在黑色的背景里耀眼夺目。

“她是谁？”

罗伊贪婪地笑着，“我的灵感给我带来了这个女人……”

“她死了？我是说在你的笔下你的画里。”

“……”

罗伊愣了很久，然后很惊慌，他陌生的目光落在自己的画上，眼睛快速转动，不安的喘息。罗伊拼命地想从自己的脑子里找到这幅画出现的蛛丝

马迹——但是他失败了。

他被自己笔下的画吓到了。

“怎么会这样？”那是我第一次在他的脸上看到平静以外的表情，他的手插进头发里不安的大口呼吸。

“卷卷，你知道吗？刚才的那幅画，不是我画的……我是说，不是我想画的，我不知道我为什么要画它，我不知道她是怎么出现在我的脑海里，我……我不能控制我自己，你明白吗？”

我的脑海里又出现了那个住在罗伊对面的女人，她死了，是我杀的，可我根本不认识她。但是罗伊……他怎么会画出这幅画？难道他跟踪我，看见我杀人？或者他的画笔可以预言死亡？想到这里，我的身体忍不住一阵阵发冷，无数的鸡皮疙瘩像虫子一样在身体上不安地扭动。

9

也许，连成和罗伊是同一个人！我知道这种可能性低于中500万。但是除此之外我想不到其他解释。

于是那个晚上我看着罗伊关灯睡觉之后，把防撬门反锁，然后偷偷地跑到连成那里，他很安静地蜷缩在床上一动不动。

他还在。我长出了一口气，但是瞬间一阵冷风掀起了我所有的恐惧，连成不是罗伊！那，罗伊的画怎么解释？

连成在昏黄的灯光下像一具死尸，我的脑子里被另一种想法占据，连成会不会已经死了，所以他的灵魂占领了罗伊的身体！

我轻轻地走过去，伸手触到连成的胳膊，是冰冷的。我的手颤抖了一下，连成忽然转过头，他血红的眼睛离我的鼻子只有几厘米，我惊恐地后退，然后落荒而逃，我知道连成看我的目光像是在看一个变态。

我的头很疼，思维在脑袋里的管道绕来绕去，晕头转向。昨天我不是做梦，我杀人了？我在他面前杀人是为了报复他？可是我没有必要为了他杀人啊！我是个理智的人。我下意识地看了看自己的双手，凑在鼻子底下闻了闻，没有血腥味儿。

不对，应该有血腥味儿的吧！至少是连成的血腥味儿，我截断他的大腿的时候身上脸上弄得全是血，我以为他没有了腿不再完美就再也没有女人跟我抢了，可是谁知道，那些女人不但很贱，还是同情心泛滥的家伙，连成眼中的忧郁，身体的残疾居然招惹了更多的女人对他搔首弄姿，投怀送抱。

我只能把他关起来,我不是故意的,我也不想,但是我别无选择,我觉得他应该能明白,明白我是多么爱他。

我一边走一边想,很快就到家了,回去的时候罗伊的房门依旧关着,我把耳朵贴在他的门上,里面很静,没有任何声音。但是我却感到不安,我想找到他在里面的证据来平复我狂跳的心,这时候一只手抓住了我的胳膊,我猛地回头,看见罗伊站在我的身后。

“我在等你回来。”

“你……不是睡了吗?”

“是的,但是你锁门的声音吵醒了我……”

“哦,那真不好意思。”

罗伊没有说话,只是抬头看着我的眼睛,我知道他在检查我留在脸上的蛛丝马迹。

“你知道……现在的变态杀手很猖獗,你,要小心一点,不要到处跑。”说完他就摇着轮椅进了自己的房间。

我的心重重地一沉,那个变态杀手是我,还是他?

10

我没有吃饭,开着灯在沙发上坐了一夜,不知道自己是不是正常本身就是一种不正常。现在我就是这种状态,那些女人的身体在我的脑子里没有留下什么特别的印象,我根本不记得是不是我杀了她们。

关于我是不是凶手的问题,我想了一夜,依然没有结果。

凌晨,我睁着熬得血红的眼睛从房间里走出来,在地上看见了一些杂乱的花纹,是一些细腻的土,褐色,浅浅地印在地上,从门口一直延伸到罗伊的房间。我用三根手指在地上粘了土放在鼻子下面,有淡淡的腥味儿……

这是鱼塘附近的土!

我敲了敲罗伊的门。

“进来吧,门没锁。”

他面对着窗户,背影看起来消瘦而孤寂。

“我……见到连成了。”

“他……”我不知道心里是激动还是害怕,或许在我的心里一直期待有一天能把连成从另一个我的世界里拯救出来。

“他现在在医院,但是医生……医生说他可能快要死了……”我看见罗伊的肩膀在耸动。

“你和连成是……兄弟？”

“是同卵双生的兄弟。”

“你来我这里无非是想要查找连成的下落,是吗？”

罗伊摇动轮椅走到我面前,“我见到你，就明白连成为什么喜欢你了,你太安静,太懂事,太喜欢付出……没有男人是不喜欢这样的女人的。连成失踪了很久,我是他唯一的亲人,我能感觉到他的处境很糟糕,我查过他的朋友,他们提供了很多女人的联系方式,但是她们无一例外都提到过你,说你才是真正爱连成的女人。”

“可是,可是我却不惜一切代价的伤害他……”

“你知道我的腿是怎么断的吗？”

“是车祸,还是……”

罗伊笑着摇头,“那天我坐在海边画画,然后忽然我的大腿就掉了下来……”

“这怎么可能？”

“医生一口咬定是有人砍下了我的大腿，因为从伤口看就是这样……我说服不了医生,就让医生做一个试验,如果是金属的刀具造成的伤害,那伤口处一定有微量的金属物质留下，任何东西只要有接触就会有物质交换。但是试验的结果是,没有发现任何其他微量物质。”

“为什么会这样？”

“给你讲个故事,有一对兄弟分别生活在两个城市,相隔千里,哥哥在酒馆与人发生争执,被人枪杀,伤口正好在眉心处,而同时,他的孪生弟弟正在家中睡觉,但是再也没有醒过来,因为他的眉心有一个和哥哥一模一样的弹洞……”

我惊讶地看着罗伊,他的表情很平静,瞳孔没有放大,没有一丝说谎的迹象,“你的意思是,我在切断连成的腿的时候,你的腿就……”

“没错,这是我能想到的唯一合理的解释,还有这个。”罗伊指了指胸口上的纱布,“我猜连成的胸口上也有一个吧！”

“那……那些女人,是你杀的吗？”

罗伊摇头,“我想应该不是我。”

“是就是,不是就不是,为什么说你想……”

“因为我猜他们是你杀的,连成眼睁睁地看着你杀了他们。”

“你跟踪我？那你为什么不阻止我杀她们。”

罗伊摇了摇头,“我没有亲眼看见,后来我才想到,是因为连成,那些女人被你杀死的画面太过震撼，而我和他之间的那种天生的感应把连成看到的画面传导到我的脑子里，所以我才莫名其妙地画了出来。"

"……这简直是无稽之谈！"我摇着头说，我不是想推卸责任，只是这令人难以相信。

"这是真实存在的，我们是同卵双生的，完全相同的基因决定了我们拥有相同的脑神经蛋白质结构，小时候我们处在相同的生活和教育环境，我们的智力水平、思维方式都惊人的相似，说白了，我们其实是同一个人，只是以两个身体出现，在医学中有人把能够共同分享疼痛等负面影响的双子感应称为'黑暗双子'。"

"你刚才说，医生说连成可能救不活了，那你……"

罗伊笑了一下，眼睛和嘴角都弯成好看的弧度。太阳升起，阳光落在他身上，他一边笑着一边点头。

点头表示同意表示承认表示不否认……几乎所有人都喜欢别人点头这个姿势，但是在这一刻，我心里的难过翻江倒海。

"我说过，我和连成其实是同一个人，他爱你，所以，我也免不了……爱上你。"

"可是连成根本不爱我，他爱女人，所有的女人，越多越好。"我越说声音越小。

"我说过他快要死了，但是不是因为你，而是在他爱上你之前，他就得了癌症……他了解你，知道你不会离开他不管，但是他觉得那会害了你，很俗是不是？但是他真的就这样做了。"

"这不是真的，你骗我。你要我自责，要我痛苦，你在为连成开脱责任！"忽然，一种狂暴的愤怒冲上头顶，占据了我的理智，连我自己都能感觉自己的目光冰冷刺骨。

"这，是另外一个你吗？"罗伊安静地看着我，就像在看一个无理取闹的孩子。

一瞬间，我瘫倒在地。所有的莫名其妙的愤怒全都烟消云散，我很庆幸，罗伊叫醒了我。

11

6个月后，罗伊和连成一起病逝，照顾我的护士在病房里找到我，告诉了我这个消息。我找到疗养院的医生，想要去看看他们，医生说做不了主；

我找到主任，主任也这样说；我找到院长，把我们的故事讲给他听，希望他同意带我出去一天，可院长以我的病情不够稳定，怕我出事为由拒绝了我，从院长办公室出来的时候，我听到院长嘲笑地说："一个变态懂得什么狗屁爱情……"

所以，最终我仍然没能见到他们。早上吃饭的时候，我打碎了碗，在手臂上写了一个"爱"字，写到最后一笔的时候，手颤抖了一下，一条长长的尾巴拖在"爱"的身后。护士拿来纱布帮我包好，我看不见我的"爱"了。

晚上，月光很亮，照在我的心里，让我的思念疯长，蜿蜒在我的世界的每个角落，我拆掉手上的纱布层层叠叠缠缠绕绕挂到脖子上的时候，我想起罗伊坐在阳光里说的"放弃伤害也是爱自己的一种方式"，那样的话是不是意味着：如果活着也是一种伤害，我也可以放弃？我不知道！我只知道，我是个变态，不懂爱情……

活人书

文/尾巴卷卷

当我们往衣柜里看的时候，看到的却是一个死人，穿着寿衣站在衣柜里，一动不动。我的大脑一片空白，原来这根本不是“衣柜”，而是一口黑色的竖起来的棺材。

1

苏鹏病了，连他那被称为“中医掌门人”的爷爷都束手无策。

当我听到消息的时候，学校已经开学，而他已经在医院躺了一个月了。走到病房门口，我看见他蜷缩在被子下面，就像一片枯草。那个身高 185 厘米、曾经在阳光下疯狂灌篮的大男孩再也没了生气。

苏鹏的父母都在国外，只有年迈的爷爷陪在他身边，爷爷已经把苏鹏的病情告诉了他父母，可是等来的却只是一张汇款单。

爷爷看我进来，眼眶又红了，对我点了点头就出去了。

苏鹏躺在被子里动了一下，然后转过身张开眼睛，看见我在床边很惊讶，“你怎么来了，暑假在咱姥姥家过得开心吗？”他坏坏地笑着，并且强迫自己坐起来，但是胳膊却再也不能支撑住身体的重量。身体重重地落在床上发出沉闷的声响。苏鹏的鼻子动了动，眼眶满含泪水。

房间里的空气都已经沉淀下去，我很努力，但是却呼吸不到一丝空气。苏鹏忽然夸张地笑起来，“想不到像我这样的夺命美少年这么快就人老珠黄了……”

我张了张嘴，却如鲠在喉生生吐不出一个字。面对他已经发黄的脸，树枝般的身体，摇摇欲坠的生命，我知道我的任何安慰都像白天的烟火般苍白。

我只能抬头看着天花板，但是当目光落在他身上的时候，我的眼泪还是掉了下来，病床前面的床卡上写着：苏鹏，20 岁，癌症晚期。

2

我忽然变成了一具行尸走肉,不知道自己是何时在苏鹏绝望的目光中走出惨白的病房。

从 14 岁到 20 岁,即使仅仅是一颗误入土壤的种子也该长成笔直的小树了吧!从初中到高中再到大学,我们默默地守护着青春里颤动不安的小火苗,绝口不提爱情,只是默默地一起被时光推着向前跑,我想等我们都累了自然就会牵起彼此的手。

爱情就该是水到渠成。

只是没有想到会是这样一场巨浪滔天的灾难,瞬间淹没了我们在心里已经偷偷描绘无数次的美好未来。

我已经失魂落魄,大脑像一个没有营业执照的电影院,只能播放一些老掉牙的电影片段。我疼得只能在大街上蹲下身去,直到一只手像拎小鸡一样把我拎起来,放在花坛边。

“丫头,这是怎么了?”黄磊的手放在我的头上,像抚摸一只小狗一样抚摸我。

“……你哭了?嘿嘿,是不是你家苏鹏不要你了?没事儿,有我呢!你啥时候投奔我事前说一声,我怕我太激动了心肌梗死……”黄磊看着我的眼睛不依不饶地说着。

“我心里很烦……你能不能安静点?”我吸了吸鼻子低声说。

黄磊的脸色变了,“苏鹏那小子欺负你了是不是?啊?告诉我,我去揍他。”我一把拽住他,眼泪不停地掉下来,“没,他没有,他没有!”

“你还护着他,你像个假小子似的,只有他能把你欺负哭,不是他还是谁?”

“不是,不是,我说不是就不是!我哭关你什么事!”我忽然大发脾气。

“好心当做驴肝肺!”

“滚,你给我滚。”我的大脑一片混乱,我只想安静一会儿,安静地回忆或者说祭奠一下我和苏鹏的过去,仅此而已,我明知道不该跟黄磊发脾气,但是我真的控制不了自己。

“行,你让我滚,我就滚!”说完黄磊帅气地用手拨了一下刘海就大步走了,眼睛里的哀伤却太过明显。

“你给我回来!”我擦干眼泪,大声地喊他,周围的同学们纷纷侧目。

他转身,认真地说:“对不起,滚远了。”

看着他的背影，我的感觉只有用两个字来形容：绝望。不知道是我内心的绝望主宰了我，还是为黄磊绝望的背影所感染，那一刻我的世界轰然倒塌。

3

晚上的时候，我径直来到医院，我只是想陪陪苏鹏。也好让苏爷爷回家好好休息。

晚上医院空气里的消毒水都散发着诡异的气味，昏暗的走廊，不知从那个病房里传出的呻吟、呼噜声、小孩哭声。

我甚至怀疑晚上的医院其实是一座地狱。

苏鹏很安静地睡着，我没敢开灯，怕影响他，月光照进房间里，像一只冰冷的手。

忽然“吱呀”一声，病房的门开了，一个矮矮的身影站在门口，穿着白大褂，脖子上的听诊器闪耀着明亮的光泽，脖子以上的部位藏在阴影里。

“您……”

他蹒跚地走进来，“嚓嚓”的脚步声带着尖锐的小刺，让我浑身不自在。他向苏鹏的病床走过去，我连忙挡住他，“您……是大夫？”

月光照在他的脸上，留下千沟万壑的痕迹。这应该是个残年的老人了，他没有说话，只是点点头。中国人总是觉得医生越老越好，经验丰富，我当时闪开，让他把手放在苏鹏的手腕上诊脉恐怕也是因为这个原因。

他检查了一会儿，然后说：“《活人书》！找到《活人书》他还有救！”

“《活人书》是什么？”我终于抓到了一根救命稻草，连忙问他。

老人不再说话，径直走出了病房。

我回过身来追了出去，走廊的灯忽然闪了闪，我惊叫一声，发现走廊里已经空无一人。

4

我不知道昨天晚上的老人是谁，我也无法知道他是谁，我甚至连他是人是鬼也不知道，但是，现在这海市蜃楼一样的一个建议，恐怕是苏鹏活下去唯一的希望。

第二天早上，我上网找《活人书》的资料，最靠谱的是一个历史传说。

曹操招来华佗为自己医治头风病，华佗医术高超，所以曹操很满意，但是忽然有一天华佗请假说想家，要回去。曹操准假，可是华佗一去就不再回来，曹操修书多封，也让当地的官员找到华佗，让他速速回到曹操身边，可是华佗推说自己妻子病重，后来曹操知道华佗在撒谎——他的妻子根本没有病，于是就找到华佗把他抓了回来，要杀他，华佗在临死前把自己毕生所学写成的书交给一名狱卒，告诉他："此书可使人活！"也就是后人所说的《活人书》，因为当时曹操太过严厉，狱卒怕曹操惩罚不敢接纳。于是华佗跟狱卒要了一把火，将这本巨著付之一炬……

看到这里的时候，我的心凉了一大半，如果当年华佗真的烧了书，那就没有任何机会了。我的心里很闷，不知道该怎么办，这时候我的手机响了，是黄磊打来的。

黄磊平时很机灵，万一他有什么办法呢？想到这里，我马上接了电话，"黄磊，你快来，我有事情找你帮忙。"

"嘿嘿，我最喜欢帮你的忙了，你在哪儿？我去找你。"

放下电话，我的心里忽然暖暖的，有这样一个不计较的朋友真好。

他很快就气喘吁吁地跑来了，"你不是让我陪你玩网游吧？"黄磊皱着眉头说。

"当然不是，我有事情告诉你……"我把前前后后所有的事情都告诉了黄磊。

"你……相信那本什么《活人书》能救苏鹏的命？"

"我只能相信，苏鹏的时间不多了。再说这书是华佗的毕生所学，我相信里面有能医治苏鹏的药方，我要试试。"

黄磊的手在我的鼻梁上刮了一下，"我最喜欢美女，尤其是不屈不挠的美女！"

我推开他的手，"可是历史记载《活人书》已经被烧掉了，我不知道该怎么办。"我们一边说一边走出网吧，

"我饿了。"黄磊认真地看着我。

"你怎么就知道吃啊！想不到办法不许吃饭！"我双手叉腰站在黄磊面前。

"可我饿的时候什么都想不到。"

"你吃完了能想到？"我露出一个不屑的表情。

"当然！"

"……"

最后我们只好进了学校附近的一家小餐馆，一人叫了一份红烧牛肉盖浇饭。

这几天我都没有食欲，但是饭菜端上来的时候，那味道闻起来似乎不错，食欲终于蠢蠢欲动了。

黄磊头也不抬眼也不睁地吃了个精光。

“我想到了！”黄磊一边剔牙一边跟我走出饭馆。

“想到什么了？”我几乎是惊叫出来的。

“你忘记苏鹏他爷爷是个著名的老中医了？要我说你真就是人头猪脑……哎，你去哪儿？带上我！我可以保护你……”

5

我站在一间平房前，黄磊在后面气喘吁吁地赶过来，“看你长得像只小猪，谁知道跑得像只兔子！”

“你才是猪！你忘了上次门萨俱乐部的智商评估了？我的智商是148呢！这是只有2%的人能达到的高智商。”

“嗯！我知道，我当然知道，所以苏鹏才在众多的美女中对你情有独钟，他喜欢聪明的女孩子……”

“少说废话了，到了，就这里。”我指了指那扇油漆斑驳的门。

我在门上轻轻地敲了几下，没人答应，门是虚掩着的，我推开门，一股浓重的中药味扑鼻而来。房子里没人，有一个硕大的书架，一张床，被子整齐地叠着，桌子上还有没收拾起来的碗筷。厨房的灯亮着，我和黄磊轻轻地走过去，看见苏爷爷正坐在板凳上煎药。

“苏爷爷……”老人回头看了我们一眼，眼里是满满的悲伤。

他收拾了碗筷，让我们坐下，还给我们每人倒了杯茶水。

“苏爷爷，我们今天来，是想问你有关中医的事情。”我小心翼翼地说着。

老人低着头，闭着眼，摆了摆手，“别问了，没有用，所有我能找到的方子，都没有用……都没有用。”说到最后，老人的身体已经开始颤抖。

“我们来是想问关于《活人书》的事情，不知道您……”我还没有说完，苏爷爷马上抬起头紧张地看着我，“你怎么知道《活人书》的？”浑浊的眼睛里有一些我读不懂的复杂目光。

“……我只是在网上看到了一些资料，您是中医方面的专家，应该听过吧？”

老人的目光在我们身上来回地打量着，似乎在考虑要不要告诉我们。

“我们……只是想帮苏鹏。我在网上找过资料了，根据记载，华佗的《活人书》已经被他亲手烧了。”

老人像是下了决心似的点了点头，“好吧，关于《活人书》的事，我也是听我的师傅说的,那时候我还是个毛头小子。”

老人的手颤抖着点了支烟,夹在手里,狠狠地吸了一口,才开始缓缓地讲述。

“当年华佗准备烧掉《活人书》的时候,正赶上曹操来了,华佗只好停下。曹操问他是否还有遗愿。华佗说,‘您杀了我会后悔。’狂妄的曹操根本不信,华佗告诉他,自己这里有一本《活人书》,如果找到这本书请好好保存,否则会有报应。曹操大笑三声,然后命人把华佗拖出去斩首,念在华佗曾经尽心为自己医治头风之疾,曹操杀了华佗之后把他的尸体和所有的遗物一起送回他的老家安葬。其中就包括那本《活人书》。那时正是公元208年,也正是建安13年,华佗死后不到一个月,曹操13岁的儿子曹冲病重,这时候曹操才想起华佗临死前说的那句话,还有曾经交给他的《活人书》,可惜那书已经随棺木一起运回老家了,曹操于是派人挖开华佗的墓寻找《活人书》,找到后他的手下呈给曹操,但是那本书里只有一行字,‘早知今日,何必当初。’曹操大怒,而曹冲不治而亡。”

“后来呢?”

“曹操是个狂妄的人,他看完这句话就撕掉了这本书,其实这书的最后一页还有字。”

我和黄磊互相看了一眼,他的眼里也满是惊奇。“写的什么?”我们几乎异口同声地问道。

“潭水流,日西坠,
孤雁徘徊欲低飞;
再聚首,君未归,
堂前空自回,
心中唯盼两依偎。
园中花,化为灰,
夕阳一点已西坠,
相思泪,心已碎,
只闻马蹄归,
秋月残红萤火飞。”

“一首词?”

老人点了点头,“华佗是个聪明人,他知道曹操是没有心思对着一本空白的书一页一页翻到最后的,但是如果他这样做了,恐怕就能救曹冲了,其实这首诗是一个字谜。写着保存着《活人书》的人的名字。”

“华佗不是已经死了吗？他怎么能在死后安排这些呢？”

老人摇了摇头，“有很多东西我们都无从考证，不过也许华佗从家里出来的时候就已经安排好一切了，他应该知道自己是凶多吉少的，如果狱卒接受了他的《活人书》那历史就是另一个版本了，这应该是华佗的后路，毕竟，《活人书》对于他自己和后人都有很重要的意义，但是这个方法很冒险，如果曹操没有把《活人书》放到他的棺木里送回老家，或者他发现了那本空白书最后一页的秘密，那一切都不一样了，可能是天意如此……”

“那这字谜到底是什么意思啊？”我着急地问。

“这里的每一行都代表字的一部分，前五句可组成一个字，后五句可以组成一个字。”

“是赵苏？”我试探着猜道。

老人笑着点点头，“没错，就是赵苏。”

黄磊看着我，“丫头，行啊你，不愧是智商 148 的天才美少女啊，怎么猜到的？”

“别吵，回去我再告诉你。”

“那，那个赵苏应该是在华佗的老家住吧？”

“应该是吧，在中医届包括我师傅在内都去华佗的家乡找过，可是都失败了！”

“找不到了吗？”

“不是，他们都找到了那个赵苏的后人，只是仍然没有找到那本《活人书》。”

“为什么？”

“这个我师傅从来都是闭口不谈。我也不知道为什么！”

“那……您知道那个后人住在哪儿吗？”

“好像是安徽省亳州市谯城区，他的后人叫赵一。”

6

从苏爷爷家里出来的时候已经很晚了。

“你说苏爷爷的话是真的吗？”

“你指的是什么？”

“我不相信他们找到了那个保存《活人书》的人却拿不到那本书。”

“可他没有理由骗我们吧！那可是关系到他孙子苏鹏的生命安危呢！再

说了我在网上查过，华佗是沛国谯人，依照现在的地图来看正好是安徽省亳州市谯城区！”

“你真的要为了那小子去安徽找那本可能已经不存在的破书？”

“什么破书，即使那书上没有救苏鹏的药方，至少那也是我们中医历史上的瑰宝吧！”

“你想好了？”黄磊问。在月光下他的眼睛亮亮的。

“是的，明天请假后天出发。”我坚定地说。

“那……我陪你去好了。”

“其实……”我是想说“其实，你不用这样做”，因为我不想他为我白白付出太多。

“不要再说了，我已经决定了。你一个人去，我真的不放心。”黄磊笑着看着我。

我的心里一阵酸楚，说不清是什么感觉。

出发那天我带了一些日用品，黄磊一边翻我的包一边说：“女人啊就是麻烦死了！”

我在他头上狠狠地打了一下，“似乎我带的东西比你带的要少很多吧！”我指着他那个堪比麻袋的旅行包。

“女人啊，就是头发长见识短。”他拉开旅行包，里面全是果冻、薯片、矿泉水。

“知道什么叫‘民以食为天’吗？知道什么叫‘以备不时之需’吗？”黄磊蹲在地上像一个小地摊主一样摇头晃脑地说。

按照地址我们来到了华佗的家乡谯城区，没想到这里会是一个很知名的文化古都，连曹操宗族都葬在这里，我们找到了户籍管理部门，搜索赵一的名字，在这个130万人的城市里有2588个赵一，其中1352个是男的，1236个是女的，男的40岁以下的有998个，剩下的354个人里有317个祖籍不是这里，37个里面有2个进了监狱，1个住在精神病院，3个是母亲改嫁后姓氏改成赵，23个外出打工，剩下的人里5个不是单身，2个正在住院且生命垂危，可能马上要销户，还有一个是无业。

“应该就是他！”我要来了那个无业的人的地址。

“你怎么知道？”

“直觉吧，我觉得应该是他。”

“……万一不是呢？”

“不是就继续找！就算掘地三尺也要把这个赵一找出来。”

“你说他为啥要叫赵一呢，他要是叫赵本山肯定更好找一点。”

7

纸条上的地址是赵桥乡，因为在乡下没有那么明确的管理机构，所以没有更具体的地址了，只能先找到乡长打听了。

天完全黑下来的时候，乡长打着手电把我们送到一间破旧的平房前，“你们……小心点。”乡长临走的时候说。

黄磊看了我一眼，“他这是什么意思？”

我忽然觉得后背凉凉的，咽了咽口水说：“我也不知道。”

黄磊拦住我，他走在前面，伸手推开了木门，小心翼翼地走进去，里面只有一个土炕，一张破旧的木头桌子，一把椅子，一个衣柜。一阵冷风吹进来，桌子上的油灯激动地摆了几下，我重重地打了个喷嚏。

房间里空无一人。

这里虽然是乡下，但是家家都用上了电灯，可是他家却只点着油灯。如果没有特殊原因，只能说明这个赵一很贫穷，用不起电，从他家里的情况就可以看出来，但是没有人为什么还要点灯，这不是浪费吗？我仔细地看了看油灯，是一个小小的瓷碟下面粘了一个酒盅做底座，这是一盏最简易的油灯。

我和黄磊小心地走进屋子里，房间里有一种酸酸的味道。

“没人？”黄磊看着我笑着说。

忽然我听到一种声音，沉闷，有节奏，但不是音乐。那声音是从衣柜里传出来的。

这时候我才注意到，这个衣柜很高，也很窄，外面漆成了黑色，在油灯下闪耀着油漆特有的光泽，看起来还很新的样子，这恐怕是赵一家里最值钱的家具了吧！

我和黄磊走到衣柜前，把耳朵贴上去，听起来像是有人在打呼噜。我对黄磊使了个眼色，“他一定在里面！”

黄磊会意地点点头，然后上上下下地找衣柜的把手想打开衣柜，但是这衣柜居然没有把手！

这时候，衣柜里的声音忽然停了，然后是布料摩擦的沙沙声，最后衣柜晃动了一下，又晃动了一下，衣柜的门忽然开了，不是对开不是侧开而是像一扇倒掉的门一样迎面压过来。

我尖叫一声，眼看着这个巨大的黑影扑过来，却忘记了躲开。黄磊一把把我拽到旁边，因为房间太小，柜门狠狠地砸在土墙上，墙上出现了一个大大的坑。

当我们往衣柜里看的时候，看到的却是一个死人，穿着寿衣站在衣柜里，一动不动。我的大脑一片空白，原来这根本不是“衣柜”，而是一口黑色的竖起来的棺材。

我被黄磊挡在身后，“我就不信你是鬼！”黄磊大声说。

我躲在黄磊身后，身体止不住地颤抖，怪不得村长让我们小心一点！原来他已经死了……不对啊，要是他真的是死人，村长为什么还要大费周章地送我们过来呢？

“呵呵，不错啊，小鬼，胆子够大，我喜欢你。”这时候棺材里的人走了出来。他是个40岁左右的男人。

“你……是赵一？”我从黄磊身后探出头来，问道。

“我……”那个人穿着寿衣站在油灯前面，我们看不清他的脸。

“我也不知道我是谁！”他很为难地说。

“……”我和黄磊无奈地对视了一下。

“你为什么要睡在棺材里？”黄磊问。

“我没有亲人，我怕有一天我死了没人给我收尸！”他的声音很低沉，沉得像是从地下厚厚的黄土里飘出来的。

“可看你的年纪……你准备的是不是早了点儿？”黄磊的手拉住我僵直而冰冷的手。

“我知道我活不久了！”他似乎很悲伤地说。

“为什么？”

“有人想要我的命！”

“谁？”

他的眼睛在我和黄明身上扫来扫去，“你们来这里干什么？为了那本《活人书》？”

“是……”我一着急就说了实话。

“……我们听说华佗把《活人书》交给一个他最信任的人保管，我们要写一个关于华佗的文章，我想能得到华佗信任的人应该很了解华佗的一些事情吧，我们的目标不是《活人书》。如果您真的是赵苏的后人，我们想采访你，如果稿子发表我们会支付你一定的咨询费。”黄磊抢着说。

“我当然是赵苏的后人！”那个人双手背在身后挺直了身体。

“当然，我们相信您是。”黄磊点头哈腰地说。

“嗯，天色已经很晚了，你们两个就睡我家吧，只有一张床，不要紧，挤一挤吧！”

“行啊，行啊，那您呢？”黄磊的嘴都快乐歪了。

“我还是睡在我的棺材里。”

那天晚上，月光很好，黄磊睡在地上很快就打起了呼噜，嘴巴微微撅起，很可爱的样子。我睡不着，因为我们始终没有看见睡在棺材里的赵一的脸，而且我也没有从赵一的身上感觉到一丝生气。

8

第二天早上，我和黄磊起来的时候发现赵一已经不见了。我们马上出了房子，分头去找。乡下的空气很好，窄窄的小路两边都是五颜六色的野花。水田上笼罩着淡淡的雾气，远处隐约可以看见有人猫着腰在地里干活。

当我和黄磊精疲力竭地从外面回到赵一的家门口时，我们闻到了一股浓浓的粥香。由于昨天晚上就没有吃东西，我和黄磊都快饿晕了。推门进去，看见一个人正闭着眼坐在桌子旁边。那人穿着寿衣，他应该就是赵一。

我第一眼看见赵一的时候，居然找不到一个能形容这个人的词汇。他的表情沉静得像在聆听佛法的佛门弟子，皮肤雪白不掺一丝杂色，尖尖的下巴，薄薄的唇。听见我们推门，他睁开眼睛看过来，目光涣散。那眼睛，不像是人的眼睛。

我觉得他根本不是昨天的那个赵一，我确定。

黄磊在我耳边悄悄地说：“想不到赵一还蛮帅的。”

我勉强地笑了一下，看见桌上摆了三碗粥和一盘咸菜。

“你们都饿了吧？先吃点。”他笑了一下。

我们走到桌面，当目光落到碗里的时候，我被吓得后退了一步，那碗里的粥居然是鲜红色的，饱满的米粒在里面漂着，散发着甜腥味儿。

我和黄磊对视了一下，都没敢靠近那碗粥。我感觉我的头上出了一层冷汗。

赵一的头机械地转了一下，面向我，“怎么了？”

“这个粥……”

“哦，这个是猪血，我喜欢喝生的，你们喝不惯吗？”赵一端起碗喝了一口，鲜红色的米汤粘在嘴边。

胃里的东西忽然排山倒海一般翻滚，“我不饿，谢谢。”

喝完了粥，赵一又走进棺材，“我累了，想休息一会儿。”

黄磊拿着他的旅行袋把我带到房后的一片草地上，从包里拿了几张报纸铺在地上，然后得意地拉开拉链，“看吧，我有远见吧！”

“是啊，是啊。”我已经饿得前胸贴后背了，撕开一袋薯片狼吞虎咽。

我们两个已经顾不上说话，一顿“咔嚓咔嚓，咕噜咕噜”之后，才勉强腾出嘴来聊天。

“黄磊，你说那个赵一怎么像吸血鬼一样？你说他会不会是卟啉症患者？”

“你是说那种需要吸血的遗传病？”他在嘴里塞了一块地瓜干儿。

“嗯，我看很像。卟啉症患者都伴有严重的贫血，经过输血后，病情会得到缓解。因此，卟啉症患者通过吸食血液来让自己舒服一些。”

“我觉得不是，卟啉症是一种遗传病症，是由于人们体内亚铁血红素生成机制紊乱，从而导致体内积聚出对光敏感的卟啉，使骨骼和尿液颜色变成红色，而牙齿变成黑褐色。刚才我看见赵一的牙齿并没有变成黑褐色。”

“如果是这样的话，那就只有一个解释，他被人催眠了，所以他会睡在棺材里，还喝生血。”

“那为什么有人要这样做呢？”

“很简单，这说明赵一真的有《活人书》，只是他们还没有得到，又怕有人跟赵一接触太多发现什么，在这样闭塞的乡下，还有什么比像鬼一样的人让人退避三舍呢？”我拿起矿泉水喝了一口，看着黄磊。

“你说他们会是什么人呢？”黄磊说话的时候轻轻皱着眉头。

这时候我的电话响了，是苏鹏，我的心跳忽然加快了，赶紧接了电话。

“你在哪儿啊？”苏鹏的声音低低的。

“我……去了一个乡下，这里可能有偏方可以治好你。”

“你回来好吗？”

“怎么了？”我忽然感觉苏鹏有点不对，但是到底是哪儿不对我也说不出来。

“没……我就是想你了。好了，不说了，我累了。”

“喂？苏鹏？”对方已经挂断了电话。

“怎么了？你的王子呼唤你了？”黄磊的脸上像浇了醋一样一副酸酸的表情。

我挑了一下眉毛，本来想说点什么好好损一损黄磊，但是一想起苏鹏，我的心里就潮潮的，眼睛也是。

“我们该怎么拿到《活人书》呢？”我一本正经地看着黄磊。

忽然，他的表情变得很痛苦，眉毛扭在了一起，脸变得很红，“我……不行了。”

我让他躺在我的腿上，“怎么了你，黄磊你别吓我，黄磊！”

他拼命地摇头，从牙缝里挤出几个字：“如果……我不是着急要去厕所我真是愿意这样躺一辈子……”说完他马上跳起来，捂着肚子一溜烟儿跑了。

太阳照在身上暖暖的，我躺在草地上晒太阳等着黄磊回来。很快黄磊跑回来了，手里拿了两张纸，递到我手上，纸质很粗糙，有点像宣纸。

“你看看这是什么？”黄磊气喘吁吁地说。

纸上写着很多繁体字，字迹很小，但是很整齐。“曼陀罗花一升，生草乌、全当归、香白芷、川芎各四钱，炒南星一钱……”

我忽然激动地站起来，“你从哪儿找到的？啊？从上面的记载来看很可能是《活人书》。因为根据上面的字判断，这正是麻沸散的配方！”

“……那完了！”黄磊颓废地坐在地上。

“在哪儿找的？快带我去啊！”

黄磊无奈地看看我，“好吧。”

于是他带着我来到了赵一家房后的一间茅厕，“那，就在这里找到的！”黄磊捏着鼻子说。

我和黄磊在厕所里积极地寻找，坑里坑外，砖缝墙角。可是一无所获。

“为什么只有这两张了？”

“纸放在厕所里还能干吗？”黄磊认真地说。

“……我觉得这不可能啊，赵一在守护《活人书》啊，怎么可能任由人们放在厕所里亵渎呢？”

“这我就不知道了。”

我看着手里这“硕果仅存”的两页纸，忽然感到一种前所未有的绝望，想想还躺在病床上的苏鹏，我的心里就很疼。

难道我们已经没有机会了吗？难道我真的要眼看着苏鹏就这样离开我？

“明天，我们回去吧！”我对黄磊说。

“你放弃了？”

“我也不想，但是事实如此，我们已经尽力了。”我扬了扬手里的纸，转身返回赵一的家。

他依旧在睡着，很安静，安静到甚至没有呼吸。但是我没有勇气过去查看，只是和黄磊坐在房子里等待他醒来，我们准备开诚布公地跟他谈一次，这是我们最后的机会。如果《活人书》真的被毁了，那我们只能回去了。到那时我会每天都陪在苏鹏身边，直到……直到他离开。

但是直到第二天天亮，赵一也没有醒过来，没有喝他的“生血粥”。

我的心里忽然有一种很不好的预感在袅袅升起。黄磊走到棺材旁边，伸出颤抖的手放在他的鼻子下面……

“小卓，我们走吧。”黄磊的手用力地捏着我的肩膀，我不知道他是因为害怕，还是因为别的什么。

我走到棺材旁边，看见赵一苍白的脸上已经起了尸斑。

赵一死了！我肯定他是被谋杀的，他们只是怕我们得到《活人书》。

都说《活人书》可使人活，可是它却害死了赵一。人心里的阴暗也是一种病，无药可医。

“这下连最后的谈判都可以省了……”黄磊无奈地看着棺材里的赵一。

毕竟我们和他有一面之缘，不能放着他的尸体不管，我让黄磊去找乡长，让他们按照当地的习俗把他好好安葬了。

“你一个人在这里会不会害怕啊？”

“不会，大白天的。”

“你说……他会不会还活过来？”黄磊紧张地说。

我明显地感觉到自己的心狠狠地颤抖了一下，“没事儿，他活过来正好，我可以问他《活人书》的事情。”其实我的心里根本不像嘴上说的这样轻松。在赵一身上，有什么是不可能的？

黄磊走后，那所房子显得特别的静，静得我甚至都能听到自己的血液在血管里奔流的声音。也许是我太紧张了，我的手心出了很多的汗，我对自己说：“没关系没关系，什么都没有发生，是我自己想得太多了。”

但是那种紧张或者说恐怖的情绪像一条吐着信子的蛇，冰冷滑腻地盘在我的身上，我轻轻地走到棺材旁边，我跟自己说：“看看吧，只是一个失去灵魂的躯壳，再也不能动不能说话，有什么好怕的？”

赵一的外表没有伤痕，表情也很安稳。

忽然我觉得有点不对，赵一的尸体右手指着自己的左臂。这是他临死的姿势，是他的睡觉习惯还是有所指呢？

我壮着胆子伸手碰了碰他的尸体，上半身已经出现了僵硬状态，“会不会在他左臂的袖子里有什么秘密呢？”一想到这里，我忽然激动起来，说不定一切都还有转机！

我从自己的包里拿出一把随身携带的折叠剪刀，在赵一的尸体面前拜了拜，以示尊敬，然后用剪刀剪下了他的袖子。我清晰地发现他左臂的静脉血管上有一个新的针孔。

这时候一阵杂乱的脚步声传过来，我连忙把袖子藏在包里，似乎乡里的人都对赵一的死不抱什么怀疑态度，他们甚至没有问我们到底是怎么回事，也没有怀疑我们，

“他在我们心里已经是个死人了，你想想一个活人怎么会穿寿衣睡棺材呢？”乡长说。然后人们把棺材盖好，抬了出去。

他们走了之后我把刚才的发现说给黄磊听，拿出袖子和黄磊反复地查

看,可惜没有任何发现,难道我理解错了?

“当时他是什么姿势?”黄磊问我。

“他就这样……”我模仿着赵一的动作用右手指着左臂。

“那你怎么知道秘密在袖子里?”

“……我猜的。”我无奈地叹了口气,“我太相信直觉了!”

“你再想想还有什么发现?”

“对了,我剪他袖子的时候,看见他的左臂上有个针孔。”

“这也许就是他的死因吧!”

“你怎么知道?”我狐疑地看着黄磊。

“上次我在上网的时候看见有个新闻说一个男人把她女朋友杀了,手法就是静脉注射空气,正常来讲成年人一次性静脉注射10~15毫升空气就会在血管里形成空气栓塞,使人窒息而亡。”

“可是赵一的表情很安详啊!不像窒息而死的……”

“如果他是被催眠后被人杀害的呢?也许他指着自己的左臂是想让人们发现他的死因。”黄磊一本正经地说。

我认同地点了点头,“可是我们已经没有时间帮他找出死亡的真相了,苏鹏的时间不多了……”

“不过如果他所指的不是左臂而是棺材的左面呢?”黄磊灵机一动。

“对啊,我怎么没有想到呢?”我激动地抓住黄磊的胳膊。

“我也是瞎猜的,也许不对呢!”黄磊有点不好意思。

“你说他会不会把真的把《活人书》藏在棺材里?”

“有这个可能!”

……

等我们讨论得有些头绪的时候,天已经完全黑了,要想搞清楚到底是怎么回事我们只能连夜到义庄找到赵一的尸体。

9

和别的村子一样,义庄坐落在一片荒凉的杂草之中,风一吹就沙沙地响,像有人在窃窃私语。

义庄里居然连个看守的人都没有,不过在这样的小村子里似乎没有人会像其他地方那样打尸体的主意。

义庄里有一种特有的让人产生干呕的味道,那是尸体的味道,我们捏着鼻子拿着电筒终于找到了赵一的棺材，棺材还没有被钉死，我们把棺材上的盖子挪开，尸体的臭味扑面而来，我马上蹲下狂吐不止。

黄磊拿着电筒屏住呼吸在尸体上翻来翻去，又用手指关节敲打棺材板，“这棺材……似乎没有什么线索啊。”黄磊蹲下来对我说。

“我来！”我深吸一口气然后站起来用电筒从脸开始仔细地检查赵一的尸体，他的脸色是那种恐怖的青白色，尸体出现的僵硬让我费了好大劲才把他的眼皮扒开，从我们发现赵一死亡到现在已经超过15个小时了，正常来说他的角膜应该已经中度浑浊，但是他的眼睛依然清澈，他的眼神和活着的时候没有任何变化，我的身体哆嗦了一下，再往下看，尸斑已经到了扩散期，所以只有尸体下面也就是背后有尸斑出现，用手按了按他的身体，僵硬虽然没有达到最大值但是已经没有了人的身体的质感，从指尖传导的冰冷让我的汗毛竖了起来，直到检查到了左边的胳膊，我让黄磊帮忙把胳膊竖起来用电筒仔细地查看，在左臂的内侧我们发现了一行很小的字，是肉色的，像是文上去的，如果不是尸体颜色和正常人的颜色不一样恐怕很难发现。我的心“怦怦”地跳，安排得这样隐蔽，我感觉这肯定是很有用的线索。我把随身带的笔塞给黄磊，“我给你念，你记下来。”

“我没有带纸啊！”黄磊的声音也很低，我们像两个正在作案的小偷。

“你是猪啊，写在自己手上……听好了，阿陀佛……”

“哎！哪个 tuo 啊？”黄磊凑过来问。

“不会写用拼音代替！”我大声说，简直要被他气死了。

“重来，少记一个字我回去抽死你！阿陀佛南无陀佛阿陀佛南弥陀佛……记好了吗？”

“嗯嗯，记好了。”黄磊小心翼翼地说。

“这是什么意思呢？难道他是佛家弟子？”我抓过黄磊的手，看着这几个奇怪的词语说。

“我说，咱们能快点离开这里不？回去再研究吧！”

我们又回到赵一的房间，没了那口硕大的棺材，这个房间看上去要宽敞一点，不过房间里面还是弥漫着一种酸酸的味道。

“这到底是什么啊？”我让他手心朝上放在桌子上。

“这是密码吧！”

“你怎么知道？”我惊讶地看着黄磊。

“我也是无意中在杂志上看过介绍，说抗日战争时期有两个爱国人士就是用这个作为密码传递情报的，据说日本人也看过这种密码，但是因为日本人信奉佛教的人很多，他们认为这大概是佛教徒劝人们向佛行善的符咒，也就没有理睬，所以情报得以及时传达。”

“想不到你这么厉害！那你会破解吗？”我无限憧憬地看着黄磊，直到看得我都不好意思了，他才说：“我可以试试，这种密码每遇到一个佛字就是表示一个停顿，那这个密码可以整理成：阿陀佛，南无陀佛，阿陀佛，南弥陀佛。”

“然后呢？”

“其实他们原本都是一样的长度，都是6个字的一句话——‘南无阿弥陀佛’它本身是二进制密码的替身，也就是一个二进制密码，每句话都是‘南无阿弥陀佛’，凡是句子中缺少的字就代表0，有的字代表1。比如第一句，阿陀佛，就是……”黄磊从包里找了一张纸巾铺在桌子上，然后在上面写了几个字指给我看。

“南无阿弥陀佛，001011，这样每个字和数字都是对应的，其他的这样写出来分别就是001011，110011，001011，100111。”

“可这样我们仍然不知道写的是什么意思啊！”我托着腮帮看着纸巾上的数字迷惑不已。

“还没说完呢！从字母A开始用000011表示，逐个加上000010。运用二进制加法法则B=A+000010=000101，C=B+000010……依此类推，直到Z。”说完黄磊就认真地开始计算，一会儿，分别列出了每个字母的替换数字。

A=000011；B=000101；C=000111；D=001001；E=001011；F=001101；G=001111；H=010001；I=010011；J=010101；K=010111；L=011001；M=011011；N=011101；O=011111；P=100001；Q=100011；R=100101；S=100111；T=101001；U=101011；V=101101；W=101111；×=110001；Y=110011；Z=110101

“现在我们按照数字找到字母就可以了，001011就是E，110011是Y，001011还是E，100111是S。”

“eyes？”我激动地站起来，我明白了。

黄磊抬头看着我，“你明白什么了？”

“快，跟我走。”我抓住黄磊从赵一的家直奔义庄。

我终于明白为什么他的目光是涣散的，为什么他的眼神会那么沉静，为什么他每次看我都会机械地转头，他转头不是为了看我，而是下意识地把耳朵转过来，因为他是个盲人，戴的是义眼，所以他死后角膜依旧清澈。所以他死后的目光和死前完全一样。

而所有的秘密都在他的义眼里。

黄磊在我的教唆之下伸手把赵一的两颗义眼分别取出，用纸巾包好，我们又飞奔回赵一的房子。

两只可以以假乱真的义眼摆在桌子上看着我们，我和黄磊都觉得有点害怕，但是我还是鼓足勇气伸手拿过来一只，捏在手里能感觉到它的硬度，不知道是什么材料做的，义眼是完全闭合的，恐怕要得到里面的信息只能砸开它。

“能砸开它吗？”我把手里的义眼递给黄磊，黄磊的表情看上去显得异常痛苦。

“我现在也只能相信你了……帮帮我吧！”我可怜巴巴地说。

“好！”黄磊接过义眼走到房子外面找到一块砖头。我没敢看，虽然那只是一只义眼，但是我还是觉得心里发毛。

过了一会儿，黄磊大汗淋漓地走进来了，“想不到这还是个力气活！”

“辛苦你了！”我接过黄磊递给我的纸条，纸条类似打印纸，2 厘米 × 3 厘米那么大，卷成一个小卷。还有一张类似相片的东西，只有 2 厘米见方那么大，被对折过两下。

纸条上写了 6 个数字：820802，相片上是一把钥匙，那是银白色的很精巧的钥匙。

“这也是密码吗？”我问黄磊。

他看了看，“恐怕它也只能是个密码！”

“你看看这把钥匙。这不像是乡村里能用到的钥匙。”我把照片放在油灯旁边想让黄磊看得更清楚一点，但是却不小心把相片伸到油灯的火苗上，我的手指传来一阵灼热感，我马上撒手，相片马上被火苗吞噬掉了。黄磊想抢救相片，却碰倒了油灯，因为是土地所以油灯掉在地上没有碎，但是油撒在地上，火在地上放肆地舞动，黄磊脱掉衣服拼命地拍打着火苗，火光过后，房间马上陷入了一片黑暗。

“别怕，我在这里。”黄磊抓住我的手，另一只手摸到了手电，小屋里又恢复了光明。我拿了手电在地上找到油灯，摆到桌子上，一道明亮的光从眼前闪了一下，我把油灯底座的酒盅朝上，我看见里面用胶布贴着一枚银色的精致的钥匙，

“钥匙在这里，原来在这里！”我拿出钥匙激动地说。

黄磊接过钥匙放在手电边仔细地查看，“钥匙柄上写着 2350，这个很有可能是银行保险箱上的钥匙，而那 6 个数字是银行保险箱的密码。”

“你真聪明，找到这个我们就能找到《活人书》啦！苏鹏也许就有救了！”我激动地抱住黄磊，但是他一句话也没有说。

第二天一早我们回到了城里，可是我们不知道这是哪个银行的保险箱，最后我们实在没有办法就假装去办理保险箱业务，挨个银行对照了一下，最后终于找到了目标银行。

站在一面硕大的银白色保险箱组成的墙面前，我的手有点颤抖，黄磊

握住我的手把钥匙插进去,这时候我的电话响了,是苏鹏打来的。

我从黄磊身边走开并按了接听键。

"小卓,你在哪儿?"

"我马上就能救你了,等着我。"

"小卓,不要相信黄磊!"

"……你为什么这样说?"

"总之,你自己要小心!"

我回头正好对上黄磊的目光,黄磊对着我微笑,"怎么了?"说着手已经扶上了插进保险箱的钥匙。

"黄磊……你帮我到底是为了什么?因为你喜欢我吗?"我的眼睛直直地看着黄磊。

黄磊收回手,把双手插进兜里,低着头笑了,然后抬头对我挑了一下眉,"你说呢?"

我的心颤抖了一下,因为我发现黄磊的目光和以前大不相同……

"为什么那么巧,我们遇到的任何难题都是你刚好'听说'过的?"

"你难道不相信我?"

"因为你无法让我相信。"

"如果我真的就是这样聪明呢?"黄磊坏笑着一步一步走过来。

10

我独自来到了医院,手上提了一个袋子。我进来的时候随手关了苏鹏病房的门,整个房间就只有苏爷爷、我和苏鹏三个人。

我来到苏鹏的床前,他还像以前一样消瘦,但是目光却很复杂,苏爷爷看见我来了,朝我走近了几步,"小卓,你来了,怎么好几天都没见你?"

"我去找《活人书》了。"

"那找到了吗?"苏爷爷浑浊的眼睛里闪着明亮的光。

我没有理苏爷爷,径直走到苏鹏面前,我的手抚上他消瘦的脸,眼泪顺着脸颊流下来,"知道吗?我很爱你。"我在他耳边轻轻地说。

"我也是,小卓。"

我摇了摇头,"可是为什么呢?为什么要骗我、利用我?今天我才知道,原来你爱的是我的聪明。如果那个智商 148 的人不是我,恐怕你也不会和我在一起吧?"

“小卓……我没有想骗你。”苏鹏从床上坐起来，抓住我的手，“我真的不想这样。”

“是我要他这样做的。”苏爷爷走到我身边说。

“为什么？那本书对你那么重要吗？”

“甚至于对全世界，它都很重要。”苏爷爷说。

“赵一是你杀的？”

“可以这样说。”

“如果我没猜错，那个根本不是真的赵一，他的存在是为了迎接我们，对吗？也许真的赵一早就已经死在你们手里了！”

苏爷爷笑着点头。“没错，他不是真的赵一，我只是给找了个瞎子给他钱让他演戏。”

“你们只是利用我破解密码找到《活人书》。”

“其实我们真正想利用的人是黄磊，我们知道你去了他必然会去。”

“可是赵一不想交出《活人书》自然有他的理由，你们这样简直有违天理，这和强盗巧取豪夺有什么分别。他的祖辈们守护《活人书》，你们却把他杀了。你甚至利用你的孙子……”

“我只是让他吃了几条蛔虫而已，他死不了的。不过，我很想知道我们的破绽在哪儿？”

“最后苏鹏给我打的电话，那是你让他打的吧！我根本没跟他说过黄磊跟我在一起，他怎么会知道呢？想不到像您这样的人也会为了功名利禄杀人。”

“把《活人书》给我吧！我会好好用它来造福人类。”苏爷爷一步一步走过来。

我一步一步往后退，“给我吧，否则你也会和赵一一样。”

苏鹏走下床，“爷爷你收手吧。现在还来得及。”苏爷爷从衣袋里拿出了一把枪，“恐怕是来不及了。”他拽过苏鹏把枪顶在苏鹏的脖子上。

“给我，否则，他必须死！”

“好的，我给你。”我把袋子扔到苏爷爷的身后，然后趁他拣袋子的时候抓起苏鹏向外跑。

我们一口气跑了很远，苏鹏拉着我的手，“来，我带你去一个地方！”

那是学校的顶楼，风呼呼地吹着，我和苏鹏一起坐在地上。

“好了，现在，你该把《活人书》拿出来了吧！宝贝！我知道你拿到医院的那个是假的。”他的手亲热地搭在的我肩膀上。

“你最后给我打那个电话是故意露出破绽的吧！”我的心里疼到快要窒息了，但是我还是笑着问他。

“他其实不是我爷爷，我们只是合作关系，拿到书后归我们共同拥有。”

“可你为什么要这样做？”

“我要出人头地，我要让我的父母看看他们的儿子比他们还要优秀，知道吗？可是医学院出色的学生太多了，我不能坐以待毙……我已经有20年没有见过他们了！他们为了他们所谓的事业去了国外却抛弃了我，让我自生自灭！你明白这种感受吗？”苏鹏像一只狂暴的野兽。

“可你居然为了《活人书》杀人，你知道不知道杀人是犯法的？”

“我管不了那么多，你给我，你把书给我！你不给我我就把你从这里扔下去！”

“我——不——给！”我一字一顿地说，故作坚强的脸上早已布满泪痕。

“小卓！”黄磊出现在顶楼，“我这里有书，你放了她。”黄磊晃了晃手中的袋子。

“好！”苏鹏抓住我向黄磊的方向走过去。

当我和黄磊只有一步距离的时候，黄磊把我拨到一边朝苏鹏扑了过去，两个人一直厮打到顶楼的边缘。黄磊的身体已经完全挂在楼体之外，但是他手里还是紧紧地抓着手里的袋子不放。

黄磊从楼顶落下去的时候发出沉闷的声响，苏鹏拿到袋子像疯了一样仰天长笑，笑声和我撕心裂肺的哭声碰撞在了一起。

人间也是地狱。

我跑下楼，看见黄磊躺在地上，身体扭曲着，伴随着身体的抽搐，殷红的血液从他的身体里流出来，他那勉强可以移动手指压在我的手指上。我趴在地上拼命地喊黄磊的名字。他的瞳孔渐渐放大，最后对着我露出一个坏坏的笑……

忽然，天上像下雨一样飘下无数相片。苏鹏站在楼顶手里挥动着从黄磊手上抢来的袋子，大声地吼叫着：“骗我！居然敢骗我！”

我从地上捡起几张照片，每一张上都是我——大笑，微笑，生气，发飙，背影，侧面……

我发疯地怀念黄磊笑着把手抚上我头顶的感觉，而现在我只能等待他的尸体慢慢变冷。

心里的痛，排山倒海……

11

我们打开保险箱的时候，里面只有一张纸条，纸质和在厕所发现的纸张很像，那张发黄的纸上只写了一行字，“活人书者，活人之心也。”

通灵

文/辛欣

话音刚落，一个人跌跌撞撞地跑了进来，那个人我认识，是伦敦警察局的一名侦探。他的脸色看起来很难看，他一边朝我冲过来，一边叫道："华……华生医生，抱歉……抱歉打搅你们二位……发生了一件恐怖的事，你的挚友……大侦探福尔摩斯的墓……不知被谁给……捣毁了！"

1

说起来惭愧，跟随我老友——那位被人们冠以"世界上最理性、最聪明的男人"的人将近半生，可在他过世之后，我却开始对通灵、方术等超自然的现象产生了莫大的兴趣——尤其在我妻子亡故之后，这兴趣更不可自拔地成为了我生活的重心——当然这有很大一部分原因是我失去爱妻后的悲痛之情，若不能尽量将一切思想转移到其他的事物上，那会是一段很难熬的日子。

在展开这非理性的新生活后，我认识了一些有着共同兴趣的朋友，当我们共聚一堂时总是天南地北地聊一些——我那死故的老友如地下有知想必会嗤之以鼻——的话题，内容不外乎英格兰的精灵矮人、埃及法老的诅咒、中国的长生不老丹以及另外一些不可思议的灵异现象，这当中我甚至亲眼见过几次通灵会的举行——尽管大多都是骗术，但对于另一个世界的种种，我仍抱有相当程度的好奇。

而其中我不得不提到的，就是我在这些事物中因缘际会遇到的一件最不可思议的事，这件事甚至影响了我今后的人生。怎么说呢？那是一件十分古怪、离奇，甚至有些令人尴尬和恐惧的事，我做梦也没有想到这种事竟会发生在我的身上。

2

要叙述这个奇妙的故事,就必须从两年前某个通灵会的夜晚说起。

当时我与几位同好此道的友人以及另外一些我完全陌生的人同在一间不属于我们的宅子中——这宅子半年前曾有人离奇死亡,通灵师认为此处是举行通灵会的好地点,于是在屋主维克多·布朗的同意下,我们这群不速之客便在此齐聚一堂。

布朗先生少见地拥有一种保守且有些迷信的特质,这同时也是他之所以同意出借宅子供我们使用的原因。

事实上,当他住进这幢大宅子后,他便信誓旦旦地宣称他不止一次在屋内听见程度不一的奇怪声音,而且屋内的摆设时而会小幅度地改变位置,有时是桌椅被动过,有时则是壁炉的火在他离开房间后便无端地熄灭,他的仆人并不会做这些莫名其妙的恶作剧,而他唯一的妹妹夏洛特·布朗更不可能做这些故弄玄虚的事。

所以,这毫无疑问可以归结为灵异现象。

维克多·布朗非常想知道这幢宅子过去曾经发生过什么事,可惜他能知道的跟我们一样有限——在他买下这宅子前是一个名为史丹利·杰巴的老单身汉住在这儿,但有一天他被发现摔死在自家楼梯下后,此人生前的一切就跟他的死一样,从此无人知晓了。

我曾经在报纸上读到关于杰巴之死的报道,他年轻时曾在印度居住了很长一段时间,晚年才回到英国,报道上说杰巴的致命伤便是后脑的一击,那是他跌下楼梯时撞到坚硬的大理石地面所造成的,除此之外,没有挣扎过的痕迹。

毫无悬念地,最后警方以意外事件了结此案。

没有人知道杰巴生前与外界的交往状况,他总是独来独往,很少出门,这附近一带谁也不常看见他。于是很快地,他的死也为世人所遗忘了。

然而维克多·布朗却认为死去的老杰巴必然还待在这幢宅子内,他相信杰巴的灵魂必定有些讯息想传达给现如今住在这所宅子里的人,这也是我们在这里举行通灵会的最大主因。

值得一提的是,会中担任灵媒的正是夏洛特·布朗——据说布朗小姐原本就有些轻微的精神类疾病,时而会陷入恍惚的呓语之中,这也正是她被选来作为灵媒的原因,虽然在看到她苍白的脸庞时我对他颇为同情。

通灵师施展通灵术召唤鬼魂约莫近一小时后，仍然什么都没有发生，最后我们都不得不同意这次通灵宣告失败，随后访客纷纷告辞，而在我与布朗先生短暂地聊过几句，起身準备离开时，窗外竟下起了滂沱大雨。

——事后，每当想起那晚突然而至的大雨，我总会有一种鬼使神差的感觉。

再次回到那晚。

得知通灵失败，原本就感到颇为失望的我这时更是哀叹自己运气不佳，而正当我还在犹豫是答应屋主热切的挽留，还是冒雨离开时，因昏睡而被移到隔壁房里休息的布朗小姐竟出现在了门口，并且一反原本病怏怏的恍惚模样，朝我快步走了过来，并请求我一定要留下。

"夏洛特，你怎么能下床呢？你应该好好歇息才是！"一旁的布朗先生有些诧异，从他的脸上我可以看出担忧的神色。

"我管不了那么多了！"她突然猛地回头对她的哥哥吼道，把我们两个大男人都给吓了一跳，但她像是意识到自己唐突的举止，又抬头对我说道："抱歉，我刚刚才醒来，到现在还有些恍惚，请原谅我的失礼，医生，我真的希望你能留下。"

没错，我是一名医生。

不知怎地，我突然觉得她的双颊比起稍早时要红润了许多，原本灰暗的眼睛中也闪着晶亮的神采——我实在不能忽视她此刻苦苦哀求的神情，她看起来简直快吓坏了！

虽然通灵没有成功，但在那种恍惚的状态下面对一群陌生人的注视，对当事人来说或许受到了不小的惊吓也说不定，虽然我不清楚为何布朗小姐执意要我这个初次见面的人留下，但是作为一名有教养的绅士，我又怎能断然拒绝一位女士的好意呢？

于是，我答应留在布朗家过夜。

当然了，外面的雨下得实在是太大了。

"医生，我可以单独跟你谈谈吗？"听到我答应留下后，布朗小姐立刻这么问道。

"这个……"我一时有些不知该如何应对，眼睛自然而然地瞧向布朗先生。

"夏洛特，你这样对待医生太过失礼了！"

"我现在顾不了这么多了，我有些很重要的事一定要与你谈一谈，医生。"然后她转头望向她的哥哥："求求你，几分钟就好。"

布朗先生古怪地看了看他的妹妹，又看了看我，我只有尴尬地对他笑了笑，表示我并不介意，他这才叹了口气，在他妹妹有失礼节的行为上妥协。

“好吧，既然你坚持的话。”他说完便走出了起居室，门在他身后关上。

3

“那么，布朗小姐，请问……”

此时，她忽然以一种很男性化的方式扬手打断了我的问题。“那正是我要问的。”她说，并将自己深陷进一旁的扶手椅中。“医生，你倒是说说看，这究竟是怎么回事？”

我对她的举止大感吃惊，尤其是她说话的方式与刚才简直就是判若两人。“抱歉，布朗小姐，你的意思是……”

“我不是什么布朗小姐！”她不耐烦地打断我，“你到现在还没看出来吗？”

我疑惑地盯着她，而她看到我这副模样则叹了口气，“我说医生啊，你的观察力实在是需要加强，难道从我身上你就瞧不出半点端倪么？”

一个令人难以置信的想法闪过我的脑海，但眼前的情况又令我不得不推翻那疯狂的联想……正当我犹豫着该不该开口时，我看见她晶亮的双眼正上下打量着我，并无奈地摇了摇头。

那动作……我似乎在哪里见过。

“你以前从来没告诉过我，你对这些超自然现象抱有那么大的兴趣，甚至不在乎这里交通不便，大老远走路来到这里——尽管你最近已经参加过不下五次这类聚会了。”

“是四次，”我说。“等等……这太过分了，你怎么会……”我吃惊地看着她。

“虽然不是很明显，不过你的靴子与裤管底部都沾上了些许泥污，这说明你是走路过来的。而你身上残留的香味则表明你最近常参加这类灵媒聚会——如果说了这些你还是不能从我身上得出半点结论，那我还可以告诉你更多。”

“老天……居然是你！”我叫道，“真的是你吗？老朋友，但你怎么会……”我这一惊非同小可。

“对于这一点，我的疑问不比你少，当我得知自己正待在一个不属于我的身体内，而在场的面孔中我看到了你，我便打定主意非要将你留下，哪怕一时半刻也好，因为我知道我如果说出一切必会被当成疯子，而只有你会信任我——你相信我的话吧，医生？”

“当然，我当然相信。”我衷心地说道，尽管此刻在我眼前的是一位娇小且甜美的女士，但我怎么能不相信呢？那些令我极其熟悉的举止与说话方式，我相信这个世界上没有人能模仿。

“那真是令人欣慰，如果有谁跟我一样遇上这种事，我想不管任何善意的言辞都该令他心存感激——现在如果你愿意的话，亲爱的朋友，你可以为我好好说明这一切吗？”

于是我将我们之所以聚集在这儿，以及史丹利·杰巴——那位老单身汉的死等等都一五一十地告诉了我的老朋友，而他就如同以往那样坐在那里，闭目安静地将一切资料输入到他的脑袋里。

“我真是没想到，没召来杰巴的灵魂，却召来了你的。”我说。

“也许这对杰巴来说是件好事……我以为我这会儿该待在英格兰郊外的某个墓园里，而不是以布朗小姐的身份跟你坐在这儿。”

我此时的心情有些复杂，可谓五味杂陈，一方面我很高兴能再与他像这样促膝而谈，但另一方面又对我这位老友的处境感到有些同情。

“通常，”我开口道，“被强行召来的灵魂不会停留在灵媒身上太久的，灵媒本身的意志会将外来的灵体驱逐，或者我可以说服布朗先生再举行一次通灵……”

她——或该说是他，挑着眉看着我说：“我看你该找的是神父，而不是通灵师，一个连自己召来的灵魂是谁都分不清的通灵师会有多大的能耐？再者说，你也说过了，依你医生的专业看来，布朗小姐的精神状态显然十分虚弱，我恐怕没有多大机会能够等她自己将我驱逐出去。”

“但是，我的老朋友，你又不是恶灵啊！”我叫道。

“我看不出这有多大的差别，”他扬了扬手，有点不耐，“若不是我听见了布朗先生的脚步声，我还真想跟你要支烟来抽。好了，医生，别露出半点马脚，假装我仍然是慌乱失措的布朗小姐，而你已尽了安抚我的职责，我不想让一位绅士得知他唯一的妹妹的身体里栖居着一个年过半百的老家伙。”

在敲门声响过之后，布朗先生走了进来，我注意到他的表情较先前已柔和了许多，看来他似乎已不再介意他妹妹方才令他难堪的举止。

“希望我妹妹没有给你带来太大的困扰，医生。”他说。

“哪里话，布朗小姐只是因为刚刚的通灵而有些……呃，有些惊吓。”

“那么我发誓，今后不会再让她做这些事了……考虑到她的精神状况，我实在不该答应让她担任灵媒的,这都是我的错。”布朗先生沮丧地说道。

“那么,布朗先生,你不打算再举行通灵会了?”

他点了点头,道:“虽然很遗憾,但我想我不该在这个家里进行这些仪式了,这也是为了夏洛特着想。”

我有些无措地望向我的老友,但他看起来并不惊讶。

“那么,时候不早了,夏洛特,你也该去歇息了。”然后布朗先生又转向我,“医生,我想你也累了,待会儿我会亲自领你到客房,真抱歉今晚给你造成这么大的不便。”

在我表示我并不介意后,布朗小姐就在侍女的搀扶下走了出去,我注视着她的背影,心里想着我这位老友向来擅长伪装术,伪装一位淑女的仪态对他来说肯定不会是件难事——何况他现在确确实实是位女士了,想到以他的本事应不至于被看穿,我很自然地松了口气。

布朗小姐走后,我靠在椅背上,与布朗先生面对面坐着。

“你得承认,医生,”他笑着点燃了一支烟,然后用一种异样的目光看着我,“我妹妹的容貌确实不差。”

“是啊,布朗小姐是位美人儿。”这是实话,尽管她的脸色有些过于苍白,但她的确十分美丽。

“医生,能听到你这么说我很高兴,如果你不介意的话,我由衷地希望你能在此多留几天。”

我实在不放心把老朋友一个人留在这里,因此听到他这么说我十分惊喜,连忙道:“此话当真,布朗先生?”

“当然、当然!”

从他热情的表情中,我看得出他不是在虚与委蛇,于是我很高兴地答应了。

——如果当时我能将多一点注意力从我那老友身上移开的话,而稍加留意到布朗先生异常愉快的反应,也许这故事最后会有不同的结局。

只可惜,如今这一切都已是后见之明。

4

第二天凌晨,我从睡梦中被摇醒,而当我看见布朗小姐正站在我的床前时,浓浓的睡意顿时被驱走了大半——事实上,我当时立刻从床上坐了起来。

“真是令我惊讶！过去我叫醒过你许多次，不过却没一次见你这么勤快地从床上跳起来！”她带着一种嘲讽的神情看着我，而我这时才回过神来。

“老天，难道你不知道一位淑女是不会在这个时间擅闯男士房间的吗？”

“要是你再大声一点，我恐怕那位昨夜刚成为我兄长的绅士就会发现咱俩在这儿幽会啦！亲爱的医生，你没忘记你昨晚说的关于杰巴之死的事吧？”

“当然。”

“很好，我有些很有意思的发现，但我需要一些协助，一起来吗，老朋友？”

他不知去哪里弄来了一把皮尺，开始在屋里屋外丈量一些地方——有鉴于他此刻外表的不方便，因此大部分工作由我代劳，而待在屋内的时候，我注意到他会轻敲屋内的墙壁，并将耳朵贴在墙上像是在聆听什么，最后他才了然于心地笑了笑，不发一语地将我拉到屋外的林间小道上散步。

“亲爱的老朋友，如果你足够细心，你应该知道从刚刚的观察中觉察到了什么。”

“我注意到屋外跟屋内丈量的数字有相当大的差异。”我说。

“没错！屋内的空间要比屋外看起来窄得多，这意味着屋内其实还有相当大的空间未被使用，那些空间哪儿去了？又是用来做什么了？这就是我们该查清的地方。”

“原来如此，那就是你之所以敲击墙壁的原因吧？”我叫道，“可是，你又是怎么知道的呢？”

“当家里的东西无端地被移动过，你该想到的是这屋子内可能有其他人存在，而不应怀疑自己见了鬼。”

他（外表看来该称为她）将我手中的烟斗接了过去，于是我哑然地看着一位淑女在我面前旁若无人地吞云吐雾。

“昨晚我注意到房里时而有些声响，而那响声近得不像是从隔壁或是外头发出来的，倒像是从墙壁中传来的声音。接着我便发现房间的天花板设计得比外面看来更低，房间与房间之间的间隔非常宽，这很可疑，于是我了解到这屋内必定有些古怪，这也就是我大清早溜到你房里的原因。医生，这宅子里有很大一部分空间被刻意腾了出来，而且很明显有什么东西居住在里面——而灵魂是最不可能被考虑到的一个因素，瞧瞧我发现了什么，我想这个你会感兴趣的。”

他在我的手掌心放了一样东西，而那是一小撮棕色的毛发。

“我是在布朗小姐的闺房中发现的，它就藏在墙角一块极不明显的裂缝中，很明显这不是属于布朗小姐的东西，依你看这会是什么？”

我看了眼前的女士一眼，布朗小姐拥有一头乌黑的秀发——毋庸置疑，这东西不属于她。于是我将注意力转移到手上的东西，搓了搓，并闻了闻气味，“这不像是人类的毛发，倒很像是野兽的。”

“一点不错，老朋友，这屋里的人们很有可能正暴露在危险中而不自知，只因为屋主认为那只是灵魂在作祟。不管这东西是什么，它都可能造成布朗小姐的精神状况更加恶化，记得你提过她会陷入呓语的恍惚状态吧，那很有可能正是因为待在此处令她受了更多的惊吓所致——并不是什么与生俱来的灵媒体质。”

他抽了一口烟，接着烟雾从鼻孔中冒出来——对于他现如今的外表来说，这看起来有些诡异和可笑。

然后他继续说道：“我们不知道这东西是什么来历，但可以肯定这宅子落成时它便住在里头了，否则建造时不会刻意设计这样的空间，而依我看，这宅子的年代并不太远，恐怕是老杰巴在世时建造的。”

“你是说……杰巴的死可能与这怪物有关？”

他点点头。“杰巴生前曾在印度待了极长的一段时间，难说他不会从那儿带回什么珍奇却危险的野兽，这也能够解释他为何不与人交际，不让任何访客来拜访他，他为那野兽建造了这座宅子，让它能够在这屋里享有一定程度的自由。然而，也许是一场单纯的意外，又或者是那野兽有天突然野性大发违逆了它的主人，总之这世上唯一知道它存在的人死了，但他没能来得及处理这只野兽，于是它继续依照它的生存模式居住在此地，但平静只是暂时的，没有人能保证这无主的野兽哪天不会冒出来伤人。”

“这太可怕了！老朋友，你是说住在这宅子里的人全都毫不知情地与一只危险的野兽共处？”

“恐怕是的，而这只野兽十分灵敏聪明，抓它很可能不是件容易的事。”

当我怀着沉重的心情与布朗小姐走回宅子时，我看见布朗先生正站在门口，而脸上还带着相当愉快的神情。

“瞧他那副模样，我敢说他肯定从昨晚起就是带着那脸笑容上床入睡的。”我的朋友此时正挽着我的手，一脸嘲弄的神情。

“布朗先生显然心情很好。”我说。

他看了我一眼，笑着摇了摇头：“亲爱的医生，你和他一样，都是属于只要专注在一件事上，就会忘了观察周遭情况的人，你的注意力现在全给这幢宅子吸引了去，于是你看不出布朗先生现在心里打的是什么主意，但我可没忽略任何一个细节，我有预感，我要是再不想办法回到我该长眠的地方，接下来一定有我受的了。”

5

此时已是半夜，角落里的一面墙壁像一扇活动门一般翻了开来，一个黑影自墙后悄无声息地走出，并往床边靠近，而被窝里的人正沉睡着。

“夏洛特……”那黑影轻声唤出了这个名字，并伸手去掀那香暖的被褥。

“你是叫我吗，先生？”

突然，房内灯光大亮，而这个不速之客发现自己已被两把手枪抵住胸口和脑袋，一把属于埋伏在床上的我，另一把则属于站在他身后的布朗小姐——也就是我的老朋友。

“天啊……这真是……真是太可怕了！这到底是什么怪物？”布朗先生此时站在门口，手中也握着一把枪，他难以置信地望着那正矗立在床边的——生物。

我的惊讶并不比他少，当我注视着眼前的生物时，我想我可能一辈子都忘不了他的模样——他全身赤裸，身上覆盖着一层棕色的浓密体毛，看上去像是猩猩或是狒狒之类的灵长类动物，但是却像人一样直立站着。而最令我惊愕的是，他深陷在浓密毛发中看见的双眼竟是一双人类的眼睛！

“你们手上的东西，叫做‘枪’对吧？父亲曾经告诉过我，他说这东西会打死人的。”

“天啊！这怪物居然会说话！”布朗先生叫道。

“他当然会说话，我亲爱的兄长，因为他是个人类呀。”

我那老友惯常的语调此时通过布朗小姐的声音表达出来，显得既古怪又可笑，但却格外地悦耳。

“人类？布朗小姐，你是说这东西是人类？”我有些吃惊地问道。

她转向那怪物，“现在，如果你承诺绝不伤害这屋里的任何人，我们会很乐意听你说明一切的，你愿意答应我吗？”

怪物点了点头，我看见他眼中流露出一丝悲伤的神色，于是我也随着布朗小姐的动作将枪缓缓放下。

“如果可以的话，能给我拿件蔽体的东西吗？我不想在灯火通明的状态下赤身露体地面对各位，尤其是布朗小姐。”

呵！这怪物还挺绅士的。我好笑地想着。

布朗先生赶忙给了他一件大衣，于是稍后我们便在这怪物沙哑的声音中听到了一个悲伤的故事。

“我的名字是约翰·杰巴，史丹利·杰巴是我的父亲，他在印度的时候与我母亲相识，生下了我。很不幸的是，我一生下来就有这样的怪病，我的毛发生长得异常迅速，声音粗哑恐怖，如同野兽一般。我母亲在生下我之后便去世了，但父亲没有遗弃我，他将我抚养长大，直到他的身体状况已不适合再待在印度，于是他带着我返回英国，并为我建造了这幢大宅。

“但我很快便知道，父亲抚养我只是为了达成母亲的遗愿，在他心底其实仍然惧怕我、厌恶我，他不让任何访客到来，也不敢让别人知道他有一个如此丑陋的儿子，我是他的耻辱，但他不能丢下我，他当初对母亲的承诺让他不能这么做，所以我知道，他终究会在他临死之前先将我杀死，这样他才能安心地离开人世间。

“但我不想死，尽管上天是如此不眷顾我，可我还是想活下去，于是在他意图对我下手的那天早上，我生平第一次反抗了他，而他就这么跌下了楼梯……”

他停顿了一会儿，随后继续道：“当时我陷入了一种前所未有的慌乱之中，我完全不知道该怎么办，我第一个念头是逃到我原来的地方躲着，直到他们把尸体搬走……我在这世上唯一的亲人，唯一知道我存在的人死了，一想到这里我就悲痛得难以自持。我曾想过一死了之，但我没有勇气这么做，直到下一户人家搬了进来，直到我看见了夏洛特·布朗小姐……

“当我第一眼看见布朗小姐时，我就知道我疯狂地爱上了她，但她并不知道我的存在，我也很清楚当我出现在她眼前时，必定会让她受到极大的惊吓……但我无法抑制这股爱意，我开始试图让她知道这屋里有别人存在，我始终天真地想，也许哪天她会接纳我，也许她与别人不同……但是直至这天，我才发现我错了，向来深居简出的布朗小姐居然早已心有所属！我妒恨得不知该如何是好，于是我想可以……我可以破坏布朗小姐的名誉……至少我可以让她一辈子都无法出嫁，这样她就会只属于我一个人……”

布朗先生终于忍不住怒火，站起身对着他吼道：“你这个疯子！你怎么能这么做？夏洛特是我唯一的妹妹啊！”

约翰·杰巴以一种似笑非笑的表情看着他，他突然朝前扑去，夺下了他手中的枪，并跳到了墙边。

“非常抱歉，布朗小姐，我恐怕要违背刚刚答应你的承诺了。”说这话的时候，他的眼神中充满了哀伤和眷恋。

然后他将枪塞入口中，并扣动了扳机。

他死了。

应该说，这是我与我老友所经历过的最奇特也最哀婉的故事(没有之一)。约翰·杰巴开枪自杀，按理说事情到这应该结束了，然后却不是这么简单，事件发展到后来，竟完全出乎我的意料之外。

6

“那些毛发差点将我导入错误的方向。”这会儿，我与我老友又待在林间小道上，他抽着我的烟斗，懒洋洋地说道：“若不是及早察觉到藏匿在墙内夹层的生物可能拥有与人类相等的智能，而非单纯的野兽，这会儿损失的可不只是布朗小姐的名誉而已。”

我很清楚他指的是什么，但我不愿深究。

“可是，你怎么知道那东西其实是人类？”

“很简单，毛发最多的地方，一个是厨房，一个则是布朗小姐的房间，野兽到有食物的地方停留是可以理解的事，但为什么它同时会经常在布朗小姐的房里停留呢？这吸引了我的注意，我推测布朗小姐在这当中必定是一个关键。接着我在布朗小姐的房间里发现了一些线索，显示它其实是有意让人察觉到它的存在，而且只透露给布朗小姐一个人知道。但很不幸的是，这一举动只是让布朗小姐的精神状况更不堪而已——持续而细碎的声响、经常出现的毛发，有些甚至是藏在一些私密的衣物中，一般情况下这已经足以困扰一位精神正常的女性，更别说是向来患有精神疾病的布朗小姐。”

他顿了顿又继续说道：“显而易见的是，一般的野兽并不会做这些事，于是我推测它很有可能是个人，可能天生患有某种疾病使他无法见人，而从他对布朗小姐的异常执著来看，我得出了他可能会进一步伤人的结论，而对象毋庸置疑便是布朗小姐。考虑到你在这儿的缘故，因此我想他会尽早行动。”

“为什么我在这儿会是他尽早行动的原因？”我不解地问道。

“亲爱的老朋友，你可真是迟钝，否则你以为约翰·杰巴怎么会认为布朗小姐早已名花有主呢？”

我这才明白过来，但同时也因自己竟从未察觉此事而感到惭愧。我瞪大眼睛看着他——此时有着布朗小姐外表的这位老友，久久地说不出一句话来。

他笑着摇了摇头,“恐怕这么认为的不只约翰·杰巴一个人，我的老朋友。”

“你是说……布朗先生也……我的老天啊!他怎么会这么想呢?我压根儿就……就没有……”

“我知道你压根儿就没那个念头,否则你妻子去世之后,那位时常跑到你诊所里假装看病的女士早在一年前成为你的第二任妻子了！”他咯咯地笑了起来,“我的老朋友，你过于专注于眼前的事物而忘记留意你的周遭，现在你可进退不得了。”

“原来你早就知道了!老天!既然你知道为什么不说清楚呢?”我叫道。

“如果我早些说清楚,你想我们有机会破解‘杰巴之死’的谜团吗?我现在这个样子什么都做不了,要获得你的协助最好的方式就是让其他人有所误会,若所有人都认为我们是一对,那么我们在这宅子里外进行调查就不难了。如今案子落幕,我想误会也该澄清了,我会与布朗先生说明,他唯一的妹妹并未对这位医生动心,虽然这可能会令这位疼爱妹妹的绅士感到失望,但这也是无可奈何的事。”

“但是,接下来你怎么办呢?”我不由得有些为他担心。

“既然上天有意让我借助他人的身体又回到人世间，那么我也只能安于现状了,恐怕我往后的日子会过得极度无趣,幸运的话就在这座大宅子里度过一生,不幸的话恐怕就又被那位对妹妹婚事极度热心的男士嫁给不知哪儿来的家伙——当然,真有那天的话我会以死抗争到底的。”

想到老友波希米亚人般的天性,我就不能不同情他此刻的处境,但我偏偏又苦无办法能帮助他。

我知道害他如今不得不屈居于此的原因，无非就是那场该死的通灵会,如果我知道让已死去的人重回这世间会是如此不幸的一件事,那么我绝不会乐见任何相关仪式的举行。绝不!

“难道就没有任何我能帮得上忙的地方吗?”我试探着问。

他无奈地摇了摇头,“不,完全没有,我想过这问题不只一千遍了,但这次连我也无可奈何,毕竟超自然的领域向来不是我熟悉的范畴。”

当我与布朗小姐回到宅子后，维克多·布朗便喜笑颜开地走到前厅迎接我们,然而此刻望见他愉快的神情,只是徒增我心头的烦恼。

“医生,很遗憾你今天便要离开了,你真的不多留几天?”他说。

“很感激你的好意,布朗先生,但诊所那儿的生意总不能一直闲着。”

“那么,”他拉起布朗小姐的手,一脸期盼地转向我,“我相信你在临走前必定有些话要与夏洛特说吧，医生？”

我没想到他竟会如此开门见山地提起这件事，顿时使我不知该如何回答才好。“呃……布朗先生，你是……你是指？”

“呵呵，医生，你就别腼腆了，明眼人一看便知你相当爱慕我的妹妹，这该是你作为男子汉表现一下自己的时候了，难道你不愿意与夏洛特订婚吗？”

“不是的……不，我是说……”我彻底晕了。

这时，布朗小姐站到我和布朗先生之间高声说：“亲爱的兄长，你误会了，我与医生之间并不是你想的那样，我与医生的交往不过是单纯的友谊而已。”

“什么？是这样的吗？”

“一直都是，我亲爱的兄长，”她以一种我非常熟悉的故作亲切的语调对布朗先生说道，“是你误会了。”

布朗先生此时看来略显失望，“真的是这样吗，医师？”

我知道我必须实话实说，我的老友也很清楚我会这么做。于是我望向我的老友——那个被困在女性躯体中的卓越灵魂，他此刻正用一种奇怪的眼神看着我，就像是他已预见到了未来，并对未来胸有成竹似的。

“不是的。”当下我脱口而出，而我完全没想到我会这么说，一股难受的感觉此时自我胸中涌上来，我怀疑我有没有办法支撑自己再说下去，“不是那样的，布朗先生。”

我看见我的老友——此时是美丽的布朗小姐，正似笑非笑地看着我，显然这回答完全在他的意料之中。

看来，他什么都料到了，包括我的回答。

我深吸了一口气，走到布朗小姐的面前，在布朗先生的见证下执起了她的手。

“你愿意嫁给我吗，布朗小姐？”

有那么一刻，我觉得时间仿佛冻结了一两秒左右，我看见他的脸上闪现了一连串像是想嘲弄却又自觉不妥的神情，我相信此刻他必定觉得这一切可笑至极，当他无奈地叹了口气，开口说出她的回答时，我深知我必定会听见拒绝的话语。

是啊，虽然他从表面上看是位女性，但骨子里却是个男人，他怎么可能答应呢？

“我愿意，医生。”

我哑然地望着他，开始怀疑起自己的耳朵，“你……你是说……”

“我说我愿意，医生，别让我再说第二遍。”她说，并带着一种半嘲讽半有趣的表情看着我。

“我真是太高兴了，医师，你做了一个非常明智的抉择！”

布朗的声音雀跃异常，但我没力气去管他的反应，这是我平生感到最为难的一件事，即使过去曾与我这位老友经历过无数次游走于死亡边缘的冒险，但也没有这次来得那么令我心惊胆战。我此刻的心情极其复杂，但当我望见他正以柔和的目光朝我示意时，我知道我非得完成这件事不可——至少现在必须完成。

我尽力不去想任何事，随后微微倾身，轻吻布朗小姐修长白皙的手指。

约翰·杰巴的葬礼在布朗家的协助下结束了，他被葬在他父亲的墓旁，尽管他生前从未被当成人来看待，但至少他是以人的身份离开这世间的。

葬礼只有我们这几个知道他存在过的人参加，我们都同意这个可怜的人实在不需要再承受更多的歧视与嘲笑。

至于布朗小姐，她在两个月后成为了我的夫人。

在婚礼结束之后，她盯着手上的戒指，带着一种无可奈何却又透着嘲弄意味的语气对我说道：“亲爱的老友，我可真没想到有朝一日竟会以这种形式再度与你联手，以一位朋友的立场来说，你做的牺牲真的是太大了，不过，倘若婚后你愿意让你的妻子与你之间只保持在一种纯精神上的关系，那么我将会十分感激。”

话音刚落，一个人跌跌撞撞地跑了进来，那个人我认识，是伦敦警察局的一名侦探。他的脸色看起来很难看，他一边朝我冲过来，一边叫道：“华……华生医生，抱歉……抱歉打搅你们二位……发生了一件恐怖的事，你的挚友……大侦探福尔摩斯的墓……不知被谁给……捣毁了！”

“哦！竟有这样的事？”

我吃了一惊，将头转向我的妻子，此刻她正看着我，一脸神秘的笑。

木偶商店

文／辛欣

世界上每分每秒都有生命在消失，被镰刀腰斩的麦子，被浓药毒死的瓢虫。他的消失微不足道，跟饭馆后院的树杈上被勒断了气的狗没什么两样……

1

“平凡木偶商店，让你缅怀过去的美好时光。平凡木偶商店，带给你的并不平凡。”

在这个的午后，东明缓缓放下手中的报纸，缓缓点上一支烟，然后缓缓地闭上眼睛，细细回味着报纸上的那段蹩脚的广告。他动作从容、缓慢、熟练，就如同一幕上演了一百年的默片。

窗外那有限的阳光向西移动着，他的脸很快融入到阴影中。他将半截香烟插入盛水的烟缸，红色的火头在淡蓝色的水面上挣扎了一下，发出“嗤”的一声叹息。

他伸手抱起熟睡的儿子仔细端详着。

小家伙被惊醒，清澈如水的双眸闪动着令人心疼的光。

“爸……”

东明用手指轻轻压住儿子的嘴唇。

此时他的心里充满着苦涩。这孩子似乎天生就是让人疼的，可是在他内心的深处却有一种无法言说的嫉妒。他是真的嫉妒儿子的双眼，因为那里面有着他没有的纯净，纯净得不容任何杂质。而他，已是尘世遗留下的灰尘，苍老、丑陋，充满了俗气。

“爸，我想妈。”

“我也想啊……”

儿子的话让东明的心骤然紧缩，他不由自主地抬头看向挂在墙壁上的那张全家福。照片里，他在中间，左边是儿子，右边是个面容端丽嘴角永远挂着笑容的女人。他的眼神忽然变得意味深长……

这时，儿子挣脱父亲的怀抱，蹦跳着拿起茶几上的报纸，指着广告说："爸，这家木偶商店我知道，就在咱们家附近，我每天放学都路过的，橱窗里的木偶可好看呢！"

东明的嘴角露出晦涩的笑意。他抚摩着儿子的头发，轻声说："妈妈迟早会回来的，我保证。"

儿子拿起心爱的玩具手枪，欢叫着跑出房间，来到夕阳里。

夕阳里，站着东明的父母，他们彼此挨得很近，他们的身上被镀上一层灿烂的金色，他们的眼睛同样明亮。

看着儿子跳脱的身影，坐在阴影里的东明站起身狠狠地伸了个懒腰，转身进了一扇门。

之后，门"咣"的一声被紧锁。

2

围着粗蓝布围裙的老陈伸手扶了扶挂歪的木牌，木牌上写着"平凡木偶商店"。没错，老陈就是这家木偶商店的老板兼木偶制作师。

以上这个细节，发生在秋日午后的夕阳下。夕阳金灿灿的，有些凄凉的美感，黑白色的老陈披上了一层金色的外衣，他的动作缓慢而僵硬，比橱窗里的那些木偶更像木偶。

他永远都那么深沉。

说是老陈，其实他并不老，刚刚四十出头，但岁月在他脸上留下的痕迹却格外深刻，使他看上去足足有五十多岁。

他曾有过一次婚姻，可就在几年前，他老婆和儿子死于一场交通意外。之后，他像是完全变了一个人似的，他变得沉默寡言，变得不近人情。他没再结婚，就这样孤独地活着，像《巴离圣母院》里那个孤独的敲钟人。

老陈曾是远近闻名的巧手木匠，早年打得一手好家具，左邻右舍有哪一户家里没有一两件他打的家具呢？

可是时代变了，没人再找他打家具了，于是他开了一家木偶商店。不光商店里的木偶是他亲手制作的，就连整座商店也是他一点一点堆积木般堆积起来的，百分之百木质结构，外形很像童话故事里的城堡，框角上镂刻着华丽的花纹，那些木偶便是住在城堡里的王子和公主。

老陈在门口的板凳上坐了下来，从口袋里摸出一支烟，放在干裂的嘴唇上舔了舔，然后划着一根火柴，点燃。此时没有风，白白的烟雾自他的手指缓缓上升，在头顶汇聚成了一个诡异的形状。

这时，远处响起了一阵高跟鞋声。

老陈抬头望去，那是一个三十岁左右的陌生女人，手中举着一张报纸，眼睛不住地在四周打转。

“你就是陈师傅？”

“嗯。”

来人晃了晃手中的报纸，说：“我在镇木偶剧团工作，是看到广告特意找来的。可真不好找哇，这一带怎么连个人影都没有呢？……听说，这一代经常有人失踪？”

老陈看看她，没吱声，把目光投向了远处。

来人有些尴尬，轻咳了一声，“哎……我说，我是镇木偶剧团的。”

老陈站起身，拍拍屁股转身进了屋，“进来看看吧。”

十分钟后，来人沮丧地出门，她本来相中了一个真人大小、活泼可爱的小男孩，可惜磨破了嘴皮子，老陈死活都不卖。

“那，这是我的名片，如果回心转意的话，记得联系我。”

老陈接过名片，看也不看就揣进兜里。

来人不禁叹了口气。

临走前，她再次回头望向橱窗里那个小男孩。它的眼睛可真亮啊……她不禁打了个寒战，觉得有点冷。

那人走后，老陈将店门反锁，来到商店里间，那里是他的木偶制作室。

制作室里十分阴森，那是因为窗户被厚厚的黑色窗帘遮挡的缘故。房间四周摆放着一些未完工的木偶，有小孩，有大人，有男人，有女人……它们栩栩如生，逼真极了，只是缺少一对眼睛。唯独有两具，它们是一对老夫妇，它们各有一双双炯炯有神的眼睛，像是随时会眨动。

木偶不就是丢失了灵魂的活物吗？

尽管空气中弥漫着浓重的木材、油漆以及胶水的味道，但老陈工作的时候却从不戴口罩，对于那些刺鼻的味道，他的鼻子早已麻木了。他已习惯了这一切，无意改变。

老陈走到房间中央，伸手打开一盏灯。

灯光“唰”地照下来，很刺眼，他急忙用手遮住眼睛。

偌大的房间中央摆着一张宽大的工作台，台面上平放着一具真人大小、基本完工的女性木偶，只是……少了一对眼珠。

3

因绝望而存在，因希望而消逝，就算得到永恒那又如何呢？仍逃不过生死离别的残酷……

东明在黑暗之中挣扎着，他看着她远远地向自己走来，默默地，不带任何表情。他不住地冒着虚汗，听着她干枯的声音。她说："你总是对我说你喜欢我的眼睛，它透明、清澈、天真，现在为什么不喜欢了？"

他在她的疑问中变得潮湿，望着那双充满哀愁的眸子不知所措。

"在我无尽的梦中，我看到了那家木偶商店，你答应我有一天会带我去的……但是你没有……现在我一个人在那里，在那个地方等着你……"

说完，她遁入黑暗。

世界上，有些事早已命中注定。

东明想要拉住她，忽然看见她猛地将自己的眼睛挖出！

鲜血在虚空中飘浮，蔓延到身后，消逝在永恒的黑暗中。接着，她也消失了。

此时，远远近近传来婴儿弱弱的啼哭声，真真切切、飘飘忽忽……他向前走。在前方他看见一个小小的婴儿，被人挖去双眼，浑身沾满黏稠的血！他拼命冲过去，却一脚踏空……从此万劫不复。

黑暗中，东明"嗷"的一声从床上坐起，大滴大滴的冷汗顺着他的额头流满了面颊。

那个梦境，哦不，应该是那个幻觉，几乎每晚都折磨着他。

东明已经很久没有在晚上睡觉了。不知道是从什么时候起，天一黑他就有种莫名的恐惧，他害怕一旦闭上眼睛，就会失去对周围事物的控制。有时候他一夜要喝光五大杯浓茶，抽掉三包烟。

儿子斜躺在身旁，静静地睡着，小嘴微张，似乎有话要说，枕头落在床边，好像一个被遗弃的布娃娃。

东明已经不记得有多少个夜晚像这样静静地凝视着儿子度过漫漫长夜。

他为儿子掖了掖被角，抬头望向窗外。窗外漆黑一团，没有星月，天空和大地一片混沌。这时候，一阵风吹过，将窗帘轻轻卷起，又落下。

“又要起雾了！”

东明披衣下地，走到窗前伸手去关窗户。

突然，窗外的黑暗中有什么东西跳跃了一下，刺疼了他的眼睛。

他的心徒然一惊：那是什么？

他伸手迅速将窗帘拉开。

黑暗中，什么都没有，除了黑暗，还是黑暗。

东明摇摇头，也许是自己眼花了吧。

就在他再次拉上窗帘的一刹那，那个东西又出现了。这次他看得很清楚，那是一截拖在地上的白色裙角，在漆黑的灌木丛中转眼就不见了。

那一瞬间，东明觉得脚下的地板被瞬间抽走，一种失重的感觉遍及全身……

良久，他悄悄从后门绕到庭院，来到裙角消失的地方。那里有着很大的阴影，阴影里的一切都是模糊不堪的，像是藏着一个恐怖的秘密。

不过，他还是看到了她。

她就静静地站在阴影里，就像是长久以来一直就站在这里，从未离开过一样。她仍穿着她消失那晚穿的白色长裙。

“……你……你回来了？”东明战栗着问。

她笑了。她笑的时候眼睛里闪动着让人不寒而栗的光。

“嗯。”

“不走了？”

“我决定留下来。”

“就像你当初决定要走那样？”

“就像我当初决定要走那样……决定留下来。”

东明不再说话，转身回屋。他的身后跟着她。

4

第二天果然起雾了。

老陈像平常一样早早地起床，早早地打开店门，早早地将“平凡木偶商店”的牌子挂在门旁的挂钩上。他眯着眼端详着那块牌子，就像端详身后的岁月一样。

过了好一会儿，他才满意地走开。

橱窗里，活泼的小男孩旁立着一个端丽的女人，它是他数十个晚上的心血,它与男孩一样,有着一双明亮的眼睛。

老陈离开商店,缓步朝街道尽头的煎饼摊走去。

小镇在雾气中显得很神秘,原本尚算繁华的街道,此时此刻却一个人都没有。不过时间还早,现如今,快节奏的生活使人们都变得懒惰了。

沿着道路往下走就是镇中心。

“早!”

煎饼老刘挥了挥他那通红的手掌。

“早,还和昨天一样。”

老刘麻利地将一份煎饼果子用塑料袋装好,送到老陈手中。

“……你看……我这没零钱……”老陈面露难色。

老刘摆摆手:“客气什么?明天一块儿算。”

老陈点了点头。

“对了,昨天晚上你有没有听到什么奇怪的声音?”老刘的声音忽然压得很低,显得很诡异。

“没有哇?怎么了?”

“没什么,可能是我听错了……哎,最近镇子上不太平,隔三差五有人失踪,昨天晚上怕不是……”

老刘住了口,继续摊他的煎饼。

老陈摇了摇头,返身回走。

老刘的煎饼摊很快隐入雾中。

一个人走在秋天的马路上,这种感觉很奇特。

老陈看到树叶慢慢地变黄,而天空像是被浓浓的雾气包裹着,显得分外悠远、宁静,即使孕育着一场风暴也丝毫不露声色。看着这一切,他略微有了些触动。但是他的脚步一直都没有停下,他一直在树下走着,显得很孤独。

偶尔,会有一片死去的树叶飘落,超过他。

路过花坛时,他忽然低头嗅了嗅,那是一坛紫红色的鸡冠花,十月开放,十一月凋零,现在正是花期,香味近乎神圣。

——他的鼻子对花香异常敏感。

街道两侧所有的商店都关着门。不知为什么,老陈第一次感觉到什么是死一般的寂静。这里没有一点生的气息,所有的东西仿佛就是浓雾中的摆设,就像——他的木偶世界。

老陈忽然停住了,他的脚下是一摊干涸的血迹。

他感到一阵心惊肉跳，突然想起了老刘说的话……

“这是人血吗？到底发生了什么事？”他想，但他极力遏制住那些不好的念头。

那血迹向远处延伸——

虽然怀揣着恐惧，但更多的却是好奇，他决定沿着那条血迹走过去看看。

所有的交通灯都没有亮，不过没有关系，因为时间尚早，街道上没有车。街道两旁的商店是陈旧的，一切都好像许久没有人使用过。老陈走着，地上的血迹竟成了他在浓雾中唯一的路标。

“叮咚……叮咚……叮咚……”

血迹在一座垃圾堆前面消失了。

“叮咚……叮咚……”

老陈向四周看了看，想寻找这奇怪声音的源头。

很快，他便找到了。

他一个健步冲过去，从垃圾堆里拣起一部手机。手机看起来还很新。谁会把它给扔掉呢？正想着，他突然看到了一具没有眼珠的尸体。

5

“妈妈回来了。”

这是小男孩早上听到的第一句话。他睁开眼，首先看到的是爸爸，然后是一个美丽的的女人。他长长的睫毛不由得抖动了几下。

那个女人就是妈妈？他有些不相信，他努力回忆着脑海深处妈妈的样子。

渐渐地，妈妈的轮廓越来越清晰，与眼前的女人逐渐吻合。

“妈妈！”

小男孩扑入女人的怀抱。女人微笑着在男孩好看的额头上吻了一下。

“儿子，妈回来了！”

“妈妈，你还走吗？”

“不走了。”

东明默默地看着，忽然被眼前的一幕感动了，甚至带着点嫉妒。这不正是自己当初梦寐以求的生活吗？还有什么不知足的呢？他在心里对自己说。是啊，一切灰暗的日子都过去了，久违的妻子使这个家重新充满了暖色调。

一切都仿佛回到了从前，他还有什么不知足的呢？

夜，又深了。

可是，那险恶、诡异的幻觉始终折磨着东明，纠缠着他，使他几近崩溃。

东明笨拙地下了床，在黑暗中摸索，打翻的玻璃杯发出尖锐的声音。他干裂的嘴唇渗透着血腥味，并枯萎着。

女人搂着儿子静静地躺在他身旁。

黑暗中，他看到她的眼睛皎洁如星。

她还没睡？

她为什么没有睡？难道是因为刚才的声音？还是因为和自己一样……睡不着？

东明想起他与她的相遇，在某年某月的某日。那是一个大雪纷飞的夜，他看见她穿着粉红色的羽绒服挤上公共汽车。第一眼，便觉得她是一个需要自己保护的女孩，就像个易碎的工艺品。

东明坐起身，点了根烟，仔细观察着她。他记得自己曾不止一次在黑夜中偷偷观察她。这就好像在玩探险游戏，透着好奇又透着恐惧。

渐渐地，她的轮廓在眼前变得越来越模糊。

夏天，她喜欢穿白色的长裙，喜欢长发垂腰。她的右肩长着一颗血红色的痣。那时他喜欢去镇上的小广场，那里有一座小小的教堂，那漆黑的外表使它看上去像一座中世纪的古堡。她喜欢在教堂前面的喷泉旁一圈一圈地走，有时会发呆。

忽然，另外一组画面毫无征兆地出现在东明的眼前。

——那是一间阴暗、肮脏、杂乱的小酒吧，一切显得那么颓废。

她坐在角落里，把头深深地埋藏在暗影中，长发就那样披散下去遮住了她的半边脸。她不曾脱离过他的视线，直到他拿起酒杯走过去，尽管还带着呛人的烟味。

“可以请你喝一杯吗？”他说。

她缓缓地抬起头，向他微笑。

他终于看清楚她了，她的双眸带着淡淡的忧郁，清澈如水，就如同一幅水墨画……刹那间，他的心碎了一地。

他被女人那充满魔幻式的眼神折服了，彻底找不到回去的理由。

“和我走吧，我知道这里让你伤心。”

“可是……我有家。”

“我可以再给你一个家……”

他们两个人忽然没有了距离，像是相识了很久的知己，彼此没有陌生的气味……

“你怎么不睡？”

黑暗中,女人忽然开口说话。

东名明浑身颤抖了一下,从幻觉中惊醒过来。他慢慢地将脸转向女人,紧接着,脸上露出无比惊讶的神色。

很显然,她与记忆中的女人是两个截然不同的人。相比而言,眼前的女人多了几分妩媚、风韵,却少了点清新和纯洁。

她是谁?

记忆中的女人又是谁呢?

6

雾气终于散净。

老陈像每天那样,坐在“平凡木偶商店”门口的小板凳上,抽烟、发呆、欣赏空旷的街道。只不过,此时此刻他的手中多了一部手机。

刚才碰到的那具尸体,准确地说,应该是女尸,正是自称是镇木偶剧团的那个女人。她为什么会出现在那里? 她的眼睛……是怎么回事? 此时此刻,老陈的脑子里好像有千军万马在奔腾、在厮杀。他听到了刀锋的声音。

“这么晚了你到哪里去了? 快回电话! ”

以上是女人手机上的一条短信,“叮咚”声便源自于此。同时,还有十几个未接电话。短信和来电都是同一个号码。

老陈仔细看了看,他猜想发短信的一定是她的丈夫,或者情人,不会再有其他的可能了。

要不要告诉那人,他要找的女人已经死了?要不要打 110 报警?老陈寻思了一阵,将按在回拨键上的大拇指缩了回来。

他下意识地从口袋里掏出女人留下的名片:张亚丽,× ×镇木偶剧团导演,1385500 × × ×。

他拨通了上面的号码,紧接着电话里传出应答:您所拨打的用户不在服务区……

老张苦笑了一下,他意识到自己办了一件蠢事。

街上终于有了些行人,使这座镇子有了一丝活气。

老张站起身,将手机连同那张名片揣进兜里。这时,他看到远处走过来一个人,一个戴着眼镜的男人。

那个男人手中同样握着一张报纸,边走边向两旁的店铺打量——这动作多像那个被挖去双眼的女人?老陈心想。同时,他的心中出现了那个女人生前鲜活的影像。

男人走了过来,看了看“平凡木偶商店”的牌子,又看了看老陈。

“你是陈师傅?”

“嗯。”

“啊,你好,我是镇木偶剧团的,剧团里正在排演木偶剧,我想到您这儿看看木偶,有合适的买几件回去。这是我的名片。”

老陈接过名片:张亚力,××镇木偶剧团导演,1386500×××。

他抬起头,疑惑地看着眼前的男人。

“你叫张亚力?张亚丽……美丽的‘丽’,她是你什么人?”

“张亚丽?我不认识她,她是谁?怎么了?”

男人以同样疑惑的眼神回敬老陈。

“哦,没什么,你进来吧。”

老陈转身进了屋,男人紧跟在他的身后。

男人在屋里转了一圈,最后停在玻璃窗前。窗前摆放着四具木偶,一个是可爱的小男孩,一个是美丽的女人,还有一对老年夫妇。男孩和女人的距离不远也不近,这使他们看起来既像是一对母子,又像是毫不相干的两个人。

四具木偶的眼睛都很有神。

男人看着看着,眼神忽然变得神秘莫测起来,脸色也变得煞白。他连忙伸手擦了擦额头上的冷汗。

老陈奇怪地看着他,心想:早晨这么冷,哪来的汗?

男人弯腰仔细观察了一阵,随即挺直了腰板说:“陈师傅,就要这两对了。”

“这两对不卖。”

老陈回答得斩钉截铁。

“不卖?不卖为什么摆在这里?”

“不卖就是不卖,你看看别的吧,有相中的半价买给你。”老陈转过身,又补充了一句,“除了这两对。”

男人只好走到另外一些木偶跟前,但眼睛的余光始终离不开窗口。

好一会儿,男人忽然问:“陈师傅,我发现你的这些木偶有问题。”

“什么问题?”

老陈的眉毛耸动了一下。

“你看啊,”男人指着一具男性木偶的眼睛说,“它的眼睛暗淡无光,一看就知道是假的。再看看他们,”他快步走到窗户前,指着那四具木偶说,

“它们的眼睛就像真的一样，这是为什么？”

“不为什么。”

老陈索性蹲在地上抽起了烟。烟雾在他面前氤氲成一片，使人看不清他的表情。

“用的材料不一样？”

“无可奉告！”

老陈不耐烦地起身，拿起门后的扫帚，弯腰清扫并不算脏的地面——那意思再明白不过了，他是在赶人。男人识趣地朝门口走去。经过窗口时他停了下来，对着那四具木偶看了一会儿，然后走出了商店。

老陈将扫帚放回原位，也出了商店。

他忽然看到那个男人并没有走远，而是站在十几米外看着他，目光冰冷。

“你咋还不走？那两对木偶我不卖！”

“我明白了！”

说完，男人头也不回地走远了。

老陈怔怔地望着男人远去的背影，心里不住地在想：他明白什么了？他明白什么了？……难道……

一瞬间，老陈像是衰老了十岁。

7

晚上，东明拖着一身疲惫走进家门，儿子蹦蹦跳跳地跑过来拉住他的衣角：“爸爸，你今天回来晚了，我和妈妈，还有奶奶爷爷都等急了！”

“是啊，今天怎么这么晚才回来？”女人问道，脸上写满了关切。

“没什么，活儿比较多，忙得晚了点。”

东明挣脱儿子的小手，走向客厅沙发的一角，颓然坐倒。另一角坐着他的母亲和父亲，她们总是挨得很紧，像是生怕触摸不到对方似的。

老太太开始絮叨：“我说东明，你怎么这么憔悴？是不是出了什么事儿？单位有人欺负你？”

“妈，您就别瞎操心了，没人……敢欺负我……”

东明回答得有些勉强。

母亲身边的父亲似乎从他的脸上看出了什么，“东明，你……是不是犯事儿了？”

“爸！……”

东明忍无可忍地起身朝卧室走去。

……

夜半，男人毫无困意，女人也一样。

女人忽然问："你有心事？"

黑暗中，她的双眼如星般闪烁着。

"我要离开家几天。"东明淡淡地说道，声音极其深邃，引人遐想。

"去哪里？"

"你不要问了。总之，等我回来的时候，一切都将结束。到那时候，咱们一家五口才算是真正的团圆。"

女人不再说话。

夜，更深了。

8

接下来的三天，老陈一直把自己反锁在木偶制作室内赶制一具木偶，一具真人大小的男性木偶。此时此刻，制作已经到了收尾阶段，木偶那张毫无生气的脸上开着两个半球形的窟窿——他还缺少一对鲜活的眼珠做点缀。

木偶商店对面300米处，是一幢五层高的居民楼，顶层的房间里，几个神色紧张的人正聚拢在窗前，借助望远镜仔细观察着平凡木偶商店。

其中的一个中年男人将布满血丝的眼睛从望远镜上移开，转头盯了一眼身后那个坐在沙发上面无表情一支接着一支抽烟的男人。

"你能保证你的猜测没错？就是他？"

身后的男人扶了下眼镜，将烟蒂掐灭在烟灰缸中，站起身道："我敢保证，就是他，肯定错不了！"

他就是三天前找到老陈，自称是"镇木偶剧团导演"的张亚力。

中年男人的眼睛眨动了两下，似乎是在为某件事犹豫不决。最终，他举在半空的手猛地落下。

"既然这样，就没有必要再等下去了。反正案子拖到现在一点眉目都没有，上头逼得凶，咱就死马当活马医吧！立即破门而入，实施抓捕！……小吴，把那人的资料拿过来，我再看一遍。"

一个面孔稚嫩的男青年急忙递过来一个档案夹，那里面是老陈的所有资料。

中年男人合上档案夹，率先朝门口走去，众人跟在他身后纷纷出了门。

木偶制作室内，老陈一边用酒精洗着粘满油漆的双手，一边欣赏着那具即将完成的木偶。对他来说，那是他最后的杰作。他眯着眼看着他，眼神中蕴涵着古怪的笑意。

“一切都要结束了，到那时候，一家五口才算是真正的团圆……”

忽然，他似乎听到外面传来某种响动，眼神中蕴涵的笑意顷刻间便消失无踪。

“居然来得这么快？不过……一切都晚了，呵呵……”他轻笑了几声，快步来到那具木偶前，举起了双手……

“砰”的一声，厚重的大门被硬生生地撞开，中年男子一马当先冲了进来：“陈东明，你涉嫌四起谋杀，呃……”

中年男人被噎住了，他的眼睛忽然瞪得老大。不光是他，身后的所有人的眼睛都瞪得老大，那些惊恐的瞳仁里都印着同一幅血淋淋的画面。

——老陈的脸上，原本应该是眼睛的地方，此时却有着两个血肉模糊的黑窟窿，鲜血正从里面大量地涌出，流淌下来。鲜血漫过他的脸颊，有一些流进了他的衣领，有一些落到地上。然而他的脸上却完全看不出痛苦，反而有着一种解脱般的快慰。而他手中所拿的东西，分明是一对新鲜的眼球，他正摸索着放入木偶的眼眶中……

在制作室的一角，是一张特制的木头大床，上面并排躺着四具木偶，分别是小男孩、女人、老头、老太太，在灯光的照耀下，它们的眼睛炯炯有神。

“你们来晚了……一切都结束了……我们一家五口总算是团圆了！呵呵呵……”

然后，众人的目光落在他的胸前，那里插着一把刀。

世界上每分每秒都有生命在消失。

被镰刀腰斩的麦子。

被浓药毒死的瓢虫。

他的消失微不足道，跟饭馆后院的树杈上被勒断了气的狗没什么两样。

9

自从老婆孩子因车祸去世后，陈东明彻底变了。他变得与世隔绝、沉默寡言、深沉内敛。其实，在他平静的外表下，那看不见的地方却隐藏着一些东西。那是一团火,一团愤世嫉俗、不顾一切的怒火。

他恨透了那个肇事后逃逸的司机,恨透了那些无为的警察,恨透了那一个一个幸福而又美满的家庭——如果不是那起该死的车祸,此时此刻,他也应该是某个的幸福家庭的男主人。

然而现在一切都变得面目全非。

于是,他开始制作木偶,他觉得只有这些没有知觉的"人"才不会伤害他。

事情是在偶然的情况下发生的。

几个月前的傍晚,老陈走在一条偏僻的街道上。街道上人流稀少,他看到街道两旁的居民楼里无不透出温暖幸福的灯光。那一瞬间,他的愤怒到达了顶点,他觉得那一扇扇透出灯光的窗户是命运向他翻起的白眼。

愤怒的顶点,就是极度的悲伤。

他忽然跪倒在地,垂着头,双手掩面抽泣起来。

那一刻,他一点也不像个硬朗的男人,倒像个怕疼的女人。

良久——他缓慢地抬起头。他的眼神变得诡异起来,他的嘴角带着令人恐怖的弧度。这一刻,似乎有什么东西占据了他的大脑。他不知道,那是他积压已久的愤怒所幻化出的另一个他。

这时,一个活泼可爱的小男孩出现在他的视野里。

他笑了,他觉得自己应该有一个家……

一个多月间,小镇上接二连三地发生离奇命案,先是一个男孩的尸体在公园的假山里被发现,接着是一对早起晨练的老夫妇。他们都有一个共同的特点:双眼都被残忍地挖去。而与此同时,陈东明有了一个新家。

一个特殊的新家。

只是,这个新家还缺少一位女主人。

几天前,当陈东明见到前来买木偶的张亚丽时,他知道他的新家将变得完整。晚上,他照着名片上的号码,给张亚丽打了个电话,约她到镇上唯一的一家酒吧见面……

至于张亚力,他的真名叫王力,是张亚丽的丈夫。与妻子一样同是镇木偶剧团的导演,不过他还有另外一个身份——悬疑小说家。只不过,他已经江郎才尽,一年多没有新作品问世了。

妻子一夜未归,他连续拨打电话却无人接听,发短信也不回。敏锐多疑的天性使他立刻感觉到可能出事了。于是他来到平凡木偶商店调查妻子的行踪。那张印有"张亚力"字样的名片,其实是张亚丽印制名片时错印的。

当王力进入木偶商店,看到那些形态各异、惟妙惟肖的木偶时,他那长时间处于休眠状态的创作细胞被激活了。然而下一秒，他的视线却被橱窗里摆放的那四具木偶牢牢地吸引住了，他们都有着与其他木偶不同的异常逼真的眼睛，这简直令人难以置信！

这些眼睛……

他猛然想起一个月前报纸上登出的那一系列命案，死者都被残忍地挖出了双眼！他们分别是一对老夫妇和一个男孩。而眼前……却多了一个女人。他忽然想起了此行的目的。一瞬间，他的脸色变得苍白无比……

10

东明回到家，阔别已久的家。推开门，一个活泼的身影跑过来拉住他的衣角，“爸爸，你终于回来了！我好想你……”

此时此刻，妻子、母亲还有父亲，正坐在客厅的沙发上，笑盈盈地看着他，那一双双期盼的眼睛里，无不闪动着幸福温暖的光辉。一瞬间，东明泪流满面：“是啊！我回来了，一家人终于可以团聚了……”

王力放下笔，深深地吸了口气。

没错，真实的生活中不会出现悬疑小说中那样悬念迭起的情节和令人意想不到的结尾。生活就是生活，它是真实的。你我都知道，当你合上一本悬疑小说后，兴奋和刺激都结束了，剩下的就只有平凡的生活……

对，就是平凡。

深知生活真谛的他，为自己起的笔名，正是“平凡”二字。

王力站起身走出室内，走到阳光下，狠狠地伸了个懒腰。

他的头顶上方挂着一块木头牌子，上书：平凡木偶商店。左侧身后是一面巨大的玻璃窗，里面整齐地摆放着四具木偶，分别是小男孩、女人、老头和老太太，他们的眼睛在阳光的照射下熠熠生辉。

画 像

文 / 辛欣

笛声飘扬着，每一家的小孩都跟着笛声跑到路上，跟在吹笛人的身后。他一边吹着笛子，一边往山上走去，所有的孩子跟在他身后，走着走着，月光渐渐被云挡住，吹笛人和孩子们愈走愈远，最后全都消失在山里……

引子

那个有着一头乌黑卷发的小女孩正歌唱着，在阳光洒下的碧绿庭院里转着圈，她浅蓝色的洋装有着精巧的蕾丝滚边，蓝色的发带与蝴蝶结在阳光下闪闪发光，她可爱的裙摆随着她的动作飘动，毫无邪气地露出那包裹在白色长筒袜下的稚嫩双腿。

她是如此快乐，如此无邪，当她眨着那双灰褐色的漂亮眼睛，注视一朵跟她同样美丽的花，或是接着唱起下一首童谣的时候，几乎要让人以为这世上所有的罪恶与黑暗都掩盖不了她的纯粹。

那年，她只有十岁。

在她还没有迎接她十一岁生日的那一天，她忽然消失了。

没有人知道为什么，也没有人知道她究竟去了哪里，唯一可以确定的是，她从此以后再也没有出现过。多年以后，几乎没有人认识或是记得她，只因为她在这世上停留的时间实在太过短暂。

1938 年，上海，法租界，罗公馆。

他独自站在她的画像前，看着她画中甜美的微笑，那头乌黑亮泽的长发披散在画中人娇小的肩膀上，灰褐色的澄澈双眸充满了无邪与天真。他想念她，但他也明白自己无法再见到她了。

他看起来有二十多岁的年纪，此时伫立于一间位于阁楼的斗室内，阳光从小窗外洒进来，洒在他同样乌黑的短发上。他的头发末端有着些许卷曲，就像那画中卷发的女孩一般。他那双金丝框眼镜后面的灰褐色眼眸柔情地望着那幅女孩的肖像。

女孩的五官与他惊人的相似，唯一不同的是他的神情有着一丝画中人没有的悲伤。

他究竟在为什么哀伤？

下一刻，他用手指轻轻抚摸画框的一角。“我好想你，莉莉。”

在那幅画的右下角写着一些字：“罗莉莉，绘于十岁。”

他依恋不舍地将画像用布帘盖起，走出阁楼，将那个房间的门牢牢地锁上。

此时已是傍晚，不知何时，城市上空开始阴云密布，空气潮湿而闷热，远方有隐隐的雷声传来。罗公馆——这幢老式花园别墅在乌云翻滚的天空下阴森而又恐怖地矗立着，仿佛藏匿了数不清的黑暗的秘密。

不久之后，入夏以来的第一场暴雨终于降临了。

1

那扇门的钥匙，只有他才有，任何人都不能侵犯这个房间的私密——只有他才能永远保有在这扇门后莉莉那不变的笑容。那是只有他才能独占的美好往事，而那些时光再也不会回来了，莉莉也是。

他走下楼梯，看见一名同样有着乌黑发色，年约十三四岁的女孩开心地向他跑来。“罗洛哥哥！楼上的房间里是什么好东西啊？”

“是你不会感兴趣的东西，莎莎。”罗洛哄小孩似的亲吻了一下她的额头。

“我已经不是小孩子了，哥！”她推开罗洛，“你别想用这种敷衍的态度骗过我！”她淘气地对罗洛眨了眨眼睛，童稚的脸上流露出了几分女人的性感。

罗洛抖了抖睫毛，他痛恨这个年纪的暧昧不明。“行了，你该去练舞了，莎莎。”他的语气冷淡，“疏于练习会让你变得迟钝的。”

莎莎不以为然地对罗洛吐了吐舌头，“我就算一天不练习也不会怎么样的，我的舞技可是全年级中最优秀的呢！”

说罢，她便轻灵地在长廊上舞了起来，那舞姿就如同一个在森林里穿梭的小妖精，她的长发随着每一次转圈而甩动，轻薄的连身短裙随着她的跳跃而扬起，她修长的双腿宣告着她正要从少女蜕变为女人，而她已开始发育的胸部则在每一次的弯腰、转身中，从她略微张开的领口中展示着它们的存在。

“够了！”

罗洛不耐烦地打断莎莎的舞蹈，“我应该说过很多次了，不要跳给我看，我不喜欢。”他端正的眉毛紧皱着。

“可是你以前明明很喜欢看我跳舞的……”莎莎有些失望地嘟着嘴。

“我现在没有这个心情，可以吗？去别的地方跳吧，莎莎，这里太窄了。”

“你总是这么说！”她突然气愤地爆出一连串的抗议，“你跟以前都不一样了！以前你总是喜欢我做的任何事情，可是……可是现在……”她开始哽咽，“不管我做什么你都是一副冷淡的样子，我到底做了什么让你讨厌我了？你就不能告诉我吗？你不说我怎么知道呢？”她开始垂下头哭泣。

罗洛面无表情地看着她哭，他记得以前当莎莎还小的时候，每当看到她哭他都心疼不已，但是现在看着她哭泣的模样却只能让他感到一阵阵厌恶，因为他知道哭泣总是女人惯常使用的手段之一。

“……哥，你说话啊……”她走近罗洛，满脸是泪的抬头仰望着他，而罗洛注意到她竟然还抓住了自己的衣角。

他几乎是条件反射性地将那只手挥打开，而莎莎却因此跌倒在地。

他愣了一下，他认为自己刚才的力道根本不是很大，但她居然就跌倒了，并且继续坐在地上嘤嘤地哭泣着。他立刻从错愕转变为厌恶，他觉得她根本就是在矫揉作态，而她此时在地上哭泣的委屈模样更让他从心底生起一股恶心的感觉。

一股不耐烦的情绪从他的胸口喷涌上来，他想将眼前这种令他作呕的景象立刻逐出他的世界，并且永远不要再看到。他一个箭步走上前，揪起莎莎的头发——那头他曾经由衷喜爱的乌黑长发，不顾她的拼命挣扎以及尖叫哭喊，将她拖过长长的走廊，直至尽头的那个阴森的房间……

窗外下着大雨。

他独自站在那个阁楼上的小房间里，在他的面前，挂着那幅莉莉的肖像画，而在他的身旁则立着一个画架，上头同样摆着一幅女孩的画像。

画架上那幅画像中的女孩，虽然也有着漂亮的乌黑卷发和灰褐色的双眸，但与墙上的那幅却并非同一人。

他抚摸着画架上的那幅画，深情却又有些怅然若失地看着画中的女孩，画中的一角写着女孩的名字：“罗莎莎，绘于十岁”。

他至今仍无法忘记几年前的那一天，那个阳光普照的日子，他在租界教会开设的孤儿院中见到莎莎的那一天。

当时，莎莎还是个十岁的孩子，而她乌黑的卷发和那双灰褐色的双眸让他惊异不已，因为她与莉莉是如此相似！

他无法遏止自己初次看到莎莎时那股强烈的怀念以及爱恋！

他想照顾她，将她放在手掌心上好好地疼爱。他情不自禁地想要收养这个可爱又可怜的小天使，而他也确实达成了他的愿望——他顺利地将莎莎接到了罗公馆，给她一切最好的，将自己所有的爱放在她的身上——为了补偿他来不及给莉莉的那份爱，也为了他对莎莎所燃起的那份热情——无关情欲，只是单纯地想照顾她，看着她陪在自己的身边。

如此而已。

他曾经以为这样的幸福会永远持续下去。

但是他错了，随着莎莎一天天成长，他发现莉莉的形象正不断地在莎莎的身上急速地消失！

她变了，变得愈来愈像个女人，她不再是那个单纯又可爱的小女孩，而渐渐地变得工于心计，喜欢卖弄风情，并且矫揉造作。尤其是当她察觉到自己正逐渐失宠后，就变得更加想要讨好他，想让自己继续在这个家里像个公主一般备受呵护。

而每当这时，他只会越发觉得她恶心，而她丝毫没有觉察自己想讨他喜欢的行为本身就令他作呕。她这种因为愚蠢所造成的恶性循环已经让他无法再跟她相处了，甚至连跟她呼吸同样的空气都让他觉得不快。

这种转变，真是让人心痛。

他轻叹了一声，他怀念这幅画中的美好时光，他怀恋着当莎莎仍是个小女孩，仍像个纯洁的小天使般时的时光。

他抬起头再次凝视着墙上的那幅画像，他知道他还是忘不了莉莉，他没办法使自己不觉得莉莉的形象是最完美的——只因为她会永远停留在她十岁的那个午后，所以她的美丽永远不会改变。

莎莎曾经一度令他感到她与莉莉是如此的相像，但如今那种纯粹的美丽已然自她的身上褪去，她不再拥有像莉莉那般的美丽，而逐渐变成一个无趣的、庸俗的女人，他对这样的转变感到痛心与失望，但是他也明白自己无力阻止。

他相信这个世上必然还存在着像莉莉那般完美的女孩，他相信若是真正拥有像她那般美丽与纯洁的女孩，就算随着岁月的流逝而成长也绝对不会像莎莎那样，变成一个令人作呕的女人，她会永远保持着那份纯洁。

莎莎背叛了他，她没有如他所期望地成为一个更加完美的女子，而是任自己堕落得任性、娇蛮。他告诉自己，是莎莎背叛了他的爱，而一定还有其他的女孩符合他的期望——莎莎不会是唯一的，他一定能再次找到跟莉莉一样完美的女孩。

那一天，莎莎消失了。

没有人知道为什么，也没有人知道她去了哪里，唯一可以确定的是她再也没有出现过，就像莉莉一样。

窗外，一道粗大的闪电划过，紧接着巨大的雷声在半空中炸响。

他的唇边不由得漾起了一抹战栗的笑意。

他拿起纯白色的布帘，盖起画架上的那幅画，也将墙上的画掩盖起来，然后他步出阁楼，将那个房间的门牢牢地锁上。

2

一辆气派的法国雷诺轿车驶进了罗公馆外围那宽敞的花园，驶过清幽的林荫大道，最后停在一座典雅的大宅前。仆人有礼地上前将车门打开，然后这家的主人便带着一名稚龄的女孩走下车来。

那女孩看起来有些怯生，她茫然地看着眼前对她而言完全陌生的一切，无措地抬起头看向身旁牵着她的手——那个戴着金丝边眼镜的年轻男子，而男子只是温柔地对她笑了笑，然后一把将她抱了起来。

“佳佳，”罗洛附在她的耳边轻声说，“从今天起，这里就是你的家了。”

当女孩开心地跑进大宅时，她那一头乌黑光亮的长发愉快地飘扬着，她穿着一身紫罗兰色的洋装，头发上的发带随着她的奔跑而飘动，她转过身，一双灰褐色的美丽眼眸注视着站在门口的罗洛，仿佛在问：“这是真的吗？”

罗洛对她点了点头，而女孩脸上立刻露出了可爱的笑容。

他走近雀跃的女孩，蹲下并握住她的双手，女孩则是有些不解地看着他。

“佳佳，答应我一件事好吗？”他说。

“好啊，”佳佳眨着那双无邪的眼睛问，“什么事？”

“答应我，”他灰褐色的眼眸此时透着一股悲伤，“永远都不要改变……永远保持现在这样好吗？”

“……这样是哪样？”这个问题显然困扰着小女孩，她并不了解罗洛想说的是什么。

罗洛看着她，然后露出了一个自嘲般的苦笑，“不，现在我们不用去想这些，”他双手轻轻握住佳佳娇小的肩膀，“就当我什么都没说，佳佳。”

“嗯……”女孩即便没能理解他的话，但还是顺从地点点头。

“乖孩子！”他欣慰地摸了摸女孩的头。

雨过天晴。

今天就跟那天一样，是个阳光普照的日子。

罗洛看着那个跟莉莉一样，有着一头乌黑长发与灰褐色双眸的小女孩在阳光普照的庭院里玩耍，不禁露出了一个满足的笑容。

可是没人发现，这笑容里面还带着一丝残忍。

这样的幸福将会永远持续下去——他执著地相信着。

某个早晨，佳佳发起高烧，这让罗洛吓坏了，他明明是那么小心地呵护她，将她照顾得好好的，怎么就生病了呢？他怒骂所有服侍佳佳的仆人，并且在等待医生前来的期间不断地抱怨着医生行动迟缓——尽管距离通知医生的时候才过了五分钟。

他坐在床边，心疼地看着躺在床上受着病痛之苦的佳佳，他会因此而失去她吗？不，他绝对不会让这种事情发生！他好不容易再次找到了一个如同莉莉一般完美的女孩，他还没有好好地爱她，还没有见到她成长为自己理想中的女性，他绝对不要就这样失去她！

“医生呢？为什么这么久了还没有来？”他猛地站起身，愤怒地对着门外大吼，然后他便看见一个陌生的身影出现在门外。

“我这不是来了吗？罗先生。”

那人有些慵懒地回答道，然后看了一眼自己的怀表，“才过了十分钟而已，你是不是有点太心急了？”说着，他的视线像是被什么吸引了，抬起头盯着那高高的、雕刻着细腻花纹，并悬挂着巨大水晶吊灯的穹顶，感叹道：“哇，这里简直太棒了！我曾在欧洲留学，见识过一些有名的庄园，说实话，能与罗公馆相比的，只有少数几座具有上百年历史的庄园……不过，这里看起来很阴森，倒更像是一座古堡！”

罗洛有些疑惑地看着眼前这个陌生男子，“陈医生呢？”他谨慎地问道。

“我就是陈医生。”男子收回目光说道。

“我是说陈文波医生。”他满含敌意地盯着眼前这个不过二十多岁，面容英俊，并且脑后还绑了个马尾的轻浮男子。

“哦，忘了自我介绍，我是他的儿子，我父亲去年就已经过世了，罗先生。”他不以为然地看着罗洛，“我的名字叫陈林枫，枫树林的林，枫树林的枫。请借过一下好吗？我要看看病人的状况。”

说是这样说，但他几乎是一把就抓住罗洛的肩膀并将他挪开，粗鲁的力道让罗洛不由得轻叫了一声。

他奇怪地看了罗洛一眼，“抱歉，罗先生，弄痛你了？”

“……你先去看佳佳的情况吧。”罗洛不悦地说道，并立刻放下自己揉着肩膀的手。

“喔，那当然，我来就是为了这个。”他走近床边，然后拉了把椅子坐下来，将他的手提袋打开，取出听诊器，开始察看佳佳的病况。

罗洛走到一边，坐在一旁的椅子上看着，然后一只手又无意识地开始揉着那刚才被弄疼的肩膀。

“还在疼吗？”

直到说这句话的人站在他面前时，他才发现他刚才一直都在发呆，而自己的手仍然揉搓着肩膀。

“佳佳的情况怎么样？”他放下手，不安地问道。

“没什么大碍，烧已经退了，等一下我再开些药给她就行了。”年轻的陈医生说道，“对了，你的肩膀没事吧？”

“没事。”

“是吗？”

然后他冷不防地碰了罗洛的肩膀一下，而罗洛几乎是立刻就叫出声来。

“你听起来不像是没事，罗先生。”陈林枫收回了手，并且严肃地说，“要不要我给你看看，说不定比你想象中的严重。”

“……我以为你是内科医生，陈医生！”罗洛的语气充满了戒备。

“呵呵，我在欧洲留学时旁听过几节外科学，处理一些瘀伤之类的倒还过得去。”他轻松地说着，然后像是忽然想到了什么似的，从手提包中拿出了一小罐东西，将它放到罗洛手上。“这是创伤药，我想它会对你有用的。如果还有什么问题的话就请通知我，我随时恭候，罗先生。”他很有礼貌地说道。

“我会的，陈医生。”

事后他很明确地肯定，那药根本没用。

当天他便发现自己的肩膀确实存在瘀伤，于是他便涂了些那位陈医生给他的创伤药，但是他涂了药之后反而觉得搔痒难耐，并且患处开始红肿，这令他连穿脱衣服都感到极端不适。

“是过敏反应，这很正常。”陈林枫查看着那处红肿的外伤，简明扼要地下了这么一个轻松的结论。

“我觉得是你的药有问题。”罗洛不快地说着——他的不快有一部分原因是因为他现在必须脱掉衣服给这个他不怎么喜欢的家伙检视瘀伤这件事。

“药本身没问题，我给别人用过都没事的，就你这样而已。”然后他接着又加了一句，“我还从没见过皮肤像你这样娇贵的男人。”

罗洛十分不悦，想反唇相讥，但他并不想打扰一个正在专心为自己处理伤口的人，于是乖乖地闭了嘴。

“好了。”包扎结束后他满意地说道，“这样就可以了，等到该换药的时候我会再来的。”

“伤什么时候会好？”罗洛无助地望着正打算走出房门的陈林枫。

“很快，过几天就可以痊愈了。”他给了罗洛一个保证性的微笑，看到对方脸上的表情变得舒缓些才转身走了出去。

“还记得我曾跟你说过，罗公馆就像古堡一样阴森，这样的环境对你和你的妹妹很不利，我曾经看过几本弗洛伊德有关心理学方面的著作，人长时间生活在阴郁、压力的环境中，很容易造成心理扭曲。”他一边走一边说。

罗洛的脸色变了变，内心中忽然涌起了一丝怪异而又恐惧的感觉，他想起了他的母亲……

陈林枫出了大宅，坐进自己的车内发动它并驶出庭院。

他没有注意到，身后的罗洛脸上正不断变换着表情。

他一边开车，一边忍不住笑了出来。

今天对他来说很幸运，因为他没想到在这么短的时间内还会再次来到这幢大宅。他原本以为他可以尽快忘掉的——只要短期内他不再来这里的话，他就能很快专注于自己的工作，但偏偏他今天不得不来。

因为，当他第一次看到佳佳那双清澈的灰褐色双眸的时候，他就知道自己完了，而且完蛋得很彻底。

3

她独自在长长的走廊上拍着皮球。

她亲爱的哥哥不在家里，所以她只能无聊地在家里玩，等待着哥哥回来。

她喜欢哥哥，与哥哥相处的时候，是她一天中最快乐的时光。

这幢大房子的确如那个陈医生所说，充满了阴森之感，而且异常冰冷，所以她并不喜欢这里，更不愿意独自一人在空旷的走廊里玩耍。要不是温柔的哥哥住在这里，她死都不愿意留下来——留在这个令人恐惧的地方。

很多时候，她会在半夜里惊醒，被噩梦惊醒。她很想逃出这里，回到原来那个简陋但还算温暖的家。可是当她看到身旁熟睡的哥哥时，便打消了这个念头，她深爱着自己的哥哥，正如哥哥也深爱着她一样。

可是，哥哥有时也很神秘。

哥哥是个沉默寡言的人，有的时候整个下午他都会坐在壁炉前的躺椅上，一动不动，仿佛整个人都融入到了这幢古老的大房子里。

有时候，哥哥会无缘无故地凭空消失，她确定哥哥没有离开这幢房子，因为她不敢在阴暗的地方待太久，她喜欢在靠近门口阳光照得进来的地方玩耍。她没有看到哥哥出去，可是他就这样消失了，不是一次，而是好多次。更奇怪的是，在她疑惑和感到害怕的时候，哥哥会忽然从某个阴暗的地方冒出来，吓她一跳。可她每次问哥哥躲到哪里去了，哥哥从不回答，而且脸色变得很阴沉。

唯独这个时候，她觉得哥哥是个可怕的人。

而且，哥哥还为她制订了许多古怪的规矩，比如……

突然，她一时手滑，就让皮球脱离了她那双小手的控制，皮球弹啊弹，弹离了她伸出手可以碰触到的范围，然后撞到一扇没有关好的门上，门“吱呀”一声打开了一条缝隙，而球则滚到了一旁的墙边。

她跑过去将球拾起来，然后看着那个开了一条缝的房门。她从不曾进入过这个房间，因为这幢宅第很大，她没看过的房间还多着呢。她走近房门，看见里面似乎有人，她走了进去，看到里面有个穿着白色连身洋装的少女正背对着她躺在一张白色的床上，而她乌黑的卷发像波涛一样披散在白色的枕头上。

她从来没有看过眼前这个似乎在熟睡的少女，她为什么会在她家？她是哥哥认识的人吗?种种疑问浮现在她小小的脑袋里，于是她忍不住好奇，走了过去，轻轻拍了拍少女的手臂，“你是谁？”

少女没有反应。

她再次试图将少女叫醒，但是少女仍然睡得很沉，于是她大力地摇着少女的肩膀，直到少女被她摇得翻过身来。

她愣住了，脸上充满了惊惧，久久说不出一句话来。

良久，她丢下手中的皮球，飞也似的逃出了那个房间。而当她跑到走廊的转角处时，她撞上了某样东西。她觉得那是个人。

她抬起头来，哥哥温柔的笑脸此时正看着她。

“怎么了，佳佳？”

“那、那个……”她上气不接下气地说着，“在那个房间里，有个姐姐，很可怕……”她稚嫩的小手指向长廊尽头，那个半开着门的房间。

而他只是面无表情地看着那扇门。

“佳佳，我应该跟你说过不准跑到这边来玩的，对不对？”

“咦？”

“可是你不听话……你为什么不听哥哥的话呢？佳佳！”罗洛仍然面无表情，可声音异常冷酷。

“对……对不起……我不是故意的……”

“佳佳是坏孩子……哥哥不要佳佳了。”

“不……不要！哥哥！不要这样子！我下次再也不敢了！”

“不听话的小孩，要好好惩罚。”

这样说着，他的嘴角再次勾起了一抹残忍的笑容。

他独自蹲坐在阁楼的一角，躲在阴影之中。

他刚刚洗过澡，身上仅仅穿着一件白色的浴袍，湿淋淋的头发滴着水，从他的颈间流到衣领敞开的胸前。

墙上仍然挂着莉莉的画像，而一旁的画架上则摆放着莎莎以及佳佳的画像。

他在黑暗里无助地看着她们在画中的笑容，然后转而望着墙上的莉莉。他的表情一下子变得十分痛苦，声音也充满了苦涩。“我还以为……这一次真的找到了……”他喃喃地说着，语气却像是要哭出来一般。

佳佳背叛了他，她没有如他期望的那样成为一个乖巧、顺从的女孩。佳佳背叛了他的爱，因为她终究没能成为像莉莉那般完美的存在。她与莉莉相差太远！

“佳佳，你为什么要背叛我？……还有莎莎……”他的嘴角抽搐着。

不知他从哪里摘来了那么多栀子花，他把那些花撕碎抛洒在画像周围，浓郁的花香立刻充满了斗室。他尽情地呼吸着、抛洒着，像是在完成某种神秘的宗教仪式。他的表情十分庄严，近乎于神圣。

良久，他停止了动作。

他站起身，走到角落里再次蹲下去，他哭泣着，任窗外的冷风灌进他的浴袍下，让他单薄的身躯更加冰冷。

几天后，在一场歌剧的公演中，他在观众席上再次看到了那个人，那人一如往常地戴着金丝边眼镜，身旁站着一个有着乌黑头发的小淑女。

歌剧结束后，他主动上前打招呼。

“你好啊，罗先生。”

他看到罗洛迟疑了一下，接着才冷淡地说道：“哦，你好，陈医生，好久不见。”

这人如他所料，是个典型的目中无人型的家伙，他想。然后他注意到对方身旁牵着的小女孩。

“来，拉拉，跟陈医生说声好。”

小女孩乖巧地上前，“您好，陈医生。”

“这位小姐是……”他有些困惑地看向对方。

“她是舍妹拉拉。”罗洛说。

“咦……这么说来，另一位佳佳小姐没有来吗？”然后他便注意到罗洛的脸色起了变化，很微小，小到几乎让人无法察觉的变化，只有他才看得出来。

“佳佳是谁？”一旁的拉拉发出了疑问。

“……抱歉，我想我们得告辞了，陈医生。”罗洛紧握着那只牵着拉拉的手。

“哦，那可真是太遗憾了，希望下次咱们还有机会见面，一起好好聊聊。”他露出了一个由衷的微笑。

“我也是这么想的。”他说。

虽然陈林枫知道他只是在虚与委蛇，不过能听到他能这样讲还是有点高兴。

然后，他看到罗洛几乎逃一般地带着拉拉离开了歌剧院。

如果要给这样的情况下一个结论，他可能会说这叫做“命运”，当然，他知道罗洛绝不会这么想，他搞不好会觉得这叫做“倒霉”或是“诅咒”什么的。

歌剧公演那天后过了三天，他就接到罗洛生病的消息，而理所当然他这个当医生自然得去探视他的病况。

“只是有一点感冒而已，吃点药过些天就会痊愈的。”在看过罗洛的病情后，他这么对一旁的老管家说着，而拉拉则在床边担忧地看着罗洛，“要赶快好起来啊，哥哥，拉拉不想失去你。”

“我会好的，拉拉。”他欣慰地摸了摸拉拉的头，“好了，别靠得太近，你会被传染的。”

拉拉极不情愿地让一旁的老管家领着她走出去，陈林枫则尾随在后，但当他正要踏出房门时，却突然停下了脚步，回头看向罗洛。

他走近床边，此时罗洛因为吃过药而有些昏昏沉沉地躺着，但是陈林枫知道他还没有睡着。

“只不过是一点小感冒而已，你也可以虚弱成这个样子？”他露出了一丝笑容，但那并非嘲笑，“你真的是个很娇贵的男人，罗先生。”

罗洛没有回答。

陈林枫不知道对方有没有听进去，但他知道那个人醒着。他弯下身子，伸手将罗洛披散在额上的发丝轻轻地往一旁拨去，然后转身走出了房间。

当他正要离开时，刚好看见拉拉在大厅里弹钢琴。

他走了过去，“拉拉……我可以叫你拉拉吧？”

女孩点点头。

“你知道佳佳在哪里吗？我都没看到她，她去哪儿了？”

女孩眨着那双灰褐色的大眼睛，好奇地问：“佳佳是谁？”

他愣了一下，“我以为她应该是你的姐姐或者妹妹……她也是你哥哥的妹妹吧？”

“我只有哥哥一个人，我不认识什么佳佳。”拉拉诚实地说着，“哥哥说过，他只有我这么一个妹妹。”

他彻底愣住了，他想起那天罗洛焦急地看着自己生病的妹妹，口中还不断地念着妹妹的名字，但是现在佳佳去哪儿了？那天在歌剧公演后，罗洛很明显地绝口不提佳佳的事，佳佳到底怎么了？

忽然，他感到身上冒出了一股寒意，胸中没来由地浮起一丝不安。

他觉得事情有些不对头。

“我最喜欢哥哥了，”当陈林枫正沉浸在茫然中时，拉拉突然开口，并停下弹奏，“因为他把我带来当他的妹妹。”

“带来？”

突然听到这一番小女孩牛头不对马嘴的自白，他一时有些搞不清楚状况。“那……你本来待在哪里？我是说，你在来这里之前？”他追问着。

“我本来住在一个有很多很多小朋友的地方，还有修女阿姨跟牧师叔叔……阿姨跟叔叔就是我们的爸爸妈妈。”

“等……等一下，拉拉，”陈林枫必须承认他有些听不懂，他需要让拉拉说出让他能够理解的语言，“为什么修女阿姨跟牧师叔叔会是你们的爸爸妈妈呢？”

"因为大家都没有爸爸妈妈啊，所以阿姨跟叔叔就当我们的爸爸妈妈了，有的时候，一些小朋友会被新的爸爸妈妈带走，到新的家里去……虽然我现在还是没有爸爸妈妈，可是没关系，我有哥哥就好了。"

陈林枫突然明白了，这个小女孩来自教会开设的孤儿院，而罗洛领养了她，将她当做自己的妹妹一般照顾。这么说来，佳佳也跟这个女孩一样是领养来的吗？或者佳佳是罗洛亲生的妹妹呢？

他看着拉拉乌黑的卷发，他记得佳佳也有着一头这样的头发，而那双灰褐色的双眸更是与佳佳相似极了。是因为拉拉与佳佳如此的相像，所以罗洛才会收养她的吗？或者佳佳跟拉拉其实都是某个人的替代品呢？

他不敢再想下去了。

他匆匆离开罗公馆，并且暗自祈祷他心中的那股不安不要成为事实。可是他内心深处却隐隐觉得那就是事实。

4

他摸了摸自己的前额，他不知道自己刚才睡了多久，只记得他似乎在吃过那个人拿给他的药后，便昏昏沉沉地进入睡眠状态了。他此时分外地清醒，觉得自己似乎好多了，不过，他暂时还没有起床的打算。

他在想，那个人是不是在他入睡前，轻轻拨了一下他前额的头发。

他宁愿那是一场梦，一场噩梦，但是如果梦到这种情景反而会让他更难以接受（梦是自我潜意识的产物——弗洛伊德），但那如果是事实的，那他为什么没有当场就推开对方的手呢？

这似乎是一个谜！

他记得他当时似乎完全没有抗拒，也不想抗拒，除了他当时真的很困之外，他也有点感谢上帝，在他生病的时候，有个人能帮他把披在前额上的发丝拨开，因为那些散乱的发丝的确让他觉得有些不舒服。

那个……看起来有些轻浮的男人……为什么要对我这么做？他在想什么？

哦！我究竟在想什么？

他痛苦地翻过身去，强迫自己继续入睡。

陈林枫独自漫步在城市的街头，他漫无目的地走着、看着。

忽然，在对街的一家画廊，他看到了一个熟悉的身影，那是罗洛，他不会认错的。他站在店门前，似乎在跟店家的老板叮嘱些什么，然后便离开了。

他没有追上去打招呼，而是直接走进了那家画廊。

一踏进店门，一幅肖像画吸引住他的目光。

那幅油画画的是一个年约十岁，有着一头乌黑卷发以及灰褐色的双眸，而且正展露着甜美笑容的小女孩。而当他看到这幅画时，他愣住了，并非因为那精湛的画技，也并非那女孩美丽的容颜，而是图中的女孩与他知道的某个人实在相像到了一种毛骨悚然的地步！

怎么会这样？

他走上前观察着那幅画，然后在画的一角看到了一小行字："罗莉莉，绘于十岁。"

莉莉？

她又是谁？他想起佳佳与拉拉，顿时就明白了——她们其实都是这个女孩的替代品，因为她们都跟画中这个叫罗莉莉的女孩长得颇为神似。

于是他上前询问老板。

从老板的口中，得知这幅油画的主人想为它装个新画框，但他更想知道的是这幅画的作者是谁，还有这画画于何时。他很幸运，因为老板刚好认识这幅画的作者，而且那位艺术家就住在离这条街不远的地方。他以想委托这位画家作画为由，顺利地得到了这位画家的地址以及他的名字。

那是一幢很古旧的小洋房，因为它有着尖尖的、暗蓝色的屋顶，所以很好辨认。

"陆……学……敏……"他手中拿着写有画家地址的纸片，喃喃地念着对方的名字，很快便来到了那幢小洋房跟前。

"52号……就是这里了。"

他站在大门前，按下门铃。过了一会儿，一个白发苍苍的老人打开门。

"是陆先生吧？"

老人点点头。

"我叫陈林枫，枫树林的林，枫树林的枫。是画廊的李老板介绍的。"

听到这个名字，老人露出了一种不可解的笑意，"呵！你叫陈林枫是吧！进来吧，年轻人。"他高兴地招呼来人进入门内。

这是一栋清幽的房子，庭前种了几株紫藤，园内整理得十分干净，与西洋式的外表十分不符的是，屋子里都是采用中式的装潢，边边角角镶嵌着木料，上头镂刻着典雅的花纹，厅堂的一角摆放着一面巨大的屏风，并且墙壁上挂满了水墨画，而西洋油画少之又少，却张张堪称经典。

“你在老李的店里看过那幅画了吧？”老人替客人倒了杯茶。

陈林枫有些意外，但还是点了点头，“我就是为了那幅画而来的。”他接过老人递给他的茶，“那幅画的作者是您，没错吧？”

“正是我。”老人大笑，“你能见到那幅画可真是幸运啊！小子！那是我最得意的一幅作品，我再也画不出像那样的画了，遗憾啊！”

“可是我听李老板说，您至今还在为罗家作画不是吗？”

“是啊！那蠢小子不知从哪儿找了一堆无趣的小模特儿来，坚持要我为她们画肖像画！那小子根本就不懂什么是真正的艺术，他找的那些小丫头没有一个能够比得过那最棒的杰作、最棒的模特儿！”

“最棒是指……‘莉莉’吗？”陈林枫问道。

“小子，”老人啜了一口茶，“你曾经见过所谓的‘神性’吗？”

那双黑色的眼眸眨了一下，“神性？”

“对，神性，就像希腊神话中的阿佛洛狄忒、犹太神话的拉斐尔……”见陈林枫仍然一脸的茫然，他摇了摇头，然后继续说下去，“在那些古老的神话中，最崇高、最美好的存在都是无性，或是两性并有。你不明白的，在我初次看到莉莉的时候，我便深深地被她的神性给迷住了！那是只有像她那样有着暧昧分野的年纪，不！不只是年纪，那是只有她才办得到的！只有她才能将那样的神性完美地呈现出来！之后我再也不曾看过任何一个孩子能像她那般美丽……再也没有了！”

年轻医生的心不知为何忽然抽搐了一下，“这在我听来……那不像是神，倒像是能迷惑人的魔鬼。”

“是的，你说得一点不错！”

老人突然双眼一张，眼神中露出异样的光彩：“她能够同时拥有神性，但却又具有让所有人甘心为她而死的魔性！你难道没有看清楚那幅画——我最引以为傲的那幅画作中，我在她嘴边勾勒的蛇蝎微笑吗？她会像那样安静、乖巧地看着你，而当你发现她的魔性时，你已将自己的心脏刨出来双手为她奉上！”

“你说什么？”

老人没有理会他，而是激昂地站起身，声嘶力竭地吼叫着：“你还没有理解你会如何走入她的陷阱里！你、那小子，还有他那群小丫头也是！你最后将会发现我们全部都被她耍弄，我们全都是在她手掌心跳着舞的可怜人！”

陈林枫现在终于可以确定，眼前的这个人只不过是个无药可救的艺术狂热者，并且他显然已经开始接近疯癫的边缘。

于是他站起身来，准备离去。

“非常抱歉，陆先生，我还有事，得回去了。”

当走到门口时，他突然停下脚步，转过身问道：“对了，最后我想再请教您几个问题，那幅画是多久以前画的？”

老人笑了，“那是十三年前，从我的手中所诞生的作品。”

“那么画里的人——莉莉，是罗先生的亲生妹妹，没错吧？”

老人的笑戛然而止，眼神中流露出深深的恐惧：“不，她从来都不是他的妹妹，他不曾有过妹妹，那只是他的幻想而已……那幢阴森的大宅内藏着太多的秘密，那些秘密压得他喘不过去来，压得所有住在那里面的人，也包括我和你，都喘不过气来……”

“不是他的妹妹！那是他的什么人？”

老人露出一丝狞笑，“什么人？我不知道，我只能告诉你，他太过于信赖他错乱的记忆了，他将她藏了起来，自己却不记得了。”

陈林枫无奈地摇了摇头，说道：“谢谢你告诉我这些，那么，希望后会有期，陆先生。”他打开门，走了出去。

罗公馆内究竟藏着什么秘密呢？

罗洛检查着那幅已被重新装好画框的画像，直到他确定这幅画没有遭到任何损坏时才松了口气。

“哥哥！”

一个稚嫩的声音突然响起，吓得他差点将画掉在地上。

拉拉正站在门口看着他。

“那个女生是谁？”她指着那幅画问道。

“呃，这个……”

正当他还在想要怎么解释时，拉拉已走到他身边，并盯着那幅画看。“哥哥，莉莉是谁？”她不解地抬起那双灰褐色的眼睛看着罗洛，而那逼问的眼神则令人感到浑身不自在。

“拉拉，乖，听哥哥说……”

“你为什么不让我知道这个女生是谁？”

“拉拉……”

他的话音未落，拉拉便伸出手去抓那幅画，但是只触碰到画框的边缘。

“你在做什么，拉拉！你会弄坏它的！”他大吼道。

“我就是要把它弄坏！只要没有这个女生，哥哥你就会只看着我一个人了！我不要有别人来抢走哥哥！谁都不可以！”她尖叫着，然后不死心地试图要抢走罗洛手中的画,她没有成功。她紧抓住罗洛的袖子,顽固地乱抓乱挥,为的是要他松开拿着画的手。

“够了!住手!”他大力一挥,然后拉拉便被甩在地板上。

一切都忽然静止了。

他愣了一下,然后看着他刚刚挥开拉拉的那只手——他的手此时正拿着那幅画,而画框坚硬的一角正滴落着鲜血。

拉拉一动也不动地倒在地上,面部朝下,而她的头部正渗出鲜红色的血液,染红了纯白色的地毯。

他小心翼翼地将画放在一旁,上前察看拉拉的情况——她已然断气了。

然后他看见老管家正站在门口。

“老包!”

他吓了一跳,然后恼怒起来,“你一声不吭地站在那干什么?看到这情形了吧!快点把这恶心的东西处理掉!”

“是,少爷……”老包顺从地说着,然后开始处理拉拉仍温热的尸体。

“真是的……幸好这幅画没怎么样。”

当老包将尸体包裹起来时,他听到一旁的年轻主人说了这句话。他抬起头,看见罗洛正拿着那幅肖像画,并舒适地坐在椅子上欣赏。

“要去哪里才能再找到像你一样完美的女孩呢……莉莉……”他对着画像喃喃地说着。

老包站起身,抱着拉拉的尸体走了出去。当门关上时,他又看了一眼门内的那个人,而那人还在细心地查看着他的宝贝画像,他没有觉察到门外那声极轻的叹息。

5

罗洛正愉快地弹着钢琴,而一旁的蕾蕾在合声唱着。

她穿着一件滚着绿色荷叶边的洋装,乌黑的卷发编成辫子斜搭在肩膀上,而她童稚的歌声如同天籁。

突然,琴声戛然而止。

蕾蕾转过头来,不解地看着停止弹奏的哥哥,然后她注意到哥哥警惕的眼神正盯着门外。她顺着哥哥的目光往门外看去,一个有着黑色眼眸、一头黑色长发在脑后束成马尾的年轻男子正站在门口,而他正以一种奇怪的眼神看着自己和罗洛。

“你好，陈医生……怎么这么突然，也没提前通知一下就来了？”罗洛站起身，并保持礼貌地问道。

“我突然很想看看拉拉小姐，所以就来了。”他眯着眼睛笑了一下，从上衣口袋中取出一只小包裹，并将它交给了罗洛。

“这是什么？”

“一条真丝发带，我想这颜色会很适合她的发色。”他笑道，态度看起来有些轻浮，“很适合……乌黑光亮的头发。”他刻意地看了一眼站在旁边的蕾蕾。

罗洛注意到他的眼神，于是便走到蕾蕾面前，柔声说：“蕾蕾，乖，你先出去吧，哥哥跟这位先生有些话要谈。”

她顺从地点点头，然后乖巧地走了出去，将门关上。

此时，房内只剩下他们两人。

“拉拉呢？”陈林枫开门见山地问。

“很遗憾，”罗洛露出了一个礼貌的笑容，“她现在并不在这里。”

“她去哪儿了？”

“我将她送到寄宿学校去就读了，当然……”他仍然笑着，“佳佳也是。”

“哪里的寄宿学校？”

罗洛的表情变得严肃起来，不客气地说道：“陈医生，我认为这跟你并没有什么关系吧？”

“我要知道，罗先生！”他逼近罗洛，脸上不再是轻浮的笑容，而是充满了严肃的神情，“因为在我看来，那些女孩都像是凭空消失了似的！”

“关于她们的事，我没必要告诉你。”

“罗先生！”他一把抓住罗洛细瘦的手腕，大声道，“她们都是莉莉的替代品对吧？告诉我！你为什么要这么做？”

“你弄疼我了，陈医生！”罗洛以一种不甘示弱的眼神抬头看着对方。

“告诉我，究竟是怎么回事？罗洛！”

“我要叫人来了！”

陈林枫这才松开罗洛的手，而罗洛则是抚着手腕，愤怒地看着眼前的无礼之徒。

“罗先生，我只想请你明白一件事，”陈林枫一脸严肃地说道，“不管怎么样，我是相信你的，请你不要让我觉得这是一个错误的决定。”然后便离开了房间。

陈林枫独自一人坐在书房内，翻阅着父亲留下的关于罗氏家族的病历资料。其中特别让他注意到的是，罗洛已故的母亲杜莉莎有着很严重的歇斯底里症的病史，似乎她的家族中还有一种十分古怪的遗传病——间歇性失忆症。

在他正式接手成为罗家的家庭医师这个职务前，他就曾经听说过有关罗家的一些流言飞语，只是当时他并没有特别去注意这些罢了。

杜莉莎是自杀的！

就在十三年前，杜莉莎被发现死在自己的卧房内，警方判定是自杀，但却也有人说，夫人是被她的丈夫谋杀的，原因是她与人有了私情。

当然，不管这是不是真的，罗氏夫妇时常争吵是事实，一些对罗家熟悉的人总是会说，罗老爷对于夫人永无止境的歇斯底里十分头痛。

但是不管杜莉莎到底是因为长期歇斯底里症而厌世，还是因外遇曝光而羞愤自杀，或者被人谋害致死，这些事都已经过去很久了，她早已不在这个世上，而罗老爷也已经过世。他唯一在意的是，根据他打听到的这些说法，在杜莉莎自杀的当天，唯一待在家里的只有当时年仅十岁的罗洛。

一股心疼的感觉顿时从他胸中涌上来，一个那么年幼的孩子，竟然亲眼目睹了母亲的死，而且还是那种可怕的死法，这会是多么残酷的事啊！

他整理着那些病历以及他从各处收集到的剪报资料。突然，一些文件从某本笔记本里滑落到地上，他立刻蹲在地上捡拾。突然，一张照片吸引了他。

那张照片上是十多年前年幼的罗洛，他童稚的脸上没有那个年纪该有的天真和无邪，照片上的他面无表情，一双大大的眼睛直勾勾地盯着前方，看起来十分阴沉。

他翻到照片的背面，上面写着“罗洛，十一岁时摄于家中花园”。

罗洛的母亲是在他十岁那年过世的，所以他可以理解为何这张照片中的罗洛看起来一点都不快乐。他坐到身后的椅子上，将自己往后埋进宽大的椅背里。

然后他像是想起什么似的，开始在桌上的文件中翻找，很快便翻出了另一张照片。

照片中的人是罗洛的母亲杜莉莎，他看着这两张相片，发现罗洛长得跟他的母亲十分相像。他想起那幅莉莉的画像，那幅画中的女孩就有着跟这母子俩一模一样的长相。但是他查过了，罗家并没有女儿，只有罗洛一个独子。

他仰起头，闭上眼睛，整理脑海中纷乱的思绪。“莉莉”这个名字其实跟

"杜莉莎"很像,这只是普通的巧合吗?还是意味着什么?他直觉感到莉莉与罗洛的母亲之间必然有着某种不同寻常的关联,只是他还不知道那是什么。

这时,那位老画家说过的话再度浮现在他的脑海中——

"她从来都不是他的妹妹,他没有妹妹……那幢阴森的大宅内藏着太多的秘密,那些秘密压得他喘不过去来,压得所有住在那里面的人,还有我和你,都喘不过气来……他太过信赖他错乱的记忆了,他将她藏了起来,自己却不记得了……

"她从来都不是他的妹妹……从来都没有……从来都没有……那幢阴森的大宅内藏着太多的秘密……他将她藏了起来……"

他反复咀嚼着老画家说过的话,脑海里忽然闪过一个诡异的念头:罗洛也许有着极端的恋母情结……哦,不!他可能因为目睹母亲遭受父亲的虐待并亲眼看着母亲在自己面前自杀,于是他觉得像母亲这般柔弱的女性,应该有个哥哥之类的人来保护,于是他把自己幻想成母亲的"哥哥",然后寻找和母亲相像的人,以满足自己"保护"的欲望……一定是这样的!

看来,罗洛患上的是一种十分罕见的心理疾病。

想到这里,他感觉到心中豁然开朗。然而下一刻,另一个谜团出现在他的脑海中:那幢阴森的大宅内藏着太多的秘密?

究竟是什么样的秘密呢?

蕾蕾走进书房,但并没有看到哥哥。她注意到哥哥的桌子上颇为凌乱,于是她走过去,将那些杂乱的文件与书本整理好,然后她便看到一只被揉得皱皱的小包裹斜躺在书桌的一角。她觉得那个包装纸图案似乎有些眼熟,于是便将它拿起,突然,里面的东西滑了出来,落在桌子上。

她吓了一跳,心想要是弄坏了哥哥的东西就不妙了,但当她定睛一看,才发现那从包装纸中掉出来的并不是易碎物品,而是两条紫红色的发带。

她将发带从桌上拿起来,那发带上头绣着相当精致的花纹,而边缘则有着可爱的蕾丝滚边。她十分喜欢这发带,于是便开始把玩起来,并缠在自己的长辫子上。

"你在做什么,蕾蕾?"

这时罗洛的声音从身后响起,把她吓了一跳,她立刻转过身来,但手上还拿着那条紫红色的发带。罗洛当然看见了它,他一个箭步上前将蕾蕾手中的发带夺下来,并扔到一旁的纸篓中。

"你为什么要丢掉它,哥哥?"她一脸惶然。

“因为这是讨厌的人送来的东西。”他头也不抬地说道。

“哥哥……讨厌那位陈医生吗？”

他冷冷地看了她一眼：“没错。”

蕾蕾似乎还想再说些什么，但她没有开口，而是转身跑了出去。

罗洛将门关上，走回桌前，弯腰将纸篓中的发带拾了起来。

他看着那发带，脸上流露着复杂的神情。即使当蕾蕾来到这个家后，他也不再能感受到像从前那样单纯的幸福。以往，他只要看着像莉莉的女孩待在自己的身边，只要那样看着，就能让他感到一种心灵上的满足。尽管最后她们总是没有一个人能够像莉莉那样完美，但是他始终深信，他绝对可以找到像莉莉一般完美的女孩。

但最近他的心却变得不安起来。

自己真的可以找到一个完全跟莉莉一样的女孩吗？他原本深信不疑的内心开始有些动摇，他以前怎么会如此相信他可以找得到呢？他质疑，如果这世上根本没有人能够像莉莉一样呢？他曾经找到了三个他当初认为与莉莉极为相像的女孩，但最后她们总是让他失望。如今，他找到了蕾蕾，但谁能够保证她能永远不背叛他的期望呢？

他为此感到心烦、焦虑，急于找出这样的改变是因为什么——到底是从什么时候开始，他深信不疑的想法发生了改变呢？

然后，他看到手上的那条紫红色发带。

是他！

的确，自从那个轻浮的年轻医生闯进他的世界后，一切就全都变调了！

他完全摸不透那个家伙究竟在想什么，他痛恨这样，因为他认为所有事情都应该在自己的掌控之内，一旦事情变得令他无法控制，或是变得跟他原先的期望不同，他就会全盘否定掉并丢弃，但是对那家伙他无法这么做，他不可能像哄小女孩一样把他瞒骗过去，也不可能想个办法把他丢得远远的。

最重要的是，那家伙似乎已经察觉到了什么——他甚至知道莉莉的存在，而他完全不知道他是怎么查到的。

他在桌旁坐下，将发带随手扔到桌上，轻叹了口气。

他想起那天他卧病时，那人轻拂过他额头的手。他此时突然想起来，当时的自己似乎还期待着什么事情，只是他现在想不起他当时到底期待些什么，他只记得那时有种很奇异的感觉流过胸口，而他并不讨厌。

他盯着自己的手腕，被那只厚实的大手紧抓住的痛感到现在似乎还残留着，但这次他很清楚自己没被捏伤，这只是错觉罢了。他记得当他被抓住手腕时，他的胸中还有一种紧张的感觉，紧张到想吐，像是胃里有千百只蝴蝶在狂飞，令他感到很不舒服。

那一定是因为自己对那个叫陈林枫的人厌恶到极点的原因，他想。

6

管家老包曾经有个女儿，但在十年前，她就因为一场海难而下落不明。

当时，他的女儿跟着新婚不久的丈夫上了那艘开往异国的船，腹中还怀着身孕，不幸发生后，女婿的尸首跟船上其他人一起被找到，唯有他的女儿始终杳无音讯。

他很想说服自己，既然没有被找到，那么她或许还活在世界上的某个地方，或许，有一天她会回来，回到自己的身边。

然而他知道，大海一旦夺去了人的挚爱，就总是不愿归还，就算是令人心碎的、死透的尸首，也不愿归还。

没有什么事比得上白发人送黑发人的悲伤，至少对他来说确实如此。有很长一段时间，他让自己沉浸在无止境的哀伤中，没有任何事情再让他感到重要。他自觉年岁也高了，也许他该早点追随他的女儿而去。

但是，那个孩子的无助，却始终令他放不下心。

那孩子跟他非亲非故，只不过是生活在他工作的那幢大宅里的小孩而已，他有爱他的双亲，良好的教养，家庭环境也很富裕，他看起来像是什么都有了，什么都不缺，但是他却明白，那孩子其实很寂寞，他什么都没有，什么都缺。

他的双亲尽管爱他，但却是以自己的方式，他们其实很少倾听那孩子微弱的声音。

他不是那孩子的什么人，所以他只能在一旁注视着。他无法干涉，也无权干涉，所以他只能看着那个孩子一步步走向自我毁灭，而他却无力阻止。

他为那个孩子犯下的错误收拾残局，为他抹去一切犯罪的证据。他知道自己这么做只能让那个孩子在罪恶中愈陷愈深，但是一旦要他想象着那个孩子遭到法律制裁时的情景，他就难以狠心揭发那孩子的罪行。

对于这幢阴森的、掩埋着许多秘密的大宅，他是没有任何感情可言的，他甚至对它有些恐惧，他总是觉得在漆黑的楼道或是某个房间里，有可怕的幽灵存在。这幢房子是受到诅咒的！要不然，曾经的女主人怎么会无缘无故地自杀，男主人在一夜之间变得疯癫，然后抽搐而死？而现在轮到年轻的男主人了。

他也想过离开这里，可是一看到那个孩子苍白的脸和孤独的身影，他的心肠一下子就软了。

孤苦伶仃的他，深爱着那个孩子，他觉得他是他唯一的亲人。

“老包，你可以当我的爷爷吗？”在中庭的喷水池旁，蕾蕾眨着漂亮的灰褐色眼睛对老管家这么问着，将他从那些久远的、不堪的回忆中唤回现实。

“您说什么，蕾蕾小姐？”他有点怀疑自己是不是听错了。

“我是说，我希望老包当我的爷爷。”蕾蕾走近老包，仰着头说道。

“为什么呢？”

蕾蕾走向水池，坐在池畔边，将手放进冰凉的水中，轻轻地说：“因为老包，跟我死去的爷爷很像。”

老包安静地看着她。

“孤儿院的人说，妈妈一生下我就死掉了，她们说，当时我妈妈因为海难被冲到海边，一直撑到生下我才去世，后来是一个老爷爷在照顾我。但是有一天，爷爷睡着了，”她停下在水中搅拌的手，神色悲伤地说，“再也没有醒过来。”

老包的眼皮跳动了一下，黑色的瞳仁突然闪过一丝动摇：海难？

“蕾蕾小姐，那么，您知道您亲生母亲的名字吗？”

她摇了摇头：“我不知道，孤儿院的人也不知道。不过，我身上一直戴着这个……这是我妈妈当时身上戴着的东西。”

那是一尊精巧的佛像。

“这是我身上唯一值钱的东西，可是就算日子过得再辛苦，我还是不想卖掉它，因为这是我妈妈留给我唯一的礼物……”

老包颤抖着双手，紧握着那尊佛像：“当然……当然……这是您亲生母亲唯一留给您的东西啊……”

蕾蕾笑了笑，将佛像收起来。

“老包，你觉得哥哥爱我吗？”

“呃……罗洛少爷很疼爱蕾蕾小姐，这点老包都看在眼里。”但他知道这句话根本就是在自欺欺人。

“不对，”蕾蕾说着，“哥哥虽然很疼我，但是，他看的不是我……有的时候……我觉得哥哥很可怕……就像这幢大房子一样可怕……哥哥好像是把我当成了谁一样……我好怕，我怕……一旦哪天我不再像那个人了……哥哥说不定会将我赶出去……”

“不会的，不会有那种事发生的。”老包的心在滴血。

蕾蕾懵懂地看着他，“真的吗？”

老包的眼神此时变得十分深邃，他很清楚那个人从不会赶走任何他深爱的人，他只会将她们“留”在这里，永远永远……

“不会的，因为老包……因为爷爷会保护你，爷爷不会让那种事发生的……”

他走进总管室，深深地叹了口气。为什么会这样？难道那个女孩……那个叫蕾蕾的女孩真的是他的……

他很清楚，那女孩的年纪刚好是十岁。

他从口袋里掏出一串玉石项链，那上面也镶着一尊精致的佛像，这佛像已经跟着他多年，是他女儿买给他的，而自从她死后，这尊佛像他更是从未离身。

这佛像就跟蕾蕾的那尊一模一样。

为什么？为什么偏偏是她？为什么罗洛偏偏选中她来到这座被诅咒的大宅？他想起他的女儿也有着一头乌黑的卷发和灰褐色的眼睛……他忽然紧紧地握住那尊佛像，无论如何，他不会再让这种事情发生了。

他已经放纵那个孩子太久，他明知那孩子根本不正常，但他却没有阻止。为此，他每天都生活在自责和恐惧之中，每天晚上他都会从噩梦中惊醒，莎莎、佳佳、拉拉在他的眼前不住地晃动，好像在向他索要着什么。

是什么呢？

是生命！宝贵的生命啊！

梳着马尾辫的男子站在高耸的墙外发着呆。

“陈医生？”一个稚嫩的声音传来，把他吓了一跳，他转过头来，看见站在那里的蕾蕾跟老管家。

“啊！抱歉，其实我有点事……”

“请问，你是来找我哥哥的吗？”蕾蕾上前一步问道。

陈林枫这才发现她的仪态和说话方式都显得有些早熟。他有些慌乱地说道：“啊……那倒不是……事实上，是我有事想请问两位。”

“你是特意在这里等的？”老管家的语气中带着几分警惕。

“呃……算是吧。”虽然很不情愿，但他还是承认了。

“蕾蕾小姐，我们走吧。”

“等等，老包，”女孩不疾不徐地走向眼前的男子，说道，“我想知道，陈医生要问我们什么。”她对陈林枫露出了一个友善的微笑。

“这里不是说话的地方，还是到舍下吧，我们可以在花园里边喝茶边聊天。”

当罗洛回到家中时，陈医生刚刚离开，而他很快便得知妹妹方才接待了一位他最不欢迎的客人。

“你为什么要让那家伙进来？”他强压着心中的怒火，盯着眼前面无表情的蕾蕾。

“我只是接待一位友善的客人，如此而已。”

“我应该跟你说过我讨厌那家伙！”罗洛愤怒了。

“但是这次他不是哥哥的客人，他是以我的客人的身份来的。”她抬起头，用那双坚毅的灰褐色眼眸看着罗洛。

“不要逼我，蕾蕾，”他吞了吞口水，恶狠狠地说道，“我还不想那么快就必须讨厌你，你懂吗？”

她站起身来，头也不回地走向阶梯。

“哥哥，你还不明白哪些人是真心对你好的吗？”她这样说着，然后径自走上楼去，留下一脸恼怒的罗洛独自站在那里。

蕾蕾并不知道有拉拉这个人，就像当初拉拉也不知道有过佳佳这个人一样。这让他觉得有一股莫名的战栗感，因为这越来越让他感到自己当初的猜测是可能的。

跟蕾蕾谈过后他更加确定内心的想法：罗洛可能对那些收养来的女孩下毒手了。虽然他极不愿相信，但这是非常有可能的，因为罗洛有动机，那就是“莉莉”。他收养跟莉莉长得极为相像的女孩，但也许她们都不完全符合罗洛心中莉莉的形象。

拉拉与蕾蕾尽管都有着一头乌黑的卷发和灰褐色的眼睛，但是她们的性格却完全不同。他还记得第一次见到罗洛时他那副暴君般的模样，他有一种不合他意就全盘否定、丢弃的倾向，与罗洛朝夕相处的蕾蕾也支持此一说法，所以他可以大胆推测：也许罗洛会对那些女孩做一样的事——逐一将她们“丢弃”！

也许这就是事实。

他实在不愿这么想，但是看到罗洛对那些女孩的下落交代不清，而且一副完全当她们不存在过的样子，他就会感到极不舒服。罗洛正在做错误的事，他非得阻止不可。

他必须这么做！

他正驱车开往回家的路上，然后像是突然想起什么似的拐过一个街角，往来时的路开了回去。

蕾蕾独自一人在房间里做着自己的事，然后突然被鬼魂一般站在自己身后的罗洛吓了一跳。

“哥哥？”

她转过身，盯着眼前看来似乎不太对劲的罗洛。

“你到底跟那个家伙说了些什么，蕾蕾？”他的声音很低沉，充满了阴郁。

“我跟我的客人聊什么，似乎跟哥哥没有什么关系吧？”她挺直了脊背，但是娇小的身躯却在微微地颤抖着。

“那家伙很想知道我们家的事，不是吗？”他慢慢走近她。

“陈医生很关心哥哥。”

“关心？”他怪异地笑了起来，“那家伙只是搞想破坏——破坏我的小小的幸福，我的愿望！”

“哥哥……你到底有什么事情是我……我们都不知道的？为什么你连我都要隐瞒？为什么你什么都不愿意告诉我……”

“啪！”

“啊！

蕾蕾被一巴掌打在脸上，而她娇小的身躯也因为这一掌跌倒在地。

“够了！你们一个一个都要这样无止境地问下去吗？为什么你们这些女人永远都有这么多的问题？”

他的神情极为悲愤，怒吼道：“你们没有一个人比得上莉莉！没有一个人能像莉莉那样可爱、完美！我看清楚了，我什么都不要了，我再也不要你们这些可憎的女人靠近我一步！我只要永远抱着对莉莉的怀念活下去就好了……一切都结束了！”

当蕾蕾还来不及思考“莉莉”这个陌生的名字意味着什么时，她就感到自己的长辫子被一把抓住，然后被粗暴地拖向门外。

7

当她从昏迷中醒来时，罗洛正站在她的身旁，而看见她醒时，他的脸上便露出了一丝微笑，“你醒啦，蕾蕾。”

她松了口气，原来她是做了一个噩梦。也对，哥哥怎么可能会那么粗暴地对待自己呢?她不禁露出了安心的笑容。但当她想要坐起身时,却发现自己完全动弹不得——她的双手和双脚都被绑住了,并被放在一口玻璃制成的棺椁里,而罗洛正看着她,脸上的笑容也开始变得难以捉摸,令人不寒而栗。

"因为你实在是太吵了,所以我不得不先让你睡一下。"他拿起一条沾有药物的手帕,在蕾蕾眼前晃了晃,继续道:"我本来想让你就这么在睡梦中死去的,但是既然你醒了,那就没办法了。"

原本温文尔雅的哥哥此刻看起来像个恶魔!

"不……不要!管家爷爷!管家爷爷!"她惊恐地大喊。

罗洛脸上狰狞的笑意此时变得更浓了,他走到玻璃棺椁的另一边,弯下身在她的耳边轻声说道:"老包不会来的,他现在正躺在楼下睡觉,而且永远都不会再醒过来了。"

"不……为什么……"泪水涌上了女孩的眼眶。

"因为那个老头太啰唆了,他应该听我的话帮我处理好一切事情的,但是这次他却不肯帮我,他断然拒绝了我,还劝我……所以,留他也没用。"

"为什么……为什么你要这样子?"

"为什么?你就跟她们一样,永远也不可能像莉莉那样完美。比如莎莎,她放任自己成为一个骄横、可憎的女人,我实在看不惯她再这么堕落下去,所以我了结了她。佳佳则是因为愚蠢的好奇心害了她,而拉拉是因为她那丑陋而又自私的占有欲——可笑的是,正是由于她那愚昧的心理令她永远失去了我!"

他忽然咯咯地笑起来,"而你,我的小可怜儿,你知道你什么地方做错了吗?你自以为你什么都知道,你太自作聪明了!如果你不是那么叛逆的话,没有在那个陈医生面前乱讲话的话,或许你还可以在我身边多留几年!"

女孩无助地哭着,她知道自己必死无疑。

"之前那些女孩都丑陋得腐烂掉了,就连她们唯一可取的外表也无法长久,我只好叫老包帮我将她们埋了,这次我不会再犯同样的错误,为了让你那与莉莉相似的容貌再多留一阵子,我要将你保存在玻璃棺材里,就像……"他退后一步,望着这房间内到处挂着的蝴蝶与花草标本,"就像这些漂亮的标本一样!"

"不……不要……哥哥……求求你……"

他狞笑着弯下腰,右手在空中划出一道优美的弧线,最后落在胸前,"晚安,我可爱的小蝴蝶。"然后他掩上了玻璃棺盖。

外面不知何时竟开始下起雨来，远处响着隆隆的雷声，看来这场雨不会小。陈林枫开着车，脸上是忧心忡忡的神情，他粗暴地撞开那扇上了锁的铁门，然后驶进那条熟悉的林荫大道，前往罗家宅邸。

一道粗大的闪电划过天际，照亮了阴森的大宅，紧接着巨大的雷声滚过。

他皱了皱眉，在大门前下了车，此时雨势极大，他很快地跑到门边，当他正准备伸手敲门时，却发现门并未上锁。一种不祥的预感油然而生，他推开门，走了进去。

看起来像是所有的仆人都同时辞职了一样，偌大的房子里一个人影都没有，冷冷清清的，如同一座坟墓。他想起了那位老管家，但是他此时并不知道他在哪里，只能在大厅内乱晃，口中叫着："有人在吗？"

他非常担心蕾蕾的安危，他知道以罗洛的性格，蕾蕾今天的所作所为一定会激怒他，现在她很有可能已经受到了某种威胁。他急得焦头烂额，但除了在空旷的屋子里乱撞乱绕，他别无他法。

这时，一个微弱的声音从黑暗的某处传来。

他立刻转过头去，看见了那架拉拉曾经弹奏过的钢琴，而钢琴旁边躺着一个人。他吃了一惊，马上跑过去将那人扶了起来。

那人正是管家老包，他的额头受了伤，正在往外流血。

"陈医生……"

"别说话，我现在立刻去叫救护车。其他人呢？"

"他们全都被少爷遣散了……陈医生，我不要紧，快拿上这个……"他从腰间拿出一串钥匙，并挑出其中一把交给陈林枫，"西边走廊第五个房间……小姐就在那里……快去救她……"他老泪纵横地说着，脸上充满了悔恨。

"我知道了，我立刻就去。"评估过老管家的伤势后，他认为对方应该没什么大碍，"你等着，我一定会将她救出来的。"说完他马上奔往西侧的走廊。

走廊上很静，这间大宅子此时宛如鬼屋，尤其窗外时而闪过的电光，更增添了这里诡异的气氛。

他急匆匆地奔往管家所说的第五个房间，然后用那把钥匙打开了紧锁的房门。

一踏进屋内他就闻到了一股奇怪的香气，他定眼一看，房间里到处都悬挂着经过干燥处理过的花草以及蝴蝶的标本，然后，他赫然看见眼前横放着一只巨大的玻璃棺，里面躺着的正是可怜的蕾蕾！

难道那个可恶的家伙想把这女孩也作成标本吗？

这个恐怖的猜测没有在他脑海中盘旋太久，因为他马上就为该如何救出玻璃棺中的女孩而焦虑。他看到她双眼紧闭,看来似乎已经没有了意识。

终于,他在角落里发现了一把椅子。他立刻拿起椅子敲破柜子上锁的那部分,将柜子打开,拉出不省人事的蕾蕾。还好,她还有呼吸,只是已经陷入了昏迷。

他不断叫喊着她的名字:“蕾蕾！蕾蕾！”

而当他怀中的女孩渐渐恢复意识时,老管家也拖着踉跄的步伐走了进来。“蕾蕾小姐！”看来他的伤势的确不严重。

“爷……爷……”那稚嫩的小手缓缓地伸向来人。

“蕾蕾小姐！对不起……对不起……都是老包不好！”

陈林枫并不明白为什么老管家这么说，他只是观察了一下蕾蕾的状况,看来她应该是没有什么大碍了。她被放到玻璃棺中的时间并不长,要是再晚些的话,恐怕她真的就会被活活闷死——想到这里,他的后背再一次冒出冷汗。

“我要去找罗洛,他还在这幢房子里对吧?”他知道那个人不会逃走,他一定在某个地方守着他的“莉莉”——那幅美得让他背脊发凉的肖像画。

老管家沉默了一会儿,然后转身打开一旁上锁的抽屉,取出一把手枪,郑重其事地将它交给年轻的医生。

“我要带小姐离开这里。过去,我被错误的感情左右着,导致我差点就要失去更重要的东西。”他难过地看了看虚弱的蕾蕾一眼,他因为对罗洛的怜爱而害了她。他已经失去过他的亲生女儿，他不想再失去自己的孙女——不管那是不是他的孙女。罗洛所做的是错事,他再清楚不过,但是他也明白,自己终究不忍看到罗洛最终的下场,所以他自私地将这个重担交给了眼前这个男人。

“现在,只有你能救他了,拜托你了！”

他默默地接过了枪,脸上看不出有任何情绪的波动,“你知道他在哪里吗,老包?”

“阁楼上最里面的房间……那是他唯一深爱的地方。”

8

他走上那阴暗的阶梯,抬头看到尽头处透着一丝诡异的微光。他拿出手枪,小心翼翼地走上楼去。

房门是半掩着的,昏黄的光线从门缝里透出来,他一脚将门踹开,然后冲进去将枪口试图瞄准其实不存在的敌人——狭小的房间里没有任何人，这让他愣了一下，难道自己想错了，其实罗洛早就逃离这幢屋子了？

他顿时有种泄气的感觉，如果罗洛已不在这间屋里的话，那大概也无法再找到他了吧，他这样想着，然后丧气地将枪收了起来。

墙上挂着一幅用白布盖起来的画，他想那应该就是莉莉了。他对罗洛的估计是错误的，他甚至没有带走这幅他心爱的画，他为了保命狼狈地逃走了——当然，任何一个罪犯都会这么做，他凭什么认为罗洛不会呢？

他拉下那块纯白色的布幔，他注视着那幅画，在昏黄的灯光下，那画中人有种令人着迷的美。他后退一步，突然发现在她的美丽之下暗藏着某种东西，而那是他曾经很熟悉的！

他眯着眼，想找出他刚才察觉到的东西。他下意识地将画从墙上取下来，想将她仔细看个清楚，但后来他并没有找到他在这幅画上意图捕捉的东西。当他想再次将画挂上时，突然注意到墙上原本挂画的地方有一块颜色跟其他范围不一样的部分。

那是一个椭圆形的范围，只有那个地方比墙的其他部分白一些，不是很明显，但仔细看确实有那样的轮廓存在着，看起来，就像是曾经有什么东西挂在那里，但现在被取下了的样子。

他将画放下，对那块颜色不协调的地方产生了兴趣。他环顾四周，终于在杂物堆放的角落里看见了它，它被一块厚重的粗布捆住，令人不太容易注意到它的存在。他走过去，将它搬出来，解开那块满是灰尘的粗布，然后将它重新挂回到那个原本属于它的地方。

那是一张镶嵌在椭圆形相框里的老照片。

“不！天哪！这怎么可能？”他发出了歇斯底里般的惊呼。

他究竟看到了什么？

良久，他终于恢复了平静，但是他的脸上仍不断变换着表情。

他的视线不再落在那幅画上，只是安静地注视着它——那张照片，思考着许许多多的事情。

他一直认为所谓的“莉莉”是个不存在的人物，是罗洛幻想出来以代替他母亲的存在，用来填补他内心那段失去的美好童年，所以“莉莉”应该是个小女孩，而罗洛把自己幻想成小女孩的哥哥，以满足自己的保护欲——其实是对受到非人虐待的母亲的同情和迷恋。

“莉莉”就是罗洛的憧憬，是他曾经想要却没能得到的东西。

一直到刚才，他都认为自己的推论没有错，在弗洛伊德的著作中，也有过类似病例的描写。但是当他看见这张照片时，他发现一个更简单明了的解释正摆在自己的眼前。

他奔出了房门，冲下楼梯，留下阁楼里那幅孤单的“莉莉”以及挂在墙上的那张有着细致雕琢的椭圆形边框的老照片。

在宅邸某处，传来一阵十分悠扬的琴声，于是他往发出琴声的房间快步走去。

他果然没有逃走。

房门是半开着的，这次他没有拿出手枪，而是径自走了进去。他一进门便看见地上摆着四幅女孩的肖像画，而那些画作全被某种尖锐物品给划破了。那些画上的人他多半见过，有佳佳、拉拉、蕾蕾，还有一个他没见过的女孩。

他的心猛地一沉，因为遇害者居然比他所知道的还要多。他抬起头，看见钢琴后那头乌黑的短发，而琴声也在此时戛然而止。

那个戴着金丝边眼镜的男子站起身，斜倚在钢琴边，淡淡地说道：“那些画我不要了，最好的只要一幅就够了，这些全都是拙劣的复制品。”

“你将她们视为复制品是吗？她们可都是活生生的人啊！”陈林枫愤慨地看着他。

罗洛不以为然地抬了一下眉毛，“你看过阁楼上那幅画了吗？”

“当然，这次我把那幅作品看得很清楚，而且我认为……”他停了一下，忽然提高了声音，“我认为那才是拙劣的复制品，罗先生！”

“你说什么？”罗洛脸上现出愤怒的表情。

“如果我猜得没错的话，莉莉并不在那幅画上，她活生生地存在于这个世上。”他走近罗洛，“就像你我一样呼吸着……为什么你要忽视她的存在，为什么你要拘泥于她的过去呢？拘泥在那幅虚幻的肖像画上？”

“你到底在胡说些什么？”罗洛眯着眼睛盯着对方，“莉莉已经死了，她的时间永远只停留在她十岁的时候，只有那幅画记录着她的存在，对我来说，那才是真实的，世界上没有任何东西比它真实！”

“就连你也比不上？”

“是的！”罗洛大声道，“在她面前，我只是个幻影！”

“可是你说她死了。”

“她的确死了。”

“她其实还活着，”陈林枫直视着对方的额眼睛，说道，“她并没有死去，她自始至终都存在于你我的身边，只是，她离你太近了，导致你无法看见她。”

罗洛伸出手，将金丝边眼镜摘下来，灰褐色的眸子不解地打量着对方。

“那幅肖像画是在她十岁那年画的，完成于十三年前，所以她现在应该是二十三岁，就跟你一样大，罗洛。”

罗洛仍然疑惑地看着他。

“你还不明白吗？她的岁数跟你一样大，所以她并不是你的妹妹！”

“你到底想说什么，我……”

“罗洛！”他粗暴地打断对方，“就算是双胞胎兄妹，也很少有人会长得那么像的，那幅画上的女孩长得就跟你小时候一模一样，而且我调查过，罗家那年出生的孩子只有一个，而自始至终也只有一个……”

他望着罗洛，而后者正用一种难以置信的眼神看着他。

“那就是你，罗洛，你就是‘莉莉’！”

老画家的话再一次在他的耳畔轰鸣着：“……他太过信赖他错乱的记忆了，他将她藏了起来，自己却不记得了……”同时，他的脑海中浮现出资料上的那段文字：杜莉莎的家族中似乎有着一种古怪的遗传病——间歇性失忆……

罗洛愣在原地，似乎完全无法理解他的话。“你说什么？”

陈林枫苦笑了一下，说道：“当初我被那位老画家的疯癫模样给误导了，他才是知道一切真相的人。为什么他会认为后来的女孩们都无法跟‘莉莉’相比？为什么会说只有‘莉莉’才拥有暧昧不明的‘神性’？那是因为‘莉莉’根本就不是女孩，是一个被装扮成小女孩的男孩！所以为什么没有一个女孩能完全像‘莉莉’一样，因为她们都是真正的女人！她们没有‘莉莉’那种造作的假象，她们的本质就如同她们的外表一样单纯。她们没有那么复杂的伪装，所以你没有办法爱她们，你爱的是那个假扮成女孩，跟你有着同样容貌、同样性别的‘莉莉’！你所爱的人是你自己，罗洛！”

有那么一刻，罗洛脸上浮现出痛苦的表情。

“你别开玩笑了！”他忽然大吼起来，“我曾经亲眼看过莉莉在庭园里，在这幢房子里玩耍，你这个从没来见过她的人凭什么这么说？太荒谬了！根本就是胡说八道！”

“那么请问，那个时候你在哪里？”陈林枫直视着对方，“当莉莉在玩耍的时候，你在哪里？你那时候又在做什么？”

“我……”罗洛一时语塞。

他清楚地记得在那个阳光普照的午后，莉莉在庭院里唱歌、玩耍的模样，他也记得她身上穿的是一件浅蓝色的洋装——他甚至摸过那件衣服，他知道它的材质跟摸起来的触感——但他是在什么时候摸到那件洋装的呢？当莉莉在庭院里的时候，他又在做什么呢？

他知道自己一定也待在庭院里，不然他不可能看见她。但他却没有跟莉莉一起玩耍或者跟她说过话的印象——关于莉莉的回忆此时就像一部无声电影，而且有着太多不完整的片段，除了那幅画之外，他一点也想不起来有任何能证明莉莉存在过的证据，他甚至没有她的照片，而他不知道为什么没有。

他呆立在原地，脑海中满是纷乱的思绪。

“罗洛。”

一个温和的声音唤醒了他，他抬起头，无助地看着眼前的陈林枫。

陈林枫正以一种关切的眼神注视着他，那种眼神让他突然想起了他的母亲，而此时似乎有某种东西正在他的胸中开始瓦解。

他仍然站在原地没有动，只是看着对方，他不知道自己脸上是什么样的表情，但对方却正在靠近他，触摸他的脸。那只手仍然像他印象中的一样厚实、温暖，他可以感到自己的腰也被同样厚实的另一只手环住，他现在在他的手掌心里，就像一只猫般顺从。

我这是怎么了？我……怎么了？

他猛地抬起头，看见那双黑色眼眸正注视着自己……

当陈林枫倒在血泊中时，他想的是那位老画家说过的话：“她会像那样安静、乖巧地看着你，而当你发现她的魔性时，你已将自己的心脏刨出来双手为她奉上！”

他自嘲地笑了笑，那个乍看上去有些疯癫的老画家真是料事如神，他说的一点也没错。此时，他倒在钢琴旁边，侧腹不断地流着血，他被捅了一刀，而凶器就被扔在他旁边的地毯上。他早该察觉的，当他看到地上那些被利器划破的画时，他就该想到罗洛身上可能藏着刀的。

他居然忘记站在他面前的是一个杀了三个小女孩（还意图杀害第四个）的杀人魔，居然一时因为他那无助的模样而生起了一股怜悯。

他无力地望向那昏暗的天花板，他觉得自己好像正和这幢阴森的大宅渐渐融为了一体……

9

警察在罗公馆的花园里发现了三具女尸，其中一具年约十三岁上下，另两位死者的年纪在十岁左右，她们的姓名分别是罗莎莎、罗佳佳以及罗拉拉，她们原本都是不同孤儿院的孤儿，而从约莫五年前开始，她们才陆续住进罗家，并入了罗家的户籍。

而凶手——现年二十三岁的罗洛尚未被缉捕到案。

罗公馆的仆人从前年开始就被遣散了大半，而那个时间大致符合第一位死者罗莎莎被害的时间。当罗蕾蕾来到罗公馆时，整幢大宅的仆人已减少到五人，而这些人都是服侍罗家超过二十年以上的老仆人，有着绝对的忠诚。

不久后，警方在黄埔江畔发现了一具尸体，一具被火烧得面目全非、无法辨认的男尸，不过根据罗家老仆的指认，尸体上残缺的衣服正是罗洛消失那天所穿的，而身上的值钱物品皆不翼而飞。

这样看来，罗洛很有可能是在逃亡的过程中被人谋财害命。

没人想到，震惊法租界甚至整个上海滩的"罗宅凶案"竟然会以这样的方式收场，真是莫大的讽刺。

这些事陈林枫都是从报纸上看到的。他将身体埋进厚实、柔软的椅背里。突然，他像是想起了什么，急忙从办公桌的抽屉里取出一个笔记本，这是他那天奇迹般苏醒过来准备离开罗宅时，无意中在门口的信箱里发现的，应该是老包临走时所留下的，上面记述着罗洛的童年。

以下是陈林枫根据笔记本上的内容，查阅弗洛伊德的著作后所作的分析：

杜莉莎是一个精神状况并不稳定的女性，至于这是她先天使然，还是自从嫁进这幢阴森的大宅后才变成如此，不得而知。罗老爷很少在家，他唯一在乎的只有他的事业，对他的妻小则很少关心。也许正因为这个原因，于是杜莉莎开始变得对一切都漠不关心，只在乎她自己的外貌。

她对美丽的执著已经到了近乎病态的地步，而她的自恋也间接影响到与她相关的一切，她认为她应该有个能够延续她美丽的女儿，而不是儿子，于是她将年幼的罗洛装扮成女孩，并用自己的小名"莉莉"为他取名。

她让他弹琴、唱歌，不让他走出门户一步，把他当作一个精巧的洋娃娃般一样爱护，在小罗洛懵懂的认知中，根本不明白什么性别之分，他只知道母亲极为疼爱自己，却不了解母亲只是透过他装扮成女孩的外表在爱着自己。

但那却是小罗洛最快乐的一段时光——尽管那只是建立在假象之上。

然而，这种情况并没有持续太久，罗老爷一向对家里的事不闻不问，他根本不知道他唯一的儿子被他的妻子搞成那副德性，等到他发现时，罗洛已然十岁，长久以来他像个女孩般生活着，罗老爷这才惊觉兹事体大。之后,理所当然的,他与妻子发生了剧烈的争吵,甚至动手殴打,而后来的事也不是什么秘密了——杜莉莎因忍受不了丈夫的虐待,在一个阳光普照的午后上吊自杀了,而小罗洛是唯一的目击者。

失去了母亲,小罗洛很快便被引导到一个正常小男孩的道路上去。刚开始他无法习惯,但罗老爷严厉、强硬的矫正态度迫使他不得不在短短的半年多时间里就回归到一个男孩应该有的样子。

那半年里,哭叫声、殴打声与咒骂声没有一天停止过。终于,最后小罗洛不再有那些女孩的习气,而完全像是变了个人,变成了男孩。他的父亲当然极为高兴,感谢上苍帮他找回了一个正常的儿子,却不知道,罗洛的杀戮正是从那个时候开始的……

“这样看来,第一个被罗洛杀死的并不是莎莎,而是他内心深处的‘莉莉’。”他放下笔记本,轻声叹息着。

思忖良久,他继续分析着。

经历过那短短的半年后,也许是母亲家族中的遗传病所致,罗洛失去了所有关于他十岁前的记忆,他不再记得他曾经是个女孩,也不再记得他母亲死时的那天午后,更不记得那暗无天日、噩梦般的半年……

但是,他真的就此将“莉莉”杀死了吗?

那半年时光消去了他身为“莉莉”的记忆,但却没有完全消去他脑海深处那些与他母亲度过的美好时光。他记得母亲对他的疼爱,于是他产生了一种强烈的也想去照顾他人的心态,就像他母亲当初对他所做的一样。

他无法忘怀身为“莉莉”时的那段快乐时光——尽管他已认知到性别之分,不再记得他就是“莉莉”,但“莉莉”与“记忆中的美好”这两者已在他的认知中密不可分,所以他不断找寻与“莉莉”——其实是与他自己——相像的女孩,对她们做当初母亲同样对他做的事——照顾与自己相像的孩子从而达到某种自我满足。

如果说“莉莉”是罗洛的母亲一手造成的,那么后来的那个冷酷、完美主义、暴君般的罗洛就是他的父亲所造就的。他的人生被一分为二,一半属于母亲,而另一半则属于父亲,但这两者加起来却没有让他的人生变得完满,反而更加支离破碎。

他缓缓合上了笔记……

几天之后，陈林枫从繁华的大上海搬到了乡下。他改了行，不再为人看病，而是教乡下的孩童弹奏钢琴。

这天，当他经过一家旧书行时，一本童话绘本吸引住他的目光，于是他将它拿起来翻了一下。

那本书的名称叫《斑衣吹笛人》，他随手翻到最后几页，上面画着一轮明月，还有黑漆漆的夜色跟黑压压的山头，一列长长的孩童队伍往山的方向前进，前头则是一个身穿彩衣，吹着笛子的男人——在漆黑的背景中，他仿佛闪烁着光辉，而在道路尽头等待他们的却是一个深不见底的山洞。

他看了一眼上面写的文字：

笛声飘扬着，每一家的小孩都跟着笛声跑到路上，跟在吹笛人的身后。他一边吹着笛子，一边往山上走去，所有的孩子跟在他身后，走着走着，月光渐渐被云挡住，吹笛人和孩子们愈走愈远，最后全都消失在山里……

这是一个许多人都很熟悉的童话，但他此时看到这段故事却格外地有所感触。

罗洛就像那个身披彩衣的吹笛者，他吹奏着美妙的笛声，将那些小女孩一个个带走，从此她们便消失在这个世上，再也没人知道她们去了哪里，而彩衣的吹笛人不但带走了孩子们，也带走了他自己的行踪，他们全都消失在那个黑压压的山洞之中，而山洞通往何处，没有人知道。

当然，现实不像童话故事那样浪漫，也不像童话故事那样不负责任，罗洛带走的那些女孩，她们的尸体都在罗公馆的花园中被找到，而蕾蕾是那个差点进入山洞的小孩，那么吹笛者——罗洛本人去了哪里呢？他去了哪个属于他的山洞呢？

他真的死了吗？

没有人知道。

他将书放回原处，然后转身离开。

我知道那天晚上你干了些什么

文/何许人

我想到了一个办法，近乎疯狂的办法。我把卡插进了手机槽里，开始给每一个我认识的人发短信，我想，总有一个心虚的人会被我撞上吧，不论谁回了短信，我只要对方来帮我撬开门外的锁，然后……

1

午夜的天台空旷而清冷，我披着外套站在角落里，看着睡眠中的城市。漫无边际的黑色中，一栋栋死寂的楼房像潜伏的野兽，远处闪烁着的霓虹光芒让人联想起狂欢的妖魔。我的心中有些酸，此时此刻的范离，一定和玛吉在那些霓虹下快乐地笑吧。

两个小时前，我在这个天台上看到范离来宿舍楼下接玛吉出去，就像当初他来接我时一样，送一大把百合和费列罗巧克力。范离会把那些给我讲过的老笑话讲给她听吗？那些笑话对玛吉来说应该是新的。不难想象，玛吉一定会夸张地笑，抹着蜜色唇彩的嘴裂开来，露出里面洁白整齐的牙齿，然后像孩子似的撒娇，要范离把巧克力喂给她吃……我的双手揪着头发，发根因为用力太大被扯紧，这些事情，越想越头疼。

一阵风吹来，吹乱了我的头发，烦！我不耐烦地撩起头发，指缝中扯断了几根，应该有痛楚通过神经传达到了大脑皮层，可我却感觉不到疼。难道还会有什么比此刻的心痛更痛的吗？范离真的和我分手了，我该怎么办？我无力地依偎在墙角，虚弱得像一片随时会被风卷走的枯叶。

玛吉有什么好？一看就是个虚伪的女生，大大的双眼皮是用胶布贴出来的，说话的时候喜欢做作地捂着嘴，在男生面前装作清纯可爱的样子，其实，一回到宿舍最爱八卦的就是她。真不知道，如果范离看到了她在宿舍里用蜜蜡拔腿毛的样子会怎么想，还会把她当成可爱的小卷心菜吗？

这么想了好一阵子，我才觉得解恨。可只能想想而已，我怎么都改变不了范离已经和我分手的事实。我们从大一刚进校时就在一起了，整整两年，连辅导员都觉得我们好般配。我们曾经在那年的平安夜里双手紧握许下诺言：这一生永远都在一起。

昨天晚上，小米捧着我的手说我和范离分手后吃不好也睡不好，人瘦了一大圈，她看了都心疼。

小米会心疼我，可我出现在范离眼前，他明明看到了我的憔悴却只礼貌地点头算是打招呼，好像我们只是普通的同班同学，他脸上淡到不能再淡的一丝微笑甚至比普通朋友还客套得多，但只一转身，他就对着玛吉绽放笑颜，那种曾经在我们相识最初才出现过的迷人的笑。

每次一想到那幅画面我的心就比针扎还疼。

这一切，全都怪玛吉！

如果不是玛吉的出现，如果不是范离生日那天我得了急性阑尾炎，如果我出现在了那个派对上，范离一定还会和我在一起的。

我捏着华丽的蕾丝饰边裙摆，手心里的潮湿在上面留下斑斑的汗渍，这条裙子是我省了一个月的零花钱买的，就为了那个晚上穿给范离看，可是现在，他再也不会注意到了，我的美丽还是丑陋都与他无关，我开心还是痛苦都与他无关，每个人都看到他只在乎玛吉一个人。

夜色浓得像化不开的墨，我已经在天台上待了整整一个晚上了。我，范离，玛吉是一个班上的同学，现在全班的同学都知道范离把我甩了后第二天就和玛吉同进同出了，好几次我都看见辅导员对我欲言又止，我知道，她想安慰我。

不想回寝室，不想看见同学们怜悯的目光。从小到大，我的成绩，不论是数理化还是音体美，全部都名列前茅，学校的奖学金我也是拿最高等的，就连勤工俭学，我赚的钱也比其他同学也多。作为一个没有父母的孤儿，我的一切成绩都是自己争取来的，我渴望成功，渴望获得一切其他有父母的孩子拥有的东西，我讨厌被当做弱者的感觉。

我在黑暗中把牙齿咬得咯咯响，失去原本属于自己的幸福，任何一个女人都不会甘心。

2

一双手落在我的肩膀上，温暖的感觉传来，我抬头看了一眼，是小米。她来天台找我。她说：“如果你还爱着范离，还想要他回到你的身边，坐在这里是什么都改变不了的。回去吧,好好休息,有了精力,才能想出办法来的。”

小米和我都是在福利院长大的孩子,她比我还小一岁,说话做事却像我的姐姐,我们就像真正的亲姐妹一样,她凡事都会真正地为我着想。

是啊,我也感觉有些冷了,再在这里坐下去明天肯定要感冒的,我听她的话,乖乖地下了天台。回到宿舍,同学们早就睡了,小米爬上床后,不久也传来了规律的呼吸声。

可我的脑海中只有玛吉和范离的影子像走马灯一样片刻不停地晃动着,僵硬了一天的身体虽然很累了,脑子里的神经却还在疯狂地超速运转着,那种感觉真的让人濒临崩溃。如果再不找点其他事情做好让我停止想范离和玛吉,我怕我真的要疯了,我轻手轻脚地爬下床来,打开电脑上网。

BBS 里,还有不少在线用户,看来,这样深的夜里和我一样睡不着的人不在少数。我一边漫无目的地点开帖子,一边和一个刚认识的网友聊天。对方的名字我并不熟悉,我甚至从来不聊 QQ,我只喜欢和不熟悉的人聊天,而且下次绝不会再找同一个人,这样的感觉让人放松。我担心被熟悉我的人了解,他们会知道我的弱点,然后伺机超越我。除了小米,只有陌生人才让我有安全感。

网友叫剖开的心,听上去像是和我一样有着关于感情的烦恼,我们聊得很投机。虽然不能确定对方是男是女是老是少,抑或根本是一条会打字的狗,这些都不重要,重要的是,她给我讲了一个让我很感兴趣的小游戏,一个恶作剧性质的小游戏。

她说,她男朋友和其他女孩子好了,和她分手后,为了报复那个女孩,她曾经发送过一条短信给对方,短信只有一句话:我知道那天晚上你干了些什么。这是个纯属恶作剧的短信,因为她并不知道对方那天晚上都干了些什么,只是凭着感觉认为对方不是什么好人。结果,对方很快就回了短信过来,问她究竟是谁,想要干什么。她回短信过去,让她和现在的男朋友分手。不知道那个女孩究竟做过些什么见不得人的事,对方竟然真的照办了,三天后和男朋友分手。她的男朋友后来想起了她曾经的好,重新追求她,结果被她冷冰冰地拒绝了。她说,拒绝他的那一刻她感觉心口上那处疤痕竟然完全愈合了,她再也不会为他心疼了。

看剖开的心给我讲这些关于她的故事,我开始幻想着自己也能和她一样,让玛吉离开范离,然后,我要范离重新来追我,我再当着所有人的面拒绝他,这样,我的心一定也不会再疼了吧。越想越觉得兴奋,一直到天边最后一颗晨星失去光芒我才恋恋不舍地关了电脑,上床睡觉。

这次，我睡得很快，而且睡得很踏实，梦里我看见范离被玛吉甩了后哭着跪在我的面前，求我原谅他，跟他和好……

3

再次睁开眼睛，天快要黑了，我脸上已经恢复了往日的光彩，在镜子前顾盼生辉，那是自信的颜色，我已经知道该怎么要回我失去的东西了。

我穿上一条黑色的裙子出门，小米在走廊上看见我，有些为我良好的精神状态吃惊，她问我去干什么。我笑着拍了拍她的肩膀，说："放心，我已经没事了，只是去散散心。"我不会让小米知道我究竟要去干什么，和范离分手后她没少为我操心，我不想让她再为我担心。

出了寝室大门，我去买了点吃的东西，然后就拐回了寝室楼下，在一棵大树的后面，像只黑色的猫一样躲了起来。天已经黑了，我目不转睛地盯着玛吉住的寝室。

人不可能永远不出纰漏，如果有人专心致志地寻找的话，一定会很快发现。

我不相信自己会有剖开的心一样的好运气，随便发一条短信过去人家就会相信你真的有她的把柄。我是个脚踏实地的人，一切讲究真凭实据，决不容许自己的成功仅仅是因为侥幸，如果真的要对玛吉出手，我不会打没有准备的仗。

一个晚上过去了，我远远地看着玛吉走出寝室出去吃东西，又去了图书馆看书，直到她回去，一切都很正常。不过没关系，我有的是信心和精力。一个人，不做错事很正常，一辈子从不做错事那是绝对不可能的，只要我继续跟踪，我相信我会有所收获。

天助我也，一个星期之后，我终于等到了我需要的。

那天，玛吉特别开心，因为她的家人给她买了一辆新车，那辆车太新了，以至于还没有来得及上金属牌照。我们全年级还没有一个学生拥有属于自己的汽车，她脸上的得意在招摇着，恨不能立刻用大喇叭告诉全校同学。那辆车是热烈的红色，虽然是跑车的款式，在我看来却像极满街跑的的士，十足的暴发户风格。玛吉的家里是暴发户，这几年在股市上斩获颇丰，买别墅，买车，生怕别人不知道他们家有钱。我说不准范离和玛吉交往和她家里的钱有没有关系。虽然范离的零花钱也不少，也有个有钱的老爸，不过，关于他的身份……

那是在周末的晚上，范离大概不在学校，我看见玛吉兴冲冲地打了好几次电话，却一脸失望的表情，玛吉于是决定自己一个人出去试车，兜风。我打了的士跟在她的后面，她的驾照是才拿到的，看样子还很不娴熟，红色的小车时快时慢，只敢在学校附近人少的路上兜着圈子。

她兜到第三圈的时候可能是操作熟练了些，于是加快了速度。可就在街口的拐角处，玛吉的车忽然一个急刹车停了下来……她下车朝地上看了看，双手紧紧地捂着嘴不让自己发出尖叫，慌乱的她看上去吓傻了，都没有注意到周围有没人就迅速回到车上，飞快地逃离。

如果我没看错刚才好像从路边窜出一位农村老大妈，高一脚低一脚地走着，面对着刺眼的车前灯，她显然愣住了。

莫非玛吉撞人了？

我的心怦怦直跳，真是千载难逢的机会，刚才整个事情从发生到结束，不超过一分钟，而我的手心里正攥着拍照手机。机会就是留给有准备的人，我把刚才玛吉下车俯身察看后惊慌失措的表情，还有最后匆匆上车飞速逃走的画面全部拍成了视频。

"哪家公司的，到底会不会开车？"司机大叔一边说着一边停车，然后下车察看，听他的口气是在夜色里把玛吉的红色小车当成了的士同行。他大概是个热心肠，估计准备上前给那位新手同行上一课。我也随着他下了车，并一起过去看。

一阵风吹来，带来浓烈的血腥味，果然出事了！

地面上，那位老大妈仰面朝天地躺在地上，身上穿着的是款式很土气的大襟棉布衣服，脚上是一双黑色的布鞋，身下有一大摊殷红的血，正一点点朝着我和的士司机的脚边扩散开来。我赶紧往后退了一步，生怕被那血沾上。老大妈的脸色苍白，她的眼睛大大地睁着，嘴角微张，像有什么话要说，却说不出来。老大妈的脸，我竟然觉得有些熟悉，是谁呢？我是孤儿院里长大的人，从来没有过也不可能会有什么亲戚。暂且也顾不了那么多了，我因为激动腿都有些发抖。

司机被眼前的惨况惊得愣住了，不过他很快就反应了过来，拨打了报警电话。可惜玛吉的车没有车牌，不然，一定会很快就找到她。

她死了吗？我不知道，她的嘴似乎还在微微抽搐。我忽然意识到不该在这里停留太久，于是跟司机说还有急事，把车费塞在他手上就离开了，他的注意力都集中在地上的大妈身上，没有注意到我刚才用手机拍过东西。

两天后，那位老大妈被撞的照片被刊登在报纸上，她在送往医院的途中就已经去世。头顶还有个大大的黑色标题：红色跑车撞人肇始逃逸。报上说,肇始逃逸的司机如果以后被抓到要重判。在这个提倡和谐的时代里,撞死了乡下来的老大妈,然后逃逸,影响很恶劣,事情被媒体宣扬得很大。

4

我像一只胜券在握的黑猫玩弄即将成为猎物的老鼠一样,在玛吉看不见的地方看她。看着她把车送走,然后只字不提,看她忧心忡忡地每天关注新闻,看她和范离在一起时脸上的笑容一点点淡下去,我的心里说不出的高兴,她不会知道,后果会很严重,而这些焦虑仅仅是开始。

我买了张不要身份证的神州行手机卡后并没有立刻和玛吉联系,五天后,我用新号码给玛吉发送了第一条短信:我知道那天晚上你都干了些什么。

发完短信后,我就把手机关了。我胸有成竹,我在角落里欣赏着玛吉惊诧的表情,看她焦急地走来走去,看她盲目地按照短信来电显示的号码往回拨,看她听见那个号码已经关机后脸上的复杂表情。她的确只是个暴发户的女儿,太沉不住气。

当我半个小时后重新开机后,收到了玛吉回复的短信:你都知道些什么?

我把那段视频用彩信发到了玛吉的手机上,然后再次关机。这一次,玛吉的表情更惊恐了,她甚至赶紧朝四周看了看,生怕被人看到这段视频。

你想要什么?我再次开机的时候玛吉这样问我。

呵,我喜欢这句话,这让我感觉自己是个可以掌管她生死的命运之神,一丝得意像蛇一样蜿蜒进我的心里。也许她会以为我想要的是钱,勒索这件事自古以来最多的主题就是钱。如果玛吉真这样想的话,她就错了。不论我要求的是现金还是银行转账,都会留下一个账户在那里,那可是一颗地雷,说不准什么时候就会爆炸,我没那么傻,等着人家顺藤摸瓜。

"准备一个最大的旅行箱,明晚,午夜三点,到建设村五栋404,箱子里装什么我会再通知你。"

发完这条短信,我再次关上手机,换了卡,哼着歌轻松地离去。不难想象,玛吉会是一副怎样难看的脸色。

建设村五栋404,前年有一家三口在冬天里因为煤气中毒而死,去年变成出租屋后,又有一个年轻的大学老师心脏病发作死在那里,今年上半年,更是有个年轻女生在那里遭遇入室抢劫,女生反抗时被歹徒刺死。从此那个地方成了学校附近著名的邪屋,尽管租金一降再降,都没人够胆去住,骇人听闻的传言甚至影响了那一整栋楼。有人传说,即便是三伏天进去,那栋楼都是阴森森的。整个建设村里只有五栋的住户最少，正好成为我计划中的首选之地。

我再看了一遍手机中的视频，玛吉，等着我，送你一个午夜盛宴。

5

午夜三点，传说中阳气最弱阴气最盛的时刻，人的意志力和精神力在生物钟的运转周期上也是最薄弱的时刻。我白天睡了整整一天，此刻神采奕奕地守在一个漆黑的角落里，这个位置是我精心选择的，可以看到整套房子里的动静。

空气有些闷热，不知道是不是要下雨了，今夜的风有些大，吹得外面的树叶摩擦着沙沙地响，月光惨白地投射进来，在地面上铺上难看的树影，远处不知道什么地方传来一声尖利的猫叫，让人感觉毛骨悚然。

时间正好到了三点，"嘎吱"一声，门被推开了。一个脑袋慢慢地探了进来，朝四周张望着。那个影子我一看就知道，是玛吉。她蹑手蹑脚地走着，身后还拖着一个大大的行李箱。

午夜就是安静，我甚至能听见玛吉紧张的心跳和呼吸的声音，她一定觉得有些奇怪，空气里有奇怪味道，那是久不住人的房屋的霉味，浓郁的血腥味，还有淡淡的香味，不是檀香，而是那种烧给死人的香。当然，这些都是我事前准备好了的。

玛吉一定有些害怕，一个人这么晚到这种闹鬼的房子里来，谁都不知道会遇上什么，她迟疑着，久久不肯进门，我在角落里用已经设置成静音的手机发了一条短信给她：进屋，不要关紧门，留一条缝。

也许是不要关紧门这点让玛吉稍微感觉放松了些。她按照我说的真的进了屋，并且把门留了一条缝。她的眼睛四处张望着，手紧紧地攥成拳头状，我看见她手上有个闪着寒光的东西。

哼！想暗算我。我从鼻子里喷出一口冷气，又发了个短信给她：扔掉你手里的东西。

玛吉收到短信后，显然有些惊慌失措，她当然不会想到我是怎么知道她手里有东西的。她顺从地扔下了手里的东西，那东西落到地上发出清脆的声音，那是一把刀。

失去防御武器的玛吉全身缩成一团，看着她抖得像秋天里最后一片挂在树梢上的叶子，我简直要笑得出声，真是太解恨了。

“走进卧室，然后把带来的东西一张一张全部烧完，烧的时候心要诚，要不停地说对不起。”我又发出了一条短信。

玛吉拖着旅行箱进了房间，借着微弱的亮光，她看见了两件简单破败的家具，还有一张落满灰尘的写字台，写字台上摆着两个白色瓷盘，盘子里有些水果和馒头，盘子前有一个香炉，里面有三支正在燃烧的香，烧给死人的那种香。盘子的后面是一幅大大的黑白照片，相框上还挂着黑纱，照片中一脸凄苦表情的赫然是那个被玛吉撞死的老大妈。这样的摆设，显然是灵堂。

相信玛吉此刻更加想不到匿名发信人究竟是什么身份了，不要钱，不要物，竟要她来死人灵前烧纸钱！我看见她狐疑的目光，她一定是在猜测，究竟对方是不是老大妈的亲人。她迟疑了片刻，动手从旅行箱里拿出东西来，厚厚的一叠，上面印着数目巨大的面额，没错，那是烧给死人的冥币，我让她准备了整整一箱子。写字台上有打火机，玛吉把纸钱点燃，用一张点燃另一张，扭着腰肢的火光照亮了她的脸，在她身后的墙上留下巨大的黑影，火光跳动，她的影子就变了形。我听见她很小声地说着：对不起，对不起……

我皱了皱眉头很不满意，又发了条短信过去：大声点。

玛吉朝四周看了看，手中不敢停下来烧纸，她不敢确定这个地方安装了监视器还是有鬼，她战战兢兢如针芒在背，我看见她的脸上有泪，呵呵，她被吓哭了，我必须用手捂着嘴才能不笑出声来。等着吧，让你哭的还在后面。哆哆嗦嗦的声音渐渐大了起来：对不起，对不起，对不起……

6

玛吉太害怕了，她全神贯注地烧着纸，没有发现她留的那条门缝一寸一寸地推开了，一个黑色的人影闪了进来。

一只手重重地落在玛吉的肩膀上，把她惊了一下，她回过头，惊喜万分：“是你！范离，你怎么找来了，你不放心我是吗？我怕极了，可我不敢告诉任何人，你来陪我就好了。”玛吉的话说得语无伦次，完全没有注意到此刻的范离脸上全是阴森冰冷的表情。

“我没想到，真的会是你！”范离的声音阴沉中透着彻骨的冰冷，他揪着玛吉的脖子，像拎一只小鸡一样把她拎了起来。

“怎么了？范离你怎么了？”玛吉没有料到情势会是这样，还来不及多想，两记响亮的耳光就落在她的脸上，零散的纸钱烧完了，整个屋子又回归黑暗，他们就这样僵持着，我有些紧张。

范离会怎样对玛吉？呵，玛吉撞死了他的亲生妈妈。

是的，那位老大妈是范离的亲生妈妈。在我和范离感情最深的时候，他曾经告诉过我，他是在四岁那年被范家收养的，范家的主人没有能力要孩子，但他一直没忘记自己的亲生母亲，读大学后范离离开了家，每年可以找机会和亲妈见上两次，给她些钱，跟她聊聊天。

如果我没猜错，出事那天范离是去见他妈妈了，而他妈妈却正好来学校找他，所以经过了学校附近的小路。没想到，错过的母子竟然从此生死永隔。

范离和玛吉交往并不太久，所以我想范离可能不会把自己真正的身世告诉玛吉，因为那涉及到继承权问题，而玛吉又是出名的势利眼。我看见过一次范离生母的照片，后来在报纸上认清大妈的遗像后肯定了她的身份，所以，我布置下了这里，然后把视频发给了范离，让他来这个闹鬼的房子看到真相。我就是要让玛吉和范离从此一刀两断，而我，也可以回到范离身边去。

“我们俩完了，以后你别再来找我。”范离从牙缝里挤出这句话来，忽然松开手，转身走了。失去重心的玛吉重重地跌落在地，发出一声闷闷的空心烂木头的声音。

范离决绝地走了，门被很大力地关上，巨大的回响震动了整栋楼房，也把我藏身的柜子门震开了一条更大的缝隙。不过已经没有关系了，玛吉蒙着脸在哭，她不会看到我的，她也不会明白为什么范离会这样对她，虽然她也有很多男生追求，不过，范离无疑是最好的，人也帅，成绩又超好，我和范离好的时候她就一直在觊觎他。

一条透明的鱼线缓缓落到了玛吉的脖子前，她还在蒙着脸哭，没有发现我正站在她背后吧。我一咬牙收紧了鱼线，毕竟是第一次杀人，手法并不熟练，我只是用尽全身的力气拉，使劲地拉。玛吉在我手下像一直被人抓住的蚂蚱，两条腿拼命蹬着，两只手扯着绳子，企图呼吸。我不会给她机会的，我用膝盖抵住她的背，用起力来就更顺手了。两分钟后，我松开鱼线，玛吉像一条煮熟的面条一样瘫软在地。

离开之前，我把那张神州行的卡藏在破砖缝里，既然这个游戏已经结束，这张卡也就没有了意义。我把玛吉装进她带来的大旅行箱里，拖到散发着臭气的护城河边。乌黑的天空没有一丝星光，周围一个人也没有，其实这一带不仅午夜没有人，就是大白天人们经过这条臭水河也是捂着鼻子匆匆而过的。混沌的河水一口就吞下了箱子，然后吐出两串泡泡，像打了两个馊了的饱嗝。

玛吉从此在这个世界上消失了，我松了口气，心头的大石头终于落地了。

我扔了鱼线，没有回宿舍，而是去了网吧，那里我早就开了包夜的卡座。

我说过，我是个脚踏实地的人，稳妥的人，不会有人知道我去过那个闹鬼的房子，并且做了些什么，我租那间房子的时候都用的是假身份证，我甚至在每个手指头上都抹了一层透明的指甲油，这样不会留下指纹。我小心翼翼，我运筹帷幄，我终于成功了！我高兴得一连几天都睡不着，我又要和范离在一起了。

7

玛吉的失踪并没在学校里造成多大影响，她以前就经常这样玩消失，然后每次回来告诉大家其实她去旅游了或者去外地购物了。

可是，范离的表现显然不像我估计的那样，没有玛吉在身边，他看见我时还是有些冷漠。虽然我一次次地出现在他的面前，为了买他爱吃的早餐，我可以在小店前排半个小时的队，为了等他一起去图书馆，我可以不顾别人的眼光站在男生宿舍楼下等好几个小时。

一天，两天，一个星期，我有些沮丧，他看见我，再也热烈不起来了。

终于，小米很为难地告诉我，她看见范离和另外一个女孩子在一起了，那个女孩是其他系的，据说是个高干子女。

不，我不相信这会是真的，范离是爱我的，我们都是彼此的初恋，我们是全年级成绩最好的学生，我们走在一起最般配，他甚至可以告诉我他隐藏最深的秘密。我一遍又一遍地告诉自己他爱我，只是，他暂时还没走出玛吉撞死他亲生妈妈的阴影而已。可是，就是这样也不能再欺骗自己了，那天，范离当着所有同学的面拒绝了我。他说："别耽误时间了，我们不适合，你会找到比我更爱你的人。"

小米是搀着我走回去的，我的双腿几乎没了行走的力气。怎么会这样？我为了能和他在一起甚至杀了人！可他却以一句"我们不适合"为由打发了我！原来范离现在需要的是那种对他未来有帮助的人，没有了一个玛吉他还会去找另外的玛吉，而我，什么都帮不了他。我几乎要绝望了，这感觉比当初范离跟玛吉好上了还痛苦。我躲在蚊帐里，两天以来不吃不喝也不和任何人说话，把自己关得像条作茧自缚的虫子。

"滴滴——滴滴——"就在我最痛苦、最低潮的时候，我的手机收到了一条短信：我知道那天晚上你干了些什么。这句话后面是一串陌生的神州行号码。

我回过去：你都知道些什么？

我此刻多么希望对方就是剖开的心那样只是恶作剧的人，一个没有真凭实据没有掌握我把柄的人，但是，我想错了。对方发来一个视频彩信，那是我在那个晚上勒死玛吉把她装箱扔进河里的情景，画面有些泛红，而且距离也不算近，看得出是用红外夜景摄像模式拍下来的。

该死！我竟然被人偷拍了！

我哆嗦着手删除了这条彩信，然后环顾四周，还好，宿舍里的同学都不在。

“你想要什么？”

我发了一句回去，我是孤儿，我没有钱，也没有家人可供别人勒索，所以，绑架和敲诈钱财的话对方应该事先调查清楚。

“你现在立刻去那个晚上你杀人的那屋子里，我会告诉你怎么做。”对方很快就回复了。

我稍稍有些迟疑，不过还是按照那人说的赶紧去了那间屋子，虽然很好奇，也很不甘心，不过我没有别的选择，我是个成绩和表现都很好的大学生，即便没有了范离将来还是有美好的前途在等着我，万一对方将视频群发，我辛苦挣扎奋斗了二十年的人生很可能会被毁掉。

我步行的速度有些慢，几天来没吃什么东西，有些头晕眼花的。我的口袋里揣了把水果刀，万一有什么不测，也不至于完全被动。

我上楼前，仔细地看了看身后，似乎没发现跟踪的人，可还是感觉背后一片冰凉，分明有人在我看不见的地方注视着我，就像当初我注视玛吉一样。我慢慢地上了楼，然后进了那间闹鬼的屋子，一切都还是那天的样子，有些破败，凌乱不堪，只是桌上的水果和馒头都发了霉，散发着更加难闻的气味。但窗户却被厚木板全部封了起来，没有了光线，屋里暗淡得像防空洞。

“把大门反锁，把你的手机卡从门缝下面塞出去。”短信在我踏入屋子后就发过来了。

搞什么鬼？如果我把手机卡扔掉了，那怎么和对方联系？虽然犹豫了片刻，我还是照着做了，把大门反锁，然后，取出手机卡从门缝下塞出去。

我没有马上走开，门外传来像是在用锁锁着什么的声音。一定是那个人来了！我趴在地面上，我要看看究竟是谁在跟我玩这个黑色游戏。门缝下面出现了一双脚，一双熟悉的脚，怎么会是她？

“小米！怎么会是你？”我拍着门，大声喊道。

“别怪我，我这样做也是迫不得已，既然你要死了，就让你做个明白鬼，也算对得起我们姐妹一场的感情。”小米的声音有种冰冷的陌生。原来，我和小米是同父异母的姐妹，当年父亲落魄时和我们的母亲分手后，我们被送到了福利院，也许是因为我们长得并不像的原因，所以没人知道我们是亲生姐妹。但是三个月前，我们的父亲找到福利院去了，他现在过得好了，来找我们了，想把我们接回去。

“爸爸家并不是很富裕，所以，我想，他只需要一个女儿，所以，我一直没告诉你。不过你放心吧，我会替你好好照顾他的，让他感受到两个女儿的幸福。”小米漠然地说，“我不忍心亲手杀了你，所以，你在这里等待自然死亡吧，我算过了，你饿了快三天了，明天的这时候你大概就喊不出声了，屋子里的水闸和电闸都被我关了，现在是你把反锁反锁在里面，一个星期后我会来把外面的锁带走，到时候我再把你的杀人视频放到网上，就算没有遗书你也算畏罪自杀了，正好你现在还失恋了。别浪费力气呼救了，你早就知道，这栋楼都没什么人租。”

声音越来越小，我听出小米已经走远了。

8

我第一次感觉到滚烫的泪也可以让脸上有刺痛的感觉，那是绝望的泪，一串串挂满我的脸。

我知道你那天晚上干了些什么。我不该轻易尝试玩这个危险的游戏，害了别人也害了自己。我无力地坐在地上，没有力气呼喊救命了。但是，我不该就这样结束自己的生命吧，是的，不该！

我忽然想到，我还藏了一张神州行的手机卡在这里。我在黑暗中摸索着一条又一条砖缝，指甲被砖块磨破了，鲜血淋漓，但我已经顾不上了，我必须救自己。

我想到了一个办法，近乎疯狂的办法。我把卡插进了手机槽里，开始给每一个我认识的人发短信，我想，总有一个心虚的人会被我撞上吧，不论谁回了短信，我只要对方来帮我撬开门外的锁，然后……

手机的开启照亮了漆黑的屋子，我颤抖地按着键盘，屏幕上爬满了又黑又大的字：

我知道那天晚上你干了些什么。
我知道那天晚上你干了些什么。
我知道那天晚上你干了些什么。
我知道那天晚上你干了些什么。

1001 种死法

文 / 何许人

这个世界上的确存在超过 1001 种死法，千奇百怪匪夷所思的死法，不论圣贤还是蝼蚁，世界上的每个生命总有一天会面对死亡，那是命运安排的不可逆转的轨迹。

请相信，最好的死法，就是死得其所。

楔子

一些人死于雪崩或山崩，然而美国佐治亚州男子威利·穆菲却是死于“花生崩”。1993 年，当穆菲在一家花生处理厂工作时，遭遇了一起意外事故，数吨带壳花生像雪崩一样压向他，将他活埋在了花生堆里，穆菲再也没能够活着走出来。

59 岁的加利福尼亚男子杰克在游泳池中遭遇了荒唐的死法。当游泳池开始排水时，他正好坐在了游泳池内的排水孔上，排水孔放水时高达每平方英寸 136 公斤的强大吸力全都作用到了杰克的身体上，他没有丝毫站立起来逃生的机会，当场死在了游泳池中。

1991 年，57 岁的泰国人 Yooket Paen 在家中踩到牛粪摔倒，然后触到一根裸露电线身亡，她 52 岁的妹妹在事后向邻居演示姐姐是如何踩到粪便身亡时又不慎摔倒，然后倒在了同一根电线上触电身亡。

法国丧葬承办人马克·布杰德一生和棺材打交道，可他做梦也没想到自己最后竟然会死于棺材。1982 年，马克在自己的工厂中生产棺材时，不小心碰到了一堆高高垒起的棺材，导致这些棺材全都砸在了他身上，将他当场砸死。最后，马克被安葬在了其中一只压死他的棺材中。

——摘自《1001 种荒谬的死法》

1

“《1001 种荒谬的死法》，怎么看这么奇怪的书？”徐子昂把书名和编号输入电脑，脸上写满担忧。

“是林楠要看的。”我收回借阅证向徐子昂道别，然后离开图书馆。走出大门时才发现，方才灰暗的天空已经飘起粗线条的雨丝来，温度很低，冰凉的湿气透入骨髓。

广玉兰的大叶子把雨水汇聚成流，淅淅沥沥地倾注下来，我把背靠在门廊的柱子上等着雨停，随手翻看起刚借的奇怪的书。那本书是两个英国人写的，里面记载着千奇百怪匪夷所思的死亡事件，有被自己的胡子绊倒摔死的，有看电视笑死的，有教跳伞的教练忘记带伞包活活摔死的，还有一个英国人为了防止自己打鼾而用卫生棉条塞住鼻孔结果活活憋死的。

就像《一千零一夜》里并没有 1001 个故事，这本书里也没有 1001 种死法，但我相信世上的死法肯定不止书上记载的那些。就像眼前这条街上过往的同学们，他们对于生命的流逝都是无知无觉的。谁又能准确地预言自己的死法呢？除非自杀，人不可能像神那样具有先知的本领。

我的脑子有些乱，也许不该看这种乱七八糟的书，可雨非但不停反而越下越大了。眼看天色渐渐暗淡下来，温度也越来越低，图书馆里的同学走得差不多了。我拢了拢单薄的夹克忍不住打了个喷嚏，本想把包抱在怀里就这样冲回去，却没有这样的勇气，原本感冒就没好，再这么一折腾肯定要发烧。

就在这时，一把黑色大伞在我身边忽然撑开，熟悉的声音冒了出来，“林楠不来接你吗？”

说话的人是徐子昂，他在图书馆勤工俭学做管理员，现在是下班时间。

“他工作忙，电话一直占线。”我为那个莫须有的占线解释道，我没打过电话。

林楠是我交往了快一年的男友，系里一位资深教授的儿子，他比我大两岁，也是从这所大学毕业的，目前在保险公司担任售后部经理。他念书时成绩虽然不算好，却是个很适应社会的人，毕业不到半年就做出了让人刮目相看的成绩,是公司最年轻的经理。和他在一起,我不否认没有物质方面的原因。徐子昂是我的同班同学,为人很朴实,虽然他一直没勇气对我表白,但我知道他暗恋我。他家里很困难,即便是读研也兼着三份工作。其实我很愿意跟徐子昂做朋友,但林楠是个相当爱吃醋的人,而且他脾气不太好,所以我必须自觉地和徐子昂保持安全的距离,否则就算是共一把伞让林楠发现,也会对我……所有人都会知道那是怎样不堪的后果。

“你的脸色不太好,这里的风大,还是让我送送你吧。”徐子昂明亮的眼睛凝视着我。

“你先走吧,我等雨停就好。”我往后躲了躲,固执得有些不近人情。

徐子昂从来就不会勉强别人,他默默地把伞塞到我手里,什么也不说就义无反顾地冲进了雨里,密集的雨珠全方位地笼罩了他,他也不在乎。

他才跑出去不到五十米,身旁就发生了惊人的一幕:一条吉娃娃挣脱狗链跑上街去嬉水撒欢,狗主人追上去,却没注意到被积水埋没的正在修理的地下井,“请绕行”的告示牌被雨水冲倒在地,他一脚踩空栽了进去,污水立刻没过头顶。一米见方的深坑游泳也不行,眼看水面上咕咚咕咚地冒出气泡,徐子昂不顾肮脏趴在地上伸手去拉那个倒霉的男生,用了好一会儿才把那个男生从水里拽出来。狗主人剧烈咳嗽着想吐出喝下去的脏水,差一点喘不上气来。

我撑着伞追了过去。狼狈不堪的徐子昂从衣领一直湿到脚跟,苍白的嘴唇似乎在微微颤抖着,分不清全身是哪里冷。原来水也可以这样腥,我低着头不敢看徐子昂的眼睛:“我先陪你去男生寝室吧, 然后再回自己那里,这样也许不会碰见林楠。”

徐子昂抹了把脸上的雨水,很爽朗地笑了。

缓过劲来的狗主人打着哆嗦道谢,徐子昂豪爽地摆摆手,让他赶紧回去。我们肩并着肩朝男生寝室走去,那把伞就像个迷你避风港,把我们同样单薄的身体保护得很周密。不知是有心还是无意,我们都走得特别慢,这段路程被暂时拉长了,但我们什么话都没说。就在距离男生宿舍只有五十米距离的丁字路口,身后忽然传来急促的汽车喇叭声。

我惊恐地回过头,是林楠的车,没想到还是狭路相逢了。林楠看到徐子昂后立刻下车,黑着脸把我从他身边拽走,就像在拽一只布娃娃,很不客气地瞪了徐子昂一眼。林楠猛踩油门车子咆哮起来,临走,他还溅了徐子昂一身的泥水,他很过分。

模糊的后视镜中,我看到徐子昂孤零零地站在雨里,扔掉了伞,两只手紧紧地攥成拳头,仿佛全世界的雨水都在那一刻集中在他身上,雷电在他头顶狰狞着面容，说不出的难受。天已经黑透了，窗外是无穷尽的幽暗，一些昏暗的灯光在远处闪烁不定，隐隐约约，仿佛笼上了一层薄雾般，让这个世界愈发显得不真实起来。车窗上是被雨水肆虐的风景，风劲雨疾，可我宁愿在外面也不想再在车里待下去。

林楠一言不发地转动方向盘，并把指关节捏得嘎嘣响，这密闭的车厢简直就像个即将爆炸的火药桶。我瑟瑟地发抖，牙齿也格格地打着寒战，林楠会怎样对我呢……

天地间浓墨重彩的水汽像是兽类的呼吸，粗粗地喘着气，四面八方地逼近。

2

三天后是学校建校 60 周年大庆，一连三天都不用上课，比过圣诞节还热闹。经过几天没日没夜的大雨，终于消耗掉了所有沉积的乌云，气温也高了许多。

所有在读研究生们都要去校庆现场接待嘉宾布置会场，我们班的同学都被安排在会场门口做接待外宾的翻译工作，女生们被要求统一穿着及膝短裙。天气有些热，我们站在阳光下不一会儿就大汗淋漓。到了下午，大家都除去了外套只穿着贴身的衬衣，不少人还挽起了袖子。唯独我还穿着厚厚的小西装把自己裹得像个粽子，额头上却是豆大的汗珠，藏也藏不住。

“眉眉，怎么不脱衣服？看你热的。”副班长吕晴晴一边说一边动起手来。

可我一个劲地躲，“别，别脱，求你了，我不热。”

吕晴晴觉出了不对劲，“你怎么了，脸怎么这么白，病了吗？要是病了就去休息吧，我帮你跟老师说说。”

我往后退了一步，试图躲开她的手也躲开她关切的视线，“没事，我没病，你就别管我了。”

吕晴晴是班上最热心肠的女生，我越是躲越是激发了她的好奇心，她一把掀起我的袖子，手臂上两条醒目的深紫色淤痕像丑陋的大蜈蚣，触目惊心。

“天啊！林楠又打你了？”吕晴晴用手捂住嘴才让自己不发出尖叫，她又查看了我另外一条手臂，上面同样布满了颜色浓重的淤痕，“他用皮带抽你？这个畜生。”

“别再说了好吗？求求你。”看旁边其他女同学的注意力全都集中在我身上，我忙竖起手指做了个噤声的手势。可已经来不及了，大家一下子围了过来。紧接着，还有人发现了我深色丝袜下面隐约可见的大片淤青。

“眉眉，跟林楠分手吧，不然迟早有一天你会被他打死。”

“要不我们报警吧，他这是蓄意伤害罪。”

“这已经不是第一次了，他也太过分了吧。”

“要不要我找几个体育系的男生好好收拾他一顿，为你报仇？”

大家你一言我一语，气愤填膺，但最后我说了一句话就让大家都住了嘴。

我说：“没必要为我得罪林教授。”

林教授是林楠的父亲，在系里是绝对的学术权威，享受政府津贴的专家学者。他说一，院长都不敢说二的，就是院里所有研究生和博士生的毕业答辩也必须经过他那一关，得罪他绝对会断了自己的前途。同学们还不至于冲动到拿自己的前途开玩笑，听我这么一说，锄强扶弱的热情立刻减退，避重就轻地安慰几句就一一散去，各自回到工作岗位。

吕晴晴好心地安排我去休息室待会儿，她前脚刚走，徐子昂就进来了。他的眉头凝成两条深深的沟壑：“他为什么这样对你？难道只是因为我们共了一把伞吗？”

他看起来很激动，一定是刚才和女同学们的谈话被他听到了，我手臂上的淤痕他一定也看到了，我不想激起他更过激的情绪，干脆什么都不说，只是低着头看着墙角。

“他凭什么这样对你，我去找他要个说法。”他说完就走，他是那种言出必行的人。

我赶紧拖住他，“别这样，他正等着找我的茬。我怕的并不是他打我，他给我买了很高保费的保险，你知道他自己就是负责售后理赔的，我怕……”

耳畔扎扎实实的一声爆响，徐子昂的拳头重重地落在了金属的窗框上，手背上立刻出现明显的血渍，“我要杀了这个畜生！”

我被他的冲动惊呆了，他性格内向学习认真，在他身上看不到半点暴力和冲动的影子，可现在，他脸上的狰狞让我无比陌生。我用手帕给他包扎手上的伤口，张了张嘴想说些什么，却不知从何说起。

3

校庆的首要目的是笼络历年毕业的优秀学生，默默无名的学生从来不会收到邀请，来参加的人大多非富即贵。林楠作为本校毕业的学生，且因为父亲的名声，也收到了特别嘉宾才有资格参加的午餐会邀请函。

午餐会在学校附近的一家星级酒店举行，其实不止吃午餐，还有下午一系列的文艺演出可以欣赏，更重要的是，参加的嘉宾都是比较有实力和背景的社会成功人士，林楠可以趁这个机会到处派发他的名片，其中不乏林教授的学生，大家或多或少都会卖他个人情，购买他推荐的保险产品。虽然林楠主要的业务是负责理赔之类的售后工作，但他在公司的级别是经理，他经手卖出的保险能得到比普通员工多出两倍的提成，他是个非常爱钱的人。

“如果林楠脾气好些就完美了，你会成为阔太太的。”吕晴晴看着我手腕上闪烁着银光的手链，不无惋惜地说，“虽然他打了你，却送了白金手链，也算有心。”

“如果你是我，愿意继续做他的女朋友吗？”我反问吕晴晴，手链是林楠为了讨好我送的，而且是当着同学的面送的，他很会满足我的虚荣心。

“这个嘛，呃……你听说了吗？前几天下雨时有个男生掉进下水井又被人救上来了，他受凉发烧了，可医院的护士拿错了药，他药物过敏死了。”也许是我的问题太敏感，吕晴晴赶紧转移话题。我想到了那个大雨的傍晚，想到了徐子昂，难道死的就是他救上来的那个男生？真是不可思议，那天如果不是碰巧身边有徐子昂经过的话，他可能会被淹死在那个坑里，没想到还是没逃过死神的追捕。

站在贵宾区的林楠左右逢源，一张油光满面的圆脸因为喝了太多酒而涨成了猪肝红，大嘴里不时爆出两个笑话，恰到好处地搬出他父亲的大名，我必须承认，他是个很善于交际的人。

即便是半醉了，林楠还是放不下手中的酒杯，除了爱钱，他还嗜酒如命，而且他很会喝酒。就像现在，他手中的酒杯已经不够冰凉了，而他喝威士忌不能没有冰块，他踉跄地起身，来到自助餐的长桌前。就像是特意准备好的，距离他最近的位置上有个非常漂亮的银质冰桶，桶里还剩下最后三块冰。

林楠有些得意，刚谈成两个大单，现在又正好有三块冰，一切都刚刚好，他喝威士忌就喜欢加三块冰。哈哈哈，他笑出了声，把冰块夹入自己的杯中摇晃了一下，然后踉跄着走回刚才的座位，继续高谈阔论。

我不动声色地看了看腕上的表，一分钟过去了，林楠和旁边的人谈笑风生，他和对方碰了下杯然后大喝一口；两分钟过去了，他的眉头开始拧紧，手按住了胸口，旁边的人问他是不是不舒服，他摇了摇头，但表情越来越痛苦。

他似乎感觉到吃错了东西，弓着身子用手指抠着喉咙，那么用力，好像喉咙不是他的。他的脸就像被看不见的大手搓揉挤压着，呈现出诡异而痛苦的表情，也许是他太过用力，非但没有催吐成功反而把喉咙抠出血来，他痛苦地干呕起来，嘴里淌出鲜艳的血来。他已经完全不能说话了，冲旁人用手指了指自己的肚子，继续抠着喉咙催吐，刚才跟他聊天的人被吓坏了，大声呼喊着："来人呐，这里有人喝醉了，胃出血了。"

所有的人都围了过来，有人认出林楠，赶紧掏出手机拨打 120。

可已经晚了，由吐血到剧烈呕吐不过十几秒的工夫，带着浓郁酒精气息的胃内容物如同瀑布般一涌而出，原本搀扶他的人也被惊得松了手，失去了支撑的他像被抽去了骨头，跌倒在酒杯碎了的地方，头破了，鲜红的血像一条条肥硕的虫子爬满了他的头，四肢如同被恶魔附身般剧烈抽搐。

与此同时，我赶紧倒退两步回到卫生间里，假装大厅里发生的一切全不知情。

就在卫生间的门被关上的哪一刻，我听到大厅里爆发出仿佛来自地狱的惨叫声，女人们的尖叫此起彼伏，所有人都被吓坏了。

4

"眉眉，找你半天了，林楠出事了。"吕晴晴从卫生间里找到我时，我脸上是懵然不知的表情。

等到我再出现在大厅时，林楠已经停止了抽搐，他像只肥胖的死兽，躺在混浊污秽的液体和污血中，远远传来的气息令人作呕。保安经理报了警，保安们围在林楠尸体旁保护现场维持秩序。没过多久医生们也到了，他们发现林楠的口中有隐约的苦杏仁气味，立刻断定有人投毒，林楠死于谋杀。所有人都被留下做笔录，包括所有嘉宾、服务员以及来协助工作的同学们。

我看见徐子昂站在另外一条等待做笔录的队伍最后，趁着旁人不注意，他忽然跑到自助餐桌旁，准备拿走一个冰桶。心里一个激灵，忽然意识到了什么，想要阻止他，却已经来不及了。

徐子昂被一位眼尖的警察当场喝住，警察问他做什么，他默不做声。警察当机立断把冰桶送回公安局检查。很快结论出来了，冰桶外有徐子昂的数枚指纹。

他被警察带走时竟然冲我轻轻地笑了一下，这个傻瓜，死到临头了还在庆幸终于为我解决掉林楠了吗？泪水夺眶而出，身边的同学只当我为林楠的死而哭泣，没人看出真实的伤悲究竟是为谁。

我知道，徐子昂是做了准备工作的，把胶水涂抹在手指上干了以后就不会留下指纹，然后找准时机把冰桶放在距离林楠最近的位置，里面只有三块冰。如果其他客人要用那些冰块，他会以工作人员的身份拿走冰桶说再添些过来，如果是林楠去取冰，他就按兵不动地看他喝下有毒的冰块溶解的酒。从始至终，我和他都不必接近林楠，是林楠自己把毒酒喝下去。

关于林楠爱喝酒的细节，是徐子昂决心帮我杀了林楠那天，我故意透露出来的。这个计划原本完美无缺，唯独忽略了一件事：冰桶的表面会凝结少许水珠，而水珠会溶解手指上那层胶水薄膜。等候做笔录的队伍里，徐子昂看到每人都要留下指纹，才发现自己手指上的保护膜已经残缺不全了。

警方的调查有了更多的发现，地面上的残存酒液和林楠的呕吐物中有浓度极高氰化物。氰化物发作时间迅速，而且用来解毒的药剂本身也是剧毒，林楠获救的希望渺茫。

徐子昂的兼职除了做图书馆和研究生寝室的管理员外，第三份工作就是为化学实验室打扫卫生，他原本就是化学系的高材生，在实验室里只需要用到三种最普通不过的化学原料就可以制造出氰化物。

所有证据的矛头都指向徐子昂，我忧心忡忡又追悔莫及，早知如此，宁可在冰桶上留下指纹的那个人是我，看来该采取 B 计划了，我去了趟林楠的住所。

一个星期后，徐子昂站在法庭的被告席上，由于证据确凿，大家都觉得被定罪为蓄意谋杀只是时间和程序的问题，法官提出了最后一个问题，令所有人困惑的问题：他的杀人动机。

可他低着头，什么也不说，一副愿意背负所有罪名的态度。

“被告，如果你再不说话我就要下判决了。你做好思想准备了吗？”法官纳闷地看着这个沉默的年轻人，他根本不像丧心病狂的杀人犯，难道是一心寻死？

“您宣判吧。”徐子昂抬起头，视死如归。

就在这时，一直坐在观众席上的我站了起来，“法官大人，我要自首，是我让他去杀林楠的。”

语出惊人，在场的同学们和林教授全都用一种难以置信的眼光看着我，有人开始窃窃私语。

“你疯了吗？”坐在旁边的吕晴晴用力地拉着我，想让我坐回去。

我微笑着冲吕晴晴摇摇头，让她别拽着我，然后坦然地走上了被告席，站在徐子昂的旁边。当着所有人的面，我牵着徐子昂的手，“我说的是真的，法官大人，请给我一点时间准备证据，我有绝对的理由证明我要杀了林楠。”

法官考虑再三，最后宣布休庭。

5

再次开庭时，呈堂证供是我让警察们在林楠住所找到的一个笔记本。

该怎么形容那本笔记的内容呢？或许该称之为《死亡笔记》，里面密密麻麻地记载了若干谋杀的方法，所有的方法都是林楠搜集得来的，为了使用在我身上的。值得一提的是有我名字的字迹都是红色的。自古以来就有丹书不祥的说法，古代衙门用来记录罪犯的名籍才用红笔，传说中阎王爷勾画生死簿的也是红笔，被红笔填写名字的人无疑被判了死刑。林楠用红笔书写我的名字，其目的昭然若揭。

其中一部分是林楠办理过理赔案件中所有比较另类和罕见的死法，大多以巧合为主。还有一部分是他钻研推理小说和电影以及各种奇怪的书籍的心得，这一部分最有技术含量，其中每一个他都能制造不在场证据，或者是传说中难度极高的密室杀人。还有极少的一部分，是比较野蛮和原始的方式，比如用刀割破血管，用绳子勒死，用巨大的冰块敲击我的头部，这部分方法由于难度系数不高，最终全都被打了叉。身为保险公司的理赔部经理，需要调查大量死亡事件，他名正言顺地成了谋杀专家。

所有人都被这本笔记的内容震撼了，按照笔记里的方法，我可能神不知鬼不觉地死上一百遍。就像我预料的一样，法官的表情也有微妙的变化，他问林教授：“笔记上的内容是否是林楠的笔迹。”

年过五旬的林教授颤抖着双手，认真地翻看完那本笔记，老成持重地表示：“虽然看上去字迹很像，但还是需要鉴定专家来判定。”

审判再次被推迟，法官让警察们做了大量的社会调查。调查的内容自然是我和林楠的关系究竟怎样，我的为人怎样，徐子昂的为人又怎样。

由于警察承诺会对笔录的事情保密，几乎所有认识我的女同学都众口一词，说林楠是个暴力狂。她们曾数次亲眼目睹我身上累累的伤痕，每次我都隐忍地求她们不要张扬，万一被林教授知道了我会很难做，被林楠知道了他会更加生气。她们说林楠用皮带抽我，扇我耳光，抓着我的头往墙上撞，林楠还逼着我像奴隶一样跪在地上……这些当然全是在众多女同学的想象下制造出来的，她们绘声绘色，仿佛亲眼目睹了那些施暴的镜头，最后这些内容全都被警察记录在案。

另一方面，警察在林楠的书房里发现了大量推理小说和奇怪的书籍，比如那本《1001 种荒谬的死法》，在林楠的电脑里，更是查出整整 60G 的悬疑电影推理动画片。那本笔记里提到的内容几乎全都能在这些书籍和电影里找到原型。

在保险公司的档案里，警察们发现了他为我购买的巨额保险，除了我自己，受益人就是他的名字，如果我死了，将会有一百万进入林楠的账户，而验证我死亡的人，就是他自己。每个人都能看出，这里面如果要玩点猫腻实在是容易至极。

所有警方的发现都在我预料之中，没有半点差错。虽然身处看守所，虽然身体很不舒服，但我知道这一切不会持续太久了，唯一的遗憾就是不能见到徐子昂，为了帮我，他付出得太多太多。

最后鉴定科的结果出来了，那本笔记的确是林楠亲自写的。一切顺理成章了，为了可以独吞保险金，林楠选择我这个无父无母的孤女做女友，并且经常虐待我。而我发现了他的阴谋，却一直不敢报警，我在这个城市没有一个亲人，不像他，只要搬出他父亲的名字就可以只手遮天，至少，他能遮住我头顶的那片天。

我哭着说曾想过自己结束这场噩梦，想和林楠分手和徐子昂在一起，可我还没说完就换来了没完没了的毒打，而且每次打完我，林楠又会送些礼物给我，假装道歉和后悔，但是没过几天，毒打又会施加在我身上。这些全都是同学们看到的事实，不敢再提分手，也不知哪天会是自己的死期。徐子昂知道林楠为我购买了保险后，决定帮我杀了林楠，他其实只想帮我，林楠的死是我和他一起计划的，如果要判徐子昂死刑，我希望可以和他一起。

当我说完最后的这番话时，徐子昂惊呆了，他睁大眼睛望着我，眼里分明是激动和惊喜，“眉眉，你真傻。”

他才傻，现在才看出我其实也喜欢他。不过我什么也没说，只是隔着铁栏杆紧紧地握住他的手，干燥的温暖从手心传递过来，我们长久地凝望着彼此的眼睛，直到法官和陪审团商量后，最后做出过失自卫的宣判。

我们需要坐牢，虽然刑期不算短，但比起谋杀罪名成立的死刑或者终身监禁来说，这已经轻得不能再轻了。

6

我和徐子昂双双入狱，我却只在看守所里待了不到一个星期就被保外就医了。

是的，保外就医，就是以戴罪之身却能在医院疗养院里自由生活和行动。我并没有送钱财和礼物给监狱长，是他们在例行检查中查出我患了严重的血液病，严重到最多活不过三个月的程度。

监狱长亲口告诉我病情时还一脸惋惜的神情，他也听说了我的案子，觉得我挺不值的，才二十出头的年纪，生命却所剩无几。

我很坦然地笑笑，很是超脱。自己的身体自己知道，早在两年前就知道，被发现时已经无法挽回了，医学虽然昌明，却还是有许多不治之症，而我就碰巧患上了。

听我说了乱七八糟的一大堆闲话，你肯定要发问了，说了半天原来你是快死的人了，还折腾那么多干吗？不如好好周游世界或者周游全国，看看风景吃吃美食也就算了。

如果你真这么说，我绝对不会怪你。不废话了，还是听我说为什么要杀林楠吧。

我是家里的独生女，父母的感情很不好，爸爸爱赌钱又爱喝酒，家里的事一点都不管，对妈妈很不体贴。如果不是为了我，妈妈早就跟他离婚了，她最终选择了极端的办法解决这个问题。那天是爸爸的生日，我住校没回家，妈妈费尽心机地弄出一桌好菜，其中最特别的菜就是发了芽的土豆炒出来的土豆丝和野外摘回来的毒蘑菇炖的汤。

妈妈以为她可以和爸爸一起吃饭，造成食物中毒的假象自己就可以洗脱嫌疑，她自作聪明地提前吃了生鸡蛋，因为鸡蛋清会在胃壁形成保护膜，延缓中毒时间，她只要拖到爸爸中毒后自行催吐就不会有危险。

那天爸爸心情不错，他说了很多话喝了很多酒，菜却舍不得吃，结果妈妈拖延时间太长了，蛋清被胃壁吸收，那些毒素发作起来比爸爸更厉害。

妈妈心灰意冷地离开了这个世界，临终前把一切都告诉了我，她拖着我的手说：“别像妈妈这样失败。记住，就算是死，也要死得其所。”

妈妈的死对我的打击很大，我没想到，同样受到打击的人还有爸爸，他不再去赌钱，整日在家陪我，就像曾经妈妈做过的那样。他对妈妈的爱在她死后达到了前所未有的高度，他没有再婚，也没跟其他女人来往，只一心一意待在家里,整日看着妈妈的遗像发呆。

起初我曾想把妈妈的秘密告诉爸爸,可后来觉得,即便是死了也能被人深爱着惦记着是很幸福的事,这秘密直至爸爸生命的最后一刻我也没有透露。

爸爸对着妈妈的遗像时说的最多的一句话就是:“都怪我没那么多钱,如果钱多些一定能治好你。”他没的说错,如果我们有钱妈妈也许还有救,至少不用躺在肮脏又吵闹的混合病房。这成了爸爸的心病,他每天反反复复地念叨,像得了强迫症一样担心某天同样的不幸发生在他身上或者我身上该怎么办。后来爸爸在整理妈妈的遗物时发现了三万块钱,那是妈妈的私房钱,计划杀了爸爸后开始新生活用的钱。

可现在这笔钱被爸爸发现了,当然,我不会告诉他妈妈的这笔钱的用途。

7

也许你看到这里又要提出问题了,我絮叨了这么多,到底关林楠什么事?

相信我,所有的际遇都是命运给我们的安排。事已至此,距离林楠越来越近了。往事如铅般沉重地压迫在我心深处,永远无法回避。

爸爸用这那三万块给我和他各自买了一份保险。也许是命中有劫数,买下这份保险后半年,爸爸下班骑摩托车回家时遭遇了车祸,躺在重症病房成了植物人,医院的开销很大,唯一的希望就是保险公司的赔偿款。

林楠就是负责给爸爸理赔的工作人员。那时他刚进公司不久,我本以为他会顺利地赔偿我们足够的医药费,因为爸爸遭遇的是意外。可没想到,他竟然搬出所谓免责的条款,说爸爸是酒后驾驶,不在赔偿范围内。

我当时对保险的事完全没经验,我一遍遍地跟他解释,妈妈死后爸爸已经戒酒了,而且车祸发生时他刚下班,连晚饭都没有吃,不可能是酒后驾驶。可林楠拿出一份不知道从哪里弄来的检查结果,上面模糊地写着疑似酒精中毒。最重要的是,检查结果是保险公司指定的鉴定机构开出的。

不论我怎样苦苦哀求,林楠始终冷面相对,最后他甚至屏蔽了我的手机号码。没有医药费,医院只能停了药,爸爸在拔除呼吸管后的那个深夜,停止了呼吸。

我在停尸房里守着爸爸的尸体哭了一整夜。

我相信这个世界上有好的保险公司,也有好的理赔调查员,但我偏偏遇到了林楠,我恨透了他。如果林楠能稍微通融一点,只要能让爸爸继续躺在病床上也好啊,他是我唯一的亲人,可现在,连他仅有的心愿也破灭了,购买那份保险为的就是能让我们的生活得到些许保障啊!

爸爸的丧事办完之后,我开始调查林楠。原来保险公司内部有规定,如果理赔人员可以找出条款免去公司的赔付, 他们可以得到一定比例的奖金。而林楠是个唯利是图的人,他一而再再而三地找出免责条款的漏洞,百般刁难投保的家庭,和我同样承受痛苦的还有许多人。有的人因为没有得到手术费进行治疗而落得残疾,有的家庭因为没有得到死亡赔偿金而妻离子散。而林楠却踩着他人的痛苦日进斗金步步高升,他工作的唯一目的就是替保险公司省钱,为了赚钱,他可以昧着良心!

只要林楠在世上一天,就会有更多的人遭受不幸。所以,当我知道自己只能活三年时,就下定决心要铲除他。

我还像平时一样上学,唯一的不同就是我把家里的房子卖了,反正只能活三年,住在学生寝室也是一样的。

我用卖房子的钱做了两件事。第一件事就是去整容,以前的我是很肿很单的小眼睛,还有一个扁平的塌鼻子,我只做了隆鼻和割双眼皮,剩下所有的钱为将来购买保险派上用场。是的,我以崭新的名字和面貌考进林楠所在的大学读研,当我费尽心机做了他的女朋友,他还完全没发现眼前这个端庄又多金的女生究竟是谁。

我谎称父母在国外,我们家很有钱,我知道只有这样才能吸引林楠的注意力,然后,在我们交往一阵子后,我用所有剩余的十万块钱购买了一份保险,在受益人的名字上写了他的名字,这让他欣喜若狂。当然,在外人看来,这笔保险肯定是他为我买的,按照逻辑,这样做对我一点好处都没有。

其实林楠对我还算不错,虽然他爱面子,但是每次惹得我不开心又会立刻买礼物送给我,讨我开心。就像那次他愤怒地把我从徐子昂的伞下带走后,只是讲了一大通少和其他男生来往的大道理,除了偶尔脾气暴躁些,说话口气重些,打人的事他还是不会做出来的。

但这并不能改变他是个人渣的本质,他还是昧着良心赚钱,做了经理后他教导手下的工作人员像他一样昧着良心替公司做事。每次看到他送的那些礼物,我都会想到他的幸福是建立在他人的痛苦之上的,他越是对我好,我就恨他越深。

就像本文最开始时提到的奇怪死法,对林楠我曾做出过无数次谋杀他的尝试。我曾试图在他经过的楼上扔下过花盆,可他非常幸运地躲了过去,而且从此再也不走路边上了。我也曾把他的眼药水换成阿托品，只要他开车前滴上一点，瞳孔就会自然扩大，极易造成瞬间失明而酿成车祸，可他却碰巧弄丢了那瓶眼药水。还有很多次，可每一次我都以失败告终。我简直要疯了，就像停在玻璃窗上的苍蝇，看得到光明却没有出路，日子每过一天距离我生命的终结就更接近一步。

和林楠交往的同时我一直在研究怎样成功地谋杀他，在钻研那些电影和书籍的同时我渐渐明白一个道理：最成功的谋杀究竟是怎样的。

答案并不是已经谋杀成功并被巧妙遮掩的，因为随着时间的流逝，几乎所有的不在场证明和人证物证都有可能被提出质疑，唯一成功且完美的谋杀只能是那些已经被宣判定罪，但是抓错了人的。在这个案子里，林楠是个有着严重杀人嫌疑和暴力倾向的死人，死人是不会为自己开解的，所有人最后会记住的是他想杀了我，他才是凶手，而我是无辜的，被迫做出过激反应的受害者。

那些伤痕其实都是我自己制造的，就像刮痧，完全不会痛，但看起来就像是遭受了某个变态狂的毒手。自始至终我都没有说过林楠打了我，一切都是旁人的猜测和想象，众口铄金，就算是幻想也能被法官认可。

他电脑里的推理动画和悬疑电影都是因为我要看而存在那里的，那本用作呈堂证供的笔记本也是我伪造的，里面的内容都是我曾经计划用在林楠身上的，笔迹也全都是我仿照林楠的笔迹一笔一画认真模仿出来的。没被鉴定专家发现破绽，是因为我模仿得太到位。光是为了写出那些字，我就足足用了半年的时间，我甚至买了笔迹鉴定的书来研究。

为了保证最后一次尝试的成功，我决定找个帮手。

在我生命最后阶段，最高兴的一件事就是有人爱上我。没错，我说的这个人就是徐子昂。他的确是个好人，可以因为爱我付出一切的人，一个会在我死后还怀念我的人，就像爸爸怀念妈妈那样，我永远都会记得他为我做过的事情。我喜欢他却有心无力，我的病情让这段感情注定没有结果，但我希望有生之年会有个喜欢我的男生为我做点什么事，我不是故意要拖他杀人，我只是找不到比他更值得信赖的朋友。

如果你会把这段话转告他，请他原谅我的自私。

现在的我正惬意地坐在医院的花园里晒着太阳，对着一只录音笔讲述这个故事，但我很可能看不到明天的朝阳，我的病情已经进入了最后的阶段。

在我死后，我名下的那笔一百万的保金会自从存入两个银行户头，更改受益人是我在林楠死后做的第一件事。那一百万保金有三分之二会进入中华慈善总会,另外三分之一会存入徐子昂的户头。呵呵,徐子昂并不知道有这么一个户头,是我偷偷拿他的身份证去开的户,他会在生日时接到银行的电话通知,希望那笔钱会让他的生活不再那么清苦,也是我对他的致谢和最后的弥补。

我会把这段音频存进邮箱,然后设置定时发送,收件人是公安局和徐子昂,时间会设置在我死后的一个月后,希望尊敬的警察大人们会对徐子昂从宽处理。

好了,以上就是我所有的故事。

时间是最好的疗伤药,悲哀恐惧痛苦激动,人类所有的情绪宛如一幅幅色彩斑斓的图画,会随着时间的流逝慢慢褪色。你听到这些时我肯定已经死了,虽然不知道会奔赴天堂还是地狱,但是请相信,我走得很开心。

昨天我还在报纸上看到一则新闻,曾经用错药导致病人过敏死亡的那位护士,被那位病人养的吉娃娃狗给咬伤,她注射的疫苗竟然是过期的,一个星期后她死于狂犬病。那条肇事的吉娃娃也因为没有登记而被城管队员乱棒打死。

你看,人的生死真是难以预料吧,每个人都有着自己的死法。就像我在这个故事开头时提到的那本奇怪的书上描述的那样,这个世界上的确存在超过 1001 种死法,千奇百怪匪夷所思的死法,不论圣贤还是蝼蚁,世界上的每个生命总有一天会面对死亡,那是命运安排的不可逆转的轨迹。

请相信,最好的死法,就是死得其所。

异人

文/尾巴卷卷

在那一刻，商愈咬碎了牙齿，却一滴眼泪都没掉……

1

深夜，厨房。

低垂的灯罩把灯光拢成一个三角形，套在一个瘦高的女人身上，她站在砧板面前，用刀不停地切着细碎的肉，咬牙切齿。

她穿着白色的对开针织衫，裹住呼之欲出的肩胛骨，红色A字裙，藏住细如干柴的双腿，抿着一张鲜红的嘴唇，表情阴冷，悬挂于头顶的灯随着她的动作不时轻微摇晃。

拖鞋拍打着地面，“啪嗒啪嗒”地从卧室传来，白嫩的小脚，在黑暗中一晃一晃，若隐若现。

可爱的小手推开厨房的门，把梳着羊角辫的脑袋伸进厨房，

“阿姨……我肚肚饿呢！”安安奶声奶气地说。

女人回身，桌子上的菜刀闪着寒光，砧板上的肉末渗着血，溅得到处都是，女人用袖子擦掉脸上的血，笑着看着安安，

“好啊，阿姨给安安做肉糜粥好不好？”

“好啊，我很喜欢呢！”小女孩开心地笑着。

“好了，自己乖乖回房间等着吧！”不知道为什么，女人说到“等着”两个字的时候，加重了口气。

“嗯，对了，我爸爸和妈妈都去哪儿了？”

“他们……去了一个很好的地方，一会儿，阿姨也送你去，好不好？”女人蹲下抚摸着孩子的头。

“好的，阿姨那我回房间了……”

"安安乖！"

女人看着孩子消失在黑暗的走廊里，诡异地一笑。

今天是安安父母的值班日，昨天是她做保姆的最后一天。

2

这个小城太平静，等待着惊涛骇浪的洗礼。

女人手里攥着温热的柔软，深一脚浅一脚在土路上艰难前行，前面是一间破败的茅草屋，她的另一只手拼命地按住右面的胸口，她的表情扭曲着，"快了快了，不要着急，到了家……就给你吃……"

打开房门的时候，一股霉味扑面而来，但是女人已经习惯了，她的手在墙上摸索着，够到了灯绳，拉了一下，房间依旧黑暗。胸口一阵剧痛袭来，殷红的血透过白色的针织衫流了下来，她拼命地扯开自己的衣服，她的身体在明亮的月光下闪耀着美丽的光泽……

"哈——哈——哈——"妖异的喘息声充斥着房间，她把手里两颗白色的眼球放在了胸前，一阵贪婪的咀嚼过后，剧痛消失了。

房间的灯突然闪了一下，然后明亮起来。她眯起眼睛，勉强适应了，整理好衣服，擦掉胸口的血迹，然后到厨房热了一下昨天的剩饭，闻了闻，有点酸，但是还是毫不犹豫地塞进嘴里，她一边狼吞虎咽地吃一边想，坏了好，坏了更好，让我食物中毒吧！死了就解脱了。

房间里的黑白电视沙沙地响着，当地的新闻很久没有这样精彩的内容了：本市惊现连环杀手，5岁女童遇害，双眼被挖出，此次案件与之前的7起案件手法相同……

女人抹掉嘴边的饭粒，爬到电视前，拔掉了插销，蜷缩在床边，发丝凌乱，眼神恐惧，瑟瑟发抖。

3

整个城市的空气里涌动着不安而又无助的恐惧，像一个瘫痪的失语病人，在任何危险面前都只能扮演羔羊的角色，在最后关头甚至不能发出绝望的哀嚎。

夜晚，大街上只有零星的匆忙奔走的路人，说奔走也许不确切，应该是像在逃命一样。

只有罗光一个人步履悠闲,他毕业于理工大学,喜欢用数据计算生活,他不吸烟不喝酒也不买彩票,因为他知道他中奖的概率可以忽略为0,就像在整个接近50万人口的城市里那个连环凶手也只有一个而已,自己被选中的几率也只有50万分之一,也可以忽略为0。

罗光的皮鞋敲打着地面,带着沉闷无聊的声响,昏黄的灯光把他的影子拉长又斩短,这时,他听到一个女人声嘶力竭的呼叫,“快来人哪……”

声音在罗光的10点钟方向的小胡同里,罗光推测,女人应该是在距离胡同口25米的地方发出的呼叫,只要向西北方向走30步就可以看见发生的事情。

经过分析,有如下两种情况,如果她遇到的是传说中的连环杀手,那么自己过去可以给她收尸,但是自己是第一个发现她尸体的人,也就成为第一嫌疑人;如果她遇到的不是连环杀手,只是一个普通的小混混的话,那么自己还可以英雄救美……他还站在那里合计的时候,一声刺耳的惨叫传来,是一个男人的声音,罗光马上停住了脚步,事情变得复杂起来了,需要慎重考虑。

这时候,一个穿白色对襟针织衫,红色A字裙的女人,踉踉跄跄地从胡同里跑了出来,她的右侧胸口前沾满了血迹,衣服也被撕破了,眼神里充满了绝望无助还有愤怒。她看见罗光的时候愣了一下,然后瘫倒在罗光脚下……

但是她断然拒绝了罗光带她去医院的建议,“你似乎伤得很重,不去医院怎么能行呢?”

“我从小到大就没去过医院……他们,是穿着白衣的魔鬼。”女人的表情愤怒起来。

“那好吧,你叫什么名字?”

“我叫商愈。”

罗光看了一眼胡同的方向,“我帮你报警吧!”

“不用,不用报警……那个流氓已经跑了。”

她的眼睛紧紧地盯着罗光的脸。罗光的脸开始发烧,“我叫罗光,我送你回家吧,换件衣服,清理一下伤口……”

商愈一瘸一拐地在前面带路,不时回头看一眼罗光,眼神中的感激带着一丝贪婪。

罗光看着她过于消瘦的背影,忽然觉得有点心疼。

到了商愈的家,罗光被眼前的破败惊呆了,单看这个女孩的气质,他觉得眼前的女孩应该是有个50平方米的小单元房，喜欢学小资的样子喝其实廉价的咖啡，衣橱里有几件高档的衣服，用迪奥牌香水，玉兰油护肤品，有点私房钱，但不多，表面淑女稳重实则冲动活泼。但是这件茅草房冷眼看上去应该是个70岁的老乞丐的“藏宝地点”。家具上都挂着一层擦不掉的黑色，用手摸上去是黏黏的，房间里糊满了报纸，仔细看上去居然是同一期的。唯一的一面镜子也是破损后用透明胶带粘好的，房间和里间用一个看不出底色的帘子隔开，商愈就在帘子后面换衣服，她消瘦的身体映在帘子上，单薄得像一缕青烟，但是她的胸部还是很丰满的，看到这里，罗光有点惊喜地转过身去，他告诉自己：我是君子。

过了很久她也没有出来。等待很无聊，于是他掏出手机玩起了游戏。这时候，他听到商愈说话的声音，似乎在和别人低声吵架，她应该是走到了里间的里面，所以只能听到她说话却看不到他。

“你到底想怎么样？”

“……”

“我不能这样做！”

“……”

“我明白，我会给你去找但是他不行！”

“……”

过了很久，低语声消失了，商愈疲惫地走了出来，

“里面……还有人？”罗光好奇地问。

商愈一愣，“你听到什么了？”她的目光咄咄逼人，与刚才的温婉无助判若两人。而且罗光发现她“说话”的时候，嘴唇根本没有动。

罗光感觉一些细小而妖异的虫子咧着嘴爬进自己的头皮里，拼命撕咬着。

房间里的空气凝固了，两个人像在比赛一样一动不动，一眼不眨。

“我……只是听到，你似乎在说话，但是听不到你说话的内容，我不是故意的……”罗光解释着。

商愈又定定地看了她一会儿，然后伸长脖子，在罗光的身上闻了闻，并且满意地闭起眼睛微微扬起头，似乎在享受，她的表情就像一个吸食毒品的隐君子。然后她的表情缓和下来，目光变得温柔起来。

“里面那个，是我姐姐，她得了重病，瘫痪在床，我们是孤儿，父母很早就死了，我变卖了家里所有的东西给她治病，但是还是不见好转，你看看我们现在的房子，这是一个乞丐死后留给我们的，不然，恐怕我们只能睡在马路上……”

罗光心疼地把她搂在怀里,"一切都会好的,相信我!对了,你姐姐是什么病,我认识很多著名的医生,可以帮你姐姐看看!"

"不!我不需要!"商愈的表情很激动。

"知道吗?我恨医生,要不是他们,我、我们,我们也不会这样惨!"商愈安静地偎依在罗光的怀里,

"姐姐的病还是要治的,你不能因为几个人的错误就不相信医生而耽误姐姐的病情!如果是因为钱,我可以找人给你们捐款……"

"我不!"商愈说得斩钉截铁。

4

第二天,在当地报纸的头版下方有个小方块登了一则信息,大意是说:昨天晚上有个男子在A街的一个胡同里被动物袭击致死,伤口上推断应是恶狗,所以全市要清理整顿宠物,家养的宠物必须领证……

罗光的心突突地跳个不停,他想起了昨天晚上A街胡同里那个男人的惨叫,难道是商愈做的?不会啊,她慌忙地跑出来,嘴上根本没有血迹,但是罗光觉得这件事肯定不像报纸上写的那样简单!

他忽然想起那天听到商愈跟姐姐的对话,当时自己正在打游戏,然后无意中按到了录音的快捷键,很可能已经录下了他们的话,他在电话里翻了半天。果然,录音被保存下来了,但是她姐姐到底说的是什么还是听不清楚,也许,通过某种技术手段可以听清呢?他想到这里,马上带着电话去找自己做警察的朋友。

与此同时,商愈在一家网吧上网,她登陆了一家国外的非法交易网站,上面都是各种器官、毒品和枪支的买卖信息。最新的一条是一个叫GOD的人发的,他说他可以提供所有基本血型的人体器官,他在商品介绍栏里调侃着说,因为他所在的城市最近出现了太多的命案,所以采集的尸体很多。商愈忽然想到,这个卖主会不会就在自己的城市呢?

她简单地看了看网站的声明,然后用熟练的英文写了一则交易广告——收购所有血型健康完整新鲜眼球,价钱面议,QQ:8580××××。

看了几遍觉得没有什么问题,准备发布广告的时候,系统消息不停地闪动,她点了一下,"美女,加我好吗?"

看资料是个男人,商愈实在没有心思闲聊,况且她对这种无聊的男人

很反感，于是毫不犹豫地拒绝了，马上第二条请求加为好友的信息跳了出来，上面清楚地写着，“你要新鲜眼球吗？”

商愈感到手脚冰冷，她看了看自己写的广告，根本还没有发布，怎么可能有人知道呢？只有唯一的一个答案，发送好友请求信息的人就在自己身边，他应该是个有点修养有点学历的人，因为他能看懂屏幕上的英文广告，商愈警惕地回头看了一圈，没发现有什么可疑的人，自己左右两边坐着的是两个中学生模样的女孩子，一个正拿着手绢目不转睛地看着偶像剧，另一个在玩劲舞团，估计不是她们。她想了想，在请求信息上点了接受。

“多少钱收？”对方直截了当地问。

“你开个价。”

“活体摘除的 3000 一只，死的 500。长期合作，短期免谈。”

“我是长期要，能便宜点吗？”

“你以为这是在菜市场买黄瓜呢？不要算了。”

“好，我要活体摘除的那种，什么时候有货？”

“随时……”

商愈联系好卖主之后从网吧走出来，阳光很好，心情也不错，罗光居然正站在门口，“你怎么知道我在这里？”商愈有些慌乱，他会不会看到自己发布的求购信息？

罗光坏坏地一笑，“我闻到你的味道了！所以我知道你在这里。”

“……你来多久了？”

“嗯……”罗光装模作样地看了看表，“大概 10 分钟前。”

商愈有点紧张。罗光看着她，眼睛被某种莫名的得意填满了。

还是那个破败的家，商愈还是走到里间去换衣服，她心里很复杂，她想赌一下，告诉罗光所有的真相……

罗光在外屋问：“换好了吗？”

“嗯，换好了。”

随即，帘子被挑开了，罗光的目光落在商愈的身后，整个里间只有一个衣柜，根本没有床，也没有她嘴里说的那个姐姐。

商愈开始窘迫起来，“……我们走吧。我饿了。”

罗光笑了一下，饱含深意，但是似乎并没有失望，也并不想质问她什么。

5

这是个很偏僻的饭馆，适合地下情人幽会、黑市毒品交易、黑社会谈判等等见不得光的会面。

当然，这也是个倾诉秘密的好地方。罗光选在这里，可谓用心良苦。

商愈很不安，这是个太适合跟他坦白的地方，这也是个绝好的机会，跟爱人坦白总是越早越好……

“我们边吃边聊吧。”罗光点了几个菜，要了几瓶啤酒。

他帮商愈倒好酒，“我们认识的时间不长，对你的了解也很少，嗯，聊点什么好呢？说说你的过去吧！”

商愈的手颤抖一下，刚放到嘴边的酒洒到了衣服上。

“好吧，我也不想瞒你，不过……恐怕你听了就不会再选择和我在一起。”

“不会的，我不是个封建的人，我只在意你的将来，当然如果你不想说我不会强迫你。”

“我本来，也没有想过瞒你……”

灰色的过去像一个厚重的壳，压在商愈身上，让她不能喘息。

过去，过去……已经改变不了了！她轻轻地叹息，开始了徐徐的讲述。

“我的家乡是一个很偏僻很小的山村，甚至，那里的人有很多一辈子都没有走出过那座山，祖祖辈辈都靠吃番薯过活。那里民风淳朴，但是很愚昧。那里的女人，生孩子每次都是两个，但是不知道为什么，直到有一天，七个穿白大褂的人来到我们村子，告诉我们，一次生两个孩子就叫双胞胎，因为我们吃的番薯含有一种与雌激素类似的物质……

“他们给我们看病检查身体，还不要钱，村里人都很感激他们，我娘甚至把家里唯一的一只下蛋的鸡拿到炖好了送到村长家给他们吃。

“后来有一天，他们把村里所有的人召集在一起，说他们在从事一项科学研究，叫‘双星天才计划’。

“谁都知道近亲结婚的孩子智商会很低，但是双胞胎的智商一般是一个高一个低，如果出生的两个孩子当中有一个智商超低他们当中的另一个很可能是一个智商超高的孩子。这种理论几乎没有科学数据支持，但是那群疯子却相信了……并且开始了计划。

“计划的内容就是让女人和家里的直系亲属发生关系，并且生下孩子，他们说每生一对孩子给家里补助1000块钱,在那个年代,在那个地方,除了村长,没有人见过那么多钱。

“村长说,这是政府的人帮我们搞的扶贫帮困的‘致富之路’。政府的人,在山里人眼里,几乎和神仙差不多。

“所以越来越多的孩子出生了,几乎每过一年,每个家庭就要多两个傻子。

“后来我出生了, 我的爸爸就是我的亲舅舅……可我妈妈只生出了我一个,其实我还有个姐姐……”

商愈解开了自己的衣服,我的姐姐就在这里——商愈右侧的乳房上是一张丑陋的嘴,黑色的嘴唇,尖锐的牙齿还有长长的舌头,就像一个残破的动物的头! 乳房周围是各种深浅不等的牙印。

“她有自己的思想, 她让我变成了个怪物。以至于我妈妈在我出生之后,就对外宣称我和姐姐出生就死掉了。妈妈把我藏在菜窖里,只有晚上能出来透透气。但是我却很聪明,到了上学的年纪,妈妈把我送到山外面的学校。那也是她第一次也是唯一的一次走出大山,我揣着我家全部的钱,在车站转身和妈妈挥手的时候,妈妈被一辆卡车撞倒,我听到骨骼碎裂的声音,她再也没有起来,再也没能回去。我守在妈妈的尸体旁边,连哭都不会了,后来我被一个拾荒的老人收养,并且考上大学。

“可现在我什么都做不了,不知道为什么,姐姐总是不停地要求要吃新鲜的眼球,如果我不给,她就用长长的牙齿拼命地咬我……她有时候还可以占据我的意志,用我的身体到处去寻找‘食物’……我甚至想死掉,我的双手沾满了血腥,开始的时候,我拼命地找实行‘双星天才计划’的那七个人,找到了就杀了他们,并且挖走他们的眼睛,可是后来,死掉的都是无辜的人,甚至……还有安安,那个可爱的小女孩……”商愈的眼睛里满满的都是无助的悲伤。

“商愈,我爱你,我不在乎你的身世。我可以找人帮你做手术……拿掉那个怪物。”

“哈——哈——哈——”

“罗光,她……听到了!”商愈的表情开始扭曲起来,鲜血从右侧的胸口汩汩而出。

“想除掉我?商愈你为什么要这样?你命好,聪明,上过大学,可我呢?我甚至没有属自己的身体,我只是一头怪物……商愈,我嫉妒你,我发疯地嫉妒你,凭什么是我,凭什么我要这样卑微地过一辈子,我死了,也要找你陪葬,哈哈。”

“商愈，你听我说，这是安眠药，你先吃了，她就没有能力伤害你了。”罗光马上抓了几片安定，塞到商愈的嘴里。很快，商愈疲倦地闭上了眼睛。

6

商愈的头很晕，身体没有力气，天很黑，房间里也一片黑暗，她闻到了熟悉的酸酸的味道，这是自己的家，她摸索着够到灯绳拽了一下，灯又没有亮，但是商愈已经习惯了，家里所有的一切都是不正常的，这才是商愈“正常”的生活。

忽然自己的眼睛有点痒痒的，于是伸手揉了揉，可是揉到的却是一层麻麻的东西。

这时候电话响了，对方的嗓音很粗，“货已经存到你指定的保险箱里了，钥匙在我这里，你打款给我，我把钥匙给你。”

“好的。”我马上就去。放下电话，商愈继续摸索自己的眼睛，忽然一个可怕的想法刺入大脑，她发疯地扒开眼睛上面的东西，来回地抚摸，竟然是纱布！

自己把手放在眼睛上，眼皮深深地塌下去，那里已经是两个深深的洞……

她跪在床上发出一声绝望的哀嚎，“是谁？是谁要这样做？”她第一个想法就是打电话给罗光。

“罗光……”还没说完自己就哭了。

忽然胸口一阵疼痛，“你怎么这样愚蠢，你的眼睛是他拿走的，你还给他打电话。哈哈！”

商愈的手一抖，电话“啪”地掉在地上，连同自己的爱情和希望一同碎掉了。

7

罗光站在落地窗前，手里拿得红酒在酒杯里转啊转，手里的电话已经发烫，“我的货到底有多好我已经说了，它的价值你也应该知道，中国有一句话，叫‘可遇不可求’……”他用的是流利的英语。

“嗯，我当然知道，这么大一笔钱你需要考虑一下，跟你说实话，我要不是急着结婚也根本不会把货出手！好的，我等着你的好消息！”

罗光挂了电话马上又拨了一个号码。

“宝贝，我们马上就可以结婚了，如果你不想出去工作，就在家里做好饭等我回家，你要给我生好多好多宝宝，我养得起的！我们要在花园里种花，花开的晚上就坐在花园里聊天，说说你小时候的事情……”

甜蜜地挂断电话，罗光调出那段经过处理的录音，靠在沙发上得意的一遍一遍的听。

“你到底想怎么样？”

“我想怎么样你会不知道？哈——哈——我们共用同一个身体，甚至有时候我还能借用你的大脑。”

“我不能这样做！”

“这不是你能决定得了的，别忘了我是你姐姐……”

“我明白，我会给你去找但是他不行！”

“怎么？你舍不得把他献给你最可爱的姐姐吗？”

为了爱情，是要不择手段的。

8

她一个人像个塑像一样，呆呆地面对着墙壁，不知道过了多久，一群人破门而入，商愈拼命地挣扎，但是无济于事。她看不到他们的样子，但是他们身上有熟悉的消毒水的味道。

商愈感到自己的双手双脚已经被牢牢地绑住。

“你们认识罗光吗？”商愈说。

“我们不认识，我们只管做好自己的事情，上级不允许我们问过多的问题。”似乎是个外国人，用蹩脚的中文回答。

“你们，要对我做什么？”商愈不安地问。

“活体解剖！我们很抱歉……”

在那一刻，商愈咬碎了牙齿，却一滴眼泪都没掉……

9

罗光和小苗在最豪华的饭店举行了最盛大的婚礼，小苗是他追求很久的女朋友，她结婚的条件就是，钱！很多很多钱，罗光做到了，所以她选择了他。就像菜市场最平常的交易，他们各取所需。

一年后，小苗生下一个女婴。

那个女婴很瘦很瘦，褐色的皮包裹着的骨头，像很多尖锐的匕首，似乎随时会刺穿皮肤。但是孩子聪明伶俐，她开口说话早，她歪歪斜斜地爬到罗光的怀里，用尖锐的小手在罗光的眼睛上来回地抚摸："眼睛？好吃吗？"

心

文/尾巴卷卷

凌厉讨厌真相，因为它往往具有可怕的杀伤力。但是，他发现自己已经不自主地向真相迈出了一步。他预感，自己平静的生活已经从遇到那个神秘男人的晚上开始就结束了。

1

阳光有点嚣张，很刺眼。A坐在咖啡厅里眯起眼睛看着外面行人的脸。麻木不堪，像极了死人的脸，A想。

一个女人坐在A的对面，穿着大红色的连衣裙，皮肤雪白，戴着一副黑色的太阳镜，让人联想到盲人，A不自主地笑了一下。

女人说："你是不是觉得这样像个盲人？"

A说："是的。"表情平静。

女人摘下了太阳镜，她有一双很美的眼睛，可是在右眼角有一块指甲大小的痣，鲜红色的痣。

女人说："可以开始了吗？"

A点了点头。

女人递过来一个档案袋，A打开看，照片上是个男人，档案袋里还有很详细资料。

女人问："他，要多少？"

A说："十万。"

女人说："价钱不是问题。我会先给你打五万过去作为定金，不过我有个条件。"

A说："尽管提。"

女人说："我要他用最痛苦的方式死去。"

A 笑了，从上衣兜里掏出一盒烟，抽出一支，点燃，放在嘴里，“要多痛苦？”

女人说：“我说的不是肉体上的痛苦。”

A 点点头，然后用右手中指和无名指夹住烟，嘴里吐了一个烟圈，“明白！”

2

凌厉从学校图书馆出来的时候已经九点多了，月光明亮。

他刚跨出大门就听见有人叫他的名字，四下看了看，是一个男人，靠墙站在学校门口的阴影里。男人穿着黑色的 T 恤，黑色的裤子，脸色苍白，细碎的刘海挡住眼睛，嘴边的红点忽明忽暗。

凌厉感觉到这个男人身上有一种阴冷的气质。

凌厉说：“你叫我？有事吗？”

男人缓缓地从阴影中走出来，说：“当然！”

凌厉觉得自己瞬间被他身上阴冷的气息笼罩。他下意识地向后退了一步，男人笑了笑，把烟扔在地上，“我只是来告诉你，你快要死了。”

3

凌厉回家的时候，父亲正在客厅里看电视，看见凌厉回来后，说：“累了吧，我给你准备了夜宵，你最爱吃的饺子，吃点吧！”说着起身走向厨房。

凌厉马上说：“我不饿，不吃了。”然后直接回了房间。

他麻木地打开书，台灯明亮的光打在惨白的纸上，从密密麻麻的字缝里反出刺眼的光，像迎面而来的一把并不锐利的刀，凌厉烦躁地躺在床上想着男人的话。他安慰自己，那根本就是无稽之谈。

凌厉听到有人敲门，他知道是父亲，就对着门口的方向说：“我不吃了。”可是敲门声并没有停止，于是他走过去打开门。门外是父亲的笑脸，手里端了一盘饺子。

“吃点吧，我知道学习很累的！”父亲依旧慈爱地微笑着。

凌厉低头回答了一声：“嗯。”伸手接过盘子。

就在抬头的一瞬间，他与父亲的眼睛相对，那双眼睛里似乎囚禁了一只恶毒的小兽,随时都要冲破理智的束缚,张着布满尖锐牙齿的嘴巴扑到自己身上。

凌厉浑身不禁一抖，父亲把手抚上他的额头,“怎么了，是不是不舒服？”

凌厉慌忙后退一步,“我没事,嗯,饺子什么馅的？”他低下头不敢看父亲的眼睛。

父亲说:“是你最爱吃的三鲜馅。不过我又给你特意加了点东西……”

凌厉迎上父亲的眼睛,过了很久,问道:“什么东西？”

父亲意味深长地看了儿子一眼,神秘地说:“是心脏！”

凌厉忽然间感到大脑一片空白,他想起了那个男人的话。

不知道过了多久,他看见父亲把手放在自己眼前晃动。凌厉猛地坐起来,发现自己躺在床上。

“今天怎么睡得这么早,我敲了半天门你也没开,我就自己进来了。怕你饿着,我给你拿了盘饺子。”

凌厉的神经轻轻地颤抖了一下,那句话像一只不安的小蛇在嘴里反复蠕动,他狠狠地咬着嘴唇,可最终它还是冲了出来:“饺子……什么馅的？”

父亲说:“是你最爱吃的三鲜馅。不过我又给你特意加了点东西。”

凌厉迎上父亲的眼睛,过了很久,问道:“什么东西？”

父亲意味深长地看了儿子一眼,神秘地说:“是心脏,不过是猪心……”

4

夜很静,凌厉翻来覆去地睡不着。他在想父亲最后说的那句话:“是心脏,不过是猪心！”为什么父亲要用“不过”这个词呢？“不过”在这里代表遗憾,那么父亲希望那是什么心脏呢……

凌厉讨厌真相,因为它往往具有可怕的杀伤力。但是,他发现自己已经不自主地向真相迈出了一步。他预感,自己平静的生活已经从遇到那个神秘男人的晚上开始就结束了。

心事重的人往往很难睡着。凌厉拿过电话看看时间,凌晨两点了。他起身穿了衣服,下了楼。他睡不着的时候就会去网吧消磨时间。

楼下的路灯还亮着,周围很静。只能听到自己的脚步发出有规律的“嚓嚓”声。出了大门左转就是网吧。谁也不知道转角意味着什么。

比如,凌厉并不知道,在大门的转角站着一个女人。

那个女人看起来二十岁左右，穿着大红色的连衣裙，皮肤雪白，戴着一副黑色的太阳镜。站在半夜的路灯下。

凌厉愣在女人对面，他在她的太阳镜里看到两个自己分别局促地站在左右两个镜片里，表情僵硬。

没有哪个人会在半夜戴太阳镜的。除非……

“你是不是觉得我看起来像个盲人？”她说道。

凌厉笑了一下：“没有。”

女人摘下了太阳镜，她有一双很美的眼睛，可是在右眼角有一块指甲大小的痣，鲜红色的痣。

“现在呢？”

原来太阳镜是在遮挡眼角的痣。那颗痣现在肆无忌惮地暴露在凌厉的目光里，诡异非常。

凌厉故作镇定地说：“我有事，先走了。”

女人点了点头，微笑着，没有说话。

于是，空旷的马路上又能听到凌厉“嚓嚓”的脚步声，只是节奏快了很多。他回头，看见女人仍然站在那里看着自己，似乎她在等待他回头，似乎她断定他会回头。

看到网吧的灯光射出来，凌厉加快了脚步，飞快地走进去。里面灯光很暗，烟雾缭绕，人声嘈杂，凌厉的心忽然平静了很多。他走到吧台，对服务员说：“开一台机器。”

忽然，周围静了下来。是那种很彻底的静，让人心惊的静。凌厉回过头，发现所有的人都看着他，用一种很惊讶的表情。

夜很黑，把窗子上的玻璃衬得像镜子一样。凌厉从窗子里惊讶地看到，自己的脸上居然戴着一副太阳镜。他马上摘掉它，狠狠地摔在地上。

镜片和镜架被迫分开，却没有碎。镜片的形状就像两颗人的心脏一样。

凌厉的心重重地颤抖了一下，周围又恢复了刚才的嘈杂，好像没有人看见他神经质的举动。凌厉在人最多的地方找了一台空机器坐下，那是个很脏的位置，周围都是瓜子壳和食品袋，但是他却有一种很亲切的感觉。

凌厉不大喜欢玩网络游戏，通常他都是在 QQ 上聊天。可是因为太晚了，而他的 QQ 上加的都是自己的同学，所以几乎没有人在。

这时候，QQ 里发来消息，是个好友请求。网名叫“左心房爱右心室”，看头像应该是个女人，他点了接受并且加对方为好友。很快对方发来了信息：“原来你来这里了。”

凌厉的头皮一炸。他几乎可以肯定，她就是自己在小区门口碰到的那个女人。他马上站起身，向四周看了一遍，可是网吧里一个女人都没有。

凌厉回信息说："你是谁！！！"用的标点是惊叹号，而且有三个。

她说："我只是个陌生人，想找个人聊天罢了。"

凌厉说："那好，你想聊什么？"

她说："我会算命，给你算算吧！你想知道什么？"

凌厉忽然对这个女人滋生了一种不可思议的信任，"我想知道我什么时候会死！"

她说："很快……而且很难避免。"

凌厉忽然想起那个神秘男人的话。

"为什么？"

"因为……它与你殊途！"女人似乎还没有说完就下线了。

殊途？殊途同归？还是，人鬼殊途……

5

凌厉忽然觉得眼前有一片白光，很刺眼。他微睁着眼睛，看到很多穿绿衣服、戴着口罩和帽子的人聚集在眼前，他张了张嘴，想说什么，可是发不出声音。他转过头，看见不远处的病床上躺着一个人，身上也像自己一样插满了管子。

似乎没有人看到自己醒过来。确认了手术的准备工作已经妥当，一个女医生拿了一把小巧而锋利的手术刀伸过来，凌厉感到胸口疼，一股温暖的液体从身体里流出来。接下来，是剧烈的疼痛，就像一波又一波的噩梦，让凌厉难以呼吸。他拼命地呼喊，可是除了金属器具碰撞的声音，什么都听不到，他的意识渐渐模糊起来。

不知道过了多久，凌厉睁开眼睛，他看见主刀的女医生抬头看着自己，眼里满是笑意。那是双很好看的眼睛，在右眼角有一块指甲大小的痣，鲜红色的痣。

她把手轻轻举起来。手里是一颗正在跳动的心脏，鲜红的血液滴在凌厉的脸上，一滴一滴，缓慢而有节奏。他很清楚，那是自己的心脏。忽然间，他觉得大脑一片空白，有个声音在耳旁说："知道吗？这就是你存在的意义。"

醒来的时候，凌厉发现被子都被汗水浸透了。他不安地把睡衣解开，发现胸口正中央有一道细细的红色痕迹。渐渐地，一种尖锐的疼痛从伤口处钻出来，凌厉慌忙站起身打开灯，站到镜子前，却什么痕迹都没有看到。

也许那个神秘的男人没有骗我，他想。

6

A 是个杀手，但是他很少用枪，甚至有时候刀也不用。他不知道这是因为身体原因还是心理原因。他最趁手的凶器每个人身上都有。

A 这个代号是他自己起的，A 代表最好，他喜欢完美的东西。他认为每次行动都应该创造一个完美的杀人作品。他开的价钱很高，但是生意很好。

他有很多钱，或者说他应该有很多钱。但是他每次杀人都会拿出一大部分捐给福利院，那是他长大的地方。

他有一个心愿，只是不知道能不能在自己死之前达成。那对他很重要。

7

凌厉打了辆车跟在父亲的车后面。果然，父亲在第二人民医院下了车。这里是全国最有名气的心脏外科医院。

父亲径直走进了住院部，看来他已经来过很多次了，对这里的一切似乎都很熟悉。

凌厉看见父亲进了 304 号病房，这是个单人病房。他小心地从门缝看进去，病床上是个和自己年纪相仿的男孩子。

他听见父亲切地叫那个孩子“小宁”。

凌厉的心忽然疼了一下，他轻轻地走进医生的值班室，对医生说：“我是 304 号房小宁的哥哥，我想知道我弟弟的病情……”

医生说，只有换心手术能救小宁的命。

虽然早有心理准备，但是那个神秘男人的话一点点被证实了之后，凌厉还是不能相信，或者说是不愿意相信。他无论如何也不相信对自己那么疼爱的父亲只是自己的养父。但是，如果小宁真的是父亲的亲生儿子，他为了救儿子可能真的会杀了自己拿自己的心脏来救小宁。

凌厉想起在那个血淋淋的梦里，那句意味深长的话：“这就是你存在的意义。”

凌厉不是个软弱的人，但是当他知道这一切以后，眼泪还是不由自主地落下来。

8

凌厉又一次遇到了那个神秘的男人，还是在学校门口的阴影里，还是黑色的T恤、黑色的裤子，男人说："怎么样？相信我了吗，现在？"

凌厉没有说话。

男人笑了："不说话是不是表示默认了呢？"

凌厉抬头看着他："难道父亲收养我真的是因为我的心脏可以移植给他的亲生儿子？为什么要等到现在？这种手术不是小时候做比较好吗？"

"那是因为，他在儿子很小的时候就把他弄丢了。"男人冷冷地说，"他也是最近才把儿子找回来。当然，有了他，就不需要你了。"

男人的话像一把带着倒刺的剑，刺进身体里说不出的疼痛。

"不过，什么事情都是有解决方法的，不是吗？"

凌厉走到男人面前，"什么方法？"

"你，相信我吗？我要确认你相信我。"男人走近一步，看着凌厉的眼睛。

"当然相信。"凌厉似乎已经别无选择。

"那好，你听我说……"

9

凌厉去厨房给父亲倒了杯水，然后坐在他对面。

"有些事情，我还是觉得告诉你比较好！"

"什么事？关于我？"

"嗯。"父亲沉重地叹了口气。凌厉忽然发现他的表情居然像风化的石像一般，寂寞且无奈。

"你……不是……我的亲生儿子……"父亲的声音很苍老。明明早就知道，但是亲耳听到父亲说出来，凌厉的身体还是不由自主地颤抖了一下。

"为什么收养我？"凌厉没有抬头。

"因为……"父亲的嘴张了又张，还是没有说出来。

"怎么不说了？"凌厉忽然很想看看眼前这个男人痛苦的表情。

"因为……我的儿子,他,需要你的心脏……"

"所以,我从一开始就是一个牺牲品。"凌厉的口气很平淡。他抬起头,看着父亲的眼睛。

"可是我是爱你的,把你当成亲生儿子一样。我从来没有想过用你的心脏……"

"那是因为你自己的儿子不在身边吧。"

"原来……你知道……"

"所以,现在的我只是个代替品。"凌厉的口气依然很平淡。

"当初,我知道镇宁有先天性心脏病的时候,小园,你的养母,领养了你。开始时她只是说,如果将来镇宁有什么事,还可以有你照顾我们的后半生。我虽然很伤心,但是觉得她考虑的也没有错。按照医生的说法,我们的孩子不会活过二十岁。所以,我们把你当成亲生儿子一样疼爱。在你两岁的时候,小园出了车祸,临死前她告诉我,领养你是因为你的心脏可以移植给镇宁,再过几年,等你们再大一点就可以动手术了……我知道这样的做法实在是太……但是,面对一个即将死去的人,我能说什么呢?"

"也许她的死,是上天的一种惩罚吧!但是不该连镇宁一同惩罚啊!小园死后不久,一个我追查了很久的贩卖人口团伙抓走了镇宁,并且折断了他两根手指放在家门口……"

"然后呢?"凌厉问。

"毕竟他们手里有更多的孩子啊!更多的父母像我一样焦急……于是,在一个冬天的晚上,我们行动了。在那个封闭的山村,我们救了十七个孩子,并且顺利拘捕了大部分嫌疑人。但最终,还是有一个穷凶极恶的嫌疑人跑到后山,还抓了一个人质要挟我们。由于我的失误,那个人质死了。两个人,都死了……从那以后,镇宁再也没有音信,唉,当我得知他落到那群丧心病狂的人手里的时候,我就知道他一定凶多吉少了……"

凌源亿的脸上有一种难以承受的痛苦表情。他用颤抖的手拿起水杯,喝了一口水。

凌厉忽然不自觉地笑了一下,那笑浅得不着痕迹。

"但是,不管你相信不相信,我都是爱你的,把你当亲生儿子一样爱你……而且,我从来没有想过拿你的心脏救我的儿子!"

"够了!你找回了亲生儿子不是吗?为什么骗我说没有呢?他就住在第二人民医院的304房间,你到底要骗我到什么时候?"凌厉像一头暴怒的野兽,他控制不住地吼叫起来。

父亲惊奇地看着凌厉,"你在说什么?我从没去过第二人民医院,也没有一个我认识的孩子住在那里。”

这时候，凌厉的脸上露出一种恶毒的表情。凌源亿看着他的眼睛，里面是满满的绝望，他把杯子放到嘴边，喝光了杯子里的水。

“我想，这水里应该是有毒的吧！”

“你……”

“我养了你二十多年了，怎么会不知道你在想什么？你的一个眼神我都知道是什么意思。你啊，是个心里藏不住事的孩子……这……这是，我欠你的……”

10

凌源亿已经没有了气息，僵硬的身体歪在沙发上，面带微笑。

看着父亲的尸体，凌厉浑身颤抖得不能自持。他不相信刚才那个冷酷得就像被魔鬼附身了一样的人居然是自己。

没有直接证据证明是凌厉杀了自己的父亲。所有人都说凌厉是个善良的孩子，跟父亲的关系也一直很好，根本没有作案动机。但是，凌厉还是作为第一嫌疑人被关在拘留所。

警察把凌厉转送到看守所的那天，他看到了一个男人，黑色的T恤、黑色的裤子，在不远处靠着树一边抽烟一边看着他，眼神冷漠，却面带微笑。他对这个人有一种很特别的感觉，似乎，在哪里见过，又似乎没有什么印象。但是，他抽烟的动作让凌厉心里一颤，他忽然想起了父亲的话……

随即，凌厉被警察推进车里。透过车里的铁栏杆，他看见男人转身走了，那是个寂寞的转身。

凌厉对身边的警察说：“如果罪名成立……我是不是就要死了？”

旁边的警察看了他一眼，没说话，点了点头。

“那么，如果真的有那一天，我希望你们能帮我个忙……”

在法庭上，凌厉在大家惊讶的目光中承认是自己杀了父亲。

11

A打开邮箱给雇主发了一封邮件，告诉她事情已经办妥，并简单描述了一下凌源亿的死法，没有哪种死法比被自己养育了二十多年的孩子杀死更痛苦的吧！

他上网查了一下自己的账户，剩下的五万元也已经到账。很快，A 收到了雇主的回复，那是一封信，很长。

A：

首先很感激你让他有一个那么痛苦的死法。我很满意，你的确是个很好的杀手。

作为额外的奖励，我给你讲个故事吧。

我是个有罪的人，在二十年前，我和我丈夫加入了一个拐卖团伙。那是个有组织有纪律的团伙，计划严密管理得当，每次我们都能得到不菲的奖金。但是看着一个又一个的孩子从我们手里卖出去，到一个陌生的地方开始新的、并不美好的生活，我总是有深深的愧疚。

有一个出色的警察，他追查了我们很多年，到最后的时候，我们的头目害怕了，就抓了他的儿子来威胁他，并且折断了孩子的两根食指，送到他家门口。可是即使这样，也没能阻止他，他不顾一切地来了。听到风声的时候，头儿让我丈夫把孩子扔下后山的悬崖，当时我也怀了孩子，我看见那孩子用明亮的眼睛看着我，对着我笑，我的心软了。晚上的时候，我把丈夫灌醉了，并把那孩子抱到一个老实的村民家里，告诉他们要照顾好他，要是养不起就送到镇上的福利院。

丈夫醒来时，我告诉他，孩子已经处理掉了。他看着我笑了笑，我们从小一起长大，他怎么会不了解我呢？他和我一样，虽然作恶但是内心还是有一点点良知。我们出生在一个连不被饿死都可以称作幸福的地方。我想，在那样的地方，良知是比金子还珍贵的东西吧！

当警察把大部分人抓起来的时候，我丈夫带着我拼命地往后山跑。警察越来越近了，我把刀拿出来架在自己脖子上让丈夫挟持我，我对他说，不管怎么样，如果将来逃出去，一定要好好做人，不能再做伤天害理的事了。

我们被警察包围了，丈夫很激动，拿刀的手不停地抖，我的脖子很快就割出了几道口子，血染红了我的上衣。丈夫哭着对我说对不起，我说没关系，只要你能逃出去。我想告诉对面的警察，他的孩子是安全的，我希望他看在孩子的份上能放我们一马。可是下一秒钟，我就觉得右眼角火烧一样疼，我们一起慢慢地倒了下去。

我救了那个警察的孩子，但是我，我肚子里的孩子，还有孩子的父亲，却一起死在他的手里……

我实在找不出原谅他的理由。我要杀死他，其实轻而易举，只是那太便宜他了。

其实,他死得远比你想象的痛苦。

因为,他是被自己的亲生儿子和养子合作杀死的……

看完这封信的时候,A拼命地仰起头闭上眼睛。因为这样就可以不让自己的眼泪流下来。

12

凌厉被执行枪决的那天,A也去了。远远的,他看到了这个被自己催眠杀了父亲的哥哥。他的记忆中甚至不会记得有自己这样一个人,A狠狠地咬住嘴唇,抬头仰望天际,湛蓝一片,无限美好的样子。他觉得好像做了一个荒谬的梦,只是自己已经醒不过来了……

当凌厉的身体重重地倒下的时候,A的心脏剧烈地疼痛起来。眼前的景物变得扭曲,视线渐渐模糊,但是一个人影在眼前却异常清晰,那是个女人,右眼角有一颗痣,鲜红色的痣。

当他醒来的时候,他发现自己在加护病房,一位医生正笑着看他。医生说:“我行医这么多年,从没见过你这么幸运的病人。像你这样的先天性心脏病是很少能活过二十岁的。几天前,我接到一个电话,是从公安局打来的。警察告诉我,有个死刑犯指名要把心脏捐给一个手指有缺陷的男孩,手术很成功。观察一段时间如果没有问题,你就可以像正常人一样活下去……”

13

A最大的愿望,就是能找到自己的亲生父母……只是为时已晚。

现在,A在他长大的福利院做义工。看着孩子明亮的眼睛和无忧无虑的脸,他觉得幸福离自己很近。虽然知道不可能,他还是一直在寻找那个女人。他不相信自己一生的悲哀是一个女人一手导演的,他不愿相信!

A已经不再接任何生意。因为哥哥会不高兴,他知道哥哥的心脏那么努力地跳动,无非是想让自己幸福地活着,连同他那份一起。

缠

文/尾巴卷卷

就在我似醉非醉的时候，一个女人从身后抱住了我，那纤细而白皙的手臂像一条蛇，紧紧地缠在的我胸前，我回头一看，她的脸居然只是一个男人的后脑勺，我看不见他的脸，但是却清晰地听到从他从喉咙里发出的尖细的笑声。

1

昨天我做了个梦，梦到了两条缠在一起的蛇。作为一个捕蛇专家我对关于蛇的梦境也略知一二，我知道这不是一个好兆头，我看了看身边的妻子，难道我们真的要分开了吗？

我深信蛇是有灵性的东西，所以我也相信蛇在梦中给我的启示，于是在上山工作开始之后，我突然回到了家，看见了床上妻子身边的另一个男人，男人背对着我，我没有看见他的脸，但是却清晰地听到从他喉咙里发出尖细的笑声。

2

我和妻子离婚了。我从此辞掉了捕蛇的工作。

面对空荡荡的家，我感到心里堵得慌。

晚上，我去了酒吧。

就在我似醉非醉的时候，一个女人从身后抱住了我，那纤细而白皙的手臂像一条蛇，紧紧地缠在的我胸前，我回头一看，她的脸居然只是一个男人的后脑勺，我看不见他的脸，但是却清晰地听到从他从喉咙里发出的尖细的笑声。

我从梦中尖叫着惊醒,酒吧里的人已经走光了,只有一个女人穿着白色横纹的衣服,站在吧台昏暗的灯光里对着我微笑。

3

那天晚上之后,我就被那个女人缠住了,赶都赶不走。她说她叫银小环。

她喜欢从背后抱住我安然入睡,但是每当她冰冷的手臂缠在我的胸口,我都会像发疟疾一样浑身发抖。

后来有一天她居然从我家里消失了,我没有找她,本来我们就不是一路人。

晚上的时候我梦到了一条蛇,身上布满白色的横纹,眼神迷蒙,纤细的身体缠在我的胸前不断用力,直到我憋闷得醒过来。

4

我的背后起了很多小小的水疱,很疼很痒。

医生说:"这叫蛇缠身,是一种带状疱疹,没有大碍。去验个血吧。"

然后我被两个膀大腰圆的男护士押回病房,门"咣当"一声关上。我又被锁了起来。

自从我住进了精神病疗养院,我的妻子再也没来看我。我有点失落。

5

最后一次的捕蛇工作中,着急回家的我心烦意乱,一条银环蛇在我的手上留下了两个细小的牙痕,伤口麻木,并向心脏部位蔓延。我手起刀落,砍断了蛇头。我没有注意到它怨毒的眼神,然后用嘴吸出了些毒血。我没有跟任何人说,而是狂奔回家,看见了床上妻子身边的另一个男人,男人背对着我,我没有看见他的脸,但是却清晰地听到他从喉咙里发出的尖细的笑声。

于是我拿出工具袋里的刀,毫不犹豫地砍在那个男人身上,直到他再也不能发出尖叫。

当我睁开眼睛，躺在血泊中的却只是我的妻子。

6

仅仅一夜的时间，我身上的蛇缠身已经从后背缠到了胸前，我脱掉衣服站在镜子前，看到了一条蛇，身上布满白色的横纹，眼神迷蒙，纤细的身体缠在我的胸前不断用力地勒紧。

我又来到医务室，医生在我和我的验血报告之间来回地打量，“你的血液里含有大量的神经毒素，这些毒素会让你出现幻觉，当然也足以致命。”

我惊愕地看着医生，那条银环蛇和那个穿着白色横条衣服的女人在我的眼前清晰起来，我忽然感到全身肌肉疼痛、四肢乏力，一头栽倒在了地上。

再也没有醒来。

卜骨

文 / 尾巴卷卷

“卜骨从商朝流传下来，商代人自王宫至庶民无论战争、建造房屋，还是出门远行都要用占卜来判断吉凶，大部分人用龟壳或者牛肩胛骨，但是其实只是一种形式上的风俗，并没有太大意义，但是巫术却把这项占卜术发挥到了极致……只是因为巫术的反噬很厉害，使用巫术的人世代都有缺陷……”

1

罗夕颜的心情很不好。

原因是她有一个英俊潇洒的老公，要是英俊潇洒也就算了，他还事业有成；要是事业有成也就算了，他还温柔体贴；要是温柔体贴也就算了，他还幽默善良……

换句话说，罗夕颜找到了一个只会出现在琼瑶阿姨笔下的男主角。

她从来都不觉得这是件好事，就像一个拥有无数财宝的小地主，每天都活在担心被谋财害命的阴影里，惶惶不可终日。

偏偏周暮是个非常安分的男人，5 点下班，5 点 30 分准时到家，绝不会因为公事而耽误回家，就算有重要的事情也要先回家亲亲罗夕颜，吃了晚饭才会出去应酬。

可是女人就是这样一种神经质的动物，她们总是任性地觉得，越是正常就越是不正常，尤其是自从自己出了车祸左边脸颊上留了一道疤之后，她确定周暮看自己的眼神里已经没有了爱，只是敷衍。

现在的平和，是为了迎接骇浪的侵袭。

晚上 9 点，天黑风凉，周围的人都穿着深色的大衣低着头，脚步匆匆，像是怕别人看见他们的脸。

或许他们根本就没有脸。

一想到这里，罗夕颜瘦小的肩膀颤抖了一下，丰富的想象力在自己的身后描画了一张没有五官的脸，眼睛是两个黑漆漆的洞，从洞里分别伸出两只修长的手指，指甲上涂成鲜红色，分不清是指甲油还是人血……罗夕颜不由得加快了脚步，几乎是一路小跑，前面的路口一转弯就是目的地了，那个窄窄的小巷子里其中一家门口吊着一盏昏暗的灯泡，像一只死人的眼，散发着浓重的怨气。

来到门前，抬头看了看，门上有一根红色的布条，应该就是这家了。

一阵凉风掠过，她来不及多想，抬起手，轻轻地敲了敲门……

2

周暮把车停在光明小区的楼下，从车里出来，警惕地转身看了看周围才匆匆上楼。

房子跟周暮和罗夕颜住的房子没法比，只有60平方米，但是收拾得很干净整齐，周暮掏出钥匙，打开门是扑鼻的饭香，一个扎着白底碎花围裙的女人，正把一盘土豆丝端到桌上，抬头看见他进来，眉眼间马上流露出笑意。女人不算很漂亮，但是有一双宛如秋水的眼睛。

“爸爸……”桌边的小女孩脆脆地叫他。

“琪琪乖，听不听话啊？有没有淘气？”周暮把孩子抱在怀里。

“琪琪很乖。”孩子奶声奶气地回答，小手抓着一个仿版的芭比娃娃，头上的羊角辫一晃一晃很可爱的样子。

吃完了饭，周暮把一叠粉红色的纸币压在水果盘下面，又亲了亲孩子，才依依不舍地从沙发上站起来。女人正在厨房收拾碗筷。

“边儿，我有事先走了……”

“不多坐一会儿吗？”女人低下头，看着拖鞋，手不停地在自己的围裙上擦着。

“爸爸，别走，我不要爸爸走。”琪琪举起小手勉强地抓住周暮的指尖，摇晃着，“我和妈妈都想你了……”

周暮没敢抬眼看边儿，只是把孩子抱起来，坐回到沙发上，“琪琪，爸爸去给你买好吃的，等着爸爸。”

“好！”琪琪脆脆地回答。

开门的时候，边儿在他身后说：“我就知道你不会留下来……”声音低低的，像是怕被周暮听到一样。

周暮闭上眼睛，立在门口，然后迈出了一步，回手把门重重地关上。

走到楼下的时候，一个影子从楼里扑了出来，重重地摔在地上，耳边的碎发凌乱地垂下来，周暮跑过去，看见边儿从地上艰难地爬起来，苍白的手指夹着一叠纸币，血染在了纸币上，斑斑驳驳。

“我不要你的钱。”她把钱连同她的血一并甩在周暮的手里，转身上楼了。

3

罗夕颜刚刚回家，一个人坐在宽大的沙发上失神，听见钥匙插进锁孔转动的声音，马上用遥控器打开电视看重播的新闻，穿着鲜红上衣的女主播嘴唇也是鲜红的，一开一合面带微笑地叙述最近发生的凶杀案，“……据有关人士透漏，此案与几年前的数起命案都有关联。”

“今天没出去啊！”周暮一边换拖鞋一边笑着问。

“没有啊，在家看电视。”

“今天外面很冷啊。”

“可不是……”罗夕颜随口答道，飘着淡淡茉莉香味儿的房间里空气瞬间凝结了，正在脱外衣的周暮，把探寻的目光落在罗夕颜僵硬的脸上。

“嗯……天气预报上都说了最近降温……”罗夕颜一边拿起遥控器转台一边说着，但是她的手居然在颤抖。

“哦……”周暮随口答应着。

罗夕颜的心颤抖起来，她觉得他的这个“哦”字意味深长。

罗夕颜洗完澡把头发吹干，擦了点香奈儿 5 号，然后钻进羽绒被里，周暮背对着她，没有任何动作。

罗夕颜把脸靠在周暮的后背上，手臂轻轻圈住他的腰，这时候周暮已经打起了欢快的呼噜，所以他感觉不到罗夕颜的眼泪打湿了自己的睡衣。

罗夕颜失眠了，她很伤心。她觉得自己的预感即将变成现实，有人把自己的幸福、自己的家庭、自己的老公当成了猎物，在自己恍然无知的时候，就已经步步紧逼。

比如自己在街上遇到的那个女人，穿着并不时尚，可以说是朴素，黑裤子黑皮鞋，米黄色的夹克，手里提着超市打折的卫生纸，一小袋大米，洗发水，一个仿版的芭比娃娃，青菜，还有一点点肉，凌乱的碎发挡住了脸，看起来很狼狈。

其实这只是个标准的家庭主妇，满大街都是，当时自己正和周暮手牵手逛街，当这个女人出现的时候，周暮的手很明显地僵直了，女人袋子里的玩具掉了出来，那是个粗糙的佯装高贵的娃娃，她提的东西太多，正手足无措地站在那里，这时候周暮放开自己的手跑过去，捡起地上的芭比娃娃塞回袋子里，自己从女人的眼睛里读到的不是感激，而是惊讶，遇见熟人的那种惊讶，然后女人的目光从周暮身上移开，跟自己四目相对，一瞬间又低头，用手整理一下刘海，说了句谢谢，转身飞快地走掉了。

“你认识她？”

“不认识……”周暮嘴上虽然这样说，但是他的目光一直落在那个女人的身上。

罗夕颜确定这个女人跟周暮是认识的，或者更具体的说不只是认识，应该有着非同一般的关系，男人和女人之间非同一般的关系，只能用四个字形容——奸夫淫妇，罗夕颜咬牙切齿地想。

罗夕颜是聪明的女人，她看过无数情感杂志，上面写得很清楚，人仰马翻的争吵等于把自己的男人拱手相让，按兵不动的坚持才是制胜之道。

但是，每次想到这个土得掉渣的女人，罗夕颜就感觉像有针尖划过眼球般不舒服。

现在罗夕颜最想知道的是，周暮是爱自己多还是爱那个女人多一点。从男人嘴里说出来的话是不可信的，所以罗夕颜找到了一个奇人，他能知过去未来和姻缘恩仇……

4

早上，罗夕颜很早就起来为周暮准备了白米粥、火腿、牛奶，还有水煮鸡蛋，分别盛在粉花蓝边的陶瓷小碗里，看起来精致又挑动食欲。

吃完早餐在罗夕颜为自己打领带的时候，周暮在罗夕颜的额前轻轻一吻。罗夕颜惊讶地抬头看着周暮，低头一笑。

“早点回来，开车小心。”罗夕颜温婉地叮嘱。

周暮离开后，罗夕颜换掉睡衣，穿上深色的裤子和大衣，戴了一副黑色的墨镜，去上岛咖啡见了一个人，很快就拿了一个文件袋出来，又来到了银行，提了五万元钱，然后打车到一条小巷的入口，直到出租车已经离开，罗夕颜才仔细地看了看周围，这里很偏僻，几乎没有路人，罗夕颜这才疾步走进巷子里，在一扇黑色的大门前停下脚步，抬头看了看红色的布条标记，没错，就是这里，于是她抬起手敲了敲门……

罗夕颜敲完门，站在那里，门闩“哗啦”一声落下，门就“吱呀呀”地开了。

“您想知道什么？”一只布满皱纹的小手，在纸币上来回地抚摸，发出沙沙的声响。

“我想知道，我老公最爱的女人是谁？”

“把你老公的另一个女人的资料给我……”

“都在这里。”罗夕颜把文件递过去，看见对面男人硕大的眼睛让自己忽然有点害怕，“我……并不是要置她于死地，只要她不缠着我老公就可以。”

“我本来也没打算杀她。”

“那你要她的资料……干什么？”

“嘿嘿……”男人的声音沙哑，带有阴阴的气息。“我——要——给——你——算——命！”男人忽然用异常高亢的声音一字一顿地说道。

罗夕颜的身体不由自主地颤抖起来，那声音就像来自地狱一般。

“我什么时候能知道结果？”

“如果顺利的话三天之后……”

“那么久？”

“我们要准备‘材料’的……”

从那座阴森的小房子走出来，罗夕颜没有感觉到问题即将被解决的轻松，反而有一种不祥的预感。

5

今天是个好天气，琪琪的小手里抓着芭比娃娃，娃娃金黄色的头发在阳光下很刺眼。忽然，一辆白色的面包车停在她面前，然后一只怪物跳下来，把琪琪扔到车上，嘈杂的市场里，没人听见琪琪的尖叫。

边儿发现琪琪不见了，坐在路边号啕大哭，警察来了，有群众说看见一辆白色面包车在路边停了一下。

“看清司机了吗？”警察拿出本子已经准备记录了。

一个男子惶惶地说：“车里，没有司机……”

“我说这位同志，没司机车能开走吗？”警察板起了脸，“这是绑架，请你严肃地配合我们的工作……”

“可我真的,我亲眼所见……车里没有司机……”

人们开始议论纷纷,这样超乎寻常的事情,正是家庭主妇之间交流的最好谈资,比绑架有传奇色彩多了。

一辆没人驾驶的车绑架了琪琪!

琪琪醒过来的时候发现自己躺在一个山洞里,脸朝下,粗糙的地面把琪琪的小脸蛋磨得通红,腰很麻,没有任何知觉,手脚被绑在周围的大石头上,身体变成了一个大字形,周围很黑,旁边的篝火发出暖暖的光,一个孩子蹲在篝火前面磨刀,

“哗啦,哗啦,刺啦,刺啦……”刺耳的声音在山洞里荡来荡去。

“你是谁?”

“……”

“我要回家,你送我回家……好吗?”琪琪瘦小的身体不停地颤抖着,她似乎预知了即将发生的危险。

这是人的本能。

那个小小的身影继续在那里磨刀,并不回答她。

“我要妈妈……”琪琪忽然号啕大哭。

忽然,那个小小的影子抬起头来,露出一张布满皱纹的脸,在篝火的映照下犹如鬼魅。他满意地举起手上的刀,那把刀泛着银白的光。

他站起来,一步一步地走到琪琪面前,刚刚磨好的刀子,带着余温,刺进身体里,割断骨骼的连接处,剧烈的疼痛卡在嗓子里,然后变成一口血从琪琪的嘴里喷出来,脑子里“嗡嗡”作响,她已经不能尖叫。一会儿琪琪的肩膀变成了一个空洞,她的肩胛骨被取走了。

躺在血泊里,琪琪感到很疲倦,芭比躺在不远处的地上,面带微笑,她艰难地向娃娃出伸出手,“宝宝,睡在地上……会着凉……妈妈,说过的……”

那个身高不到一米的“小男人”,站在琪琪的血泊里,他的腿,只有正常男人一半的长短,嘴里发出尖锐的笑,握着那片并不坚实的骨头,他俯下身体,伸出长长的舌头,在琪琪的伤口上舔着,“嘿嘿……甜的……”他用手摸了一下嘴巴,然后用那小小的脚狠狠地踩在琪琪的脸上,一刀刺进她的动脉,血瞬间喷涌而出……

他满意地缩回脚,棉鞋已经粘上了血,他厌恶地在地上狠狠地蹭了两下。

6

开门时,罗夕颜看见一个小女孩,苹果一样的脸蛋,眼睛明亮得像宝石一样闪耀着光芒。她穿着脏脏的白色睡衣,手里拿着一个芭比娃娃,光着脚,站在门口。

“妈妈……”小女孩在看见罗夕颜之后就开始号啕大哭,伸出小手做出要抱抱的样子。

罗夕颜始终是个女人,看见孩子这样,就马上心疼地伸出手把孩子搂在怀里,孩子马上停止了哭泣,并发出“咯咯”的笑声。

忽然罗夕颜感觉手里黏黏的,孩子的身上散发出刺鼻的甜腥味,她把目光落到孩子的背后,居然在腰上和肩膀上有两个洞……

罗夕颜下意识地推开孩子,孩子身后的楼梯瞬间化作深渊,孩子的身体迅速下坠,罗夕颜努力地扑出身体,抓住了孩子的小手。

“妈妈……”孩子的眼泪落下来。

“妈妈在这里,妈妈会救你……”说着,孩子的身体忽然变得越发沉重,罗夕颜的身体已经悬在崖边。

“咯咯……”手里的孩子忽然消失了,罗夕颜的后背被人用力地推了一下,在坠落的瞬间,罗夕颜回头看见身后的孩子苹果般的脸蛋居然布满了皱纹……

罗夕颜在梦境中拼命挣扎,却无法醒来,身体很轻又很重,不听使唤,直到电话声尖锐地响起,罗夕颜才直挺挺地坐起来,手在枕头下面摸索出电话,然后木然地按下接听键。

“材料已经准备好了……晚上 10 点……”对方是一个男人,嗓音沙哑。

“……好,我马上去。”罗夕颜抹了一下额头的汗。

晚上跟周暮说自己要去姐妹家打麻将可能不回来了后,她就打车到了目的地。

7

还是那个窄窄的巷子,还是那间破旧的平房。

房间里昏黄的灯泡随着外面狂风的呼啸左摇右摆,不时有冷风从窗户的缝隙里钻入，两个人的影子在墙上不停舞动，像互相吞食的不知名的野兽。

罗夕颜戴着墨镜坐在桌子对面，看着眼前的“小男人”从衣袋里掏出个东西，用红布包着。

“这就是‘材料’？”

“当然……”说着，男人把红布慢慢打开，露出一个白色的东西，形状看起来很眼熟，又想不起来在哪里见过。

“这是什么？”罗夕颜拿在手里，冰冷光滑的质感，闪着隐忍的光泽，飘着淡淡的酸味儿。蝴蝶翅膀的形状，这个东西的背面被挖了一个浅浅的小坑，有一角硬币那么大。还有一条纵向的沟槽……

“嘿嘿……这是骨头。”

罗夕颜的眼睛一直落在这个奇怪的东西上，随口问：“什么的骨头？”

“人的！”

罗夕颜猛地扔掉手里的骨头，抬头疑惑地看着对面那个身高不足一米的男人，他坐在对面，窄窄的肩膀上是一个硕大的头颅，头颅的正面是一张50岁的脸，现在那张脸上是一副理所当然的表情。

“你说的……是真的？这是谁的骨头？从土里挖出来的？”

男人一边笑一边摇头，举起骨头，笑着说：“这片蝴蝶骨在两天前还长在一个小女孩的身上……”

“你……你这个变态，这个杀人犯！”罗夕颜想起了自己的那个梦。

“你激动什么？当初是你说要不惜一切代价得到答案的，卜骨是唯一的方法……”

“卜骨？是什么……”

“卜骨从商朝流传下来，商代人自王宫至庶民无论战争、建造房屋，还是出门远行都要用占卜来判断吉凶，大部分人用龟壳或者牛肩胛骨，但是其实只是一种形式上的风俗，并没有太大意义，但是巫术却把这项占卜术发挥到了极致……只是因为巫术的反噬很厉害，使用巫术的人世代都有缺陷……”

“可是怎么可以用人的骨头？”

“因为你要算的是人不是阿猫阿狗，而且这个骨头必须要取自与那个女人朝夕相伴的人身上，这样才准！事情现在已经这样了，这片骨头我已经打磨了2天，并且用香熏好了，如果你现在不想进行我不会反对，但是钱是不退的，还有，你要知道，机会只有一次，那个小孩不会活过来了，但是你的老公到底是谁的还尚无定论，你自己考虑吧……”

“是的，我不能输给那个土得掉渣的女人。”罗夕颜咬了咬嘴唇，重重地点头。

男人的嘴角上翘，脸上的皱纹像菊花般盛开：“你终于想通了……”说着，他从桌子下面拿出一个精致的小碟，碟上布满青黑色的花纹，盘子中间是乱七八糟的划痕，男人把骨头放进盘子里，有小坑的一面朝上，又拿出一根三根手指粗细的木枝，用火柴点燃，一会儿房间里布满了呛人的浓烟，对面的男人站在椅子上，像演杂技的小丑一般握住木枝的一端，把另一端放在骨头上用烧红的木枝灼烧，不一会儿在骨头上出现了“卜”字形的裂纹……一会儿男人才又重新坐在椅子上拿起骨头认真地看着，“你的男人爱的是那个为他生儿育女的女人……”男人看了罗夕颜一眼，没有问她是不是那个生儿育女的女人，因为一切都写在脸上。

罗夕颜目光呆滞，嘴唇微微张开，眼泪映出狂风暴雨般的伤痛。

罗夕颜是走回家的，每走一步，爱情就多疼一分，每走一步，回忆就多疼一分。

当年罗夕颜发生车祸之后，周暮曾经抱来一个很小的女婴，说这是他和自己的女儿……可自己明明没有失忆，自己认得周暮，怎么会记不得自己有没有生过孩子？

从别的女人肮脏的身体里爬出的私生子，怎么会得到自己的爱和喜欢？为此，自己和周暮大吵一架，直到周暮哭着承认这孩子是和别人生的，并跪下祈求她的原谅，不知道自己是因为爱周暮还是因为喜欢看这样一个高贵的男人跪在自己面前让自己的虚荣不断膨胀，她最后终于放下姿态原谅周暮的时候，他竟然抱住自己号啕大哭，像个伤心的孩子……

可惜直到现在周暮爱的依旧是这个孩子的母亲，不是自己……记忆的片段马上跳转到那个仿版的芭比娃娃和那个土气的女人，一切都在瞬间明了，当年的婴孩就是那个女人的，是周暮的最爱。

罗夕颜感觉不到自己的大拇指的指甲已经嵌进肉里，也看不见脚下的土地每隔几步就有一滴暗红落下，下一秒她马上停下并且马上转身，又回到那间低矮的平房。

她“咣当”一声破门而入，男人正在昏暗的灯光下数钱，贪婪的目光像惨败的树枝上爬着的毛毛虫。

“我要他们死！”

“谁？”

“……周暮和那个女人！我无法忍受他对我一再的欺骗……”

“我不杀人。”

“我有钱……”

“不是钱的事情。”

“10万。”

“我说了,不是因为钱……”

“15万。”

“我不做伤天害理的事情……”

“30万。”

“……成交。”

8

琪琪的尸体被找到的时候已经残缺不全,浓烈的血腥味儿招来了野兽……唯一完整的右手,还紧紧地攥着染满鲜血的芭比娃娃。

冷库的温度很低,透着阴阴的冷,那种冷从心脏伸出无数触角,让你不由自主地战栗。

周暮扶着边儿,工作人员拉开冷库的抽屉。边儿的目光落在抽屉里混乱的肉块上,喉咙里“格格”地响,然后发出一声野兽般的哀嚎,死命地用手臂裹住周暮,那哭声撕裂了周暮的整个世界。

边儿几度昏厥,被送进医院。整整三天,边儿都不曾说过话,只是睁着那已经充血的眼睛不停地流泪,看着穿着白大褂的人影在眼前飘来飘去,医生说边儿本来只是伤心过度,没有什么大碍,但是她已经三天滴水不进,拒绝打针和吃药,这样下去身体会吃不消的。

周暮静静地坐在边儿床前,一句话也不说。

他认识边儿多年,是彼此的初恋,怎么会不知道边儿对琪琪的感情,怎么会不了解边儿的脾气。她不想说话,任何人都不能逼她说。

在医院的第四天,阳光很好,边儿看着窗外,不再流泪,不知道是已经熬过了最撕心裂肺的痛苦时期,还是眼睛已经无泪可流。

她的嘴唇就像一张被揉皱的废纸,唇上的白色的死皮骄傲地翘起,脸色蜡黄,藏在被子里的身体就像一片枯叶。但是眼睛却异常明亮,甚至散发出某种光彩。

“周暮……”

周暮惊喜地看着边儿,“边儿,你终于说话了……是不是饿了……太好了,我去给你买吃的……”周暮刚刚起身却被边儿的手指紧紧攥住。

她的嘴唇张了张，喉咙里发出沙沙的声音，“替我对夕颜……说句对不起……”

“为什么？难道……”

“我相信报应……”边儿的嘴唇又轻轻合上，她不再说话。

9

晚上的时候周暮是必须要回家陪夕颜的，所以留下了边儿一个人在医院里。

所以，当边儿在朦胧中感觉到床下有呼吸声的时候，她也是无助地害怕起来……

早上的时候边儿还是躺在床上，不再看着窗外，她安静地闭着眼睛，四肢如干枯的树枝从被子下伸出，身体诡异地扭曲着……

法医说有人用针管在她的静脉里注射了大量的空气……

周暮想起昨天边儿对自己说的话。原来当年害夕颜的人竟然是边儿。

有很多事情都是不能提起的，一提起就犹如惊涛骇浪，让所有人万劫不复。

周暮在与边儿即将结婚之时，认识了罗夕颜，罗夕颜为了得到周暮不惜灌醉周暮，拍下照片相威胁。最后边儿与周暮决裂，但是周暮的最爱依旧是边儿，他依然没有放弃对边儿的追求。

其实我们都是要相信命中注定的……

如果周暮不一次次地拒绝罗夕颜，她也不会去酒吧买醉，如果她没有喝醉就不会被人拉到后巷强暴，如果罗夕颜没有羞愤交加酒后驾车去报案，就不会出车祸伤了左脸，并且陷入深度昏迷。

周暮由于内疚，在罗夕颜康复之后跟她举行了婚礼，生活在一起之后周暮发现罗夕颜居然是个很好的妻子，既然一切都已经不可改变，那么就顺其自然好了。

有时候爱情就是这样简单，开始不爱不等于以后不会爱，开始爱不等于以后还有机会爱。我们只能在命运的阴霾之下，在爱与不爱的漩涡中苟延残喘。

10

那个女人已经死了，下一个就是周暮了……罗夕颜站在落地窗前，心里一阵悲凉。想起周暮的善良和体贴，罗夕颜决定收手。

拿出电话想拨给那个男人取消行动，这时候周暮的电话打进来了。

“夕颜，是我……”

“老公……”罗夕颜轻轻地呼唤他，不知道为什么眼泪就那么轻易地掉下来。

“我有事情要告诉你……”

“不能回来再说吗？到底什么事情？”

“关于你的过去……关于你的一切。我迫不及待地要告诉你……”

“好，你说吧。”

“夕颜，你有一个女儿，叫琪琪，你出车祸之前……曾经被人强暴，车祸之后你陷入昏迷，直到孩子出生你都是不知道的，可能是这件事情对你的伤害太大，所以你患了选择性失忆，只保留了车祸的记忆……我现在知道，主使歹徒施暴你的人竟然是边儿，也许不该对你说抱歉，你也不会接受，但是边儿在去世的前一天，真的是这样拜托我的，你康复之后不肯相信孩子是你的，送孩子走我实在舍不得，也许边儿觉得愧对你，于是主动要求抚养琪琪……这么多年来，边儿没有要过我一分钱，她把琪琪当成亲生女儿抚养，即使她曾经做错过，看在她已经去世的份上，请你原谅她……”

“孩子……琪琪她现在在哪儿？”

“琪琪……琪琪死了……警察说是近几年都没有侦破的变态连环凶杀案，从尸体上看，琪琪曾经被取走肩胛骨，手法熟练，刀口整齐……”

罗夕颜感到大脑“嗡”的一声响，拿电话的手竟然颤抖得不能自持。

“夕颜，不管以前我和边儿曾经有过多么轰轰烈烈的爱情，我现在都是爱你的……失去了琪琪我们还可以生很多很多可爱的孩子……”

夕颜重重地点了点头，泪水已经爬满脸庞。忽然，她想起了什么：“老公，你在开车吗？快停车，到路边打车回家……”

“糟了……刹车怎么失灵了……”周暮在电话的另一边紧张地说。

“我不管，周暮，你要活着回来……我要你活着……”夕颜坐在冰冷的地板上放声大哭。

“……”

“周暮?周暮?我爱你,你别死好吗?我不该怀疑你,不该那么自私……”

“嘿嘿,说什么呢?你是不是有事情瞒着我呢?我跟你开个玩笑……马上我就到家了,你做好饭乖乖等我。”

夕颜呆坐在地上,好久才回过神来,擦掉眼泪,打开电视,房间里有声音自己就不那么害怕了。她扎了围裙进了厨房。

新闻时间,主持人的嘴唇依然猩红:“北京路上发生一起重大车祸……”

夕颜为周暮做了他最爱吃的西红柿牛腩,她都不曾知道原来自己竟然这么爱周暮,也不曾知道有人可以爱是如此的幸福。

夕颜走到落地窗前,心里忽然变得很平静,她出神地望着窗外。不一会儿,一双手臂轻轻从背后抱住了自己。周暮回来了?

“老公,我今天才发现,我是那么爱你……也许我们都曾经做错过,以后我不会再那么任性了,我会好好地爱你……”

“……”

“怎么不说话啊!”夕颜轻轻地转头,发现屋子里并没有人,而腰上的手臂却是真实的……

“嘿嘿,你老公都死了,你还这么专情,真难得!”沙哑的声音从背后传来。

夕颜奋力地甩开他的手臂,那个不到一米的小男人神气活现地站在自己面前,“计划成功,你那个薄情的老公已经死了。”

“周暮,周暮……”夕颜一边退后一边呼喊着周暮的名字。

“你有神经病吗?他死了。我拆掉了他的刹车……”

她哭喊着一把拽住小男人,“你还我老公,把周暮还给我。”始终夕颜只是个女人,小男人掰开她的手,“神经病啊,他都死了,你为此还付给我30万,你别忘了你才是主谋。”

夕颜坐在地上,眼泪不停地流着。“你杀了我老公……你还来找我干什么?你走吧……”

“我要保全我自己!所以你不能留在这个世上。”

一道寒光闪过,夕颜的脖子一凉,瞬间微热的液体喷溅而出……

11

张三是个小乞丐,每天从垃圾箱里“淘宝”,对于他来说,垃圾箱就是他的父母,衣食住行都是垃圾箱给的,他怕别人抢了他的“地盘”,干脆每天睡在垃圾箱和墙之间的缝隙里。那天晚上他发现了一个不到一米的小人儿穿着西装和皮鞋，从漆黑的夜里走出来，手里提着一双旧棉鞋，扔进垃圾箱转身就走了。垃圾箱旁边正好是一根电线杆，光线还算明亮，张三没见过这么奇特的人物，就多看了两眼，等他走了张三才钻出来，把棉鞋拿出来，棉花做的手工棉鞋，用手捏了捏，还挺厚实，就是鞋面上粘了黑色的东西，张三学着古董鉴定行家一样点点头。“嗯，成色还不错。”

于是他把棉鞋揣在怀里，心里有点小小的兴奋，来到一处公厕，从垃圾桶里翻出一根旧牙刷，把鞋子放在水龙头底下刷。殷红的水从鞋上流下来，像血，张三慌了，一溜烟跑到公安局报案。

这个“小男人”到最后也没有想到自己会栽在一个小乞丐手里。

小男人的脸出现在了新闻上，“……手段残忍，据查用巫术骗人只是障眼法，主要是贩卖人体器官，根据本人交代，最近的一个受害人仅有 5 岁，肾脏已经通过非法网站卖到国外……”

执行枪决那天，周暮来到了现场，他坐在轮椅上，显得很平静。

枪声过后，几只鸽子被惊起，拍打着翅膀离开，周暮抬头仰望蓝天，泪水顺着他的眼角流下……

谁放的帽子

文／花布

深邃而黑暗的夜，那幢小木屋的老门随着风声，“咚咚咚”地响着，后院那间破败的杂物室里，冷风阵阵，白帽子随着风微微颤抖，突然，它飘下了墙壁，随着风穿过山坡，穿过防沙林，穿过霓虹满世界的高楼大厦……

1

一个月前，唐可和林海度蜜月时，来到了远郊这处山区林地。唐可一下就喜欢上了这里。林海是个爱她爱到骨子里的男人，对她的话是唯命是从，所以，当她看到那幢孤立在山边的小木屋，撒娇地要求住进去时，林海二话没说就同意了。

林海家有的是钱，买下这幢远郊的小屋对他们来说轻而易举。

搬进新家之后，唐可很激动，她自己都不知道自己为什么高兴，总觉得自己和这间小木屋很有缘分。每天，林海去上班后，她就坐在房后的小院里喝茶赏花，日子过得平静而充实。

但，这都是在那顶帽子出现之前。

后院有一间杂物房，很矮小。唐可第一次和那顶帽子相遇，是在搬来后的第四天。她本来是想整理一下那间杂物房，用来充当花房的。在整理的过程中，她发现了那顶帽子。帽子很旧很脏，挂在墙上，像一张白里泛黄的人脸。她拿起来看了看，没有破，犹豫了一下，还是扔掉了。

人们总以为，有些东西扔掉了，就永远不会回来，所以，当翌日早晨，唐可看到那顶帽子安静地躺在门口，仰着一张白花花的脸微微颤动时，她吓了一跳。但她并没有多想，她想，可能是来这里游玩的孩子无意中发现了它，又无意中扔到了她家门口，或者，是风把它刮来的。她拿起帽子，随手一丢，那帽子随风滚动起来，滚到一棵大树后，露出半个帽檐，不怀好意地不动了。

唐可关上大门，她觉得她再也不会见到那顶帽子了。

事情往往总是出人意料，接下来的整整一个星期内，这顶帽子总是准时出现，在每天的早晨，它会安静地躺在大门口，仰着一张白花花的脸，等着吓唐可和林海。它似乎是故意的，是别有用心的。唐可感到了一种恐慌，开始分析帽子是怎么一而再再而三地出现的。

他们排除了人为的因素，因为这里很僻静，除了他们一家，没有其他人居住，而且，游人也不是每天都有；他们排除了风的可能，因为，已经连续四天无云无风了；最后，他们去除了是附近动物作怪的可能性，这个山林茂密的远郊，林子里的确有一些野生动物，可这些动物绝对不会每天盯着一顶帽子生活。他们扔了，它们再捡回来，夜里一次又一次地悄悄放到大门口，要真是这样，动物就不是动物了，简直成精了。

唐可和林海都是唯物主义者，他们也不相信世界上有这种精怪。

这天晚上，两个人躺在床上，不说话，却睡不着，心里都揪着一个疙瘩——帽子，他们都在琢磨这其中的玄机。两个人把一切可能性再一次筛选了一遍，几乎是同时想到了一个深邃而恐怖的东西，在默契地扭头互相望了一眼之后，林海先说话了。

林海说："小可，你想到了什么？"

唐可说："你呢？"

林海说："我在想，这房子里以前住的是什么人，死没死过人。"

唐可吸了一口气，说："别说了！"

林海就乖乖地闭了嘴，屋里又静下来了，隐隐约约的，有声音悄悄地响起，"咚咚咚"，似乎是大门在响，实际上那是风在作祟。每到有风的夜晚，那扇老门总会不安分地叫唤，两人早习以为常，可今夜不同，他们总觉得一切都变了，那声音的始作俑者变成了一个脑袋，戴着帽子一下一下地撞着大门。

唐可忍不住，又开口了："林海，你去房东家买房的时候，没有问问这房子以前住的是什么人？"林海摇摇头，她不悦地说："你们男人就是粗心，我早就说过买房的时候要带上我，你偏不听，一个人早早就签了合同，真是的！"

林海压低声音说："别说了。"

唐可也乖乖地闭了嘴，因为风更大了，刚才礼貌性的敲门声变成了歇斯底里的砸门声。

过了一会儿，唐可说："你明天上班的时候，拿上那顶帽子，去房东家问清楚。”

林海低低地“嗯”了一声，突然说：“小可，你是说明天早晨帽子还会出现？”

窗外，风更大了，树枝张牙舞爪地跳起了舞。两个人不约而同地抖了一下，再也没出声。

2

翌日，帽子果然安静地躺在门口等着他们。

唐可送林海去上班的时候，两个人已经有了心理准备，但见到那张白花花的帽子脸时，还是不由自主地抖了一下。唐可小心翼翼地拿起帽子，交给林海。她仔细看了一下，帽子更老旧了，白色没了，全是黄色，像个死尸。林海也不说话，拿起帽子钻进了车里。

林海是个医生，他家世代行医，到了他这辈，家业也大了。

林海家在市区开了一家私立医院，他毕业后，顺理成章地进了医院工作。

林家和唐家一直是多年来的老交情，林海和唐可也就成了人们嘴中的青梅竹马。于是，从上学到毕业，再到结婚，仿佛都是理所当然的事情。但有一件事唐可不明白，一直以来，林海的母亲都很喜欢她，甚至打小就把她当成儿媳看，可结婚之前，这个亲切的女人突然变了。

她百般阻挠两人成婚，见到唐可，她的眼里全是杀气，恨不得将唐可生吞活剥。最后，还是林海以死来要挟，这个女人才不得不妥协的。其实，搬到这个僻静无人的远郊，唐可另一个目的就是远离林家。

整整一天，唐可在屋里不停地转圈子，咬手指头，焦急地等待林海归来。意外的是，林海没等回来，倒是等来了林海的母亲。林母站在门口，一边用手绢擦着鼻头一边慢悠悠地走了进来。

她坐在沙发上，四下打量，直截了当地说：“这是人住的地方吗？”

唐可尴尬地笑了笑，“妈，我和林海住得挺习惯的。”

林母冷笑道：“是你习惯吧！我儿子从小哪受过这个苦。”她说着叹了口气，突然用手指点着唐可说：“真不知道林海上辈子欠了你什么，为了你这样的女人，他连我这个妈都不认了，早晚有一天他会后悔的！”

唐可委屈地立在原地，屋里的气氛变得很尴尬，这时，大门响了，是林海回来了。唐可像抓住了救命稻草一样，一把揽住了林海的胳膊。林母也变了脸色，可林海似乎根本无暇理会母亲，脸上满是焦虑和恐慌。

林海说："妈，你怎么来了？"

林母说："我来看看你啊，听妈的话还是搬回去住吧。"

林海烦躁地说："妈，我累了，你先回去吧。"说着，硬是将林母推出了房间。

送走母亲后，林海闷头闷脑地走进卧室，坐在床头，眉毛拧得像个疙瘩，似乎在想心事。唐可下意识地感到，一定是那帽子出了什么问题，她急忙追问怎么了，可林海几次张嘴，却又生生将肚里话咽了回去。

唐可急了，吼道："你倒是说句话啊，想急死我啊！"

林海为难地说："我说了，你可别害怕。"

唐可小心地点点头，说："你要是不说，我反而更害怕。"

林海压低声音说："这房子确实死过人。"

林海说，房东告诉他以前这房子曾经租给过一个男人。租出去后，房东一家便很久没有回来过，后来，听说那个男人出了意外，好像是上山摘山果的时候，无意中从山崖跌了下来，摔了个粉身碎骨。他们赶回来时，警察已经处理过现场了，他们没见到那个男人，只听说人在送去医院的途中死了。他们挺迷信的，一家人也不敢再用这房子，只简单地收拾了一下便离开了。

唐可听了，说："你确定那帽子是那个男人的？"

林海说："确定！房东说了，那男人去租房子的时候，就戴着那顶白帽子。"

唐可说："那帽子现在在哪儿？你扔了吗？"

林海摇了摇头，说："我忘了，还在车子后备箱里呢。"

唐可吸了口凉气，"你傻啊，都到市里了还不扔了，现在怎么办？要不我们烧了它？"

林海说："不能烧！我总觉得那东西很邪，烧了恐怕要出大事！"

"那现在怎么办？"

"不知道。"

3

唐可不知道从什么时候开始，总有一种晕眩感，实际上，这种感觉白天还好，但一到晚上就表现得更强烈。在梦里，似乎总有个白花花、亮闪闪的东西飘在她身后，上下移动着。

唐可怀疑自己被什么东西盯上了。在连续做了几天噩梦之后,她把这事告诉了林海。

她说:“林海,我是不是被那种东西盯上了?”

林海不解地说:“什么东西?”

“就是那种东西!”唐可有点急了,“林海,我不知道为什么,自从住进这间房子,我就总感觉很累,每天都头晕眼花的,好像睡不好,而且总是做噩梦。我以前听老人们说,要是被那东西缠上了,就是这样的感觉。”

林海笑了笑,说:“你不是不相信这些吗?”

唐可说:“我以前是不信,可是,那帽子的事怎么解释?”

林海叹了口气,说:“我想想办法吧。”

几天后,林海带回了一个男人。

男人一进屋,就四下观望起来,最后,他将目光集中在了唐可身上。他说:“林太太,我们能单独谈谈吗?”

林海听了忙说:“我去削水果,你们聊,你们聊。”

林海坐在厨房门口,手里拿着苹果心不在焉地削着,时不时探出脑袋来,看一眼男人和唐可。两个人一直坐在沙发上,像说悄悄话一般,不知道在讨论些什么。只是那个男人的脸色越来越难看,难看得让人心里发毛。

男人走的时候,林海亲自开车把男人送到了市区。家里又剩下唐可一人,她感到恐慌,那个男人问了自己一大堆乱七八糟的问题,却没有给她一个结果。直到林海回来,看到林海那张惨白的脸,她明白一定是出了什么事。

唐可迫不及待地问:“那个男人都跟你说了些什么?”

林海显得很烦躁,说:“没说什么。”

唐可说:“一定说了什么!”

林海语重心长地说:“小可,我们得搬家了。那个男人说,这屋里不干净。我们如果不走,可能会出大事的。而且你猜得很对,男人说,你可能被那种东西缠上了。”

唐可打了个冷颤,但还是固执地说:“你不是从来不相信这些吗?”

林海僵硬地笑道:“为了你,我宁愿什么都相信。”

唐可拧紧了眉头,她死死地盯着林海,不知道为什么,她总觉得林海那张脸后面藏着另外一张脸,藏着不愿意让她知道的事情。

4

准备搬家的那个早晨，唐可和林海望着门口的帽子，想了很久，也不知道该怎么处理。最后，他们决定还是将那帽子挂回那间杂物室。他们匆匆忙忙地收拾好行李后驱车离开了这幢小木屋。

车刚下了盘山道，唐可有些犹豫了，她说："林海，我实在不想回你妈那儿住。"

林海说："不管怎么样，我们得先回家一趟，告诉妈我们回市里了。"

唐可无话可说。

当林海提着行李，走进家门的时候，林母欣喜若狂。她帮着林海端茶倒水，又是做好吃的，又是收拾房间。林海却一直坐在角落里，看着唐可和母亲心不甘、情不愿地一起收拾。晚上吃饭的时候，林海突然说，他和唐可要出去住。

林母有些生气地说："家里又不是没有房子。"

林海说："我和小可商量好了，买一套单元房住在医院附近，方便。"

林母更生气了，说："我不同意。"她说着，望向唐可，"一定是你出的馊主意，你怎么就不能放过我儿子啊。你知道不知道，因为你，我儿子还有我们整个林家，我们……"

"妈！"林海突然一把将筷子拍在桌子上，随后又缓和了语气，"妈，您别生气了，我和唐可在外面自己住也不错，您总不能照顾我一辈子吧。我们明天就搬。"

林母从未见过儿子对自己发这样大的火，气鼓鼓地骂道："搬吧！搬吧！"

林海喃喃地说："妈，我以后会向您解释的。"

唐可坐在一旁，一直不敢出声。她心里越来越糊涂，总觉得林海和林母一定有什么隐瞒着自己，这两个人像是在唱双簧，不知道究竟是哪个人在说话，哪个人在对口形。

搬家是迫不得已了，这也遂了唐可的愿。

新家虽然没有林家宽敞，但非常舒适。住了几天之后，唐可渐渐忘记了那些烦心事。她的身体也越来越结实了，不像在小木屋的时候，总是浑身乏力。她突然想起了那个男人的话，那个男人曾经说过，那间小木屋很不干净，而且已经有东西缠上自己了，而现在自己搬到了市区，远离了那间屋子和那顶帽子，一切真的变了。难道，这个世界上真的有某种深邃而让人恐惧的东西吗？

唐可每当想到这些，还是会忍不住浑身起鸡皮疙瘩。

有些事情，经历的时候不一定会害怕，反而是经历之后回味时，那种意味更加深长。

日子平淡了，却并不代表心会平淡。当那天早晨林海出门上班的时候，浑身起了一层鸡皮疙瘩。他的脸色白得像冰，死死地盯着脚下，在他那双崭新的皮鞋旁边，一顶很旧的白帽子，一动不动地躺着，像是在望着高高在上的林海。

唐可见林海愣在门口，走了过去，头一下就大了。她抓住林海说："怎么办？"

林海傻傻地望着帽子，喃喃地说："这不可能！这不可能……"

唐可摇晃着林海，说："你倒是说句话啊？"

林海回过头来，眼睛一眨不眨地望着唐可，飞快地说："我得找那个男人再来看看！"说着，他飞快地跑下了楼，跑到楼梯转层的时候，对着唐可喊："小可，那帽子千万不能扔，你先拿回家，记住！千万不能扔！"

林海走后，唐可把那顶帽子小心翼翼地拿了起来，感到双手颤抖不止，她脑海里无法抑制地出现了一幅画面：深邃而黑暗的夜，那幢小木屋的老门随着风声"咚咚咚"地响着，后院那间破败的杂物室里冷风阵阵，白帽子随着风微微颤抖，然后，它突然之间飘下了墙壁，随着风穿过山坡，穿过防沙林，穿过霓虹满世界的高楼大厦……

最后，那顶帽子安稳地落在了她家的门口，阴森森地笑了。

5

林海哪还有心思上班，走了不久，便又带着那个男人折回来了。

男人一进屋，像往常一样在屋里转了个遍，最后，他再次把目光锁定在唐可身上。唐可被看得心里发毛，但不敢躲避，她现在非常信任这个男人。

唐可迫不及待地说："大师，怎么样？"

男人叹了口气说："林太太，我想问问您，最近有没有做过什么怪梦？或者，感觉精神很疲乏，什么也不愿意做。"唐可摇了摇头，他又问："那么，一日三餐是否正常？"唐可点了点头。他吸了口凉气，不再问什么，只是很无奈地望了一眼林海。

唐可急了，说："大师，这帽子为什么老跟着我们啊？"

男人摇了摇头，说了一句意味深长的话："不好办啊！"

林海送走男人的时候，唐可一动不动地坐在屋子里，和桌子上的帽子对视。她在捉摸，该怎么处理这顶帽子呢？她已经被它吓怕了。林海回来的时候，她忙跑了过去。

她说："林海，我们该怎么办？"

林海说："大师说了，这帽子不能扔，就算你扔到天涯海角，它还是会回来的！"

"为什么？"

"你还不明白吗？它根本不是一顶帽子！"林海一字一顿地说，"大师说了，这东西他也不敢惹，我们住进那间木屋的时候，已经得罪它了，它注定要跟着我们，我们只能是顺其自然。我去把它放到地下室。"

唐可绝望了，她不明自己怎么会惹来这么多麻烦。她感到恐惧，一想到在二十层之下的地下室放着一顶白花花的帽子，她就忍不住浑身发抖。

夜里，唐可一直睡不着，她侧着身一直盯着门。视线穿过昏暗的客厅，落在远处那张黑漆漆的大门上。突然，床微微动了一下，是林海，林海从床上爬起来，向卧室外走去。她以为林海一定是去厕所了，可林海的姿势太诡怪了，他蹑手蹑脚地穿过客厅，打开大门，猴子一般地出门了。

唐可犹豫了一下，还是爬起来，也像猴子一般钻出了大门。

夜深了，走廊里亮着昏黄的灯。林海蹑手蹑脚地走进了电梯里，很快没了影。等电梯下降后，唐可站在电梯门口，不解地来回踱着步子，林海去干什么了？不一会儿，电梯的指示灯开始上升，她忙跑回了房间，躺在床上，继续装睡。

她要看看林海究竟要干什么。

当唐可看到林海站在门口，手里拿着那顶白帽子站在门口时，她的汗毛一根根竖了起来。林海小心翼翼地把帽子放在地上，然后如释重负地笑了笑，又猴子一般蹑手蹑脚地关上门，穿过客厅，爬上床，继续睡觉。

那一刻，唐可觉得不是自己的眼睛有问题了，就是林海有问题。

翌日，当那顶帽子出现的时候，林海还在佯装惊讶，这让唐可觉得林海的精神一定出了问题，她开始怀疑，林海一定是受了什么刺激，得了梦游症。在林海走后，她再三思考，决定还是扔掉那顶帽子。事到如今，她再也受不了那顶诡异恐惧的帽子了。

风很大，唐可把帽子拿到楼顶，那顶帽子在强劲的风中微微抖动，似乎在意味深长地笑着。唐可举起手，手指微松，帽子像风筝一样"呼啦啦"地飞了起来，它向着西边飘去，穿过街道，穿过人群，越来越远。

唐可的心突然间揪紧了，她想：它会不会再回来？

6

唐可被撞成了重伤，因为夜晚向西横穿马路。

一切不过是唐可自导自演的一出戏。真正患有夜游症的是唐可，这种病虽少见，但并非不存在，它的诱因有多种，最权威的说法是，这种病是一种象征性的愿望补偿，唐可的愿望便是找回那顶帽子放在门口。

唐可从小和林海一起长大，可她并不爱林海，她爱上了另外的男人。那个男人就是曾经租住在小木屋的男人，就是那顶帽子的主人。关于这段爱情，唐家和林家是极其反对的。可唐可竟然和男人私奔，躲在了远郊那幢小木屋里。

那年秋季，山上结了累累的山果。男人带着唐可上了山，他们两个从山崖不幸跌了下来。男人摔在了地上，当场死亡，唐可摔在了男人身上，摔成了重伤。林海将唐可接到医院时，唐可的脑部受了剧烈撞击，得了情节性失记症。这种病的特点就是，患者所丧失的记忆只限于重要的事情。

林海痛苦并庆幸着，不管怎样，他爱着唐可；无论她变成什么样子，他都要娶她。这也是林母突然讨厌唐可的原因，她不允许一个抛弃儿子的女人再次伤害儿子。

所以，那顶帽子实际上都是唐可在梦游时自己捡回来的。梦游者是没有意识的，他们总觉得自己是在做梦，唐可梦见的那个白花花的光团，实际上是林海。自从发现了唐可的异样，林海就很担心，他每晚都要跟着唐可去找帽子，拿着白花花的手电筒，小心翼翼地跟在她后面。

至于那个所谓“大师”，其实就是林海医院里的同事，主修心理精神科。林海把他叫来，实际上是来检查唐可的病症的。同事告诉他，帽子不能毁，这样可能会让唐可的潜意识受到刺激，病症加重，如想治疗唐可的病，必须搬离这种旧日的生活环境，所以，他才撒谎并哄骗唐可离开了木屋。

而那顶帽子为什么会重新出现在市区里，这只能怪林母了。当林海偷偷将唐可的事情告诉林母后，林母便下定决心要让儿子彻底离开这个倒霉的女人，而最好的办法，就是毁了这个女人。她偷偷把帽子找了回来，带着一份母爱、一份阴谋，把帽子放在了新家的门口。而林海为了不让唐可过于辛苦，想到了一个办法，晚上自己先把帽子放到门口。可惜的是，唐可自己却把帽子丢掉了。

从医学上讲，最初唐可喜欢上那幢木屋，后来开始找帽子、放帽子，甚至记住每一次帽子丢掉的方位，可以认为是她的潜意识行为。

7

几天后，唐可醒了，她变得痴痴傻傻的。林海却笑了，她爱唐可，无论她变成什么样子，他都爱他。

人会因感情而患上各种各样的病，庆幸的是，感情却永远不会生病。

死亡游戏

文 / 花布

森林的夜晚，静得像座死城，好几次，庄树明和李晓芳都听见白伟啃树皮的声音，“咯吱咯吱——”像狼啃骨头的声音……

1

庄树明今年26岁了，没有老婆，没有工作，没有房子。他住在市郊的一处出租房内。一天24小时，有18个小时和电脑打交道——靠在网上给人算命骗吃骗喝。

已经深夜两点了，庄树明依然猴子般蹲在电脑前，他在等一个客户。这个客户的网名有点故弄玄虚，叫“我已死”，而庄树明自己叫“请相信我”。

时间走得像老牛一样慢，庄树明有点不耐烦了。终于，QQ响了，像野猫干嚎似的，他吓了一跳，慌忙点开对话框。接下来，两个人的对话有点无聊，“我已死”问了一些关于事业生活方面的困惑，庄树明神神道道地给予了解答。

聊天快要结束的时候，“我已死”问了一个很突兀的问题：如果一个人死了，还会复活吗？

庄树明愣住了，他的手指悬在键盘上，不知怎样回答。

这时，“我已死”又说：我们见个面吧，明天在人百广场。我给你加见面费。

这一回，庄树明很利落地敲出了三个字：没问题。刚回完，“我已死”的头像就变成了灰白色——他下线了。庄树明突然有点后悔，这个“我已死”似乎一直在等待他这三个字。

庄树明也下了线，钻进被窝睡觉。他很快睡着了，还做了个梦。

梦里的场景是个大白天，雪很大、风很劲。庄树明在人百广场等待“我已死”。等了很久，直到风雪停了，也不见“我已死”出现。庄树明打算走了，这时，突然有人在背后拍了他一下，他扭过头，一个男人正冲着他僵硬地笑。

男人说：“对不起，风大，我来晚了。”

无疑，这男人就是“我已死”。庄树明客气地笑，两个人向附近的咖啡馆走去。庄树明走在后面，“我已死”走在前面。这时，天上又下雪了，风更劲了。一阵风吹来，“我已死”突然像纸片一样倒在了地上。

庄树明上前把“我已死”扶起来，脑袋一下子炸开了——“我已死”的脑袋没了，光秃秃的脖子上顶着个黑窟窿。

这时，“我已死”艰难地爬了起来，从那个黑窟窿里发出了声音：“对不起，又刮风了，脑袋不小心被刮没了。”他的话刚说完，又是一阵劲风，他的大衣被吹掉在地上，衣服里呼呼地往外飘散着白色的粉末，那是骨灰。

庄树明醒来时，冷汗涔涔。他望了一眼窗外，天亮了。外面下着雪，刮着风，满世界似乎都飘满了骨灰，他不由得打了个冷颤。不过，梦终究是梦，他套上黑色大衣，还是决定赴约。

庄树明径直来到人百广场。星期天，这里人很多，关于那个梦，他已经忘得一干二净。可是如梦里那样，他等了很久，“我已死”也没出现。此时已经到了中午，庄树明决定先去附近的饭馆吃饭，身上现金不多，他走向旁边的柜员机取款。

操作时，庄树明大吃一惊，账户里竟然多了300块钱！几天来，他就只有“我已死”一个客户，如果没猜错的话，这是“我已死”给他的见面费。问题是，他根本没见到“我已死”啊！他突然有种异样的感觉。

庄树明回家后就坐在了电脑前，他在等“我已死”。天黑的时候，“我已死”终于上线了。庄树明迫不及待地向他发问了。

请相信我：你今天没来人百广场？为什么还付见面费？

我已死：不，我去了，而且一直在你身边。你穿一件黑色的大衣。

请相信我：那我怎么没看见你？

我已死：风太大了……

庄树明的汗毛竖了起来，忽然觉得四面八方阴风森森。紧接着，他开始愤怒了、觉得被戏弄了，他恶狠狠地敲出一行字：你究竟是谁？想干什么？

我已死：我是白伟。

“我是白伟”这四个字像钢针一样，瞬间就刺进了庄树明的心脏，他的手一下子从键盘上弹了起来，目瞪口呆地盯着“白伟”那个名字，就像见鬼了一样。

2

李晓芳回家的时候，一切依旧，丈夫祝大林没在，他的公司最近在招兵买马，所以他非常忙碌。儿子祝小小在客厅看电视。她喊了一声儿子，祝小小就跑过来，亲热地搂住她的腿。

祝小小今年六岁，并非李晓芳和祝大林的亲生儿子，他是李晓芳从孤儿院抱养的，到李晓芳家还不到半年。

李晓芳也是个孤儿，半年前，她去孤儿院探望院长，当时，所有的孩子都围着她要糖，只有祝小小乖巧地坐在一边，然后，他竟远远地喊了一声“妈妈”。后来，院长告诉她，这孩子是他们刚从街上领回来的，发现他时，他正趴在地上喝泥里的水。他的性格非常孤僻，来到孤儿院后，从不说话，也不和小朋友玩，今天是第一次开口。

李晓芳相信缘分，她当即决定带这个叫她妈妈的孩子走。

祝大林对李晓芳百依百顺，对突如其来的祝小小，他没有说什么，当然，最重要的是，他没有生育能力。

祝小小来到这个家之后，李晓芳才发现了他的与众不同。他很自立，比如，他可以自己上下学，甚至可以自己做饭，他从不看动画片，却喜欢看恩怨情仇的成人肥皂剧。但他毕竟是孩子，对李晓芳，他渐渐表现出了孩子的依赖。李晓芳看在眼里，疼在心里，她越来越喜欢这个祝小小了。

只是，祝大林的态度却不一样，他经常盯着祝小小的背影，若有所思。有一回，他下班回家和李晓芳亲密地搂抱时，他看到祝小小的脑袋伸出卧房门外，很阴沉地望着他，他感到浑身不自在。

因此，有时候，祝大林总觉得，祝小小不像一个六岁的孩子，他太成熟了。

李晓芳却不以为然，她也是孤儿，她了解祝小小的心态。她知道，孤儿就像找到洞的野兔，它们总是时刻警惕着窝边草，窝边草没了，它们的洞也就没了。而她和祝大林就是祝小小的“窝边草”。

此时，望着可爱的祝小小，李晓芳的母性又汹涌澎湃了。她爱怜地摸了摸祝小小的头，转身去做晚饭了。

吃罢晚饭，祝大林还没回来。他的公司刚起步，夜不归宿是常事。李晓芳看时间不早了，让祝小小去睡觉。

祝小小很听话地进了自己房间，不一会儿，却抱着枕头站在了李晓芳的卧室门前，说："妈妈，我能和你一起睡吗？"

李晓芳愣了一下，微笑地点了点头。

两个人钻进被窝后，祝小小像无尾熊一样抱住李晓芳，又提要求了，说："妈妈，我从来没听人讲过故事。"

李晓芳又是一愣，继而又点点头。她吐着温柔的气息，开始讲故事。她给祝小小讲了一个《三只小猪》的童话故事。

祝小小听完后，突然说："这三只小猪真笨。"

李晓芳笑问："怎么笨了？"

祝小小突然死死地盯着李晓芳，说："狼又不是想吃它们三个，它们把其中一个拿去喂狼，不就全解决了。"

李晓芳吸了口凉气，蓦然起了一身鸡皮疙瘩，她盯着祝小小邪气的脸，突然有点害怕。这时，手机响了，她借机钻出了被窝，跑到了客厅。

这么晚了，李晓芳以为是祝大林打来的，可对方刚说了一句话，她就僵住了。对方说："晓芳吗？我是庄树明。白伟来找我了。"这句话就像炸弹一般在她耳边炸响，她一下就呆住了。

李晓芳慢慢缓过神来之后，没有和庄树明多说什么，两个人约了个见面的地点和时间便挂了电话。

卧室内，祝小小还没睡，他似乎还在思考着三只小猪的故事，看到李晓芳回来，他突然问："妈妈，你觉得应该把哪只小猪拿去喂狼呢？"

李晓芳没有回答，她满脸惊恐地望着祝小小，瑟瑟发抖。她好像一下跌进了童话故事里，白伟变成了狼，疯狂地敲门。她躲在屋子里，旁边的两只小猪突然指着她说："你去喂狼！"

3

翌日，李晓芳按照约定早早来到了咖啡馆。她坐在靠窗的位置等庄树明。身体虽然静止了下来，但她的心却抑制不住地狂跳，她不由得想起了白伟——白伟也是孤儿。

白伟和李晓芳、庄树明同岁，三个人都是在孤儿院里长大的。但他们的关系要分两个阶段：二十岁前，三人是好朋友；二十岁后，因为李晓芳，庄树明和白伟成了心照不宣的情敌。而他们脾气性格相近，高矮胖瘦一样，就连长相都有几分相似，李晓芳难以选择。

可是，就在两年前，他们的关系彻底起了变化。那是一次自助旅行，三个人进入一片原始森林探险。他们兴致很高，白天行路，夜晚休息。可他们三人都是新手，把这次旅行想得太简单了，后来，他们迷路了。商量之后，三人决定原路返回。

三个人的装备都非常简单，坚持了不到几天，几近弹尽粮绝，美好的旅行一瞬间变成了生死攸关的考验。然而，更残酷的是，他们自己要面对生死抉择——他们的食物只勉强够两个人走出森林，他们必须舍弃一个人。

李晓芳成了裁定者，生死一刻，庄树明和白伟都表白了内心，两个男人决定，李晓芳选谁，谁就可以陪她走出去。爱情，在一瞬间变得很残酷。

最后，李晓芳选择了庄树明。那一刻，白伟像傻子一样愣在原地，他默默地望着庄树明和李晓芳将所有东西都带走，头也不回地向远处走去。但他只愣了一瞬间，便面无表情地追了上去。

庄树明见白伟追上来，生气地说："你要遵守约定！输了就是输了！"

白伟很冷静地说："我只是想让你们看见我一点点饿死的过程。"

白伟说完这话，脸上浮出一丝怪笑，露出发黄的牙齿，俨然像一匹丛林里的狼。庄树明和李晓芳不由自主地打了个冷颤，白伟的话、白伟的样子让他们感到了危险。但白伟说到做到，白天他跟在他们身后走，夜里他在附近生火，一个人啃树皮吃。他从不打搅他们。

夜晚的森林静得像座死城。好几次，庄树明和李晓芳都听见白伟啃树皮的声音，"咯吱咯吱"——像狼啃骨头的声音。

然而，白伟好像是个不死神，晚上他啃树皮，白天他继续跟着庄树明和李晓芳。终于，庄树明愤怒了。

那是个大清早，当白伟的脚步声再次响起的时候，庄树明冲身后的他破口大骂："白伟，你到底要跟到什么时候？"

白伟虚弱地笑道："什么时候你们听不见我的脚步声了，我就死了。"

庄树明一把将白伟推到地上："你小子到底想干什么？"

白伟躺在地上，望着天空，答非所问地说："但你们记住，即使听不见我的脚步声，我也在你们身边。我会变成鬼，跟着你们，永远！"

庄树明和李晓芳一下子僵住了，后背一阵阵发凉。庄树明突然疯了一般冲向白伟，一刀刺进了白伟的心脏。那是一把瑞士军刀，很锋利，刺豆腐般插进了白伟的胸部，很深。

白伟的身子死鱼般挺了挺，然后猛地抓住庄树明，瞪着大眼说："我会去找你们的！"他的身体软软地瘫下……

结束了那次噩梦般的旅行之后，李晓芳却没有嫁给庄树明，在一次应聘工作的时候，她结识了她的老板祝大林，很快她用她的美貌征服了这个男人，并且毫不犹豫地嫁给了他。

李晓芳是个聪明而实际的女人，她清楚，原始森林里她需要一个强壮的男人帮她走出去，就像庄树明；而生活中，她需要能够养活她的男人，就像祝大林。

对于李晓芳的选择，庄树明没有说什么，那时，杀了白伟的他，整日沉浸在焦虑之中，另外，二十年的相处，他早就看透了李晓芳，这个女人不会嫁给他这样一个无钱无权的男人。

或许，在李晓芳看来，选择只是本能需要，和情感毫不沾边。所以，婚后的她依然和庄树明保持情人关系，无疑，他是男人，她更需要他。

记忆像抹不掉的顽固污渍，白伟就是李晓芳那永远擦拭不掉的污渍。每当回想起那张濒死的面孔，她总是忍不住浑身发抖。就在这时，庄树明来了，李晓芳像见到救星一般抱住了他。

庄树明显然比李晓芳还要恐惧，他一把将李晓芳按到椅子上，将那个"我已死"的事情说了出来，然后，压低声音说："现在怎么办？"

李晓芳愣了一下，反而安慰庄树明道："阿明，可能只是……"

李晓芳的话还没说完，庄树明突然一把抓住她的手，近乎神经地说："我要你和我一起去见白伟！"

李晓芳生气地甩开庄树明的手，说："你发什么神经，白伟已经死了！他饿了四天，又被你一刀刺中心脏，丢在原始森林，现在，说不定连他的骨头都被狼吃了！"

庄树明很认真地摇了摇头，警惕地望了望四周，轻声说："不！你忘了他说过，他会来找我们的。他的骨头虽然化成了灰，但它们飘回了这座城市，在某一个角落，再慢慢地黏结成一个新的白伟……"

李晓芳听着庄树明的话，头皮忍不住发麻，但她还是狠狠给了庄树明一巴掌，"你是算命算得走火入魔了吧，人死了就是死了！"

庄树明被打得一愣一愣的，良久，他趴在桌子上哭了起来。李晓芳坐到他旁边，轻轻搂住他。

李晓芳知道，庄树明近来过得很苦。杀死白伟之后，他不敢住在市里，他怕哪一天警察会来抓他。虽然，白伟的尸体可能早已化为原始森林的泥土，但那毕竟是条人命。

李晓芳想安慰一下庄树明，他们来到了"老地方"——蓝星宾馆。缠绵了一番之后，庄树明的精神状态似乎好多了。他们开始商量白伟的事。他们连上网，上了QQ，可惜，那个“我已死”不在线。

庄树明又有点害怕了，说：“现在怎么办？”

李晓芳盯着“我已死”的头像，突然恶狠狠地说：“给他留言，现在，我们见鬼杀鬼，遇佛杀佛！”

4

祝大林回家的时候，李晓芳还没有回来，祝小小一个人正啃着面包。他拍了拍祝小小的头，便回卧室睡觉了。刚躺下，一抬眼，发现祝小小站在门口，眼睛一眨不眨地望着他。

祝大林诧异地问：“怎么了，小小？”

祝小小突然跑了，再回来的时候，他手里拿着一把瑞士军刀，说：“我放学的时候，一个叔叔给我的。”

祝大林拿过刀看了看，好奇地问，“那个叔叔长什么样子啊？”

祝小小答非所问地说：“叔叔说他叫白伟。”说完就走了。

祝大林愣了一下，以前李晓芳提过这个名字，说那是很久没见面的一个朋友，仅此而已。祝大林没有在意，倒头睡了。

入夜的时候，李晓芳回来了。祝大林告诉了她关于刀子的事，倒头继续睡了。李晓芳一听，立刻呆若木鸡，她突然疯了一样抓起那把刀。那的确是庄树明的刀，那把插进白伟心脏的刀子。她拿着刀子瑟瑟发抖，冷汗涔涔。

深夜，李晓芳躺在床上，一直睡不着。这时，客厅内突然传来一阵声响，她蹑手蹑脚地来到客厅，头一下就大了。此时，客厅的地板上，那把瑞士军刀正像死鱼一样弹来弹去。她被吓住了，一动不动地望着刀子，这时，刀子也不动了。他们彼此僵持着。

良久，刀子突然说话了：“你是谁？”

李晓芳机械地回答：“我是李晓芳。”

刀子似乎很不高兴，说：“我才是李晓芳！”

李晓芳糊涂了，不解地问：“那我是谁？”

刀子冷冷地说：“你是插在白伟胸前的那把瑞士军刀啊！”

李晓芳不可思议地望向自己，她发现自己没有了手，没有了腿，脖子以下变成了红红的刀柄和锋利的刀身。她疯狂地尖叫起来。

这自然是个梦。可醒来的李晓芳却有种身临其境的感觉，她望了一眼桌上的瑞士军刀，忽然就明白了梦的含义，是的，对于白伟来说：杀死他的虽然是刀子，可重要的是，这是李晓芳的决定，她和刀子是相同的。白伟更恨她！

李晓芳感到了一种刺骨的恐惧。

今天是休息日，祝大林说要带全家出去玩。李晓芳本来不想去，无奈，祝小小死活不依。于是，一家三口驱车来到了郊区的林场，打算在这里打打野兔，吃吃农家饭，享受几天田园风光。

他们住的是一户农家宾馆，档次不高，装修得不土不洋，尤其是客厅，土桌土椅，却安装着一面巨大的欧式玻璃，古里古怪的。

第一天，他们玩得很痛快，李晓芳渐渐忘却了白伟的事。可是，晚上的时候，祝大林的公司突然来了电话，他只好匆忙离开，留下了李晓芳和祝小小母子俩人。李晓芳没在意，她已习以为常。

5

翌日，一切依旧，下午的时候，李晓芳和祝小小随众人进了林子，参加一场颇有意思的采摘野果的活动。祝小小一进林子就玩疯了，拉着李晓芳一会儿东一会儿西，玩得不亦乐乎。时间不知不觉地消逝了，天空无声地暗了，众人开始返回。

此时，李晓芳和祝小小已经跑到林场中央，离居住地只有一小段距离。他们不紧不慢地向林子外走去，祝小小走在李晓芳前面，一边走一边数篮子里的果子。突然，他停了下来，扭过头，视线落在李晓芳身后。

李晓芳也停了下来，不解地问："小小，怎么了？"

祝小小的视线未动，面无表情地说："妈妈，你有没有听到脚步声？"

李晓芳扭过头，林子寂静，夕阳斜下，连个鬼影都看不见。她笑了笑，拉着祝小小继续走。可没走几步，祝小小又停了下来。

祝小小扭着脖子，呆呆地说："妈妈，我看见给我瑞士军刀的叔叔了。"

李晓芳一下就呆立在了原地，脖颈子像被冰冻了一般。她僵硬地转过头来，浑身的汗毛立刻竖了起来——她真的看见白伟了！

此时，白伟站在密匝匝的林子里，微弱的阳光照在他苍白的脸上。他的胸前还插着那把瑞士军刀。

李晓芳一屁股跌坐在地上，浑身颤抖。白伟一点一点向她走过来，冷冷地说："别害怕，我不是鬼，但我也不是人，我是活死人！另外，我只是来还东西的。"

李晓芳尖叫一声，起身拉着祝小小落荒而逃。

回到宾馆，李晓芳焦急地给庄树明打了电话。可是庄树明一直没有接听。她突然有一个不祥的预感，白伟那句话是什么意思？他是来还东西的？他来还什么呢？庄树明的刀，还是她当初的生死抉择？

李晓芳还想，什么叫活死人呢？顾名思义，就是活着的死人。这简直是天方夜谭，可是，现在真就有这么一个活死人出现在她面前。这个活死人胸前插着一把致命的瑞士军刀，他可以走路、可以说话，可以做一切活人能做的事，也可以做一切死人能做的事……

一夜辗转反侧，翌日，李晓芳就带着祝小小离开了林场。

回到家后，李晓芳就马不停蹄地赶到了庄树明家。可是，敲了半天门，也没有回应。于是，她拿出庄树明配给她的钥匙开了门。屋内冷森森的，庄树明没在。她突然感觉，庄树明凶多吉少。

李晓芳打开了庄树明的电脑，上了QQ。找到了“请相信我”的头像，她希望庄树明在线。现在，他和她是一条绳子上的蚂蚱。

等到天黑了，“请相信我”——庄树明依然没上线。李晓芳急了，用庄树明的号码和密码上了线，然后，迫不及待地点开他与“我已死”的聊天记录。

记录显示为两天前的时间，话不多，却句句骇人：

我已死：看到你的留言，我想单独见面。

请相信我：你究竟是谁？你真的是白伟吗？我不相信！

我已死：几年前，我和你还有李晓芳一起去探险旅行，你送了我一把瑞士军刀，李晓芳送了我一个死亡通知。

请相信我：好吧，那你是怎么活过来的？你不可能活过来的！

我已死：如果你答应见面，我一定告诉你。

请相信我：好吧，如果你真的活过来了，我也没什么好怕的。

我已死：好！不过，谁告诉你，活过来的就一定是人？

李晓芳看完记录，一下子僵住了。恍惚中，她好像看到一幅画面：庄树明、白伟彼此隔着几米的距离站着不动。白伟身上还插着那把军刀，庄树明则傻乎乎地站着。突然，白伟把刀拔了出来，几步跑到庄树明面前，一把将刀插进了他的心脏。白伟阴森森地笑了：“现在，物归原主了……”

李晓芳想到这些，闪电般从椅子上跳了下来，她窜出房门，向家中疾驰而去。

回到家，李晓芳疯狂地寻找那把军刀。可是，那把刀不见了。她的动作惊醒了祝小小,他揉着眼睛从房间里跑了出来。

李晓芳一把抓住祝小小:“小小,那把瑞士军刀呢?”

祝小小想了想,说:“那个叔叔要回去了。”

李晓芳倒吸了口凉气:“什么时候,你在哪儿见到他的?”

祝小小拉起李晓芳,走进了浴室,指着玻璃说:“在林场的时候,那个叔叔在客厅里朝我要走的。我问他怎么进来的?他说:他是从镜子里来的。”

6

李晓芳木然地望着镜子,忽然想起小时候白伟给她讲的一个故事。

那年他们都是 18 岁,白伟和庄树明都到了服兵役的年龄,可惜,他们都没被征上。回到孤儿院后,白伟指着墙上的镜子,给他们讲了一个他在医院里听到的故事:一个男人死了,魂儿飘到了地府,可是,阎王爷却不收他。阎王爷告诉他,他还没死,死的那个是另一个他,真正的他是活在镜子里的那个人。这人听了就回去了,真的就从镜子里走出来,变得活生生的了。

故事讲完后,白伟还笑着边照镜子边说:“我就是那个人。其实,镜子里的我,才是真正的我。”

这当然是个故事,可李晓芳现在觉得当年白伟没有骗人,他真的有两个“他”。庄树明杀死了镜子外的“他”,当镜子外的“他”化为骨灰,消失不见的时候,镜子里的“他”便笑吟吟地走了出来。

这时,祝小小又说话了:“妈妈,那个叔叔还说他给你的军刀,就是给你个通知。”

李晓芳猛然感觉后背冒起一股凉气,她发疯一般将镜子砸了个粉碎。

白伟真的把刀还给了庄树明,“还”在了他的胸口上——庄树明死了!

庄树明被发现的时候,尸体已经在民心河泡了很久,他的身体泡得发胀了,衣服泡烂了,脸上的肉都让鱼咬光了,只有那把瑞士军刀还一如既往地鲜红,准确地插在他的心脏上,和当初插在白伟胸口上的一模一样!

李晓芳是作为庄树明唯一的亲友前去认尸的,她一眼就认出了庄树明那件黑色的大衣,当警察掀开盖在尸体脸上白布的时候,她只看了一眼就昏过去了。

庄树明没有亲人,后事自然也是李晓芳和祝大林帮着办的。葬礼简单,只有孤儿院的几个老师前来悼念了一番。李晓芳望着庄树明的黑白遗照,心无法抑制地狂跳——现在,庄树明这只唯一和她拴在一起的蚂蚱死了,那么，下一个肯定就是她了。她好像看到白伟出现在她面前，贴着她的耳朵，幽幽地说："通知你一声，你可以死了！"

7

一个多星期过去了，一切似乎又都归于平静。白伟没有再出现，那个"我已死"的 QQ 也一直没上线，李晓芳渐渐平静了一些。

可是，祝大林却平静不下来。不知为何，这几天，他总觉得背后有东西，却又看不见、摸不着，这让他心神不安。

这天，祝大林到地下车库取车，车库里空无一人，一片死寂，他的皮鞋踏在水泥地面上，发出清晰的回音，好像身后紧紧尾随着一个人。他感到了莫名的恐惧，好几次停下步来，扭过头去看，可身后空无一人。

这时，车库的灯光一瞬间熄灭了，周围一片漆黑。祝大林的心颤了一下，他按了一下防盗器，车灯刺眼地闪了两下，他加快脚步走了过去。与此同时，回声又响了起来，似乎更清晰了，他又一次停下、扭头，身体一下僵住了——他看到了一个黑影！

那个黑影只一闪，就没入了黑暗中，无声无踪了。

祝大林咽了口唾沫，喊道："谁？"

无人回答，只有他自己的声音在车库里回响。他猛地转过身，飞快地跑到车前，钻进车内，启动车子，风一般驶出了车库。

这时，车库内又寂静无声了，突然，有个声音响了起来，那是脚步声——"踢哒"、"踢哒"……

祝大林来到公司后，立刻投入了工作中。很快，忙碌的工作就让他忘记了一切。渐渐地，天黑了，员工们都下班了，只有他和女秘书还没有走，处理着一些琐碎的合同。

天色越来越阴沉了，祝大林看看表，对女秘书说："你先走吧。"

女秘书应了一声，兴高采烈地收拾提包下班了。祝大林望着空无一人的公司，突然感到一丝孤独和恐惧。他走回办公室，继续埋头整理合同，希望用工作填补心中莫名的恐慌。

夜深了，祝大林终于处理完所有的工作，他伸了个懒腰，走到窗子前。今晚的天气比较寒冷，窗上蒙了一层雾，看不见外面。他伸手抹了一下玻璃，向外望去。

外面很黑，一盏盏的路灯照出一个个圆形的光圈。祝大林的目光随着那一个个光圈飘过去，突然，他看到一个人，那个人一动不动地站在路灯下，身体躬着，双手垂在腿前，头低得很厉害，姿势怪异。这时，那个人猛地抬起了头，冲他看了过来，祝大林后背立刻蹿起刺骨的凉气——那人，竟是庄树明！

祝大林看得毛骨悚然，他飞快地退离窗户，在沙发上抖得筛糠一般。良久，他又小心地望向窗外，此时，路灯下连个鬼影都没有了。但他确信，他刚才的确是看到庄树明了，那个已经化为骨灰的庄树明！

祝大林寸步难移，他害怕一出公司，又会看见庄树明，在黑暗的车库里、在路灯下、在他的倒车镜里……如果那样，他准会发疯。他不知所措地拨通了李晓芳的电话。

祝大林在电话里压低声音说："晓芳，你快来！我……我看见庄树明了！我害怕！"

李晓芳愣了一下，说："大林，你疯了吧！庄树明已经死了。"

祝大林突然说了一句莫名其妙的话："他死了才来找我的！"说完，就把电话挂了。

李晓芳跌坐在沙发上，觉得这个世界好像一瞬间颠倒了：黑夜不是黑夜，白天不是白天，活人不是活人，死人不是死人，人非人，鬼非鬼了！

李晓芳犹豫再三，还是硬着头皮出门了，她现在有点鱼死网破的劲头。可是，她不知道，多半时候，网破不了，鱼却是必死无疑。

李晓芳来到祝大林公司的时候，整座小楼都被笼罩在黑暗中，只有门卫房的灯还亮着。她和门卫打了招呼，走了进公司。

祝大林的公司，是抗战时期的一幢军用小楼，前面无院，进门就是公司，楼口房有门卫把守，只有后面有个小院。

李晓芳刚踏进楼道，就有些后悔了。此时，公司里空无一人，只有走廊的灯光亮着，一眼望去，远处幽暗，似乎是通往另一个世界的入口。她蹑手蹑脚地向祝大林的办公室走去。

办公室里并没有祝大林，落地窗大开着，风鬼叫着从窗口灌进来，李晓芳打了个冷颤，突然感到一丝不祥。她跑到阳台向下望去，外面太黑了，什么也看不见。这时，她的包一不小心掉了下去。

阳台的后面是公司的后院，平时没有利用，长满了杂草，像个废弃的坟堆，围着后院的是高大的院墙，上面插满了碎玻璃，没人能爬进来。

李晓芳下楼走到后院，摸索着向前走，突然，草丛里有响动，她哆嗦了一下，借着手机的光亮，一只猫闪电一般蹿向了墙角，消失了。原来那里有个不大的狗洞。

终于来到阳台下，李晓芳蹲下身，摸索着包。突然，她的手碰到了一个软绵绵的东西，她咽了口唾沫，用手机屏幕的光照过去，然后，就撕心裂肺地尖叫起来——她看到一张七窍流血的脸！那是祝大林的脸！

8

警察到来的时候，李晓芳浑身颤抖着，一句话也说不出来。警察开始询问门卫情况："受害人应该是深夜被推下楼的，除了你和受害人的妻子，还有谁来过这里？"

门卫摇摇头说："没有了。今晚我一早就锁了前门，而后院是封闭的，没人能进来。"

警察蹙眉道："怪了，没人进来？"

李晓芳猛地瞪大了双眼，她想起丈夫刚刚提到了庄树明。庄树明他现在不是人，他是鬼！他可以无声无息地溜进楼里将祝大林推下阳台……

李晓芳的精神快要崩溃了。

李晓芳真的怕了，祝大林死了之后，她白天不敢出门，晚上不敢睡觉，整天精神恍惚，过了好长时间，才渐渐好转了一些。

这天，李晓芳起床后已是中午，祝小小已经去上学了。李晓芳一个人无聊地出去逛街，她实在不想一个人待在家里。

街上行人很多，李晓芳走累了，就找了间咖啡馆歇息。她坐在靠窗的位置，木然地望着窗外的行人。忽然，她挺了挺身子，眼睛睁得像牛一般大——她看到了庄树明！

此时，庄树明站在马路对面，目不转睛地望着李晓芳，面无表情，一动不动，就像一具雕塑。李晓芳一下子就从椅子上弹了起来，她揉了揉眼，贴着玻璃向外望去，可是，庄树明突然又不见了，对面只有川流不息的人群。

李晓芳倒吸了口凉气，突然如坐针毡，转身跑出了咖啡馆。

李晓芳开着车向家中疾驰，到家的时候，她刚要下车，突然被人一把捂住了嘴。她惊恐地回头，汗毛立刻竖了起来——是庄树明！

李晓芳拼命挣扎，庄树明压低声音说："别喊，我是人，不是鬼！"

李晓芳目瞪口呆地盯着庄树明，他的手是热的，眼睛是亮的，呼出的气息是暖的，他的确是个大活人！

庄树明见李晓芳安静下来，便把手放开，说："我根本就没死。"

李晓芳还是有点怕："你没死，那河里的人是谁？"

庄树明冷笑着说:“白伟!”

原来,那次丛林之行,白伟并未葬身原始丛林,他被一个守林人救了。但是,这并非他活下来的主要原因,主要原因是,他是一个镜面人。

所谓的镜面人,指的是人的内脏在胚胎发育时发生了变化,反位置生长,就像正常人在镜子里看到的自己一样。在医学上,这种人在人群中的比例为千分之一。所以,庄树明刺的那一刀根本没有刺中白伟的心脏,并不致命。

其实,白伟早先也不知道自己是镜面人,那次征兵,他才发现自己心脏的位置与众不同。但他没有说出来,只是讲了个故事给李晓芳听。回到城市的白伟,就像一只发疯的野兽,他要报复。恰巧,祝大林的公司正在招聘,他很轻松地找到了祝大林。他告诉了祝大林关于李晓芳和庄树明的情人关系,于是,这个世界又多了一只发疯的野兽。

白伟出力,祝大林出钱。两个男人联手开始报复,开始他们制造了一连串的恐慌。他们成功了。

但是,白伟太过掉以轻心了。他虽然是一只发疯的野兽,但庄树明经历了种种恐慌,已经是一只濒死的野兽,他比他更凶残。

于是,在那次民心河之约,白伟非但没有杀死庄树明,反而被庄树明杀害了。他死亡的原因,确切地说是被水淹死的。之后,庄树明将自己的衣服换给他,身份证揣在他身上。

当人们发现白伟的尸体时,他已经腐烂不堪,顺其自然的,身高一样,胖瘦一样,出身一样,性别一样,年龄一样的他就成了庄树明的替代品。

当庄树明讲完这些的时候,李晓芳已经听得目瞪口呆。许久,她忽然问:“可是,你怎么敢赴约?那时候的你,不是和我一样,以为白伟真的是活死人吗?”

庄树明突然神秘地说:“其实我根本就不敢赴约,但之前我接到了一个电话。电话里的人告诉我白伟没死。”

李晓芳诧异地问:“是谁?”

庄树明摇摇头说:“不知道,听声音是个成年男人。”

李晓芳愣住了,这个躲在暗处的男人会是谁呢?少顷,她突然塞给庄树明一把钞票,说:“你赶紧跑吧!你杀了白伟和祝大林,警察早晚会知道的。”

庄树明又摇摇头说:“我那天虽然去了祝大林的公司,但我根本就进不去。”

李晓芳愣住了,祝大林不是庄树明杀的,那又会是谁?她好像刚从一个洞里爬出来,又跌进了另一个洞,一个更加深邃黑暗的洞。

庄树明没有跑,李晓芳把他安顿在他们常去的那家宾馆。他们现在不怕警察,不怕活死人,唯一提心吊胆的是那个躲在阴暗处的男人。这个男人好像知道他们的一切,他们是木偶,男人是木偶师,他的手指动一动,白伟就死在了庄树明的手上,他再动一动,祝大林就摔成了肉泥。

那么,那个男人究竟有什么阴谋?他到底是谁?他下一步想干什么呢?

9

转眼一个月了,一切平静。

这天,李晓芳和庄树明在蓝星宾馆约会。她走进庄树明住的房间,没有人,只有浴室里传来阵阵流水声,看来庄树明在洗澡。她一个人便无聊地看起了电视。过了许久,庄树明还没有出来,她觉得不对劲,便向浴室走去。

浴室的门刚打开,一股血腥的味道就扑鼻而来。此时,庄树明一动不动地趴在浴缸上,脑袋像个鱼漂般浮在水里——他死了!李晓芳的腿一下就软了,栽在地上昏了过去。

李晓芳醒来的时候,头昏沉沉的,她想动,四肢却被牢固地绑在椅子上,想喊,嘴里塞着毛巾。无助让她无比惊恐,她忽然有一种预感,那个神秘的男人要出现了。果然,不一会儿,浴室里传出了男人粗重的喘息声。

伴随着喘息声,一个人影从浴室里走了出来,他一边拉着庄树明的尸体,一边后退,终于完完全全出现在李晓芳面前。李晓芳惊呆了——那竟是祝小小!

这时,祝小小发现李晓芳醒了过来,便放下尸体,微笑地坐在了李晓芳面前,突然说:"你醒了?"

李晓芳的眼睛睁得更大了,满脸不可思议。她听到了一个绝对陌生的声音,那不是祝小小平常的声音,那个声音浑厚成熟,俨然就是成年男人的声音。

其实,这才是祝小小真正的声音——他是一名畸形儿。

祝小小生下来就被抛弃了,他患有一种罕见的疾病,侏儒症,也叫匹格米人。六岁的时候,他的身体停止了发育,永远维持了现状。当初,捡到他的养父母发现这个状况后,无情地将他抛弃在另一个城市。从此,他过上了乞丐的生活。

一过就是十年。

十年后，祝小小十六岁了，虽然他仍是六岁的样子，但他有了成年人的智力和体力。十年中，他尝尽了社会的冷漠，他越来越渴望被人爱、被人宠。终于，他被孤儿院发现了，他清楚，自己的疾病一定会遭到嘲笑，于是，他将成年人的心灵封锁起来，成为了一个与众不同的六岁儿童。

他的外貌，他刻意的声音，他无从查询的家史，蒙蔽了所有人的眼睛。他的伪装成功了。

接下来，他遇见了李晓芳。只一眼，李晓芳的美丽折服了他，他一见钟情了。后来，他很轻松地进入了李晓芳的生活。他一瞬间有了家庭，有了爱他的妈妈，但他一面叫着李晓芳这个妈妈，一面却深爱着李晓芳这个女人。

世界上任何一只雄性动物，都不会允许其他雄性接近自己的配偶。就像祝大林恨庄树明一样，祝小小恨透了所有接近或曾经接近过李晓芳的男人，他畸形的身体已经造就了他畸形的心理。

一开始，祝小小的杀心只对祝大林，但当白伟在他放学的路上出现，并给他瑞士军刀的时候，他就预感到事情有些蹊跷。后来，他几次逃学跟踪祝大林和李晓芳，终于了解了他们之间的关系和阴谋。

祝小小阴森森地笑了，他畸形的心理，滋生了一个阴谋诡计，他要让这些男人们玩一场“螳螂捕蝉，黄雀在后”的生死游戏。

接下来，一切都在祝小小的预料之中。无疑，他就是那个给庄树明打电话的人，他要看看两个男人鱼死网破式的自相残杀。

后来，祝小小把祝大林也杀死了，很轻松地杀死了。庄树明虽然进不了那个“军用小楼”，但他能进去。还记得那个狗洞吗？成年人钻不进去，但一个六岁的成年人却可以进退自如。就在那天晚上，趁着祝大林站在阳台的间隙，他把他推了下去。

如今，庄树明也死在了祝小小手上。他终于如愿以偿了。没有人想到会是他干的，因为，他永远只是个六岁的孩子。而现在，他这个“六岁的孩子”终于可以和李晓芳在一起了。

此时，祝小小叼着庄树明的烟卷，轻轻地抚摸李晓芳的脸，然后挤进李晓芳的怀里，分别用两个声音说话了。

他用孩子的声音说：“妈妈，我爱你。”

他用成人的声音说：“晓芳，我爱你。”

味 道

文 / 花布

他夹起了第二道菜，刚放到嘴里，一下就捂住了嘴，来不及往外跑，就地开始呕吐起来，黄的、绿的、红的、软的、硬的、稀的，一股脑地从他嘴里喷了出来……

1

车厢里有异味，那味道是我闻过最复杂而让人作呕的一种味道：脚臭味、汗臭味还有食物和小孩尿屎的味道混合在一起，难以形容。

我弯下腰，终于忍不住一阵恶心，还好早饭没有吃，只是一阵干呕。

一只手突然出现在我眼前，手里有一张面巾纸，我愣了一下，抬头望去，是个挺好看的男人，皮肤白里透红，眉毛弯弯浓浓的，眼睛细长，脸型很圆润，像一颗熟透了的西红柿，让人有一种想一口吞掉他的欲望。

男人望了望我身旁的空位置，很有礼貌地说："能坐在这里吗？"

男人坐下后，开始自我介绍。他说他叫墨林，是一家美食杂志的编辑，他的工作就是到各地采风，品尝各种食物的味道，然后洋洋洒洒地写一篇报道。他吃过很多东西，复杂而精致的糕点，离奇而古怪的动物，甚至恐怖而闻所未闻的秘肴。

我不解地问墨林："既然是寻找美食，为什么不去大城市大馆子，偏偏跑到这个小村子里？"

"大城市？"墨林摇了摇脑袋，"大城市大馆子不一定有我要找的东西，真正的美味佳肴就好像埋在地下的古董，不在繁华闹市，而在荒野陋巷之中。"

我点了点头，说："你小子不俗！"

"那是。"墨林扬了扬眉毛，突然又叹了口气，"其实，我是来寻找记忆的。不瞒你说，我前女友的家乡就在这里，她做得一手好菜，再简单的食材，到了她手里，都能变成珍馐美味。不过，后来我们还是分开了。人我是忘掉了，那菜的味道却总也挥之不去，真是可笑。”

我笑道：“人都走了，就算你到了这里，也不能找回那味道啊。”

墨林说：“那只是片面的说法，有时候，哪怕是一模一样的食物，地方换了，味道也会跟着变。比如，你在火车站吃馒头，会吃出离别的味道；在家里吃，会吃出温馨的味道；在银行吃，会吃出铜臭的味道。所以，在这里，我说不定就能吃到以前那种美味，哪怕，只是一个馒头。”

我点了点头，他说的还真有那么点道理。

墨林继续神侃，他指了指他的鼻子，说：“告诉你一个秘密，我这鼻子可是很灵的，能闻出每一个人的味道来。当然，都是关于食物的，比如这个人喜欢吃鸡肉，身上就有一股鸡味，喜欢吃蘑菇，就有一股蘑菇的味道。”

“那你觉得，天下最美味的菜是什么菜，什么菜的味道最香？”我问。

他不假思索地说：“这要看个人感觉，一个人的需求会随着时间或者事情的改变而变化。比如，母亲死了之后，你最想吃的就是妈妈做的菜；离家时间过长之后，你最想吃的是家乡的菜；功成名就之后，也许，你最想吃的反而是困难时期常吃的窝窝头，现在不是就有好多人，怀念1960年的食物吗？”

这话太深奥了，也挺有哲理，我禁不住夸奖起他来：“你不愧是个美食编辑！”

他被我夸得洋洋得意，又卖弄起来：“有时候，食物的味道，能让你吃出妈妈的感觉、爸爸的感觉、哥哥、弟弟甚至未出世的胎儿的感觉。”

不知道为什么，听了他这句话，我忍不住打了个冷颤，车一颠，我差一点真的呕出一团胃液。

食物能吃出……人的味道！

墨林毫不在意地望了我一眼，从包里拿出一块熟牛肉递给我，“饿了吗？尝尝牛肉的味道？”

我推开，笑道：“不了，我吃素。”

墨林就毫不客气地大快朵颐起来，那一刻，我总觉得，他吃的不是牛肉，或者说，味道不是牛肉的味道。

2

电视里正在上演《动物世界》,赵老师的声音,多少年都没变过,浑厚低沉的嗓音,正在叙述塞伦盖蒂大草原的狮群生活:“每一只狮子,都会在领地边缘留下尿液,这是一种特殊的身份证,外来的狮子,可以根据尿液的味道,判断出对方的年龄、体重、性别,甚至攻击力……”

动物能够从味道中判断出对方的身份,甚至一切,人类为什么就不能?人类也是动物。

我开始陷入了深思,我在想,墨林会是一种什么味道,这个问题纠结在我大脑里,赶都赶不走。

门外响起敲门声的时候,我愣了半天才听见。

我打开门,就看见一脸兴奋的墨林站在门外,衣装整齐,冲我扬了扬手,神秘地说:“走!带你去吃好东西!”

“吃东西?”我有些不情愿,“你知道我吃素的。”

“我当然知道。”他说着,已经不容分说地把我拉出了大门。

外面的世界有点黑,天空很浑浊。这个小村子虽然看上去不怎么样,可附近风景秀丽,游客如织,确实是个旅游消遣的好地方。

夜市上,摇摇晃晃、明明亮亮的灯,好像一只只妖精的眼睛,空气里充斥着一股食物的味道,鼻子若是不灵,还真是会被搞昏头。麻辣鸡、炸羊蝎子,川味的辣,东北菜的香,陕西菜的酸,应有尽有。墨林的鼻子很灵,确实有警犬的潜质,隔着几百米,他就能嗅到前方卖的是什么小吃。一路走下来,他手里和嘴里都是满满了。

我有些无奈地说:“你一会儿还打算吃饭吗?”

“我当然不打算吃了。”他囫囵不清地说,“我主要是为了你嘛,不过,我是肯定要尝尝的。听说,那家餐馆做的东西非常特别,虽说是全素,但可以烹制出肉食的香味,而且,去那里吃饭的人,只要能说出想要的味道,老板就能做出来!”

我吃了一惊,说:“你说的是……什么地方?”

“好像叫什么好味道餐馆。”他嘟囔着,一串羊蝎子又进了嘴,吧唧吧唧吃得满嘴流油。

我点了点头,没说话。

巷子很深,逼仄得像人的喉咙,大概有二百米,却没有灯,只有远处门面上红亮亮的两盏大红灯笼，灯笼的光也是红色的，牌匾上古色古香的“好味道”三个大字也被映照得红艳艳的，有点诡异。

真的应了那句老话，好酒不怕巷子深。

虽然地处偏僻，但来吃饭的人仍旧络绎不绝，陋巷外还停了不少车，那些衣着光鲜的人看样子也是特意来这里寻找美妙的味道的，只是，来者大部分都是孤身一人，而且，神情有点鬼祟。

吃东西有什么好担心的，又不是做什么见不得人的坏事。

只有我和墨林成双成对，走进巷子的时候，两个人并排走，还有些拥挤。

终于走到尽头时，我们总算看清了好味道餐馆的庐山真面目。门脸不大，大门更小，微微开着一条缝，如同一张微启的大嘴。若不仔细看，还以为已经歇业。走进去，我们才发现，这不过就是一个小四合院，典型的北京建筑，东南西北各有一间屋子。除了北屋门口无人外，其他的屋子前都有一条长凳，长凳上坐着人，看样子是在等空位。

生意真是不错。

墨林拉我坐在一条长凳上，我发现他手里的小吃已经不知去向了。

我说：“墨林，你那些食物跑到哪里去了？”

“扔了。”墨林把手指放在嘴前，悄悄说，“我听说这家老板很自负，若是发现客人拿了其他家的食物进门，会当场把对方轰出去！”

我无所谓地耸了耸肩。北屋的窗上映出一个人影，一阵菜香扑鼻而来。墨林指点着告诉我，那里就是好味道最神秘诱人的地方——厨房。

那个影子，就是老板。

3

桌上只摆着两道菜，一道是炒土豆丝，一道是酸辣白菜，一道是我点的，一道是墨林点的。这里的菜实在是太贵了，墨林本来是想和我大大地饱餐一顿的，可看了看菜单上的价格，吓得一哆嗦，最后，我们只好一人点了一道菜。别看只有两盘菜，却价值 240 元！

我有些不好意思地望着墨林，更不好意思拿筷子。

“不管了，来都来了！”墨林率先拿起了筷子，招呼我，“吃！吃啊！别客气啊！”

我夹起土豆丝，放在嘴里，确实很奇妙，嘴巴中竟然有一股酱爆小肚的味道。再仔细扒拉了一下盘中菜，除了发现几颗花椒、辣子尖，也没发现有什么特殊的配料。我又夹了一筷子酸辣白菜，好香，是酸辣鱼的味道。

刚刚墨林说吃，其实他一直舍不得动筷子，一盘菜120啊，都快赶上吃鲍鱼了！

“你尝尝啊！”又换成了我招呼他，“肯定不后悔！”

他犹豫着夹起几根土豆丝，放到嘴里，吧唧了一会儿，突然，他脸色大变，沉得像个锅底一般。他愣了一下，又夹起了第二道菜，刚放到嘴里，他一下就捂住了嘴，来不及往外跑，就地开始呕吐起来。黄的、绿的、红的、软的、硬的、稀的，那些小吃一股脑地从他嘴里喷了出来。到最后，他连胆汁都吐了出来，实在吐不出来了，却还是一阵干呕。脑袋上的青筋暴突，那模样好像吃了毒药。

地上黏糊糊的一大片，我自然也没了食欲。

“你没事吧？”我走过去，轻轻拍打他的背，“你这是怎么了？是不是刚刚吃了太多小吃，把肚子吃坏了？”

墨林总算是不吐了，坐直了，闭着眼睛，喘着粗气，无力地摇了摇头。

大门突然开了，是老板，一个中年男人。他望了望我，又望了望墨林，还有地上的污物，并没有什么表情，他很直接地问我们：“你们吃完了吗？后面的客人已经等了很久了。”

我扶起墨林，却发现他在颤抖。不知道他在害怕什么，只是目不转睛地盯着桌子上的两道菜，像见了鬼似的。

我说：“墨林，你那是什么表情？”

墨林不看我，还是盯着北屋，一字一顿地说：“这菜有问题！”

“有什么问题？”我不解地望着他，“是太咸了还是太辣了？还是食物过期了？我吃着挺好吃啊，说实话，我还从来没吃过这么神奇的素菜呢……”

“这菜……”墨林咬了咬牙，静悄悄地从嘴里吐出一句话，“这菜，有一股味道，特殊的味道！你没吃出来吗？”

“什么味道？我没吃出来。”

墨林欲说还休，看那样子他似乎真的有什么吓人的事情，似乎是怕我听了之后，也像他一样连胆汁都吐出来。所以，他最终还是把话咽了回去，拉着我走了。

走到大门口的时候，他又扭过头来望了望这个小院子。

院子里的光比刚才明亮了，长凳上的人又增加了不少，东、南、西屋门边挂着的小木牌，被风吹得晃了晃。

上面各自写着几个字——亲人馆、朋友馆、仇人馆。

什么意思？拿亲人、朋友、仇人开刀吗？这个问题，太深邃也太恐怖了。

墨林已经三天没出房门了，精神有点崩溃。

旅馆的老板娘见我和墨林是一起住进来的，又经常一起出去，便断定我是他女朋友。她几次三番找上门来催我交住宿费。真是白痴，女朋友能和他分房住吗？可我也好几天没见墨林了，所以我打算去楼上看一看他。

墨林的房间里有一股怪味道，是香水味，又混合着一丝淡淡的体香。

我进去的时候，他正捧着一瓶香水，精神紧张地闻了又闻。

“没错！就是这味儿！”他大叫一声，吓了我一跳。

“你干什么呢？”我走过去，望了望桌子上琳琅满目的香水，笑了，“怎么不研究美食，又开始研究这东西了？”

墨林突然一把抓住我，四下望了望，谨慎地跑到门口，关上大门，做贼般轻轻地把我按在床上，说：“那家好味道有问题！我怀疑，老板做菜用了不该用的东西！”

“什么东西？”我谨慎地问。

他贴住我的耳朵，发神经似的说：“你那天没尝出什么怪味道来吗？我可是尝出来了，那菜里有一股……人味！”

我推开他，怒喝道：“别胡说八道！那菜你和我都吃了，也看得清清楚楚，不过是普通的土豆丝和白菜做的，而且，我吃着挺好吃，也没吃出什么人味来，一盘是小肚味，一盘是酸辣鱼而已。”

墨林气得直跺脚，叹着气说：“我就说我的味觉要比一般人发达嘛！你没吃出来，我可吃出来了。”他说着，指了指桌上的香水瓶子，“你知道我刚才在干什么吗？我就是在找那种……人味儿！”

我冷笑，等着他继续说。

他说：“那两道菜，是一个人的味道，我认识那个人，她叫孙岩……”

墨林说，孙岩就是她以前的女朋友，很久很久以前的。如果不是偶然吃到那两道菜，他说他可能一辈子都不会再想起有这样一个人的味道来。这次他说得具体了一点，很久很久之前，他把她甩了，后来，他听说她来到了这个偏远小镇，两人便再无联络了。

他说，孙岩身上有一股特殊的香味，是体味和香水融合之后的味道。

那两道菜，就是这种味道，以至于他吃的时候，感觉就像是在吃孙岩。

我听了，胃里一阵难受，墨林的话任凭谁听了都会不舒服。

我起身要走，说：“你别胡思乱想了，好好睡一觉吧。”

墨林又拉住我，说：“我没胡说八道，我说的是真的！那家餐馆一定有问题，我要调查清楚。”

我不解地说:“你不就是来这里寻找那种久违的味道吗?”

墨林恨恨地说:“我要寻找的是孙岩做的食物的味道,而不是孙岩的味道!懂吗?”

人真是一种奇怪的动物,往事可以如浮云一般忘得一干二净,却又因为一点小事而记忆犹新,甚至欲罢不能。比如,一个儿时的玩具,一段曾经的对白,或者,一种故去的味道。

我被墨林笃定的眼神吸住了,好奇地问:“那你打算怎么办?”

“你要帮我!”墨林说。

“你要我怎么帮你?”我问。

墨林咬牙切齿地说:“我觉得秘密一定就在北屋的厨房里,我得想办法进去看看。如果真的有什么见不得人的事,我就拍下来,告发那个老板。如果,没有……”他说着,又笑了,“也可以发回杂志社做稿子用!”

我愣了一下,真的猜不透他的想法了,一会儿是偏执狂,一会儿又无所谓。这让我不得不怀疑他的动机。

但我还是点了点头,说:“我答应你。”

4

桌子上摆满了菜,清炒萝卜、素佛跳墙、辣子油菜……

这可是墨林铁了心掏一千块钱换来的。我先一样吃了一大口,好久没吃过这么地道、这么多的素菜了,真是奢侈。

我咬了咬牙,非常不舍地举起了一盘菜,手一松、眼一闭,盘子就掉在了地上,四分五裂,菜可惜地撒了一地,盘子碎裂的声音在这个寂静的小院子里回响起来,像突然炸了个雷。

院外等待的食客们都扒拉着脑袋往里看,大家拥挤在门口,窃窃私语。

我站在门口,把腰一叉,喊道:“老板!老板呢!”

人群自动闪开,那个高个子的中年男人缓缓走了进来。

“小姐,您有什么事吗?”他在围裙上擦了擦手,看到地上撒的菜,脸色立刻沉了下来,“您这是干什么?有什么事您好好说,拿菜撒什么气?”

我冷笑道:“菜出了问题,当然要拿菜撒脾气了!”说着,我转身拿筷子在菜里拨拉了半天,夹起一只绿头大苍蝇,“你看看,你看看,这菜里怎么会有苍蝇!叫人怎么吃?”

围观的食客立刻议论纷纷,老板的脸色也变了。

我有些洋洋得意地把筷子拍到桌上，说："你看怎么办？"

老板像见了鬼似的，低着脑袋看了那苍蝇半天，喃喃道："这不可能！不可能！"

趁着他发傻的时候，我向窗外瞟了一眼，墨林贼一般闪到了北屋门口，身上背着照相机，在北屋门口，冲我伸了伸拇指，一闪就进了屋。

我吁了口长气，更来劲了，把桌子拍得山响："老板，你说怎么办吧？"

老板抓了抓头，伸长脖子问我："那你说怎么办？"

"凉拌！"

……

我气喘吁吁地跑回旅馆，推开墨林房门的时候，他正坐在床上发呆，应该说是颤抖。地上散落一地的全是照片。我蹲下来仔细看，没什么，照片很普通，盐罐子、辣椒、乱七八糟的锅碗瓢盆和蔬菜果品，和别人家的厨房没什么区别。

我吁了口气，说："这回死心了吧？"

墨林呆呆地把脑袋转向我，像个机器人一般伸出了右手，他的手里，死死攥着一张照片。

我拿过来看了一眼，浑身的汗毛立刻都竖了起来——那是一张厨房垃圾筒的照片，菜根子、瓜果皮混杂在一起，其中，赫然有一只断指，是人的断指！断指上还有一枚戒指，裹上了污垢，没有了往日的光彩。

我目瞪口呆地问墨林："这……这老板真的……"后面的话，我没说出口，也不敢说出口。许久，我们两个都没出声，过了一会儿，我轻轻捅了捅墨林，"你说，现在该怎么办？"

墨林木木地望着我，不语，突然弯下腰，"哇"的一声吐了，边吐边瑟瑟发抖地说："我……我真的吃了孙岩！"

我吓坏了，丢下照片跑了出去。

夜里，我辗转难眠，翻来覆去地睡不着。墨林大半夜地敲开了我的房门，我打开一条门缝，谨慎地望着他，还是被他吓了一跳。他只穿了一身秋衣，光着脚丫子，西红柿似的脸被走廊昏暗的灯光照得白花花，抖动不止。

我忙把他拉进了屋，给他倒了杯水，说："你这是怎么了？见鬼了？"

墨林颤了一下，似乎是被我那句"见鬼了"吓住了，牙齿和杯子碰得乒乓乱响，他一字一顿地说："真——的——见——鬼——了！"

墨林告诉我，他做了一个梦。

梦中，他在好味道餐馆吃饭，吃一口，吐一口，吃一口，又吐一口。他很难受，可手和嘴好像不听使唤了，仍旧不管不顾地大口大口地往嘴巴里塞食物。他吐的那些食物，烂在地上，一滩黄水。最后，食物终于吃完了，他瘫在地上，没了一点力气。

昏昏沉沉中，他突然发现，脚下的那滩黄水在变化。

先是翻滚，出现了微微波纹，接着，一只手突然从里面伸了出来，然后，是另一只手、脑袋、脖子，身体……渐渐，从里面钻出了一个完整的人。那个人对他微微笑着。

他吓傻了——那个人，竟然是孙岩！

我被墨林的梦搅乱了意志，但还是故作镇定地劝慰他："你别胡思乱想了，那只是个梦。"

"不！"墨林猛地摇了摇头，"我总觉得，我的肚子里真的有个什么东西，我总能闻见一股若有若无的味道，那是孙岩的味道。错不了！"

我不想再继续这个话题了，忙说："不说这些了，那个老板，你打算怎么处理？报警吗？"

墨林的眼神，突然变得诡异非常，他说："暂时不，我们明天再去一次，我要彻底查清楚！"

有时候，我真的搞不明白恐惧是什么？也许，它就是一种味道，美妙而富有吸引力，让人不顾一切地追寻。

5

巷子口的风很大，到了晚上，风刮过时的声音像狼嚎。

我和墨林一直躲在巷子面垃圾桶后面，墨林说，好味道每天来那么多食客，食材一定也消耗得多，所以，他断定老板一定会在关门后去进货的。

巷口的汽车一辆一辆静静地消失，天渐渐黑了，乌云笼着月亮，巷子里又没有灯，真的有点伸手不见五指的感觉。在我困得不行的时候，巷子里亮起了光，是手电筒，一晃一闪，一闪一晃。墨林捅了捅我，我绷紧了神经。

果然是老板，他正骑着一辆三轮车，缓缓驶出巷子口。三轮车的速度很慢，我俩跟踪得非常顺利。三轮车停下来的时候，我和墨林四下看了看，这里似乎是郊区。

老板在一扇大门前，停了下来，打开门，骑车进去了。

墨林拉着我，一闪来到了墙头。

翻过墙是黑漆漆的房子和黑漆漆的土地，好像是个菜园子。只是这个菜园子有点古怪，菜不种在地上，而是种在一个一个的大瓮里，那些瓮足有半人高，一个人抱不过来，挺着一个一个圆滚滚的肚子。瓮里就是菜，长着各色时令蔬菜。

老板正在采摘，他拿着个篮子，在一排排士兵似的大瓮间穿梭。他很快就摘完了，三轮车上堆得满满的，打开门，满意地消失在夜色中。

这个诡异的地方，终于成了我和墨林的天堂。他像只狗一样，东闻闻、西嗅嗅。在大瓮边看了又看，我跟在他后面，有点无聊。

我说："喂，这就是你说的真相？不过是把蔬菜种在瓮里而已。"

蔬菜怎么会种在瓮里？"他回头瞪了我一眼，"咔嚓咔嚓"地照着相，照完后，把一只手就近伸到了旁边的一个瓮罐里。

那里面种着一株黄瓜，嫩嫩的小黄瓜结满枝头，很水灵。土倒是出奇的松软，墨林的手很轻松地伸了进去。他在里面摸了又摸、搅了又搅，身子就颤了一下，直勾勾地盯着我，喊我过来。

我跑过去的时候，他的手已经从土里伸出来了，手里抓着一根白色的骨头。

我和他同时尖叫了一声，骨头掉在地上，散发着一股腐蚀的臭味。我愣了一下，跑到了旁边的大瓮前，也伸手在里面翻了半天，不一会儿就又翻出一根骨头，不过，这次是一颗头骨，黑洞洞的眼睛里还爬着小虫子。

我手一松，和墨林一起瘫在了地上。

我过去扶他，他一下子又挺了起来，拿起照相机，"咔嚓咔嚓"照个没完，一边照一边哆嗦，一边哆嗦一边笑。

"你……没事吧？"我跟在他后面。

"没事！"他放下照相机，又跑到一个大瓮前挖起来，这次他挖出了一根完整的脊椎骨，有点兴奋地对我说，"你没看见吗？这老板竟然用人骨头种菜，这可是大新闻啊，不不不！是爆炸性新闻。我只要得到这些素材就能成名了！"

我说："你不想查出孙岩的死因了吗？"

"孙岩？"他看都不看我，"这些照片可比她珍贵多了！"

夜风袭来，我突然身不由已地打了个冷颤，感到冷，还有钻心的恐怖。不是这一口一口的大瓮吓倒了我，也不是瓮里一根一根的白骨，而是墨林，他那模样就像个疯子一般，似乎是许久没有吃到东西的乞丐，忽然闻到了饭馆里飘来的香气。

肚子咕咕叫，口水流满地，眼睛通红通红……

他似乎把之前的恐惧忘得一干二净了。

6

好味道里的亲人馆、仇人馆、朋友馆，不过是为了给一些变态之人心理和味觉上的满足。

他们来了，会特意点一道他们最记忆犹新的菜，只需要大概把味道说出来就能吃到。我老爸是个非常厉害的厨子，他能做出他们想要的味道，不管你信不信，这些人一般都很满意，品着菜的味道，伤感着，怀念着，痛恨着……

可惜的是，墨林却吃出了恐惧，这也是我的目的。

瓮里的茄子，味道不错，生吃都有一股淡淡的鱼肉香。

老爸在擦拭一个新瓮，擦完之后，开始往里面装土，一捧一捧地小心翼翼地装着。

我吃得口水直流，说："老爸，你打算怎么替姐姐报仇？"

老爸摇了摇头，望着大瓮旁边正做美梦时被我一记闷棍打晕后的墨林，说："反正我肯定不会轻饶了这小子的。他害得你姐姐自杀，唉！我真不知道那丫头看上他哪里了，不就是长得好看点吗？能当饭吃啊！况且，还是个花花公子。"

"是啊！"我赞同地点点头，"这小子也真够花的，在车上还跟我套近乎呢，不过，他做梦也想不到，我已经跟踪他快半年了，其实，不用他跟我套近乎，我也会主动找他的。"

老爸拍了拍我的肩膀，说："丫头，还是你聪明的，让我在菜里撒了香水，还想出在瓮里埋人骨头这么一个办法来吓唬这小子。"

我郁闷地说："本以为真会吓到他，谁知道，他见了骨头兴奋得像个疯子似的。"

"不过也不亏待他啦。"老爸说着，踢了踢墨林。

墨林睁开眼，望了望我和老爸，呆呆地趴在那里。我和老爸笑得格外开心。他知道上当了，开始爬起来跪在地上求饶，可惜嘴被捂着，手和脚都被捆着，动作不好看，像一只大粽子。

老爸蹲在他旁边，望着天空，说："小子，你死也死得不冤，现在我告诉你，我就是孙岩的父亲，你的合作伙伴就是孙岩的妹妹。不好意思，骗了你啊。不过……"老爸站起来，指了指大瓮，"你看到的倒是真的，我的确用骨头种菜，不过，不是人骨头，而是牛骨头、羊骨头、猪骨头等等。这可是我好味道的祖传秘方啊！你可是第一个知道的外人。”

我凑上去，把茄子丢到墨林脸上，意味深长地说：“不过，祖宗有规定，外人是不能知道的！”扭回头，我问老爸：“老爸，究竟怎么处理他？”

老爸捂着嘴，想了半天，说：“要不把他活活饿死？”

“没意思。”我摇了摇头，突然灵机一动，“老爸，祖宗的秘方是不是也该改进一下？”

“你什么意思？”

“你说，要真是把人当肥料种菜，能不能真的种出人味啊？”

老爸一拍大腿，在我面前比划出一根大拇指，说：“丫头，你真是聪明。”

墨林被我的“聪明”吓傻了，冷汗流了一脑门。老爸兴高采烈地拍了拍他。

墨林被丢进了大瓮里。我和老爸开始往瓮里埋土。

墨林挣扎着，渐渐不动了。最后，土面上只露出一颗脑袋来，奄奄一息地望着我。我把一捧土塞进他嘴里，他微微挣扎了一下，终于一动不动了。

老爸把一颗西红柿种子塞进土里，浇了点水，拍了拍手，揽住我的肩膀说：“丫头，明年你就能吃到花心味道的西红柿了！”

我得意洋洋地说：“老爸，我们是不是该开分馆了，馆名就叫花心馆。”

“是个不错的主意！”

我俩哈哈大笑起来，我说：“老爸，你真有点变态。”

老爸吸了吸鼻子，很配合地说：“我真的有点迫不及待了，迫不及待地想尝尝这花心西红柿是什么味道了！”

春去秋来，我和老爸细心照顾着墨林这颗西红柿，它渐渐长高、开花、结果了，比大瓮里那些用猪骨头、鸡骨头种出来的菜要健壮许多，只是结出的果实却又小又干扁，可怜巴巴的。

我和老爸迫不及待地摘了几个想尝尝味道，可惜，谁也没想到，它结出的果实，竟然是酸涩苦楚的味道，实在让人难以下咽。老爸很生气，他一边叫嚷着“不可能！不可能”，一边把整个大瓮都翻了过来。

土撒了一地，墨林的尸骨露了出来，他四肢紧紧蜷缩在一起，西红柿的根茎密密麻麻地缠绕着他的骨头，将他紧紧包裹，如同一个身处母亲腹内的婴儿。我和老爸望着眼前的景象，愣住了。也许，老祖宗的秘方也有疏漏吧，它唯一的例外，就是不能用人骨来种植。

种下善，结出善，种下恶，也必定要结出恶。无论人们多么神通广大，始终难逃这句老话。

不知道为什么，我和老爸在品尝了那些西红柿后，都哭了。那一刻，我们才知道把墨林种在瓮里是错误的。

我们比他还要可恶,因为恨,失去了一个正常人应有的“人味”。

几天后,我们关了餐馆,去公安局自首了。